I

RABBIT HOLE

ISBN : 9789948710196
Première édition : mai 2025
www.audreydropsit.com
audreydropsit.contact@gmail.com
FL 475036, DMCC Business Centre Level No 1,
Jewellery & Gemplex 3,
Dubai, United Arab Emirates

Couverture du livre et illustrations de chapitres par Vaderetro
Carte illustrée : Chaotic Spirit Studio
Correction et mise en pages : Louise Weber, LignéPage Conseil

AUDREY DROPSIT

I
RABBIT HOLE

Halte, voyageur !

Peur de vous perdre ?
Pour télécharger
la carte du royaume d'Itarah
en couleur et en haute définition,
c'est par ici !

Montagnes d'Or
Fort d'Ether
Grandes Plaines
Olishara
Village des cendres
Fleuve Blanc
Grandes Plaines
Géantes Écarlates
Nabel
Mer d'Emeraude

Made by Chaotic Spirit Studio

À Eden, qui m'a inspiré ce livre,
et à Jade, qui y a ajouté sa magie.

Prologue

Les murs, qui autrefois respiraient la grandeur, étaient aujourd'hui fissurés et usés, laissant entrer en hurlant comme une âme en peine le vent froid du début de printemps dans les couloirs glacés du vieux fort. D'une main tremblante, Hildegarde remonta son châle sur ses épaules.

Elle s'arrêta un instant, observant une ancienne tapisserie déchirée qui pendait lamentablement au mur. Combien de fois avait-elle été témoin de ce lent déclin ? Trop souvent. Elle nota intérieurement de la décrocher pour la recoudre. Ne l'avait-elle pas déjà fait ? Ou bien c'était une autre. Elle n'avait, depuis longtemps, plus vraiment la notion du temps ou de ce qu'elle faisait. Celle de la chambre d'Orion, peut-être ? Pauvre enfant, que les dieux aient pitié de son âme.

Elle traversa la salle du trône et s'engagea dans l'escalier en colimaçon. Grimpant les marches une à une, elle se demanda de quelle humeur serait Thornan aujourd'hui. *Mauvaise*. Pourquoi se posait-elle encore la question ? Elle était toujours là, à parcourir ces mêmes couloirs, à veiller sur un homme qui se complaisait dans sa propre ruine.

Elle glissa sur une marche polie par le temps et manqua de faire tomber son plateau. Pourvue de bons réflexes malgré son grand âge, elle se redressa juste à temps. Il ne mangerait probablement pas, mais elle persistait. Elle avait ses habitudes, et elles étaient tout ce qui lui restait. Arrivée devant la porte du bureau, elle marqua une pause pour reprendre son souffle, puis entra.

Thornan était penché au-dessus de sa grande table, entouré de piles de livres et de parchemins froissés. Ses cheveux noirs tombaient en mèches désordonnées autour de son visage, et ses yeux fatigués étaient rivés sur un texte qu'il avait probablement déjà lu des dizaines de fois. Il était devenu l'ombre de lui-même, un fantôme hantant ses propres souvenirs. Chaque jour, il s'enfonçait un peu plus dans sa quête obsessionnelle, c'était la seule chose qui le maintenait en vie. Ou peut-être était-ce ce qui le tuait à petit feu ?

Elle inspira et s'approcha doucement.

— J'ai pensé qu'une infusion vous ferait le plus grand bien, monseigneur ; il fait particulièrement froid aujourd'hui. J'ai aussi fait des petits gâteaux au miel.

Elle posa le plateau sur la table avec un soin minutieux, veillant à ne pas déranger les parchemins éparpillés. Thornan ne réagit pas tout de suite. Elle nota les ombres sous ses yeux et les rides qui commençaient à creuser son front. Il approchait des quatre cents ans. Pour un humain, il aurait dû avoir l'air d'un quarantenaire, mais paraissait dix ans de plus. Cet homme n'était plus que l'ombre du sorcier qu'il avait été. Mais pouvait-elle vraiment le lui reprocher ?

Thornan glissa une mèche de cheveux rebelle derrière son oreille, révélant un réseau complexe de cicatrices noires, qui barraient sa joue et descendaient le long de son cou avant de disparaître sous ses vêtements. Pour l'avoir soigné ce jour-là, elle savait que l'arborescence recouvrait une grande partie de son torse et de son dos, avançant jusqu'au point d'impact du terrible sort qui l'avait privé d'une partie de lui-même. Le reste de ce qu'il était avait disparu bien avant cela. Sentant un tiraillement, elle passa une main sur sa propre cicatrice, comme lorsqu'on voit un insecte et qu'on a soudain l'impression de le sentir ramper sur sa peau.

— Je n'ai pas besoin qu'on s'occupe de moi, répliqua-t-il d'un ton sec, sans lever les yeux de son texte.

Hildegarde esquissa un sourire discret. Elle avait entendu ces mots trop souvent pour qu'ils la blessent.

— Je n'ai rien de mieux à faire, répondit-elle avec une pointe d'amusement dans la voix. Il faut que vous mangiez quelque chose.

Thornan saisit brusquement le plateau et le jeta violemment contre le mur. La tasse se brisa en mille morceaux, et les gâteaux roulèrent sur le sol. Hildegarde recula d'un pas, mais son expression resta impassible. Elle avait vu bien pire.

— Je n'ai pas besoin de thé ! hurla-t-il. J'ai besoin de retrouver mes pouvoirs !

Un lourd silence s'ensuivit. Hildegarde baissa les yeux vers les débris à ses pieds, puis s'agenouilla pour ramasser les morceaux de tasse brisée. Thornan se détourna pour fixer sombrement un point invisible devant lui. Elle savait qu'il regrettait déjà son geste, mais il ne s'excuserait pas. Il ne s'excusait jamais.

— Un jour, il faudra laisser le passé derrière vous et tourner la page, dit-elle doucement, mais avec une fermeté qui ne laissait place à aucune réplique.

Le visage de Thornan se durcit. Il se tourna vers elle, les yeux flamboyants de colère.

— Sortez d'ici ou c'est vous que je balance contre le mur !

La vieille servante ne répondit pas. Elle observa un instant la grande table en bois, recouverte de livres et de papiers. Au nombre de bougies usées, elle sut que son maître avait encore passé la nuit à ses recherches. Cela arrivait de plus en plus souvent ces derniers temps, et ne présageait rien de bon. Lorsqu'il n'était pas reclus dans cette pièce, il s'enfuyait discrètement du fort et disparaissait pendant des semaines. Quand il revenait, son humeur se dégradait de jour en jour jusqu'à ce qu'il reparte. La même routine depuis un siècle.

Elle hésita un moment, cherchant les bons mots pour le ramener à la raison. Elle avait déjà essayé tant de fois, en vain. N'ayant trouvé aucun nouvel argument, elle quitta la pièce.

En longeant le couloir qui menait aux cuisines, elle se surprit à dévier légèrement sur le côté, comme pour laisser passer quelqu'un, mais il était désespérément vide. Hildegarde était la seule que le maître des lieux supportât encore – ou bien était-elle la seule capable de supporter sa présence ? Tous ceux qui n'étaient pas morts sous les crises de rage du sorcier avaient fui depuis longtemps. Cet endroit avait autrefois été rempli de vie… *Quel gâchis !* pensa-t-elle.

Un bruit sourd, venant de la direction qu'elle quittait tout juste, l'arracha à ses souvenirs. Elle se pencha à une fenêtre. Parfois, des intrus tentaient de s'infiltrer dans le jardin, des curieux en quête de sensations fortes ou bien des fanatiques. Ils étaient rapidement arrêtés par les soldats du Haut Conseil. Mais c'était de plus en plus rare et à bien y réfléchir, à part les gardes qui se relayaient nuit et jour pour surveiller le jardin, plus personne ne s'était approché du fort depuis des années et dehors, tout semblait en ordre.

Soudain inquiète, elle abandonna son plateau et fit demi-tour. Quelle bêtise avait-il bien pu faire ? se demanda-t-elle en remontant les escaliers de la tour. De retour dans le bureau du sorcier, elle trouva la pièce déserte. Où était-il passé ? Le couloir qu'elle avait emprunté était la seule issue, il ne pouvait pas s'être volatilisé. À moins qu'il n'ait trouvé un moyen de récupérer ses pouvoirs… Rien de plus terrible ne pourrait se produire. Son regard se tourna vers la fenêtre. Et si, de désespoir, il avait fini par sauter ?

L'idée lui glaça le sang, mais elle se rendit compte avec horreur que cette explication la terrifiait moins que la pensée de le voir récupérer ses pouvoirs.

Elle s'avança vers la fenêtre, mais s'arrêta en cours de route. Thornan était là, gisant au sol au milieu de ses précieux parchemins, inerte. Le souffle d'Hildegarde se bloqua dans sa poitrine. Était-ce la fin ?

La position de son corps, effondré sur lui-même comme un vieux pantin désarticulé, et les muscles relâchés de son visage ne laissaient que peu de doute sur son état. Mais Hildegarde prit quand même la peine de vérifier son pouls. Contre toute attente, elle sentit un battement. Lent, faible, mais régulier.

— Monseigneur ? Vous m'entendez ? demanda-t-elle d'une voix tremblante.

Elle le secoua doucement, mais n'obtint aucune réponse. Hormis ce battement infime et sa poitrine qui se soulevait à peine, son corps avait l'air plus mort que vivant.

Qu'avait-il bien pu lui arriver ? Elle parcourut la pièce du regard, cherchant une explication. Des centaines de livres étaient empilés à même le sol, quand ils n'encombraient pas la grande table en bois sombre qui trônait au centre. Un parchemin recouvrait ce qu'il restait de la table, tenu à plat par des poids divers. Elle y jeta un œil, mais rien ne semblait justifier l'état de son maître.

Son regard se posa sur un vieux fauteuil dans un coin de la pièce, là où Thornan passait la plupart de ses nuits. Elle essaya de tirer son corps, mais elle n'avait pas la force nécessaire. Pourtant, elle ne pouvait se résoudre à le laisser ainsi. Si seulement elle avait eu ses pouvoirs… Ils lui manquaient, à elle aussi. Elle lui allongea les jambes, glissa un coussin sous sa tête et le couvrit d'une couverture.

Et maintenant ? Si le jardin médicinal lui permettait de soigner les petits maux du quotidien, elle n'avait pas les connaissances pour gérer… ça. Quant à aller chercher de l'aide… Les gardes à l'extérieur ne serviraient à rien, et le premier village habité était trop loin. Ses vieilles jambes ne supporteraient jamais un tel voyage. Et de toute façon, personne ne viendrait au secours de l'homme le plus détesté d'Itarah.

Chapitre 1

Chaque objet porte en lui une histoire, pensait souvent Alaric. Certains vibrent, chargés d'une énergie latente, prêts à se réveiller au moment opportun, ou parfois au moment le plus inopportun, comme ce bocal qui avait basculé et s'était fracassé au sol dans un éclat de verre et de plantes séchées. Alaric grimaça, exaspéré par la tournure que prenait cette journée.

— Bon sang de bois ! s'exclama le vieil homme en essayant de ne pas finir dans le même état que le récipient.

Il retrouva l'équilibre et descendit du tabouret. Ses articulations protestèrent sous l'effort. Quand il tenta de se baisser pour ramasser les herbes et les morceaux de verre éparpillés, une vive douleur lui traversa le dos. Il se redressa en jurant à nouveau et se tourna vers l'escalier en bois.

— Eden ? Eden ! Viens m'aider, s'il te plaît.

Le vieux magicien allait appeler une nouvelle fois quand deux grands pieds apparurent en haut des marches. Eden dévala l'escalier et manqua de se cogner en entrant dans la petite cuisine. Alaric secoua la tête, agacé par cette précipitation dont faisait toujours preuve le garçon.

— Ah, te voilà ! Le bébé de Mme Tornic est très malade, j'ai besoin de mauve pour faire un cataplasme, mais le bocal est tombé. Sois gentil et aide ton vieux grand-père à ramasser.

Eden soupira, mais entreprit tout de même de collecter les feuilles séchées.

— Tu ne devrais pas monter là-dessus, dit-il en pointant du doigt le tabouret.

— Si tu m'aidais un peu plus, ce ne serait pas arrivé !

Le jeune homme ne répondit pas. Alaric avait tout essayé pour l'intéresser à l'herboristerie, en vain.

— Je ne peux plus rien faire avec ça, souffla-t-il en triant du bout des doigts les petites feuilles pleines de poussière et de morceaux de verre.

Il jeta un coup d'œil à la fenêtre, pensif.

— Il en pousse au bord du sentier qui mène à la rivière. Ce n'est pas la meilleure saison, mais l'hiver a été doux. Je devrais pouvoir en récolter suffisamment pour soulager le petit.

Joignant le geste à la parole, il se mit à chercher son panier.

— Il va bientôt faire nuit, ça ne peut pas attendre demain ? demanda Eden.

— Je ne suis pas certain qu'il tienne la nuit…

— C'est si grave que ça ? Et avec les cataplasmes, il va s'en sortir ?

Alaric prit le temps de peser ses mots avant de répondre.

— Rien n'est moins sûr, dit-il tristement. Mais ça apaisera sa douleur. Il faut espérer qu'il s'en sorte par lui-même.

— Si seulement tu pouvais utiliser la magie, dit Eden.

Alaric sentit la colère monter en lui.

— Et risquer la vie de milliers de personnes ? Pour en sauver une seule ? On ne peut pas agir sans réfléchir ! Chaque action a des conséquences. Comment peux-tu encore dire des idioties pareilles à ton âge ?

N'ayant pas le temps de se disputer une énième fois avec son petit-fils sur ce sujet, il remit la conversation à plus tard. Il se couvrit de sa grande cape en laine, saisit sa canne et se dirigea vers la porte.

— Finis au moins de nettoyer ce bazar, il ne faudrait pas que l'un de nous se blesse en marchant sur un morceau de verre. J'irai directement chez les Tornic, ne m'attends pas pour manger.

Le vieil homme ne laissa pas le temps à Eden de protester et sortit. Il referma la porte derrière lui et inspira profondément l'air frais du début de soirée. La lumière du jour déclinait rapidement, teintant le ciel d'un mélange de pourpre et d'orange. Il resserra sa cape contre lui, l'hiver était terminé, mais les soirées restaient fraîches.

Il s'engagea sur le sentier, rythmant chaque pas du claquement sec de son bâton de marche. Il repensait au temps où Eden n'était qu'un enfant. À cette époque, il l'écoutait avec attention, lui faisait confiance. Mais aujourd'hui, tout était différent. Ce garçon avait des idées bien à lui, des idées dangereuses. Comment lui faire entendre raison ? Plus Alaric tentait de lui inculquer les règles et de lui rappeler les tragédies du passé, plus il se heurtait à un mur. Eden voyait la magie comme une solution à tout. Si seulement son père avait été là… pensa-t-il avec un pincement au cœur. Il aurait su quoi dire, il aurait su le convaincre. Alaric chassa ce souvenir douloureux d'un geste brusque de la main.

Il suivit le chemin qui bifurquait vers la gauche. Chaque pierre, chaque racine, chaque méandre du sentier était gravé dans sa mémoire. Combien de fois l'avait-il parcouru, ramassant des plantes, des champignons, des écorces ? Il avait tenté, des années durant, de transmettre ce savoir à Eden. Mais le garçon ne voulait rien apprendre et leur relation était devenue un champ de bataille. Chaque conversation se transformait en conflit, et chaque conflit creusait un fossé un peu plus large entre eux.

Il atteignit un petit bosquet et s'arrêta. Une touffe de mauve sauvage aux feuilles d'un vert profond poussait non loin du sentier. Il posa son panier au sol et s'agenouilla. Ses genoux craquèrent sous l'effort et il jura entre ses dents. Il cueillit les feuilles une à une en prenant soin de ne pas abîmer la plante. Il observa son panier à moitié rempli. Cela suffirait. Il laissa échapper un soupir et prit la direction du village.

CHAPITRE 2

Eden était toujours planté au milieu de la cuisine, les poings serrés. Son regard se posa sur les fragments de verre éparpillés au sol. Il n'avait aucune envie d'obéir : ce n'était pas en faisant le ménage qu'il se calmerait. Il attrapa son arbalète accrochée dans l'entrée et sortit.

Il traversa le sentier qui séparait la maison de la forêt. Il ne voulait plus penser au vieux ni au bébé de Mme Tornic. Les paroles du vieil homme résonnaient encore dans sa tête. « Risquer des vies… Agir sans réfléchir… » Il en avait assez de ces leçons de morale. Ce n'était pas sa faute si le monde était rempli de règles absurdes, d'interdits qui les empêchaient de vivre comme ils le devraient.

Il s'enfonça entre les arbres. Ici, personne ne venait le déranger, il pouvait se défouler, être lui-même. Il aimait cette sensation de liberté, loin des attentes du vieux. Une fois suffisamment éloigné de la maison, il repéra une branche basse et robuste, à une dizaine de mètres devant lui, et décrocha son arbalète. Il la chargea avec l'habileté née de l'habitude, et visa. La flèche se planta avec un bruit sec dans le bois. Il rechargea et tira à nouveau, encore et encore. Ses gestes devenaient de plus en plus brusques à chaque flèche décochée. Chaque tir était un exutoire à sa frustration. Une nouvelle flèche vola, mais cette fois, elle rata sa cible de peu et se planta dans le tronc d'un arbre voisin.

— Attention avec ça, tu vas finir par tuer quelqu'un ! dit une voix familière.

— Oh ! Madame Maresha, je ne vous avais pas vue, je suis désolé !

La vieille femme s'avança vers Eden et lui tendit une de ses flèches.

— Ce n'est rien, ça m'apprendra à vouloir prendre des raccourcis. La prochaine fois, je resterai sagement sur le chemin. Ton grand-père est là ?

— Il vient de sortir, il y a un bébé malade et…

— Oui, le petit Tornic, je sais. J'espérais qu'il serait encore là, ma hanche fait des siennes à nouveau. Ce n'est pas grave, je repasserai demain.

La femme le dévisagea un moment et lui sourit.

— Je vais avoir besoin d'une pause avant de repartir. Et si tu t'asseyais un instant avec moi ? dit-elle.

Sans attendre de réponse, elle s'assit délicatement sur une grosse racine et fit signe à Eden de la rejoindre. Il n'était pas vraiment d'humeur à tenir compagnie à sa vieille voisine, mais pouvait difficilement le lui refuser. Il la connaissait depuis toujours et elle avait toujours pris soin de lui.

Sa maison était la plus proche de la leur, elle aussi un peu à l'écart du village, et quand il était plus jeune, il allait souvent chez elle pour voler les gâteaux tout juste sortis du four. Au début, il se croyait le plus malin, mais il avait rapidement compris qu'elle savait très bien ce qu'il faisait et chaque semaine, une nouvelle fournée de pâtisseries fumantes l'attendait sur la table.

— Tu t'es encore fâché avec lui, n'est-ce pas ?

Évidemment, elle avait deviné. Eden soupira en passant ses mains dans ses cheveux blonds.

— J'ai dix-huit ans, mais il me traite encore comme si j'en avais cinq ! Il est tellement borné ! dit-il en frappant du pied un morceau de bois qui vola un peu plus loin.

— Tu n'as rien à lui envier de ce côté-là, répondit-elle en souriant.

— Pourquoi j'ai l'impression d'être le seul à penser que l'utilisation de la magie pourrait avoir des effets positifs ? Comme sauver ce gamin, par exemple !

— Tu es loin d'être le seul à penser ainsi, mon garçon. Je suis sûre que même ton grand-père y songe parfois. Mais quand on sait que le remède risque de faire plus de dégâts que la maladie, il vaut mieux s'abstenir. Je suis tout aussi triste que toi pour cet enfant, mais le danger est trop grand.

— Le portail est fermé depuis cent ans ! Comment sait-on que les créatures qui en sont sorties il y a si longtemps sont encore là ? Elles sont peut-être toutes mortes, si elles n'ont eu aucune magie pour se nourrir ! Personne ne peut survivre sans manger aussi longtemps !

— Toi, tu ne tiendrais pas, ça, c'est certain ! dit-elle en riant.

— Je ne plaisante pas !

— Tu as beaucoup grandi, mais tu es encore si jeune. Si le Haut Conseil n'avait pas refermé le portail et interdit la magie, nous ne serions pas là pour en parler. Je sais que tout ça te semble abstrait et lointain, mais tu dois vivre avec, comme chacun d'entre nous.

— Les humains n'ont jamais eu à faire le moindre sacrifice, eux.

— Certes, nous n'avons jamais eu de pouvoirs, mais nous bénéficiions aussi de l'usage que faisaient les autres de la magie. Ce fut un grand sacrifice pour tous.

— Comment c'était avant ?

— J'ai l'air d'un sorcier ? s'offusqua-t-elle. Je ne suis pas si vieille que ça ! Il n'y avait déjà plus de magie depuis trois décennies quand je suis née.

— Je sais, je ne voulais pas vous vexer. C'est juste que le vieux refuse toujours d'en parler. Tout le monde refuse d'en parler.

— L'interdiction de la magie a été très dure à vivre, mais c'est un sacrifice indispensable pour que le portail reste scellé. C'est un sujet douloureux pour beaucoup. Toi et les autres magiciens n'avez été privés que de vos baguettes, mais penses-tu parfois aux autres ? Aux fées à qui on coupe les ailes ? Aux gorgones à qui on crève les yeux ? Sans parler des sorciers qui ont dû endurer un sort d'une douleur innommable pour être privés de leurs pouvoirs. Heureusement qu'il n'y a plus de naissances chez eux d'ailleurs, il serait horrible de devoir faire subir ça à des enfants. Tous ces gens n'ont pas envie de remuer le couteau dans la plaie. Ils savent le renoncement qu'ils ont dû accepter, ils savent pourquoi, ils n'ont pas envie qu'on leur parle de ce qu'ils ont perdu.

— Je n'avais jamais vu les choses sous cet angle.

— Je m'en doute, c'est pour ça que tu as encore beaucoup de choses à apprendre.

Eden ne répondit pas, plongé dans ses pensées. Peut-être avait-elle raison, peut-être valait-il mieux arrêter de creuser le passé. Si seulement pourtant il y avait un autre moyen !

— Je crois que je me suis suffisamment reposée, dit-elle après un moment, aide-moi à me relever, veux-tu ?

Eden se redressa et lui tendit son bras, Mme Maresha se releva et épousseta sa robe.

— Rentre chez toi, Eden, dit-elle en souriant, demain, je te laisserai des gâteaux sur la table.

Elle lui fit un clin d'œil et repartit vers chez elle. Eden songea un instant à l'accompagner pour être sûr qu'elle ne se blesse pas en route, mais la connaissant, il se dit qu'elle en serait sans doute vexée. La nuit commençait à tomber, il ramassa son arbalète, l'accrocha sur son dos et reprit le chemin de sa maison.

Quand il retrouva l'espace familier de la cuisine, sa colère redescendit d'un coup. Il s'en voulait de décevoir son grand-père, mais c'était plus fort que lui. Un magicien était censé faire de la magie ! Pas préparer des tisanes !

Il sortit une balayette de sous l'escalier et s'accroupit pour ramasser les morceaux de verre restants. Les interstices entre les lattes du plancher étaient larges, et un gros débris s'était coincé entre deux planches. Alors qu'il tentait de l'attraper, un éclat sous le vaisselier attira son attention. Il tendit la main pour le récupérer, mais au lieu de verre, ses doigts se refermèrent sur un anneau en métal. Il tira dessus, mais celui-ci était fixé au sol. Intrigué, il se redressa et essaya de déplacer le meuble, mais il était installé là depuis des années, et il refusa de bouger d'un millimètre.

Il retira les deux grands tiroirs du bas du meuble et les repoussa sur le côté, révélant un espace vide. Il dégagea la poussière et les toiles d'araignées. L'anneau était accroché à une petite trappe découpée dans le plancher. Il le saisit et souleva délicatement la trappe. Il plongea la main dans l'espace obscur. Il crut d'abord, déçu, que celle-ci était vide, mais en tâtonnant, il finit par sentir une sorte de boîte qu'il sortit avec précaution.

C'était un long coffret en cuir, orné d'un liseré doré et fermé par un petit loquet en or. Le cuir était usé et couvert de poussière et de déjections de rats. Il essuya rapidement la surface du coffret avec sa manche et l'ouvrit.

À l'intérieur, une longue baguette de noisetier, polie par l'usage, reposait sur un coussin de velours bleu. De surprise, le garçon faillit lâcher la boîte. *Comment est-ce possible ?* se demanda-t-il. Elles avaient toutes été détruites après la guerre, et aucune n'avait été fabriquée depuis. Celle-ci serait restée cachée là tout ce temps ?

Eden fixait la baguette, le cœur battant à tout rompre. Il n'avait jamais pensé qu'il en tiendrait une entre ses mains un jour. Pourtant elle était là, devant lui, bien réelle, tangible, et dégageait une douce chaleur près de ses doigts.

C'est ça… pensa-t-il. *C'est ce dont j'ai toujours rêvé.*

Il se remémora brièvement les histoires que son grand-père lui racontait quand il était petit, avant que tout cela ne devienne un sujet tabou. Le vieux avait arrêté de parler du passé, obsédé par les tragédies d'antan. Mais Eden, lui, n'avait jamais pu s'empêcher de rêver à ces temps révolus. Une excitation grandissante l'envahit. Il avait enfin une chance d'essayer. Son grand-père ne rentrerait pas avant longtemps, il pourrait la remettre en place sans qu'il s'en aperçoive.

Sans attendre, il serra le coffret contre lui et monta précipitamment les marches jusqu'à sa chambre. Une fois installé sur son lit, il saisit délicatement la baguette. Dès qu'il la prit en main, une décharge douce parcourut son corps. Ce n'était pas désagréable, au contraire.

— Bon, et maintenant ? murmura-t-il pour lui-même.

Eden n'avait jamais appris à se servir de la magie. Il n'avait qu'un vieux livre, qu'il lisait en cachette depuis des années. *Je n'ai qu'à essayer,* se dit-il. Il prit un livre de sa bibliothèque et le posa au sol devant lui. D'une main hésitante, il pointa la baguette vers l'objet. *Je veux que ce livre se soulève,* formula-t-il en lui-même.

Rien ne se passa.

Eden plissa les yeux, se concentra de toutes ses forces, mais le livre resta immobile. Était-ce vraiment si simple ? Les paroles de son grand-père lui revinrent en mémoire, et avec elles, le doute. La magie avait été interdite pour une raison. Et même si le portail avait été refermé, le vieux répétait souvent que le sort était fragile. Et si les arcanophages… Eden frissonna. Il tenta de chasser l'image de ces monstres terrifiants de son esprit. *Le portail est loin… Et puis, qui sait si ces créatures sont encore là après tout ce temps ? Et puis, ce n'est qu'un tout petit sort… Ça ne risque rien, n'est-ce pas ?*

Malgré ces pensées rassurantes, une part de lui restait inquiète. Pourtant, une autre idée, plus vivace, s'imposa. *Je veux utiliser la magie.* Cette envie était plus forte que tout. Plus forte que la peur. Elle grandissait en lui, envahissant son esprit, éclipsant le reste.

L'air autour de la baguette crépita soudain. Avant même qu'il ne puisse réagir, une boule de lumière verte jaillit, fusa à travers la pièce, rebondit contre les murs, le plafond, le sol, et alla s'éteindre dans un éclat flamboyant au fond de sa chambre. Le livre était toujours là, il n'avait pas bougé d'un centimètre.

— C'était quoi, ça ? se demanda-t-il à voix haute.

Il se leva et s'approcha de l'endroit où la lumière avait terminé sa course, à la recherche d'éventuels dégâts. Rien n'avait bougé, mis à part un peu de poussière soulevée. L'idée de remettre la baguette à sa place avant le retour de son grand-père le saisit. Mais alors qu'il faisait demi-tour, il sentit un frisson étrange, une présence. Il se retourna brusquement… mais il n'y avait personne.

À peine eut-il fait deux pas qu'il se figea. Cette fois, c'était certain : quelque chose se tenait derrière lui. Il voulut se retourner, mais son corps refusa de bouger, paralysé par la peur. Et si c'était un arcanophage ? L'idée d'être dévoré vivant le glaça. Derrière lui, il entendit un léger frottement. Retrouvant un peu de contrôle, il risqua un regard par-dessus son épaule. Rien.

Eden scruta la pièce à la recherche d'une anomalie. Son instinct lui disait qu'il n'était pas seul, mais tout semblait en place. Le bureau, la bibliothèque… tout paraissait normal. Alors, du coin de l'œil, il aperçut un mouvement. Quelque chose venait de remuer sur l'étagère.

Celle-ci était une simple planche accrochée au mur, où il entassait, depuis des années, de vieux jouets de son enfance, des objets qu'il n'avait jamais eu le cœur de jeter : un casse-tête en bois, une fronde qu'il avait fabriquée lui-même, une petite balle en cuir, et une collection de figurines sculptées par son grand-père. Tout était recouvert d'une fine couche de poussière. Une araignée avait même tissé une toile entre un loup à la peinture écaillée et un faune à qui il manquait un bras.

Soudain, son vieux lapin en peluche bascula de l'étagère et chuta lourdement sur le sol. Eden sursauta, puis se ressaisit rapidement. *Le sort l'a sûrement fait bouger, il a dû perdre l'équilibre*, raisonna-t-il en se penchant pour le ramasser. Mais alors qu'il tendait la main, le lapin se redressa d'un bond… et se mit à courir.

Chapitre 3

— Comment… ? s'écria-t-il, stupéfait.

En guise de réponse, la peluche continua sa course et sauta sur le lit. Elle remarqua soudain la baguette posée à côté et s'en saisit, sous le regard médusé du garçon. La baguette en main, le lapin bondit sur le rebord de la fenêtre et poussa le battant. Réalisant enfin ce qu'il se passait, Eden se jeta en avant.

— Non ! cria-t-il, se précipitant à son tour.

À la dernière seconde, Eden attrapa le lapin par une oreille alors qu'il était sur le point de tomber. Il manqua de basculer lui-même dans le vide, mais tira de toutes ses forces, ramenant la peluche à l'intérieur. Essoufflé, il referma la fenêtre et se redressa, encore sous le choc.

Il regarda autour de lui, attrapa une ceinture en cuir et l'enroula autour de la taille du lapin, l'attachant fermement à la chaise de son bureau.

— Toi, tu n'iras nulle part !

— Comment oses-tu ? Lâche-moi, espèce d'imbécile ! rugit la peluche en se débattant de toutes ses forces.

Le lapin parlait d'une voix grave et imposante qui dénotait franchement avec son apparence.

— Mais qu'est-ce que…

— Tu vas me le payer, sale gamin ! cria le lapin.

— Mais tu parles ? s'exclama Eden, complètement perdu.

— Ne joue pas à l'innocent avec moi. Tu sais très bien ce que tu as fait ! C'est toi qui m'as piégé ici, hein ? Qu'est-ce que tu me veux ?

Les sourcils froncés, Eden secoua la tête.

— Piégé ? Mais… de quoi tu parles ? Je comprends rien à ce que tu dis !

Le lapin cessa de se débattre un instant, ses petits yeux fixés sur Eden, comme s'il le jaugeait. Puis, d'une voix plus froide, il reprit :

— Tu me prends pour un idiot ? Qui t'a envoyé ? Dis-moi la vérité, gamin, ou ça va mal finir pour toi.

Eden fit un pas en arrière.

— Je t'assure, j'ai rien fait ! Je suis juste… moi. Je comprends rien à tout ça. C'est toi qui t'es mis à bouger, d'un coup !

Le lapin resta silencieux un moment, l'air de réfléchir. Puis son ton changea brusquement, devenant plus conciliant.

— Qui a utilisé cette baguette ?

— C'est moi, mais… J'ai pas fait exprès… Je voulais juste essayer…

Eden se laissa tomber sur son lit.

— Bon, admettons que tu dises vrai… Si c'est le cas, tu viens de faire une énorme bêtise en touchant à cette baguette, gamin.

Eden déglutit.

— Je voulais juste faire se soulever le livre… Je ne pensais pas que ça donnerait… ça.

Le lapin poussa un long soupir, exaspéré.

— Maintenant, écoute-moi bien. Si tu ne veux pas que les choses empirent, il va falloir que tu m'aides à retrouver mon corps.

Eden, abasourdi, le dévisagea.

— Ton… ton corps ? Mais… t'es juste une peluche !

— C'est bien le problème, espèce d'imbécile ! Maintenant, détache-moi.

Eden regardait tout autour de lui, affolé, comme si la solution se trouvait quelque part dans la pièce.

— Non, si je te détache, tu vas encore essayer de t'enfuir et tu vas m'attirer des problèmes. Tu vas rester ici jusqu'à ce que je comprenne ce qui se passe. Et si tu commençais par me dire qui tu es ?

Le lapin hésita un instant, avant de reprendre d'une voix plus douce :

— Écoute, je… je m'appelle… Kalvin. J'étais tranquillement chez moi et d'un coup, je me suis réveillé piégé dans le corps de cette peluche. J'ai paniqué et j'ai voulu m'enfuir.

— Pourquoi as-tu volé la baguette ?

— Pour m'en servir pour récupérer mon corps !

— Tu es un magicien ?

— Non, mais j'espérais en trouver un en chemin qui pourrait m'aider…

— Trouver un magicien qui accepterait d'utiliser la magie ? Bon courage…

— Je ne lui aurais pas laissé le choix… marmonna Kalvin avant d'ajouter, sur un ton de défi : Si vraiment tu n'as pas fait exprès de me piéger, tu dois m'aider à inverser le sort.

— Mais je ne sais même pas comment j'ai fait pour te jeter ce sort ! Comment veux-tu que je l'inverse ?

— D'abord, je dois retourner chez moi, là où est resté mon corps.

— Je n'ai jamais entendu parler d'un Kalvin à Alderbrook. D'où viens-tu ?

— On est à Alderbrook ? rugit Kalvin en tirant une nouvelle fois sur la ceinture.

— D'où viens-tu ? insista Eden.

— D'une petite ferme, près du fort d'Éther.

— Le fort d'Éther ? s'étonna Eden. Mais c'est à l'autre bout du pays ! Si mon sort a pu agir aussi loin, pourquoi je ne pourrais pas l'inverser d'ici ?

— Cette baguette est probablement la seule du royaume à ne pas avoir été détruite, comment un jeune imbécile qui n'y connaît rien en magie a-t-il pu se la procurer ?

— Ça ne te regarde pas, répondit Eden qui commençait à perdre patience, et tu n'as pas répondu à ma question !

— Tu ne peux pas inverser le sort d'ici parce que tu dois te trouver près du réceptacle ! C'est lui qui absorbe l'âme lorsqu'il est touché par le sort. Si tu fais ça ici, dans quoi est-ce que je vais me retrouver ? Le sort que tu as jeté était d'une grande puissance et requiert une grande précision et des connaissances poussées en magie. Un imbécile comme toi n'a pas pu faire ça seul. Tu me caches forcément quelque chose.

— Et comment un fermier connaîtrait autant de choses sur la magie ?

— J'ai un oncle qui aime bien tout ce qui touche à ce sujet. Il m'a appris deux ou trois trucs, répondit le lapin.

— Je n'irai pas au fort d'Éther !

— Quoi que tu en penses, tu es obligé de m'aider. Que crois-tu qu'il se passera quand le Haut Conseil apprendra que tu t'es servi de la magie ? Les Veilleurs ne sont pas tendres avec les rebelles…

— Je ne suis pas un rebelle ! C'était un accident ! Mon grand-père est Grand Sage. Je vais lui en parler et il trouvera une solution.

Autant que cela fût possible pour une peluche, le lapin blêmit.

— Quel est ton nom ?

La voix de Kalvin était soudainement devenue froide et menaçante. Eden sentit un frisson parcourir son dos et la réponse se bloqua dans sa gorge.

— Ton nom ? insista Kalvin d'un ton de plus en plus impérieux.

— Eden. Eden Greenhaven.

Kalvin éclata d'un rire sinistre empli de désespoir et de folie. Eden le regardait, interloqué. Comment les choses avaient-elles pu dégénérer à ce point ? Jamais il n'aurait dû toucher à cette baguette !

— Qu'y a-t-il de drôle ? demanda-t-il, la gorge nouée.

— Tu es le descendant d'Akilius Greenhaven. Ton propre ancêtre a fait interdire la magie, ton grand-père travaille pour le Haut Conseil. Et tu veux aller lui demander de l'aide ? Tu es encore plus stupide que ce que j'imaginais.

— Je n'ai pas de meilleure solution pour l'instant. En attendant, je vais te cacher quelque part et tu vas te tenir tranquille !

— Tu ne dois rien lui dire ! ordonna Kalvin.

Eden ne répondit pas. Il tira une vieille caisse en bois, la vida, puis y enferma le lapin et le coffret contenant la baguette avant de la glisser à nouveau sous le lit. Il vérifia plusieurs fois que le couvercle était bien bloqué pour être sûr que Kalvin ne puisse pas s'enfuir.

— Surtout, n'en parle à personne ! insista la voix étouffée du lapin depuis le dessous du lit.

Et maintenant quoi ? se demanda Eden. La nuit était bien avancée et il réalisa à quel point il était fatigué. Il descendit à la cuisine pour tout remettre en place. Il referma la trappe, remit les tiroirs du vaisselier et s'assura que tout avait l'air normal. Le vieux passerait sûrement la nuit au village, cela lui laisserait le temps de prendre une décision. Il attrapa un bocal de biscuits et remonta dans sa chambre. La meilleure solution lui semblait toujours d'expliquer la situation au vieux. Il serait fou de rage, ça, c'est sûr ! Mais il saurait quoi faire.

Assis sur son lit, Eden avalait les biscuits un à un. Il n'avait pas vraiment faim, mais manger lui apportait un peu de réconfort. Son esprit était tourmenté par un flot incessant de questions. Il jeta un regard vers le dessous du lit pour vérifier que le coffre n'avait pas bougé.

Il se retrouvait avec une peluche enragée qui parlait comme un démon, et un secret qui, s'il était découvert, pourrait lui coûter très cher. Chaque fois qu'il pensait prendre une décision, la voix de Kalvin résonnait dans sa tête. Et s'il avait raison ? Si révéler cette histoire au vieux risquait de lui attirer encore plus d'ennuis ? Mais s'il découvrait tout ça par lui-même… L'idée de cacher quelque chose d'aussi énorme lui nouait l'estomac. Certes, Alaric travaillait pour le Haut Conseil, mais il était avant tout son grand-père et malgré leurs désaccords, il avait toujours pris soin de lui. Il l'aiderait, à coup sûr.

— Arrête de te torturer l'esprit, grommela Kalvin depuis la caisse. Tu rumines encore, pas vrai ? Si tu dis quoi que ce soit à ton grand-père, tu es fichu, gamin.

Eden serra les dents : voilà qu'il se mettait à lire dans ses pensées, maintenant.

— Tais-toi ! Si tu veux vraiment que je garde tout ça pour moi, alors fais-toi discret, grogna-t-il. Sinon, je n'aurai même pas besoin de lui dire !

Le silence retomba. Eden soupira et attrapa un autre gâteau sans y prêter attention. Il finit par s'allonger, fixant le plafond sans vraiment le voir, espérant que le sommeil lui apporterait une solution, ou au moins un répit. Peut-être tout cela n'était-il qu'un mauvais rêve… Pourtant, il savait que rien ne disparaîtrait quand il fermerait les yeux. Finalement, épuisé, il se laissa emporter par le sommeil.

Un bruit le tira de son repos. Eden ouvrit les yeux, la lampe s'était éteinte et la chambre était seulement éclairée par le pâle éclat de la lune. Il attendit quelques instants, le temps de s'habituer à l'obscurité. Un râle rauque résonna soudain depuis le coin opposé de la pièce, plongé dans l'ombre. *Le bruit !* Il voulut se redresser, mais son corps refusa toute action, comme paralysé. Il scruta les ténèbres du coin de l'œil. Le râle retentit à nouveau, plus effrayant encore. C'était un son lourd, palpable, comme s'il s'écoulait lentement à travers la pièce.

Un frisson d'angoisse le traversa.

Soudain, ce qu'il avait pris pour une ombre remua. Ses mouvements étaient lents, pesants, et pourtant, la créature se rapprochait rapidement. Les ténèbres s'accrochaient à elle en s'étirant dans son sillage. Eden tenta de crier, mais aucun son ne sortit de sa gorge. En un instant, la masse sombre se retrouva à quelques centimètres de son visage. Le mince rayon de lune se reflétait sur sa peau noire et luisante, découpant sa silhouette monstrueuse.

Un arcanophage ! comprit Eden, saisi de terreur.

La créature ouvrit sa gueule béante pour révéler des dents acérées. Une haleine fétide, chargée d'une puanteur de chair en décomposition, envahit ses narines. D'un bond, Eden jaillit hors de son lit, couvert de sueur. Il fouilla la pièce du regard, prêt à affronter la menace. Mais tout était parfaitement vide.

— J'ai fait un cauchemar… murmura-t-il à voix haute, plus pour se rassurer que par conviction.

— Ne compte pas sur moi pour te chanter une berceuse, lança une voix moqueuse.

Kalvin. Eden l'avait presque oublié.

Toujours secoué, il alluma la bougie sur sa table de chevet et sortit de la chambre. La maison était plongée dans l'obscurité, et le seul bruit perceptible était celui, familier, du vent dans les arbres. Encore marqué par son rêve, il prit soin d'éclairer chaque recoin de la maison sur son passage. Lorsqu'il fut certain que tout était en ordre, il remonta dans sa chambre.

La nuit restait profonde et l'aube ne se lèverait pas avant plusieurs heures. Il s'assit sur son lit, dos au mur, observant la vue depuis la fenêtre. L'immense forêt, plongée dans les ténèbres, pourrait paraître terrifiante à beaucoup, mais Eden l'avait vue toute sa vie. Il connaissait chaque arbre, chaque branche, chaque buisson. Cette familiarité l'apaisa.

Il resta ainsi un long moment à scruter l'obscurité, jusqu'à ce que, épuisé par les événements de la journée, il finisse par être emporté de nouveau par le sommeil.

Chapitre 4

Eden dormait profondément quand des coups secs le tirèrent brusquement de son sommeil. Il ouvrit les yeux, encore désorienté, alors que les coups se faisaient de plus en plus insistants.

— Eden ? appela une voix familière depuis l'autre côté de la porte.

Qu'est-ce qu'il me veut à cette heure-ci ? se demanda le garçon en apercevant les premières lueurs de l'aube.

— Eden ? Tu es réveillé ? insista Alaric.

— Oui, j'arrive, répondit-il en étouffant un bâillement.

Il se traîna hors du lit et déverrouilla la porte. Le visage du vieux était marqué par la fatigue. Eden, mal à l'aise, l'interrogea du regard, n'osant formuler sa question à voix haute.

— Il est stable pour l'instant, dit le vieil homme, j'ai passé la nuit auprès de sa mère… Pauvre femme.

Eden resta muet. Il avait toujours du mal à comprendre qu'on laisse de telles choses arriver, mais après ses mésaventures de la veille, il se garda bien de relancer le débat. Le vieil homme semblait vouloir dire autre chose, mais les mots lui échappaient. Finalement, il entra dans la chambre et se mit à faire les cent pas.

Inquiet, Eden jetait des regards furtifs vers le dessous du lit, où Kalvin et la baguette étaient cachés. Que lui voulait-il ? Avait-il, d'une manière ou d'une autre, ressenti la présence de la magie ? Était-ce possible ?

Alaric finit par s'arrêter et planta ses yeux épuisés dans ceux d'Eden.

— Tu ressembles tellement à ton père… Il ne s'est jamais beaucoup intéressé aux plantes médicinales, lui non plus.

— Je sais, répondit Eden, un peu plus sèchement qu'il ne l'aurait voulu.

Il n'avait vraiment pas envie d'avoir cette conversation maintenant. Il devait surtout trouver un moyen de distraire le vieux.

— Mais tu as raison, ajouta-t-il précipitamment, il est temps que je commence à apprendre.

Cela, au moins, détournerait son attention, se dit-il. Le vieil homme parut surpris. Il observa Eden un long moment, avant qu'un large sourire ne se dessine sur son visage.

— Je suis vraiment heureux de l'entendre ! dit-il, l'air ravi.

Le bonheur d'Alaric, sincère et chaleureux, arracha malgré tout un sourire à Eden.

— Prépare-toi, nous partons.

— Quoi ? Me préparer ? Mais… pour aller où ?

— Tu ne crois quand même pas que je vais attendre que tu changes d'avis, si ? Tu viens avec moi pour une cueillette en forêt.

Eden grimaça à l'idée. Mais avait-il vraiment le choix ? Cela lui donnerait peut-être l'occasion de discuter avec lui, et de calmer sa colère avant de tout avouer. *De toute façon, je ne serai jamais un vrai magicien, alors autant me faire une raison,* songea-t-il.

— D'accord, allons-y, finit-il par dire.

Alaric posa une main affectueuse sur l'épaule de son petit-fils et la serra un instant, avant de quitter la chambre.

— Laisse-moi sortir ! ordonna Kalvin depuis la caisse, à peine la porte refermée.

— Non, tu restes ici pour l'instant.

— Tu ne vas pas me garder enfermé là éternellement ! Laisse-moi partir ! Si je disparais avec la baguette, tu n'auras plus de problème. Tu pourras oublier tout ça et devenir guérisseur, comme ton grand-père.

La tentation d'accepter cette proposition passa brièvement dans l'esprit d'Eden, mais quelque chose dans la voix de Kalvin l'empêchait d'y céder. Il ne lui faisait pas confiance. Il était certain que le laisser partir reviendrait à ouvrir la porte à des ennuis encore plus grands.

Après une toilette rapide, Eden s'habilla, supplia une dernière fois Kalvin de se tenir tranquille en son absence et descendit rejoindre son grand-père, qui l'attendait dans la cuisine.

Le vieil homme avait retrouvé toute son énergie. Il sifflait gaiement en allant et venant dans la pièce, enfournant divers objets dans un grand sac. En le voyant, il s'exclama :

— Ah, te voilà enfin ! Dépêche-toi, nous sommes déjà en retard !

— Pourquoi partir si tôt ? Les plantes ne vont pas se sauver… ronchonna Eden, encore ensommeillé.

— Nous avons une longue route devant nous, expliqua Alaric en continuant de remplir son sac. Je veux aller jusqu'à la clairière de Lormyr, où pousse de la consoude. Ensuite, nous passerons chez Mme Thalwyn pour prendre de ses nouvelles, elle n'était pas en forme, la dernière fois. Et puis, direction la côte. Les plantes de bord de mer sont uniques, sans compter les algues et l'eau de mer que je veux récupérer.

Il semblait enchanté par la perspective de cette expédition, mais Eden, lui, fronçait les sourcils.

— La côte ? Mais ça va nous prendre des jours !

— Deux, pour être exact, répondit le vieil homme en souriant, j'ai tout prévu pour la nuit, allez, prends ton sac.

Eden regarda le paquetage énorme que son grand-père lui avait collé dans les bras.

— Mais je n'ai même pas déjeuné ! protesta-t-il.

— Tiens, mange ça en route, dit Alaric en lui tendant une poche de noix, de graines et de fruits séchés.

Puis il enfila son sac avec énergie, attrapa sa canne et sortit de la maison. Eden, n'ayant même pas eu le temps de protester davantage, lui emboîta le pas.

Dehors, la fraîcheur matinale enveloppait tout, et une légère brume flottait dans l'air. Alaric laissa un mot sur la porte pour prévenir de son absence, et, après un dernier coup d'œil à la maison, il prit la route en frappant le sol de sa canne à chaque pas. Eden, traînant des pieds, suivait à contrecœur.

— Nous allons prendre le chemin vers l'est sur un ou deux kilomètres, cela ne sert à rien de s'enfoncer trop tôt dans la forêt et il est plus facile de marcher sur la route que dans les sous-bois, expliqua son grand-père en pointant sa canne vers leur destination.

— D'accord, répondit simplement Eden, la bouche pleine de fruits secs.

Après le petit pont qui traverse le ruisseau, le chemin longeait sur sa droite de vastes champs fraîchement labourés, tandis que sur sa gauche s'étendait la forêt. Un peu plus loin, des vaches broutaient paisiblement dans le pré. Le soleil, bien qu'encore timide, commençait à sécher l'humidité de la nuit et la campagne se réveillait peu à peu. Eden suivait distraitement son grand-père en tapant du bout du pied dans les cailloux quand il fut tiré de ses rêveries.

— Eden ? Tu m'écoutes ?

Le vieil homme s'était arrêté et désignait du bout de sa canne une petite fleur jaune poussant sur le talus.

— Tu reconnais cette plante ? insista-t-il.

— Euh… des pissenlits ? tenta Eden, sans grande conviction.

— Non ! Mais c'est vrai, on les confond souvent. C'est du pas-d'âne. Excellent en infusion contre la toux et la bronchite. Mais attention, on ne doit pas en donner aux enfants. Tout est noté dans mes carnets, il faudra que tu apprennes les posologies et les contre-indications de chaque plante. Je te les passerai en rentrant. Pour l'instant, concentre-toi sur le nom et l'apparence des plantes que nous croiserons pendant notre voyage.

— D'accord. Je ferai de mon mieux pour m'en souvenir, répondit Eden, en tapant dans un autre caillou.

— Ça prend du temps, ne t'inquiète pas, ça viendra.

Le garçon hocha la tête et se remit en marche. Le vieil homme débordait d'enthousiasme, il ne manquait pas une occasion de désigner un arbre, une plante, tout en expliquant leurs vertus avec la même énergie. Eden hochait machinalement la tête en écoutant distraitement. Il allait s'absenter bien plus longtemps que prévu. Et si Kalvin trouvait un moyen de s'enfuir ? Il devait absolument en parler au vieux le plus vite possible. Il avait fait une erreur en acceptant cette sortie, il aurait dû le lui dire tout de suite, mais chaque fois qu'il essayait de lui parler, les mots se bloquaient dans sa gorge. Lorsqu'ils atteignirent enfin le sentier qui s'enfonçait dans la forêt, le soleil était déjà bien haut.

— Nous y voilà, annonça Alaric. En suivant ce sentier pendant une heure, nous serons proches de la clairière. Parfait pour une pause déjeuner. Regarde bien autour de toi, la biodiversité ici est remarquable, tu vas voir des plantes fascinantes.

Ils s'apprêtaient à entrer dans la forêt quand un bruit de sabots au galop les fit se retourner. Un cheval émergea du chemin en contrebas. Son cavalier, vêtu de noir, sauta prestement de la monture épuisée. L'homme était massif, à la fois par la taille et la corpulence, et portait fièrement sur son plastron l'emblème du Haut Conseil : un cercle doré orné d'une rosace à huit pétales, transpercé par un sceptre.

Eden sentit son estomac se nouer. Que faisait un messager du Haut Conseil ici ?

— Alaric ! lança l'homme en s'approchant. J'avais peur de ne pas te rattraper. J'ai vu ton mot sur la porte et j'ai cavalé aussi vite que j'ai pu. J'ai cru que cette pauvre bête n'y survivrait pas ! ajouta-t-il en flattant l'encolure de son cheval, visiblement à bout de souffle.

Pas étonnant, avec un gaillard pareil, songea Eden.

— Manfred ? s'exclama Alaric. Si je m'attendais à te voir ici ! Que fais-tu si loin de la capitale ? Quelle chance, nous allions nous enfoncer dans la forêt. Tu te souviens de mon petit-fils ?

— Pas si petit, d'après ce que je vois ! répondit Manfred en toisant Eden. La dernière fois que je t'ai vu, tu tenais à peine sur tes jambes.

Eden esquissa un sourire, mais son esprit bouillonnait. Même si Manfred parlait d'un ton amical, son uniforme et l'urgence de sa venue ne pouvaient signifier qu'une chose : il était ici en mission officielle. Rien de bon n'en sortirait. Le jeune homme connaissait assez son grand-père pour deviner qu'il pensait la même chose. Alaric écourta rapidement les politesses.

— Tu ne serais pas là sans raison. Qu'est-ce qui t'amène, Manfred ? Rien de grave, j'espère ?

— Hélas ! J'ai bien peur que si.

Le messager posa une main sur l'épaule du Grand Sage et l'emmena à l'écart. Eden les regarda s'éloigner, une sensation glacée lui traversant la nuque. *Ils savent. Cela ne peut pas être une coïncidence. Le Haut Conseil a découvert que j'ai utilisé la magie et ils viennent pour moi !* Son instinct le poussait à fuir, mais ses jambes étaient comme figées au sol. Il fixait les deux hommes, essayant de capter un mot, un indice. Leur conversation paraissait sérieuse, mais Alaric ne jeta pas le moindre coup d'œil vers lui. Peut-être cela n'avait-il rien à voir avec lui, après tout…

Enfin, après ce qui lui sembla une éternité, ils revinrent.

— Désolé, Eden, mais notre cueillette devra attendre. Je dois me rendre à Dannamore immédiatement. Le Haut Conseil a besoin de moi.

— À Dannamore ? s'étonna Eden. Pourquoi ont-ils besoin de toi ?

— Désolé, mon garçon, mais c'est confidentiel. Tu penses pouvoir te débrouiller seul pendant quelques semaines ? Tu trouveras toujours quelqu'un pour t'aider au village.

Si Eden n'avait aucun problème à rester seul, c'était pour son grand-père qu'il s'inquiétait. Malgré sa robustesse, il n'avait plus fait de voyage aussi long depuis des années. Mais le jeune homme se contenta d'acquiescer, repoussant ses questions à plus tard.

— Allons-y, dit Alaric, je dois préparer mon départ.

Alaric et Manfred, son cheval tenu par la longe, prirent les devants, et ils passèrent tout le chemin du retour à échanger sur le bon vieux temps. Eden resta quelques pas en arrière, la tête pleine de questions et d'inquiétudes. Il ne cessait de penser aux conséquences de ce qu'il avait fait la veille. Et si tout cela avait quand même un lien ? Peut-être avait-il déclenché une catastrophe ? Et si le portail s'était rouvert par sa faute ? Il devait parler à son grand-père avant son départ, il devait tout lui avouer.

CHAPITRE 5

En marchant d'un bon pas et sans s'arrêter pour observer la nature, ils furent rapidement de retour à la maison.

— Je sais que nous sommes pressés, dit Alaric en franchissant la porte, mais tu as fait un long voyage jusqu'ici, et le retour ne sera pas moins fatigant. Que dirais-tu d'une tasse de thé ? Le Haut Conseil peut bien attendre une heure de plus.

Manfred acquiesça.

— Tu as raison. Une pause ne serait pas de refus.

Il s'assit sur une chaise qui grinça sous son poids. Alaric ralluma le feu dans la cheminée et mit de l'eau à chauffer dans une bouilloire en fonte. Voyant qu'on n'avait pas besoin de lui, Eden remonta dans sa chambre et jeta sa besace de voyage sur son lit.

— Kalvin ? Tu es toujours là ? murmura-t-il.

— Plus tu me laisses enfermé ici, plus j'ai le temps de réfléchir aux tortures que je t'infligerai quand j'aurai retrouvé mon corps.

Eden ignora la menace et se mit à faire les cent pas. *Je dois tout dire au vieux. Il va être fou de rage, mais ce n'est pas grave, je ne peux pas le laisser partir sans qu'il sache ce qu'il s'est passé. Peut-être trouvera-t-il la solution ? Peut-être saura-t-il comment réparer mon erreur ?*

Décidé, il sortit de sa chambre. Il devait faire ça maintenant : plus il attendait, plus il avait de risque de se dégonfler. En haut des escaliers, il s'arrêta un instant pour rassembler son courage, posa son pied sur la première marche, mais se ravisa. « Portail » ? Venait-il d'entendre le mot portail ? Il s'approcha le plus possible et se pencha discrètement pour écouter la conversation.

— ... des factions rebelles éclatent dans tout le pays, les Veilleurs sont débordés, continuait Manfred, nous n'avons plus le choix.

— Qui a pris cette décision ? demanda Alaric.

— Je l'ignore, je ne fais que suivre les ordres. Il paraît que les débats ont été houleux, mais la majorité a tranché.

— Cadel... murmura le Grand Sage. Il n'y a que lui pour proposer une idée aussi radicale. La situation est-elle à ce point désespérée ? J'ai bien sûr entendu parler de quelques soulèvements ici et là, mais ils passent la plupart du temps pour des illuminés et ne sont pas bien dangereux.

— Tu habites dans une région très reculée... Les choses sont bien différentes à la capitale, comme dans la plupart des grandes villes. Les seuls à vivre assez longtemps pour avoir connu la guerre sont les sorciers, pour ce qu'il en reste... Et on ne peut pas dire qu'ils soient très satisfaits de leur sort. Pour les autres, il ne s'agit plus que de légendes tirées des livres d'histoire... et cela les rend moins craintifs. La magie est en train de revenir, pratiquée en secret. Si nous n'agissons pas vite, tout pourrait échapper à notre contrôle.

— Je vois...

— Tu te dois de répondre présent.

— Je connais mes responsabilités. J'ai vécu une vie plutôt tranquille, accompli des missions diplomatiques, réglé quelques... conflits. Mais je suis vieux maintenant et je pensais finir mes jours ici, à soigner les gens du village.

— Et je suis désolé de venir perturber ta retraite...

— Je veux emmener mon petit-fils, le mettre à l'abri.

— Il n'a pas été formé pour te succéder, tu as choisi de le laisser grandir dans l'ignorance. Tu connaissais les risques.

— Ils me semblaient si infimes à l'époque... Je n'ai fait que respecter la volonté de mon fils. Ses parents sont morts en accomplissant leur devoir, le Haut Conseil lui doit bien ça.

Plié en deux à l'étage, Eden retenait son souffle. *Me mettre à l'abri ? Que veut-il dire ? Qu'est-ce que mon père ne voulait pas que je sache ?*

— Tu sais que je n'ai pas le pouvoir de prendre cette décision... J'ai l'ordre de te ramener au Haut Conseil, seul. Alderbrook est loin du portail et le sud de la forêt de Mara a été assez peu touché il y a cent ans, il en ira sûrement de même cette fois. D'autant plus que l'ouverture sera contrôlée. Nous laisserons peu de créatures en sortir, juste assez pour étouffer la rébellion.

— Tu as sans doute raison, répondit le vieil homme.

Eden n'en croyait pas ses oreilles : ouvrir le portail ? Comment le vieux pouvait-il être impliqué là-dedans ? Et l'ordre venait du Haut Conseil ! Ses pensées tourbillonnaient dans sa tête, tout cela n'avait aucun sens, ne pouvait pas être possible. Secoué par ce qu'il venait d'entendre, Eden eut un mouvement de recul et faillit perdre l'équilibre. Il se rattrapa juste à temps à une poutre, mais ne put empêcher le parquet de grincer sous ses pieds. Le cœur battant la chamade, il retint sa respiration en espérant que les deux hommes ne l'avaient pas entendu.

— On dirait que finalement, nous n'avons pas le choix, dit Manfred en soupirant.

— Je vais lui parler, dit Alaric en se levant de sa chaise.

Incapable de bouger, Eden regarda son grand-père monter les escaliers.

— Je... Je n'ai rien entendu... bafouilla-t-il.

— Qui espères-tu convaincre ? Descends, j'ai des choses à te dire.

Eden se balançait d'un pied sur l'autre, hésitant. Il voulait des réponses, le vieux devait bien avoir une explication. Mais une part de lui craignait ce qu'il allait découvrir. Finalement, à contrecœur, il suivit son grand-père jusqu'au rez-de-chaussée.

— Pourquoi avez-vous parlé d'ouvrir le portail ? demanda-t-il.

Le vieil homme soupira.

— J'aurais préféré avoir plus de temps pour t'expliquer tout ça.

— Eh bien, fais-le maintenant ! Qu'est-ce que mon père ne voulait pas que je sache ?

— En tant que descendants d'Akilius, nous avons des privilèges, mais aussi des responsabilités. Envers le Haut Conseil, envers le royaume. Ton père pensait que cela ne devait pas peser sur toi. Je n'étais pas d'accord, mais avant que je ne puisse le convaincre… Après le naufrage, je n'ai pas eu le cœur d'aller contre sa volonté. J'ai eu tort, je le sais aujourd'hui. Mais il n'est pas trop tard. Tu dois venir avec moi à la capitale, je peux encore te former.

— Me former à quoi, exactement ? demanda Eden.

— À servir le Haut Conseil.

Eden secoua la tête. Tout cela devenait de plus en plus confus. Devenir Grand Sage ne l'avait jamais intéressé et son grand-père n'avait jamais parlé de lui succéder.

— C'est un très grand honneur, jeune homme, intervint Manfred.

— Quel rapport avec ce que vous disiez tout à l'heure ? Pourquoi ouvrir le portail ?

Alaric posa ses mains sur la table, l'air grave.

— C'est une situation compliquée, Eden. J'aurais besoin de temps pour tout t'expliquer. Mais tu as entendu Manfred, les rebelles sont devenus une véritable menace pour la stabilité du royaume. Nous devons agir, cela fait partie de mes responsabilités et ce seront les tiennes un jour.

— Vous allez mettre la vie de milliers d'innocents en danger ! rétorqua Eden, horrifié.

Alaric sourit doucement, l'air triste.

— Tu es si jeune, si naïf…

— Tu es sûr de vouloir aller plus loin ? demanda Manfred. Si tu lui dis la vérité, il n'y aura plus de retour en arrière possible.

— Il s'agit de mon petit-fils, répondit Alaric, de mon propre sang, j'ai confiance en lui, il comprendra.

Eden se sentait de plus en plus perdu. Il devinait qu'il était sur le point d'apprendre quelque chose d'important, quelque chose qui allait changer sa vie, mais il n'était pas sûr de vouloir connaître cette vérité. Pourtant, il ne bougea pas et attendit que les deux hommes poursuivent.

— Les rebelles sont un danger bien plus grand que le portail, dit Manfred d'un ton froid. Si nous ne faisons rien, ils contamineront le royaume tout entier, semant le chaos derrière eux. Leur désordre coûtera bien plus de vies que quelques arcanophages.

Eden les regardait tour à tour, incapable de comprendre.

— La magie a été interdite parce qu'elle était une menace pour le royaume, dit Alaric.

— Oui, à cause du portail ! répondit Eden qui voulait des réponses, pas une leçon d'histoire.

— Non, à cause de personnes qui pourraient en abuser, répondit Alaric. L'histoire d'Itarah est pavée d'accidents magiques qui ont causé d'énormes dégâts dans le royaume. La guerre des Deux Sorciers, tout au nord, qui a creusé le ravin de la Blessure et nous a coupés des Terres Oubliées, la Sorcière sanglante et son pacte avec les démons… il y en a des dizaines. Après que Thornan Calrend a ouvert le Portail noir et libéré les arcanophages sur le monde, c'en était assez. Il fallait agir. Ton aïeul, accompagné d'autres dirigeants, a décidé que la magie ne devait pas être laissée entre les mains de tous. Il fallait la supprimer.

— Les humains vivent très bien sans magie ! ajouta Manfred avec une pointe de fierté qui sonna aux oreilles d'Eden comme du mépris. Pourquoi pas les autres ?

— Et le portail dans tout ça ? s'enquit le garçon.

— Fermé, il est inoffensif. Mais sans cette menace, jamais le Haut Conseil n'aurait réussi à interdire la magie et encore moins à maintenir l'ordre pendant si longtemps.

Chaque mot prononcé par son grand-père renforçait son sentiment de trahison. Le vieux, en qui il avait confiance, était sur le point de l'embarquer dans un conflit qui le dépassait complètement.

— Alors, ce n'étaient que des mensonges ? Toutes ces mutilations, ces interdictions… Pour rien ?

— N'as-tu pas écouté ce que ton grand-père t'a dit, jeune homme ? Que le portail ne soit pas une menace est un détail ! La magie elle-même en est une ! Le monde se porte bien mieux sans elle.

— Eden, dit doucement Alaric, je sais que c'est difficile à comprendre pour toi, mais nous n'avons pas le choix. Quand les gens auront de nouveau peur du portail, tout rentrera dans l'ordre. Nous devons obéir au Haut Conseil et…

— Obéir ? l'interrompit Eden. Mais qu'est-ce que tu me dis ? Tu veux que je te suive et que je fasse partie de ça ? Vous voulez ouvrir le portail ! Des milliers de gens vont mourir ! En quoi êtes-vous meilleurs que les autres ? Et tu comptes me forcer à y prendre part ?

— Tu dois écouter ton grand-père, intervint Manfred. Tu es trop jeune pour comprendre tout ça, fais-lui confiance.

— C'est pour le bien de tous, Eden. Tu comprendras plus tard, ajouta Alaric.

Le jeune homme sentit un poids immense s'abattre sur lui. Il était piégé. Son propre grand-père le trahissait, il n'était plus en sécurité. Si le Haut Conseil était prêt à sacrifier autant de vies pour conserver le pouvoir, il n'y avait pas besoin de réfléchir longtemps pour comprendre qu'ils le tueraient sans hésiter pour protéger leurs mensonges. Est-ce que le vieux le protégerait ? Se dresserait-il contre eux, pour lui ? Il valait mieux fuir avant d'avoir à le découvrir.

— J'ai besoin d'être seul, dit-il.

Sans un mot de plus, il se leva brusquement et monta rapidement les escaliers. Manfred fit mine de le suivre, mais Alaric le retint.

— Il va se calmer, laisse-lui quelques minutes.

De retour dans sa chambre, Eden s'arrêta un instant, le souffle court. Ses pensées s'entrechoquaient, brûlantes de confusion et de colère. Il attrapa sa besace et, à ce qu'y avait déjà placé son grand-père pour la cueillette, il ajouta des affaires sans réfléchir, le cœur battant plus fort à chaque seconde. Il se pencha, tira brutalement la caisse et en sortit Kalvin et la baguette, qu'il balança dans le sac sans ménagement.

— Hé ! Qu'est-ce que tu fais, espèce de… protesta Kalvin, la voix rapidement étouffée par le sac.

— On part, grogna Eden, les dents serrées. C'est ce que tu voulais, non ? Alors, ferme-la !

« Plus de retour en arrière possible », avait dit Manfred.

Il glissa son sac sur son épaule, ouvrit la fenêtre et sauta.

Chapitre 6

Eden atterrit souplement sur ses jambes et s'élança vers la forêt. Il entendit la voix de son grand-père qui l'appelait, mais il l'ignora. Lorsqu'il jeta un coup d'œil par-dessus son épaule, il aperçut Manfred, épée à la main, bondissant hors de la maison et se ruant à sa poursuite.

Le vieux ne va quand même pas le laisser me tuer ? se demanda-t-il, l'estomac noué. Ce matin encore, il aurait juré que non. Mais maintenant… il n'était plus sûr de connaître l'homme qui l'avait élevé. De toute façon, Manfred était lancé et même si son grand-père avait voulu le retenir, il n'aurait eu aucune chance contre lui. Cet homme avait une carrure plus proche de l'ours que de l'humain.

Eden ferma les yeux sur ces pensées et accéléra, ignorant les ronces qui s'accrochaient à ses jambes. Il n'avait pas de destination précise ; il voulait seulement mettre le plus de distance possible entre lui et l'individu qui le poursuivait.

Il courut jusqu'à ce que l'air lui brûle les poumons et que chaque inspiration lui déchire la poitrine. À bout de souffle, il s'écroula contre un arbre, les yeux fermés. Des larmes glissèrent sur ses joues. Des mensonges. Toute sa vie n'avait été que mensonges. Et maintenant, il allait peut-être mourir pour les protéger.

Il rouvrit les yeux, essoufflé, son sang battant dans ses tempes et sa vision encore trouble. Un arbre, juste devant lui, attira son attention. Son tronc se séparait à la base en deux branches qui s'étiraient dans des directions opposées, avant que l'une d'elles ne vienne rejoindre l'autre pour former un triangle.

Je connais cet arbre… Un peu rassuré par ce repère familier, il essuya ses larmes du revers de la main. *Non, je ne vais pas mourir ici,* se dit-il comme une promesse. *Je connais cette forêt par cœur. Je vais partir. Je vais avertir tout le monde. Ils doivent savoir.*

— Tu vas m'expliquer ce qu'il se passe ? lança Kalvin.

Eden se releva en chancelant et balaya la forêt du regard. Puis il reprit sa route, cette fois en marchant.

— Le vieux m'a menti. Ils ont tous menti, dit-il avec amertume.

— Apprends-moi quelque chose que je ne sais pas déjà, rétorqua Kalvin avec sarcasme.

— Ils veulent ouvrir le Portail noir.

Kalvin ne répondit pas et le silence s'installa.

— Où est-ce qu'on va ? finit-il par demander.

— Je ne sais pas encore…

— Tu dois me ramener chez moi ! insista Kalvin.

— On a des problèmes plus graves ! Il faut alerter la population ! Tu n'as pas entendu ce que je viens de dire ? Il est hors de question de s'approcher du fort d'Éther. C'est là que se trouve le portail.

Kalvin se débattait toujours dans le sac.

— Si tu ne veux pas m'aider, laisse-moi au moins partir !

Eden resserra les bretelles du sac, hésitant. Il voulait se débarrasser de cette peluche insupportable, mais quelque chose en lui l'en empêchait. Il savait qu'il avait besoin de réponses. Et peut-être Kalvin pouvait-il les lui fournir.

Une idée germa dans son esprit. Une idée dangereuse, mais c'était la seule qu'il avait. Il s'arrêta de marcher et regarda dans le vide un moment avant de demander :

— Ton oncle… il s'y connaît vraiment en magie ?

Kalvin se figea à l'intérieur du sac. Sa réponse mit un instant à venir, comme s'il pesait soigneusement ses mots.

— Oui, il en sait beaucoup. Bien plus que toi, gamin.

Eden esquissa un sourire sans joie. C'était peut-être sa chance.

— Je te propose un marché. Je te ramène chez toi et en échange… tu me fais rencontrer ton oncle. Il m'aidera à apprendre à me servir de cette baguette.

— Pourquoi veux-tu apprendre à utiliser cette baguette ?

— Je dois empêcher le vieux d'ouvrir le portail, répondit Eden, la mâchoire serrée.

Kalvin émit un ricanement étouffé.

— Empêcher ton grand-père d'ouvrir le portail ? Bon sang, c'est risible… Mais j'aime bien ton audace. Très bien, marché conclu.

Eden ajusta le sac sur son épaule, décidé. Il avait un plan.

Au lieu d'aller tout droit, il traça plusieurs détours, contournant la végétation dense et veillant à ne pas laisser de traces. Habitué à pister des animaux, il savait comment se faire oublier du paysage. Tant qu'il restait dans la forêt, il avait une chance : il pouvait se cacher, trouver de l'eau et de quoi manger. Le village d'Elmswood se trouvait à environ deux jours de marche vers le nord. C'était le meilleur point de départ qu'il puisse espérer. Le fort d'Éther, en revanche, était encore bien plus loin… Inutile de se torturer avec ça pour l'instant.

Kalvin protestait par intermittence, se plaignant de l'inconfort du sac, mais il était hors de question de le laisser sortir. Malgré la faim, Eden s'autorisa à peine une pause. Il était encore trop près de chez lui pour se risquer à chasser. Il sortit de son sac une des rations préparées par son grand-père. L'image de ce dernier lui noua la gorge. *Ne pas y penser. Pas maintenant.*

Il déchira un morceau de pain sec et le mâcha mécaniquement. Il constata que sa gourde était presque vide, il devait trouver un point d'eau au plus vite.

Il marchait depuis plus d'une heure quand il aperçut enfin un ruisseau à travers les arbres. Eden s'agenouilla au bord de l'eau pour remplir sa gourde et se rafraîchir. Un bruissement soudain le fit sursauter. Son cœur rata un battement tandis que ses muscles se contractaient, prêts à fuir. Mais ce n'était qu'un oiseau qui avait surgi brusquement d'un buisson. Eden resta immobile un instant, le regard fixé sur l'endroit où l'oiseau avait pris son envol.

Il ne se trouvait plus chez lui et, ici, tout lui était étranger. La forêt qu'il connaissait par cœur n'était plus qu'un souvenir. Loin de ses repères, son sentiment de solitude s'alourdissait à chaque pas. Mais il n'avait pas le choix. Peu importe à quel point l'avenir semblait incertain, il devait continuer à avancer.

Petit à petit, le paysage autour de lui changea. Les arbres, autrefois serrés et imposants, étaient de plus en plus espacés. Les ombres épaisses de leur feuillage se faisaient plus rares, laissant apparaître des fougères et des herbes hautes. L'air se rafraîchissait, chargé d'une odeur de terre humide. Sous ses pieds, le sol devenait plus mou, glissant par endroits, parsemé de mousse épaisse et traversé de rigoles où l'eau s'accumulait. De hauts roseaux se dressaient autour de flaques qui réfléchissaient le ciel à travers une canopée plus clairsemée. Les insectes, eux, de plus en plus nombreux, bourdonnaient autour de lui.

Eden avançait à grands pas dans cette végétation marécageuse, battant des bras dans cette atmosphère saturée d'humidité pour repousser les moustiques. Les jambes alourdies par la boue, il commençait à se demander s'il ne valait pas mieux faire demi-tour.

Dans quoi je me suis embarqué ? se dit-il en extrayant péniblement ses pieds d'une mare boueuse. Il essayait de se repérer, mais cette partie de la forêt lui était totalement inconnue. Il avait vaguement entendu parler d'un marécage dans la région, mais impossible de déterminer où il se trouvait exactement. Il avait beau suivre ce qu'il pensait être le nord, il n'était plus certain de sa direction.

Finalement, le terrain s'assécha et les arbres retrouvèrent leur densité habituelle. Eden se laissa tomber sur un rocher plat, soulagé d'avoir quitté le marécage. Il leva les yeux vers la canopée, estimant qu'il lui restait moins d'une heure avant la tombée de la nuit. Il aurait voulu continuer, mais la moiteur de ses vêtements et la fatigue le forçaient à s'arrêter.

Il s'agenouilla pour enlever ses bottes, qui dégoulinaient de boue. Avec des feuilles de fougère, il les frotta vigoureusement, espérant qu'elles sèchent un peu.

— Je te laisse sortir si tu promets de ne pas t'enfuir, dit-il d'un ton neutre, comme s'il parlait à un animal récalcitrant.

— C'est pas trop tôt ! rétorqua Kalvin d'une voix acerbe.

— Tu promets ?

— Oui, oui, je te le promets, grogna le lapin.

Eden ouvrit le sac et en délogea Kalvin. Aussitôt, celui-ci en bondit et s'étira avec exagération.

— Où est-ce qu'on est ? demanda-t-il en jetant un regard méfiant autour de lui.

— Aucune idée. Si je me repère bien, on doit être quelque part à l'est d'Elmswood. Mais je ne suis jamais allé aussi loin de chez moi.

Eden alluma un feu avec des feuilles mortes et quelques branches. Lorsque les flammes prirent enfin, il ôta son pantalon trempé et l'étala près du feu pour le faire sécher, puis s'assit au plus près du foyer pour se réchauffer.

— T'as faim ? proposa-t-il en tendant un morceau de pain à Kalvin.

Le lapin lui lança un regard noir, puis tira sur son ventre en tissu.

— Et comment veux-tu que je mange ?

— J'en sais rien ! s'exclama Eden. T'es pas censé bouger ni parler non plus !

— Eh bien, je n'ai pas faim, répondit sèchement Kalvin avant de s'allonger près du feu, l'air boudeur.

Eden haussa les épaules en mordant dans une galette de céréales. Il repensa avec tristesse aux gâteaux de Mme Maresha : si seulement il avait pu en emporter ! Est-ce qu'au moins, il en remangerait un jour ? Une fois rassasié, il s'enveloppa dans une couverture et ferma les yeux. La fatigue de la journée l'entraîna rapidement dans un endormissement profond, malgré l'air encore frais et l'humidité qui s'infiltrait dans ses vêtements.

Le chant des oiseaux et la lumière pâle du matin le tirèrent de son sommeil. Il frissonna et se recroquevilla sous sa couverture en cherchant la chaleur du feu éteint. Ouvrant un œil, il vit que seules quelques braises rougeoyaient encore. Son premier réflexe fut de chercher Kalvin du regard. Le lapin était toujours là, allongé à côté des cendres.

Il frissonna à nouveau en sentant la fraîcheur matinale s'insinuer sous sa couverture. Entre le piaillement des oiseaux et la faim qui lui tiraillait l'estomac, il comprit qu'il n'était plus question de dormir davantage.

Il se redressa et, toujours enroulé dans la couverture, partit en quête de bois pour raviver le feu. Quand les braises eurent repris vie, il tâta son pantalon et ses bottes et fut satisfait de constater qu'ils avaient un peu séché pendant la nuit. Il prit un morceau de pain dans son sac et le grignota distraitement.

Ses pensées dérivèrent vers son grand-père. Que faisait-il à cet instant ? Était-il toujours à sa recherche ? Eden espérait seulement avoir pris suffisamment d'avance pour ne pas être rattrapé trop vite. Mais ensuite ? Il n'en avait aucune idée. Une seule certitude le réconfortait : plus il s'éloignait des mensonges du vieil homme, mieux il se sentait.

Une pensée, d'abord floue et distante, s'imposa soudain à lui : ses parents savaient-ils ? Après tout, eux aussi avaient été proches du Haut Conseil. Étaient-ils vraiment morts en défendant leurs mensonges ? Cette idée alimenta sa colère et sa confusion. Il tenta de repousser ces interrogations, mais le souvenir diffus du sourire de sa mère, un des rares qu'il avait d'elle, refit surface. Une larme roula silencieusement sur sa joue. Préférant ne pas s'attarder davantage dans cette spirale de doute, il avala les dernières bouchées de son petit déjeuner et secoua Kalvin.

— Hé ! Réveille-toi ! On doit repartir.

Le lapin s'étira et se redressa en bâillant. Eden empaqueta ses affaires, éteignit le feu et dispersa soigneusement les cendres.

— Allez, entre dans le sac, dit-il en le tendant vers Kalvin.

— Je ne retournerai pas là-dedans ! protesta le lapin. Je suis peut-être coincé dans ce fichu corps de peluche, mais je refuse de voyager comme un bout de linge sale !

Eden soupira, mais n'insista pas. Il attrapa Kalvin par la peau du cou et le déposa sur son épaule.

— Accroche-toi bien, grogna-t-il. Et évite de te plaindre toutes les cinq minutes.

Ils reprirent leur périple à travers la forêt. Eden garda un rythme soutenu malgré la fatigue qui commençait à le rattraper. En milieu de journée, il nota enfin quelques changements : les arbres étaient plus espacés, la végétation moins dense. À cette idée, il accéléra le pas, motivé par la perspective de voyager sur un terrain plus dégagé.

Soudain, un hurlement déchira le calme des bois. Eden s'arrêta net. Il tendit l'oreille, essayant d'en identifier l'origine. Une voix féminine criait au loin, mais il était trop éloigné pour savoir s'il s'agissait de peur ou d'une dispute. D'autres voix lui parvinrent, confuses et lointaines, sans qu'il puisse en distinguer le sens. Eden hésita.

— Qu'est-ce que tu fais ? On ne va quand même pas s'en mêler, siffla Kalvin, agacé. On a déjà assez de problèmes !

— C'est peut-être grave… Je vais jeter un œil.

— Non ! Tu as promis de m'emmener chez moi ! Pas question de perdre du temps avec les problèmes des autres !

Mais Eden n'écoutait déjà plus. Il remit Kalvin de force dans le sac et se détourna de sa route initiale pour se diriger prudemment vers l'origine des voix.

CHAPITRE 7

Alaric arpentait nerveusement l'espace devant sa maison. Une inquiétude sourde le rongeait, plus lourde à chaque seconde. Comment avait-il pu laisser la situation dégénérer ainsi ? Aurait-il dû se dresser contre Manfred, même si cela signifiait désobéir au Haut Conseil ? Mais non… aussi fort qu'il aimât son petit-fils, il savait qu'il ne pouvait pas faire ça. Il ne pouvait pas trahir tout ce qu'il avait juré de protéger depuis des décennies, même pour sa famille. Son devoir devait passer avant tout, toujours.

Pourtant, l'idée d'avoir livré Eden à une telle menace le hantait, une part de lui refusant de croire qu'il avait pris la bonne décision. Peut-être Manfred se montrerait-il clément ? Peut-être parviendrait-il à le convaincre de ramener Eden à la citadelle, où il pourrait commencer sa formation en sécurité ? C'était un garçon brillant, après tout. Il comprendrait… avec le temps. Et n'avait-il pas toujours rêvé de faire autre chose que cueillir des plantes et soigner des rhumes ?

Chaque bruit, chaque mouvement dans la forêt faisait bondir le cœur du vieil homme. À chaque craquement de branche, il se figeait et scrutait les ombres entre les arbres, espérant voir apparaître Eden sain et sauf. S'il avait été plus jeune, il aurait suivi Manfred dans les bois sans hésiter, se serait jeté à la poursuite de son petit-fils. Mais son âge lui interdisait ces élans. Tout ce qu'il avait pu faire, c'était murmurer une supplique : « Ramène-le vivant… » Mais Manfred n'avait même pas tourné la tête.

Le temps semblait s'étirer à l'infini, chaque seconde d'attente pesant un peu plus lourd sur ses épaules. Enfin, un mouvement dans les arbres le tira de ses pensées. Manfred émergea de la lisière, seul. Alaric sentit son estomac se nouer.

— Je ne l'ai pas trouvé, dit le messager du Haut Conseil, l'air sombre.

— Il connaît la forêt par cœur, répondit le vieil homme, plus pour lui-même que pour Manfred. Il va nous falloir des jours pour le retrouver.

Manfred haussa les épaules, indifférent à l'inquiétude qui étreignait Alaric.

— Nous n'avons pas de temps à perdre avec un adolescent en fugue. Mais nous ne pouvons pas non plus prendre le risque qu'il répande des rumeurs. Cela pourrait mettre en péril l'équilibre du royaume.

Les mots du messager s'enfonçaient comme une lame dans l'esprit d'Alaric. La perspective de perdre Eden devenait plus réelle à mesure qu'il parlait.

— Je vais envoyer des Veilleurs à sa recherche, reprit Manfred d'un ton sec. Nous ferons partir un messager depuis le village avant de prendre la route. Prépare-toi, je m'occupe des chevaux.

Sans attendre une réponse, Manfred tourna les talons et se dirigea vers l'enclos où son cheval broutait en compagnie de celui d'Alaric. Le vieil homme regarda son ami s'éloigner, le cœur serré, un goût amer dans la bouche. Il devait se rendre à l'évidence : il n'avait pas d'autre choix que d'obéir.

Il rassembla mécaniquement ses affaires et laissa un petit mot sur la table, au cas où Eden reviendrait. Une lueur d'espoir, infime et irrationnelle, subsistait encore. Peut-être le garçon retrouverait-il le chemin de la raison, peut-être pourrait-il encore tout réparer. Mais au moment de refermer la porte, une étrange certitude l'envahit. Il jeta un dernier regard à l'intérieur, contemplant chaque détail de la pièce comme pour s'en imprégner. Il avait la conviction, au fond de lui, qu'il ne reviendrait jamais.

Devant la maison, Manfred l'attendait déjà, solidement campé sur sa selle, tenant Horasse, le grand cheval brun d'Alaric, par le licou. Le vieil homme hissa son sac sur sa monture, le cœur lourd, puis monta en selle à son tour. Manfred ne dit pas un mot ; il n'en avait pas besoin. Le message était clair : il fallait partir. Sans un regard en arrière, les deux hommes s'engagèrent sur le sentier qui descendait en pente douce vers le village d'Alderbrook. Le trajet, pourtant court, lui parut interminable. Arrivé sur la place centrale du village, Alaric tira sur les rênes pour ralentir sa monture.

— Va à l'auberge, indiqua-t-il à Manfred. Si le messager n'est pas là, tu pourras y laisser ta dépêche pour son prochain passage. Moi, je dois prévenir de mon absence et prendre quelques dispositions. Je n'en ai pas pour longtemps.

Manfred acquiesça d'un signe de tête et fit tourner son cheval sans attendre davantage. Alaric le regarda s'éloigner, puis soudain, pris d'une impulsion, il l'appela :

— Manfred !

L'homme se retourna sur sa selle.

— Demande-leur de le ramener à Dannamore vivant… s'il te plaît.

Manfred le fixa un instant, impassible. Puis, sans un mot, il hocha à nouveau la tête et éperonna doucement sa monture. Alaric observa son ami s'éloigner, incertain du sens de ce geste. Était-ce un acquiescement sincère ? Ou un simple signe pour clore la discussion ? Le vieil homme savait qu'il n'obtiendrait pas plus de garanties.

Manfred avait servi pendant de nombreuses années comme Veilleur, l'un de ces soldats impitoyables chargés de maintenir l'ordre et de faire appliquer les décisions de la cour des Équilibres. Ils n'étaient pas connus pour leur clémence. Et parmi eux, Manfred s'était taillé une réputation redoutable : implacable, inflexible, sans merci. Sa loyauté absolue envers le gouvernement et ses nombreuses victoires en tant que capitaine lui avaient valu, à sa retraite, une promotion prestigieuse : il avait été nommé messager spécial, un rôle réservé à ceux en qui le Haut Conseil plaçait une confiance totale. Sa mission : transmettre les informations les plus sensibles, celles qui ne pouvaient être confiées à personne d'autre. Alaric connaissait bien Manfred, il savait que cet homme ne reculait devant rien pour accomplir son devoir.

Il attacha Horasse à un arbre et, prenant une profonde inspiration, se dirigea vers une petite maison qui bordait la place. Après quelques instants, une femme rondelette aux joues rosies ouvrit la porte avec un grand sourire chaleureux.

— Alaric ! Quel plaisir ! Que me vaut ta visite ? Je suppose que tu veux voir Symond ?

— Bonjour, Ann. Oui, j'aimerais lui parler, s'il est dans le coin.

Ann secoua la tête en soupirant.

— Les Adkin ont encore eu une de leurs disputes. Il est parti tenter de calmer les choses. Je te jure, ces deux-là vont finir par s'entre-tuer. Je le dis depuis toujours, mais personne ne m'écoute ! Il est probablement encore chez eux, si tu veux le rejoindre.

— Je n'ai pas le temps de traverser tout le village, et encore moins de me retrouver mêlé à leurs querelles. Peux-tu lui laisser un message de ma part ?

Ann plissa les yeux, l'air inquiet.

— Tu as une mine affreuse, Alaric. Rien de grave, j'espère ? Entre, je vais te faire une tasse de thé.

Le vieil homme lui adressa un sourire faible, mais sincère.

— Une autre fois avec plaisir. Je dois partir pour Dannamore. Le Haut Conseil a besoin de moi.

Les yeux d'Ann s'agrandirent.

— À Dannamore ? Mais c'est à l'autre bout du pays ! Ils n'ont pas leurs propres guérisseurs, là-bas ?

— Si, bien sûr. Mais tu sais bien que je ne suis pas qu'un simple guérisseur. J'ai toujours mes responsabilités de Grand Sage. Pourrais-tu prévenir Symond pour moi ? Je vais être absent plusieurs semaines, peut-être plus. En attendant, Mme Maysant pourra s'occuper des petits maux ici au village. Mais si un cas sérieux se présente, il faudra envoyer quelqu'un chercher Jacobus à

Orvin. D'ailleurs, peux-tu également lui faire parvenir un message pour qu'il soit au courant ?

Ann hocha la tête. Malgré une lueur d'inquiétude dans le regard, elle conservait son sourire chaleureux.

— Ne t'inquiète pas. Je m'en occuperai.

Alaric fit un pas en arrière, mais avant de partir, il se ravisa.

— Une dernière chose, Ann… Je ne sais pas où est Eden, on s'est disputés… S'il revient, prends soin de lui, je t'en prie.

Ann le regarda, déconcertée par la requête inhabituelle, mais elle se contenta d'acquiescer doucement.

— Ne t'en fais pas. Le village est entre de bonnes mains, et ton petit-fils aussi.

Au loin, Manfred était déjà de retour, ajustant les sangles de sa monture. En quittant la maison, Alaric regarda une dernière fois vers Ann qui attendait sur le pas de sa porte.

— Bon voyage, Alaric. Fais attention à toi, et reviens-nous vite, dit-elle avec douceur.

Il se contenta d'un dernier hochement de tête avant de rejoindre Manfred au centre de la place.

— J'ai eu de la chance, déclara l'homme lorsque Alaric fut à portée de voix. Le messager est à l'auberge, il ne repart que demain matin.

— Bien, répondit Alaric en se hissant sur sa selle. Allons-y.

Il essayait de toutes ses forces de ne pas penser au contenu du message que Manfred avait laissé derrière lui. Sans un mot de plus, les deux hommes talonnèrent leur monture et quittèrent le village d'Alderbrook. Les maisons s'effacèrent rapidement derrière eux, avalées par la route sinueuse qui s'étirait à travers les collines et les bois. Le voyage vers Dannamore serait long, six jours au moins, et la situation était grave.

CHAPITRE 8

Non… Non, non, non…

Son cœur tambourinait si fort qu'elle avait l'impression qu'il allait éclater. Chaque souffle était court, trop court, l'air se dérobait autour d'elle. Ses poignets brûlaient sous la pression des mains qui la tenaient. Elle tirait, se tordait, mais rien n'y faisait. Ils ne lâchaient pas. Ils ne lâcheraient jamais. Elle le savait.

Des sanglots montèrent dans sa gorge, mais elle les empêcha de sortir. *Si je pleure, ils vont croire que j'abandonne.* Elle tenta une nouvelle fois de se libérer, tandis qu'on la traînait dans la cour. Elle sentit ses jambes faiblir, une vague de panique la traversa. Elle s'accrocha à cette peur, la laissa l'envahir, pour mieux lutter. *Pas maintenant, ne cède pas !* La main de sa mère s'approcha, douce et froide à la fois. Elle la fixa, hypnotisée par le contraste entre la tendresse du geste et la cruauté qui allait suivre. *Pourquoi ? Pourquoi fait-elle ça ?* Le parfum de lavande de sa mère l'entourait, une odeur familière qui la dégoûtait à présent.

— Séraphine, ma chérie… murmura sa mère en approchant. Tout va bien se passer, tu verras. Si tu arrêtes de te débattre, ce sera sans douleur. Je te le promets.

Sans douleur ? Ils veulent me mutiler !

— Non ! Il faudra me les arracher de force ! Je me débattrai ! Vous les enlèverez sur mon cadavre ! hurla-t-elle, la voix brisée à force de crier.

Les larmes lui piquaient les yeux, mais elle refusait toujours de céder.

— Calme-toi, grogna son père en resserrant son étreinte. Ce n'est pas une punition, c'est nécessaire. Tu le sais bien. Pourquoi faut-il toujours que tu fasses des histoires ?

Elle haletait, ses pensées embrouillées par la peur et la colère.

— Papa… s'il te plaît… je ne m'en servirai jamais, sanglota-t-elle. Personne ne le saura, je te le promets.

Son père l'ignora. Aidé du guérisseur, il la plaqua brutalement à plat ventre sur la table. Son corps heurta le bois avec un bruit sourd. Elle suffoqua un instant. L'odeur du cuir et du sang lui monta au nez. On lui attacha les poignets et les chevilles avec des sangles. Chaque sensation s'imprimait en elle comme un cauchemar éveillé. Sa mère s'approcha encore.

— Ça va aller, ma chérie. On doit tous y passer un jour. C'est pour ton bien, murmura-t-elle en déposant un baiser sur son front, pour le bien de tous.

Les sangles lui déchiraient la peau tandis qu'elle tirait dessus de toutes ses forces pour se libérer. En vain.

— Maman… non… s'il te plaît… je t'en supplie… sanglota-t-elle en sentant son corps laisser filer sa dernière once de résistance.

Mais personne ne l'écoutait. Le guérisseur fouillait dans une sacoche en cuir, Séraphine serra les dents à s'en faire saigner les gencives. Une peur glaciale s'empara de tout son corps. *Ça va arriver. Ils vont vraiment le faire.*

— Non… non… non, murmura-t-elle, incapable de trouver une autre prière.

Peut-être vont-ils s'arrêter. Peut-être reste-t-il encore un espoir… Elle se figea lorsqu'elle sentit qu'on soulevait son chemisier, exposant son dos nu à l'air frais. *Non, non…*

Ses ailes se déployèrent aussitôt, malgré elle, étincelantes sous la lumière du jour. Les reflets nacrés jouaient avec les rayons du soleil, elles prenaient plaisir à exister, libres et belles. Ces ailes…

Mes ailes ! Un frisson parcourut son échine. Comment avaient-ils pu tous subir cela sans rien dire ? Elle n'y arrivait pas, elle n'y arriverait jamais.

Elle vit un instant la lame passer devant elle avant de disparaître dans son dos. Séraphine lutta contre une nouvelle montée de panique. Elle sentit ses ailes frémir. Le guérisseur se plaça derrière elle, ajustant la scie dans ses mains. Sa voix, calme et acérée, fendit l'air :

— Tu vas souffrir et c'est de ta faute. Si tu ne les avais pas cachées, tout serait réglé depuis longtemps. Maintenant, elles sont beaucoup plus grandes. Considère-toi comme chanceuse que je ne t'aie pas dénoncée !

Les mots lui brûlèrent autant que la scie qui allait bientôt trancher dans sa chair. *Chanceuse ?* Séraphine serra les poings et tira une nouvelle fois, en vain, sur les sangles. *Ils me mutilent et ils osent parler de chance !* Une rage impuissante tourbillonnait en elle, mêlée à une terreur qu'elle tentait désespérément de contenir. *Je ne vais pas crier. Je ne leur donnerai pas ce plaisir.*

Puis la douleur éclata.

Une décharge violente, brute, la traversa, lui arrachant un cri malgré elle, un hurlement guttural, inhumain, qu'elle n'avait jamais imaginé pouvoir produire. La lame avançait lentement, méthodiquement, chaque coup prolongeant sa souffrance.

— Ça va aller, ma chérie… Ça va aller… chuchotait sa mère en lui caressant les cheveux, comme si cela pouvait apaiser l'horreur qui se déroulait sous ses yeux.

Quand l'aile fut finalement séparée de son corps, le guérisseur la jeta sur le sol, comme un détritus. Séraphine suffoquait. La douleur l'aveuglait. Elle sentait encore le fantôme de l'aile arrachée, un vide déchirant son dos.

— Allons, ce sera bientôt fini, dit le guérisseur en repositionnant la scie sur sa deuxième aile.

Elle n'avait plus la force de lutter. Les sons autour d'elle devinrent étouffés, comme à travers une épaisse couche de brouillard. La douleur dans son dos pulsait à chaque battement de son cœur, rendant ses pensées brumeuses. Elle sentit son corps se relâcher malgré elle, glissant peu à peu vers l'inconscience, un refuge illusoire contre l'horreur.

Un bruit sec déchira l'air. Quelque chose tomba. Puis un autre son, suivi d'un grognement. Une voix s'éleva, étrangère, coupante, mais ses mots restaient flous, comme s'ils étaient noyés sous la douleur battante dans sa tête.

Séraphine reprit péniblement conscience. Son champ de vision était limité par la table sous elle et la position de son corps, mais elle parvint à entrevoir le guérisseur, gisant au sol, une main agrippant sa jambe.

Une silhouette s'approchait, floue à travers ses larmes et sa douleur. Une ombre indécise, à peine tangible. Elle entendit la voix de sa mère, mêlée de terreur :

— Qui êtes-vous ? Pourquoi faites-vous ça ? Je ne vous laisserai pas faire de mal à ma fille !

Me faire du mal ? pensa-t-elle. Ils m'ont clouée à cette table comme un animal. Qui que ce soit, j'espère qu'il va tous les tuer et m'achever rapidement.

La voix inconnue retentit de nouveau, plus assurée cette fois :

— Toi, détache-la. Maintenant.

Il y eut une pause, brève et tendue, puis la voix de son père, hésitante :

— Très bien. Ne tirez pas.

Elle sentit les sangles relâcher leur emprise une à une. Son corps retomba mollement sur le bois de la table. Tout en elle criait de fuir, mais ses muscles refusaient de répondre.

— Ça va aller, Lucia, ne t'inquiète pas, entendit-elle son père murmurer. Ce garçon va se montrer raisonnable… Nous n'avons pas beaucoup d'argent, mais tu peux tout prendre. Ne fais pas de mal à ma famille.

Hypocrite… se dit-elle, tandis que des vagues de douleur battaient contre les parois de son esprit, menaçant de l'emporter à nouveau. La scène devant elle se brouillait ; la colère, la confusion et la peur se mêlaient dans un tourbillon étouffant.

— Je ne veux pas d'argent, répondit l'inconnu, et je ne suis pas ici pour faire du mal. Je veux juste la libérer et la soigner.

Me libérer… Ce mot sonna en elle comme une promesse impossible. Mais à laquelle elle voulait croire. Le noir l'enveloppa un instant, l'aspirant à nouveau. Puis elle sentit qu'on la soulevait. Elle rouvrit les yeux, ses bras glissèrent autour du cou de celui qui venait de la libérer. Son sauveur paraissait avoir à peu près son âge, peut-être un an ou deux de plus. Il avait des cheveux blonds en bataille, le visage fin et couvert de petites taches de rousseur. Leurs regards se croisèrent, ses yeux étaient d'une couleur indéfinissable. Il avait l'air en colère, triste.

— Tu peux marcher ? demanda-t-il.

Elle hocha la tête, incertaine. Ses jambes tremblaient sous son propre poids, mais elle refusait de montrer sa faiblesse.

— Emmène-moi avec toi, murmura-t-elle.

— Séra ! Non ! cria sa mère, tentant de l'atteindre.

L'arbalète du garçon s'éleva à nouveau.

— Si l'un de vous fait un seul pas, je tire !

— Allons-y, lui dit-il d'une voix plus douce, appuie-toi sur moi.

Elle obéit sans un mot et s'accrocha à lui tandis qu'ils s'enfonçaient dans la forêt.

— Séraphine, je t'en prie, reviens !

Séraphine regarda son père. Sa chemise se teintait de rouge autour du carreau d'arbalète planté dans son épaule. Elle ne répondit pas et détourna les yeux. Lorsqu'ils furent suffisamment loin, le jeune homme glissa son arbalète à sa ceinture et ralentit le pas.

— Qui es-tu ? Et pourquoi es-tu venu à mon secours ? souffla-t-elle entre deux respirations difficiles.

— On fera les présentations plus tard, répondit-il. Pour l'instant, on doit les distancer le plus possible. Ils ne vont pas tarder à nous chercher.

Séraphine serra les dents, chaque pas lui envoyant une vague douloureuse dans le dos. Mais elle ne flancherait pas. *Je suis libre. Peu importe ce qu'il adviendra ensuite.*

Chapitre 9

Eden tendit l'oreille. Des cris résonnaient à travers les arbres. *Ils n'ont pas perdu de temps*, se dit-il. Séraphine titubait à ses côtés, épuisée, mais déterminée. Chaque pas semblait représenter un effort surhumain pour elle.

— Tu ne pourras pas fuir dans ton état, dit-il en l'aidant à garder son équilibre. Il faut qu'on trouve un endroit pour se cacher.

— Ou alors, tu peux faire ce que je me tue à te dire, la laisser ici et partir ! répondit Kalvin depuis le fond du sac.

— Qui a parlé ? s'étonna Séraphine en regardant dans toutes les directions.

— C'est… Kalvin. Je t'expliquerai quand on sera à l'abri. Ne t'inquiète pas, il a un sale caractère, mais il est inoffensif.

— Inoffensif ! Tu vas…

Eden le fit taire en donnant un coup dans le sac.

— Tu connais bien cette partie de la forêt ? demanda-t-il.

Séraphine acquiesça d'un faible mouvement de tête, jetant toujours des regards inquiets vers le sac.

— Oui… Vers la droite… Il y a un surplomb rocheux un peu plus loin. On pourra se cacher là-bas.

— Ils ne risquent pas de nous y chercher ?

— Je ne pense pas… C’est trop près du village, et ils nous ont vus partir dans l’autre direction.

Eden hocha la tête, évaluant rapidement leurs options.

— Très bien. Attends, j’ai une idée.

Il s’agenouilla, sortit un couteau de son sac et commença à avancer vers elle. Séraphine recula instinctivement.

— Je ne vais pas te faire de mal, la rassura-t-il, on doit brouiller les pistes.

Elle se figea un instant, hésitante, avant de le laisser approcher. Il découpa plusieurs morceaux de son chemisier imbibé de sang.

— Reste ici. Je reviens tout de suite, dit-il en se relevant.

Alors qu’il s’éloignait parmi les arbres, Kalvin reprit ses protestations.

— Elle est blessée et en fuite. Je sais que tu veux l’aider et c’est tout à ton honneur, mais c’est quoi, ton plan ? Elle sera bien mieux avec ses parents. Les fées se font couper les ailes depuis des décennies, elle s’en remettra.

— Tais-toi, murmura sèchement le garçon en continuant son chemin.

— Oh non, certainement pas ! On devrait être à des kilomètres d’ici, mais non, monsieur le sauveur a décidé de ramasser une gamine estropiée au passage. Brillant ! Et maintenant, on a sûrement toute une bande de Veilleurs aux trousses. Bravo !

Eden accrocha un dernier morceau de tissu à une ronce avant de faire demi-tour.

— Je ne la laisserai pas ici, lâcha-t-il entre ses dents. Tu peux continuer à râler, ça ne changera rien.

Il retrouva Séraphine là où il l’avait laissée.

— Ça devrait les occuper un moment, dit-il, on y va. Essaie de ne pas laisser trop de traces.

La jeune fille souffrait manifestement, mais elle ne se plaignit pas une seule fois. Eden la soutint du mieux qu’il pouvait, mais il sentait à chaque tremblement de ses muscles qu’elle n’irait pas bien loin. Ils atteignirent enfin l’énorme rocher qui tenait en équilibre au-dessus d’une étendue de terre nue où presque rien ne poussait par manque de lumière. Au pied du promontoire, un étroit passage serpentait entre les racines et les rochers, si bas qu'il aurait fallu ramper pour s'y glisser. Sur un côté, la pierre s'était affaissée, formant une petite grotte naturelle. Grâce à la configuration de la roche, on pouvait facilement passer devant sans jamais la remarquer.

— Par ici, dit-elle en désignant la petite entrée.

Eden aida Séraphine à s'y faufiler et posa son sac près du mur de pierre.

— Qui es-tu ? Et pourquoi est-ce que tu m'aides ? demanda-t-elle.

— Je m'appelle Eden, répondit-il simplement. Et je t'ai aidée parce que… tu avais l'air d'en avoir besoin.

Elle lui sourit faiblement.

— Moi, c'est Séraphine, mais tu peux m'appeler Séra. Merci… d'être venu à mon secours. Je suis désolée que tu te retrouves mêlé à tout ça. Je suis à l'abri maintenant. Dès que la voie sera libre, tu pourras repartir, si tu veux.

Eden secoua doucement la tête.

— Et tu comptes faire quoi toute seule ? Tu n'as pas envie de rentrer chez toi, j'imagine. Tu es blessée, tu n'as aucun équipement… et tu es poursuivie.

Les yeux de Séraphine se remplirent de larmes.

— Je sais… murmura-t-elle.

— À moins que tu ne veuilles que je parte, je ne te laisserai pas toute seule.

La jeune fille lui offrit un nouveau sourire.

— Essaie de ne pas trop bouger. Je vais…

Le sac retomba sur le côté et Kalvin en bondit.

— Enfin ! J'ai cru que j'allais passer l'éternité enfermé là-dedans ! Que ce soit bien clair, je n'entrerai plus jamais dans ce sac ! dit-il d'un air outré.

Séraphine, malgré son état, eut un petit rire amusé en découvrant le lapin parlant.

— C'est quoi, ça ?

Visiblement agacé, Kalvin tourna la tête vers elle.

— Formidable. Je suis transformé en une blague vivante, pesta-t-il, amer.

— Ça, c'est Kalvin. Ignore-le, dit Eden avec lassitude. On a plus urgent à faire. Je dois m'occuper de ton dos.

Séraphine acquiesça faiblement et s'appuya contre la paroi rocheuse. Eden imbiba un morceau de tissu avec de l'eau de sa gourde, puis entreprit de nettoyer son dos ensanglanté. Le sang avait séché par endroits, formant une croûte épaisse qu'il dut retirer doucement. Elle laissa échapper un gémissement étouffé.

— Ça fait mal ? s'enquit Eden avec inquiétude.

— Ça va, souffla-t-elle. Je vais tenir.

Le garçon eut soudain une idée.

— Kalvin, crois-tu que je pourrais utiliser la baguette pour la soigner ?

Le lapin bondit en avant.

— Tu plaisantes, j'espère ? Tu as vu ce qu'il s'est passé la dernière fois que tu as voulu jeter un sort ?

Eden fronça les sourcils, exaspéré.

— Ce n'est pas le moment de te moquer. Ça pourrait marcher.

— Ou ça pourrait la tuer, mais je devrais peut-être te laisser faire !

Eden soupira et balaya cette idée :

— D'accord, pas de baguette, admit-il.

— Tu as une baguette ? demanda Séra. Comment est-ce possible ?

— Je te promets de tout t'expliquer, mais pas avant d'avoir soigné ta blessure. Tu perds beaucoup de sang.

Eden continua de nettoyer les plaies avec des gestes lents, religieux, hypnotisé par la fine membrane de l'aile intacte. Comment pouvait-on mutiler quelque chose d'aussi beau ? Une vague de tristesse et de rage monta en lui. Ils avaient coupé une partie d'elle… pour des mensonges. Toutes ces lois qu'il trouvait encore normales et nécessaires quelques jours plus tôt. À présent, il se demandait comment il avait pu y croire, ne serait-ce qu'un instant. Rien ne pouvait justifier de tels actes. Pourquoi tout le monde acceptait-il cela sans protester ? Pourquoi les fées, comme tant d'autres, infligeaient-elles une telle cruauté à leurs semblables ? Plus rien n'avait de sens à ses yeux. Des larmes brouillèrent sa vision, mais il les refoula.

— Je suis vraiment désolé… murmura-t-il, la voix pleine de remords.

— Désolé de quoi ? demanda Séra en tournant la tête vers lui. Ce n'est pas ta faute. Et grâce à toi… j'ai encore une aile.

— J'aurais dû intervenir plus tôt. J'ai eu peur. Si je n'avais pas hésité… tu aurais encore les deux.

— Tu es venu. C'est tout ce qui compte. Ne te blâme pas pour ce que tu n'as pas pu faire, dit-elle avec douceur.

Eden resta silencieux un instant. Il avait du mal à accepter cette bienveillance qu'il ne pensait pas mériter. Il se redressa.

— Il y a de l'eau à proximité ?

— Oui, répondit Séra. Si tu longes la roche vers la droite, tu trouveras un petit ruisseau. Il passe entre deux rochers. Il est à sec l'été et gelé l'hiver, mais en ce moment, tu devrais y trouver de l'eau claire.

— Sur la droite, d'accord. Surtout, quoi qu'il arrive, ne sors pas d'ici. Je n'en ai pas pour longtemps.

Il se leva et ajusta son sac sur son dos.

— Toi, reste ici et veille sur elle, ordonna-t-il à Kalvin.

— Je ne suis pas une nourrice et je n'ai aucun ordre à recevoir, répondit sèchement le lapin.

— Fais ce que je te dis.

Sans attendre de réponse, Eden se glissa hors de la grotte. Suivant les indications de Séra, il trouva rapidement le filet d'eau qui serpentait le long de la roche. Il s'agenouilla pour se désaltérer et remplir sa gourde. *Pourquoi n'ai-je jamais prêté plus d'attention aux leçons du vieux ?* se dit-il en nettoyant les bandes de tissu tachées de sang. Tant de plantes se trouvaient autour de lui, mais il n'en reconnaissait que quelques-unes et était incapable de se souvenir de leur utilité.

Alors qu'il allait repartir, Eden s'immobilisa. Il était certain d'avoir entendu un bruit : quelqu'un ou quelque chose avait brisé une petite branche en marchant dessus. Il scruta les buissons alentour et se saisit de son arbalète.

Les deux mains levées en signe de paix, la mère de Séraphine sortit de derrière un buisson. Ses yeux étaient rougis de larmes et sa robe en lambeaux, déchirée par les ronces.

— S'il te plaît, ne tire pas… Écoute-moi, dit-elle d'une voix brisée.

Eden ne bougea pas, son arbalète toujours braquée sur elle.

— Je suis seule, ajouta-t-elle précipitamment. Je savais que ma fille se cacherait ici, mais je ne l'ai dit à personne. Il faut que tu m'écoutes.

— Parlez, répondit-il d'un ton glacial, sans baisser son arme.

— Le guérisseur que tu as blessé a prévenu tout le village. Ils ont ordonné de ramener Séraphine… morte ou vive. Il lui reste une aile. Tant qu'elle la porte, elle représente un danger pour elle-même et pour nous tous. Ils ne s'arrêteront pas tant qu'ils ne l'auront pas trouvée. Je connais ma fille… Elle ne se laissera jamais ramener. Son entêtement va la faire tuer.

Elle marqua une pause, étouffant un sanglot.

— Elle te fait confiance, je t'en prie, essaie de la raisonner. Ramène-la à la maison avant qu'il ne soit trop tard.

Eden serra les dents.

— Pour que vous terminiez ce que vous avez commencé ? Pas question.

La femme baissa les yeux, ses épaules s'affaissant sous le poids de son désespoir.

— Alors, laisse-moi au moins t'aider, murmura-t-elle. Je préférerais qu'elle rentre, mais je refuse qu'elle soit abattue comme une criminelle. J'ai apporté quelques vivres et de quoi la soigner. Il y a aussi un cheval attaché à un arbre, juste derrière ce gros rocher.

Elle désigna une large pierre, détachée du promontoire.

— Il s'appelle Jasper. Ce n'est pas un cheval de course, mais il vous fera gagner un temps précieux.

Eden resta silencieux, soupesant ses options.

— Je vais lui parler, finit-il par dire. Je lui expliquerai la situation, mais je ne la forcerai pas à revenir. Si elle veut rentrer, je la ramènerai chez vous. Si elle veut fuir, je l'emmènerai le plus loin possible.

La femme hocha la tête, les larmes aux yeux. Elle posa un petit sac de tissu brodé à ses pieds et recula lentement.

— Merci, dit-elle à mi-voix. Dis-lui… Dis à ma fille que je l'aime. Et que je suis désolée que le monde soit ainsi.

Elle resta un instant immobile, puis tourna les talons et disparut parmi les arbres. Eden attendit quelques secondes, s'assura qu'il n'y avait pas d'embuscade, puis il ramassa le sac et se dirigea vers le cheval. L'animal était là, attaché à une branche basse, comme elle l'avait dit. C'était un robuste cheval brun. À l'approche d'Eden, il leva la tête et souffla doucement par les naseaux. Le garçon posa une main sur son encolure et caressa son pelage tiède.

— Toi, tu vas nous être utile, dit-il doucement.

Le cheval hocha légèrement la tête, comme s'il approuvait. Eden esquissa un sourire. Peut-être que, finalement, les choses allaient tourner en leur faveur. Après avoir laissé le cheval à l'abri des regards, il retourna à la grotte, le sac brodé à l'épaule.

— Tu en as mis du temps ! Je commençais à m'inquiéter ! dit Séra.

Son regard s'arrêta sur le sac brodé, et une lueur de panique envahit son visage.

— Où as-tu trouvé ce sac ? Ils sont là ? Ils nous ont retrouvés ?

Elle se leva, chancelante, et esquissa un mouvement de fuite, mais ses jambes, trop faibles, cédèrent sous elle. Elle s'effondra au sol, inconsciente avant même qu'Eden ne puisse réagir.

— Séra ! appela-t-il en se précipitant à ses côtés.

Il la secoua doucement, mais elle ne réagit pas. Il posa la main sur son front. Sa peau était brûlante. Il inspira profondément, essayant de rassembler ses pensées.

— Elle est encore en vie, murmura-t-il.

— Pas pour longtemps… On devrait la laisser là, dit Kalvin en s'approchant.

Eden lui jeta un regard noir.

— Qu'est-ce que tu racontes ?

— Je dis que tu as fait tout ce que tu pouvais. Regarde-la. Elle est à moitié morte et va probablement nous ralentir jusqu'à ce que les Veilleurs nous tombent dessus. Ce n'est plus ton problème. Tu n'es pas un héros. Sauver tout le monde, c'est une idée de gamin.

Eden serra les poings, sentant la colère monter en lui.

— Je ne vais pas l'abandonner. Pas après ce qu'elle a traversé.

— Ce qu'elle a traversé, c'est son affaire, pas la tienne, siffla Kalvin. Ramène-la chez ses parents. Ils termineront ce qu'ils ont commencé, elle restera en vie et nous aussi. Si tu ne fais pas ça, tu risques de la tuer toi-même en essayant de la traîner à travers cette forêt.

— Tu crois vraiment qu'elle veut retourner là-bas ? Tu crois que c'est ce qu'elle choisirait ?

Kalvin secoua la tête, le regard dur.

— C'est noble, mais complètement stupide. Tu ne peux pas sauver tout le monde.

— Je n'ai pas à les sauver tous. Juste elle, répondit Eden avec détermination.

Sans attendre d'autres protestations, il alluma un feu, malgré les risques. La flamme vacillante fit reculer l'obscurité autour d'eux. Il étendit Séra près du foyer et la couvrit avec sa couverture. Il vida ensuite le contenu du sac brodé sur le sol : de la nourriture, une gourde, des vêtements, une couverture supplémentaire et une pochette en tissu vert. En l'ouvrant, il trouva du fil, une aiguille, des sachets d'herbes séchées, et un pot de crème.

— Qu'est-ce que je suis censé faire avec ça ? se demanda-t-il.

Kalvin soupira.

— Tu es têtu comme une mule et tu es un imbécile. La blessure est en train de s'infecter, tu dois la nettoyer et la recoudre.

Eden lava doucement la plaie avec de l'eau. Ses gestes étaient maladroits, mais attentionnés. Il recousit ensuite tant bien que mal la blessure avec le fil et l'aiguille. Chaque point le fit grimacer, mais il continua jusqu'au bout. Sans savoir comment utiliser la crème, il en appliqua tout de même sur la cicatrice, espérant qu'elle aiderait.

— C'est du bricolage. Tu ne peux rien faire d'autre qu'espérer, maintenant, dit Kalvin.

— Elle va guérir.

Une fois le soin sommaire terminé, il s'assit auprès d'elle, veillant sur son sommeil perturbé par la douleur. La fatigue le rattrapait, mais il s'obligea à rester éveillé aussi longtemps que possible. Enfin, à bout de force, il s'assoupit, l'arbalète toujours serrée dans sa main, prêt à se réveiller au moindre signe de danger.

Séra s'agita légèrement, le tirant de son sommeil.

— Ça va mieux ? interrogea-t-il doucement.

La jeune fille ouvrit les yeux et fixa son sauveur quelques instants, comme si elle peinait à le reconnaître.

— Je crois… oui.

— Tu as perdu connaissance, mais je t'ai soignée, dit-il avec une pointe de fierté.

Séra lui adressa un faible sourire.

— Est-ce que je peux avoir un peu d'eau, s'il te plaît ?

Eden lui tendit une gourde qu'elle vida presque entièrement. Lorsqu'elle eut repris ses esprits, son regard se posa de nouveau sur le sac brodé.

— Où l'as-tu trouvé ?

— Ta mère me l'a donné.

Elle tenta de se redresser, mais son corps était encore trop faible. Elle vacilla et Eden se précipita pour la soutenir avant qu'elle ne retombe.

— Tout va bien, la rassura-t-il. Elle m'a dit que si tu ne voulais pas rentrer, je devais t'aider à partir. Aussi loin que possible. Elle a même laissé un cheval attaché derrière le promontoire. Tu peux encore rentrer chez toi, partir seule… ou venir avec moi. Quoi que tu décides, je t'aiderai.

Séra resta silencieuse un moment. Elle fit glisser ses doigts distraitement sur les fleurs brodées du sac.

— C'est moi qui l'ai fait, dit-elle, ma mère m'apprenait la broderie et la couture.

Elle releva la tête, croisant le regard d'Eden avec une intensité qui le surprit. Ses grands yeux verts brillaient d'une détermination sans faille.

— Je ne retournerai pas là-bas. Jamais.

Eden hocha simplement la tête. Elle venait de prendre une décision lourde de conséquences, mais il savait qu'elle avait fait le bon choix.

— Pourquoi est-ce que tu m'aides ? s'enquit-elle.

— Disons que j'ai pris la même décision que toi… répondit-il, une étrange sensation de réconfort naissant à cette pensée : il n'était plus seul.

Séra jeta un regard à Kalvin, qui observait la scène depuis un rocher, l'air à la fois agacé et impatient.

— Et lui ? dit-elle en le désignant du menton.

— C'est une longue histoire… commença Eden.

Il entreprit alors de lui raconter tout ce qu'il avait vécu ces derniers jours : la découverte de la baguette, sa rencontre avec Kalvin, l'arrivée du messager, la confrontation avec son grand-père et sa fuite à travers la forêt. Séra écouta attentivement, son visage reflétant tour à tour la stupéfaction, la colère et la peur, jusqu'à ce qu'il ait terminé son récit.

— Oui, intervint Kalvin, et dans toute cette brillante aventure, tu as décidé de ramasser une fille estropiée en chemin. Félicitations.

Eden leva les yeux au ciel d'agacement.

— Je vous remercie de m'avoir sauvée. Tous les deux, ajouta Séra avec un sourire sincère à l'intention de Kalvin.

— Je n'y suis pour rien, répondit le lapin froidement, croisant les bras sur son petit torse de tissu.

— Tu es trop mignon pour être aussi en colère, dit-elle, un éclat de rire léger dans la voix.

Eden ne put s'empêcher de rire à son tour, malgré lui, devant le regard courroucé de Kalvin.

— C'est ça, moquez-vous, grogna le lapin. Vous rirez moins quand j'aurai retrouvé mon corps et que je vous botterai le cul.

Sa gaieté s'estompa peu à peu, et Séra se tourna vers Eden.

— Ce que les miens subissent depuis l'interdiction de la magie était déjà insupportable, même quand je pensais que c'était pour une bonne cause. Mais si tout cela n'a servi à rien…

Sa voix vibrait de colère, elle marqua une pause avant de reprendre :

— Si tu es prêt à t'opposer à ton grand-père et au Haut Conseil, je viens avec vous. Je n'ai nulle part où aller, et je veux mettre fin à cette injustice.

Eden hocha la tête, déterminé.

— D'accord. On part dès que tu es prête.

— Génial, soupira Kalvin, exaspéré. Maintenant, me voilà avec deux gamins fugueurs sur les bras. La priorité, je vous le rappelle, c'est de me ramener chez moi ! Après ça, vous pourrez aller jouer les héros et vous faire tuer si ça vous chante, mais d'abord, je veux retrouver mon corps.

— Oui, oui, on s'en occupe, répondit Eden d'un ton las. Tu te sens capable de voyager ? demanda-t-il à Séra.

— J'ai mal, mais ça ira, dit-elle avec un sourire. Heureusement, j'ai un excellent guérisseur avec moi ! Mais avant tout, je meurs de faim.

Ils prirent un petit déjeuner copieux en piochant dans leurs réserves. Une fois repus, ils rassemblèrent leurs affaires. Séra grimaçait en essayant de ranger son aile sous ses vêtements.

— Je vais t'aider, dit Eden.

Il posa délicatement sa main sur la membrane et la repoussa à l'intérieur du chemisier que Séra referma à l'aide de son corset.

— Elle est magnifique, dit-il.

La jeune fille lui sourit. Il vérifia une dernière fois qu'ils n'avaient rien oublié et ils quittèrent la grotte. Eden fut soulagé en constatant que le cheval était bien là où il l'avait laissé. L'animal, après un ébrouement, se laissa faire docilement et ils accrochèrent leurs sacs à ses flancs.

— Monte, je vais le guider à pied tant que nous sommes en forêt, dit Eden.

Séraphine hocha la tête et se hissa avec difficulté sur le dos de Jasper.

— Toi aussi, ajouta-t-il en posant Kalvin devant elle.

Le lapin croisa les bras, mais ne protesta pas. Eden détacha la corde retenant le cheval et commença à le mener à travers les fougères. Pour aller vers le nord, ils devaient contourner le surplomb rocheux et revenir sur leurs pas, ce qui impliquait de s'approcher dangereusement du village d'Elmswood et augmentait le risque de croiser une patrouille à la recherche de Séra. Ils progressaient donc lentement, avec une prudence extrême, attentifs au moindre bruit. Guidé par la fée, qui connaissait bien cette partie de la forêt, Eden traça un arc de cercle pour éviter la zone où il avait envoyé leurs poursuivants la veille. Ils finirent par rejoindre un petit sentier à travers les bois.

Pendant trois jours, ils suivirent ce chemin, échangeant des anecdotes sur leur vie respective. Séra racontait des souvenirs de son enfance au village, tandis qu'Eden évoquait des bribes de son quotidien avec son grand-père. Il essayait de faire bonne figure, mais ces souvenirs, autrefois légers et joyeux, étaient maintenant empreints d'amertume, et il devinait que c'était la même chose pour la jeune fille. Kalvin, lui, ne manquait pas une occasion de râler ou de se plaindre, mais ses remarques acerbes les faisaient surtout rire. Comprenant sûrement qu'il n'impressionnait personne, il finit par se taire.

Ils s'arrêtaient uniquement pour manger et dormir. Par chance, la forêt de Mara était immense, l'une des plus vastes du pays, et si leurs poursuivants avaient bien pris la fausse piste, ils étaient désormais hors de portée.

Chapitre 10

À l'aube du quatrième jour, ils se mirent en route rapidement après un maigre petit déjeuner composé des restes de la veille. Ils étaient désormais loin d'Elmswood et Séra ne connaissait pas cette partie de la forêt. Heureusement, Kalvin avait un très bon sens de l'orientation, il avait l'air de connaître chaque recoin du royaume et indiquait à Eden la direction à prendre.

— Je me repérerai plus facilement quand nous aurons quitté le sous-bois, déclara le lapin. Au nord de la forêt de Mara commencent les Grandes Plaines. Une fois là-bas, il faudra encore cinq jours de marche pour atteindre le fort.

— Il y a encore beaucoup de gens qui vivent là-bas ? demanda Séra. Je croyais que la région avait été désertée après la guerre.

Kalvin grogna, à l'évidence peu enclin à faire la conversation. Tout au long de la matinée, Séra tenta de briser la glace, lui posant des questions sur sa vie à la ferme, sa famille. Mais il répondait le plus brièvement possible dès qu'elle essayait d'en savoir plus, ou l'envoyait carrément balader quand elle posait trop de questions. Eden n'intervint pas, mais Kalvin lui inspirait de moins en moins confiance. Comment un simple fermier pouvait-il savoir autant de choses ? Eden, lui, descendait d'une lignée prestigieuse de magiciens, et pourtant, il ignorait presque tout de la magie. Alors, pourquoi un humain sans histoires semblait-il aussi sûr de lui ? Quelque chose sonnait faux dans tout ça.

Il jeta un coup d'œil par-dessus son épaule, observant le lapin, assis nonchalamment sur le cheval, les yeux rivés sur l'horizon. Et s'il les conduisait directement dans un piège ? Malgré ses doutes, il continua à suivre ses indications à la lettre sans broncher, convaincu que s'ils rencontraient un problème, un lapin en peluche serait facile à neutraliser.

Le lendemain, en milieu d'après-midi, les bois commencèrent enfin à s'éclaircir. Après des jours à marcher à travers des fougères denses et des branchages épineux, Eden ressentit un immense soulagement en apercevant un sentier dégagé. Ils le suivirent jusqu'à sortir de la forêt. La lumière vive l'éblouit un instant, et il resta immobile, stupéfait par le paysage qui s'offrait à lui. Devant eux, les Grandes Plaines s'étendaient à perte de vue, un océan de verdure parsemé de bosquets et de collines ondulantes. Au loin, le fleuve Blanc serpentait comme un ruban d'argent scintillant sous le soleil.

— Le fleuve Blanc est vraiment… blanc ! dit-il.

Il connaissait l'histoire de ce cours d'eau, réputé pour sa couleur unique due aux fines particules d'argile et de sédiments qu'il transportait depuis les montagnes du Nord. Pourtant, le voir de ses propres yeux était une autre chose. Il avait toujours cru que le vieux exagérait dans ses récits. Maintenant, il comprenait qu'il avait eu tort.

Le sentier serpentait doucement à travers les champs, et un peu plus loin, se dressait un village niché entre deux collines.

— C'est Nabel ! s'exclama Séra en le désignant du doigt. Je suis déjà venue !

Son visage s'illuminait pour la première fois depuis des jours.

— Nous allons nous y arrêter quelques heures, dit Eden, Jasper a besoin de repos, et il nous faut renouveler nos vivres. Il nous faudrait aussi un deuxième cheval. Kalvin, il faut que tu te caches. Si quelqu'un découvre que nous transportons une source de magie, nous aurons de gros ennuis. Retourne dans mon sac.

— Hors de question !

Eden leva les yeux au ciel d'exaspération.

— Très bien ! Fais-toi plaisir. Va te promener au milieu de la place du village ! Je suis sûr qu'ils adoreront t'accueillir avec un bûcher ! ironisa-t-il.

Séra, agacée par leur échange, leva la main pour les interrompre.

— Ça suffit, tous les deux ! dit-elle fermement. Je vais t'accrocher à ma ceinture. Tu seras mieux là que dans un sac. Si tu ne bouges pas et que tu ne parles pas, personne ne se doutera de rien.

Kalvin accepta. Elle l'attacha avec soin et ils se remirent en route.

Une activité inhabituelle régnait dans le village. Les rues étaient bondées, et des éclats de voix joyeuses s'élevaient au-dessus des toits. Tout indiquait que les habitants préparaient un événement important.

— On dirait qu'il va y avoir une fête, dit Séra.

— C'est le Pacte des Trois Forgerons, répondit Kalvin, ils fêtent ça tous les ans.

— C'est une bonne chose, se réjouit Eden. Avec toute cette agitation, on passera inaperçus, et trouver des provisions ne devrait pas poser de problème.

À l'entrée du village, on avait aménagé une petite écurie de fortune pour accueillir les chevaux des voyageurs. Eden y confia Jasper contre une pièce.

La place centrale grouillait de monde. De grandes tables, déjà chargées de victuailles, avaient été installées au centre, entourées de tentes colorées abritant des marchands et des artisans. Chaque étal débordait de produits, allant d'étoffes aux teintes vives à des bijoux délicats, en passant par des pots de miel et des montagnes de gâteaux. L'atmosphère était festive et Eden sentit la tension des derniers jours s'atténuer légèrement. Mais il savait qu'ils devaient ne pas baisser leur garde et reprendre la route dès que possible.

Alors qu'il demandait son chemin à un passant, il prit conscience que Séra n'était plus derrière lui. Il la chercha des yeux, paniqué, avant de l'apercevoir plus loin, arrêtée devant un stand coloré. Attirée par l'odeur enivrante des épices exotiques, elle détaillait les étals avec fascination.

— Séra, dit-il, ne t'éloigne pas comme ça ! Et s'ils étaient venus jusqu'ici pour te chercher ? Si on ne reste pas prudents, ils te retrouveront très vite.

La fée releva la tête, surprise, avant de froncer légèrement les sourcils, comme une enfant grondée.

— Oui, tu as raison… mais nous sommes loin, maintenant. Ils n'ont aucune idée de la direction que nous avons prise.

— Peut-être. Mais on ne peut pas prendre ce risque, insista Eden.

Elle soupira, avant de se redresser avec un sourire taquin. D'un geste théâtral, elle leva la main à son front dans une pose militaire.

— Oui, mon capitaine ! dit-elle en esquissant un grand sourire. Mais… est-ce qu'on peut quand même faire un petit tour ? S'il te plaît ?

Eden ouvrit la bouche pour protester, mais se figea quand il croisa ses yeux suppliants. Il sentait déjà sa résolution vaciller. Elle avait traversé tellement de choses ces derniers jours ; pouvait-il vraiment lui refuser ce petit moment de répit ?

— D'accord, accepta-t-il en soupirant.

— Non ! Nous n'avons pas le temps pour ça ! grogna Kalvin. Vous pensez que je vais vous attendre pendant que vous flânez et faites du shopping ?

Séra jeta un regard exaspéré au lapin avant de répondre en baissant la voix :

— Tais-toi, Kalvin. Si quelqu'un t'entend, on risque gros.

Heureusement, les villageois, trop absorbés par leurs préparatifs, ne semblaient pas avoir remarqué leur échange.

— En fait, je crois que tu as raison, Séra, dit Eden avec une pointe de malice. Après tout ce temps passé dans la forêt, nous avons bien mérité une pause. On va chercher une auberge et passer la nuit ici. Dormir dans un lit nous fera le plus grand bien, et j'en profiterai pour changer ton pansement. Nous repartirons demain matin.

Kalvin bondit, visiblement outré.

— Quoi ?

Avant qu'il ne puisse continuer, Séra lui plaqua une main sur la bouche, coupant court à ses protestations. Il tenta de la mordre, sans grand succès. Eden se mit à rire, satisfait d'avoir fait enrager l'agaçante peluche.

— C'est parfait ! répondit Séra. Je rêve d'un repas chaud et d'un vrai lit.

Trouver une auberge ne fut pas une mince affaire. Avec les festivités en cours, Nabel débordait de voyageurs. Après plusieurs refus, ils dénichèrent finalement une petite chambre d'hôte rudimentaire qui était encore libre. Eden y déposa leurs affaires et profita de l'occasion pour se débarrasser de la poussière accumulée lors des derniers jours de marche. Séra suivit son exemple, visiblement ravie de pouvoir se rafraîchir un peu. D'une humeur encore plus exécrable que d'habitude, Kalvin voulut rester à l'auberge, mais Eden, qui ne lui faisait absolument pas confiance, le rattacha de force à la ceinture de Séra avant qu'ils ne retournent explorer ensemble le village.

Le soleil déclinait, baignant les ruelles d'une lumière dorée, tandis que des dizaines de lanternes commençaient à s'allumer autour de la place centrale. L'air était chargé d'odeurs appétissantes : viande grillée, épices, pain frais. Partout, des marchands vantaient leurs produits à grands cris, leur enthousiasme ajoutant au brouhaha festif qui emplissait l'espace.

Eden observait tout cela avec une certaine indifférence. Ce genre d'effervescence ne l'avait jamais attiré. Il se concentra sur la recherche d'une table où ils pourraient s'asseoir pour manger, mais son attention fut distraite par un éclat de rire près de la fontaine. Un groupe d'enfants se pressait autour d'un spectacle de marionnettes. Intrigué malgré lui, Eden ralentit pour jeter un œil.

Sur la petite scène, des poupées en bois illustraient la chute du Grand Sorcier Thornan. La caricature, grotesque et moqueuse, montrait une marionnette à son effigie se faisant botter les fesses par tout un assortiment de personnages improbables. Chaque coup de pied déclenchait de nouveaux éclats de rire chez les spectateurs, pendant que la marionnette pleurnichait et suppliait, en une parodie exagérée.

Séra sursauta soudainement.

— Aïe ! s'exclama-t-elle en jetant un regard furieux à Kalvin suspendu à sa ceinture. Qu'est-ce qui te prend ?

— Qu'y a-t-il ? s'inquiéta Eden.

— Il m'a pincée ! répondit Séra en tirant une oreille du lapin.

— Ignore-le. Il veut sûrement encore se plaindre parce qu'on prend notre temps. Moi, je meurs de faim. Allons nous trouver une table.

Ils s'installèrent devant un énorme plat de légumes rôtis dont l'odeur leur mit l'eau à la bouche.

Le reste des places se remplit peu à peu et une femme vint s'asseoir en face de lui. Grande et élancée, sa silhouette imposante attirait les regards. Sa peau, d'un vert sombre, était entièrement recouverte de fines écailles scintillantes. Un foulard épais, d'un bleu profond, soigneusement noué en turban autour de sa tête, descendait pour couvrir ce qui aurait dû être ses yeux. Comme chez toutes ses semblables, ils avaient dû lui être retirés à la naissance. Malgré tout, elle se mouvait avec une aisance déconcertante, comme si la cécité ne représentait aucun obstacle.

Ce n'était pas la première gorgone qu'il voyait, mais il n'en avait croisé que rarement. La plupart vivaient dans les îles Émeraude, loin au nord-ouest d'Itarah, et leur présence était rare à Alderbrook. Comment cette femme réagirait-elle si elle savait qu'elle avait été privée de la vue et de ses pouvoirs pour rien ? Eden grimaça à cette idée. Il détourna rapidement le regard, de peur de paraître impoli.

Le banquet démarra peu après. Les plateaux circulaient de main en main, les assiettes et les verres se garnissaient et se vidaient dans une joyeuse animation. Tout autour d'eux, les convives parlaient fort, riaient et plaisantaient, portés par l'ambiance de fête. Eden, malgré lui, oublia ses soucis et se laissa aller à une certaine détente.

Des voix s'élevèrent soudain depuis l'autre bout de la table, interrompant brièvement le brouhaha ambiant. Eden se redressa et se contorsionna pour voir ce qu'il se passait. Deux faunes, en pleine dispute, attiraient peu à peu l'attention. L'un, un homme corpulent à moitié chauve, devait avoir une cinquantaine d'années, l'autre ne dépassait pas les vingt-cinq ans. Ses cheveux roux et hirsutes se mêlaient à une barbe touffue, et une de ses cornes était brisée en son milieu. Il tenait une bouteille à moitié vide dans une main et s'agrippait à la table de l'autre pour ne pas perdre l'équilibre.

— Mais puisque je vous dis que je l'ai vu ! De mes propres yeux, comme je vous vois ! s'exclama le plus jeune.

— Et tu avais bu combien de bouteilles de troussepinette quand tu l'as vu ? lança un des convives.

La table entière éclata de rire.

— Je n'étais pas ivre ! répliqua-t-il en frappant la table du poing, ce qui manqua de le faire tomber.

Le faune plus âgé roula des yeux avant de lancer d'un ton sec :

— Bon, allez, pose cette bouteille et dégage d'ici ! On n'a pas besoin de tes histoires, ce soir.

Mais le jeune faune n'en démordait pas.

— Vous êtes tous en danger ! Il faut évacuer le village ! Prévenir le Haut Conseil !

— On ne va rien faire de tout ça, idiot. Les arcanophages sont enfermés depuis un siècle. On ne va pas effrayer tout le monde pour les délires d'un ivrogne. Maintenant, va cuver ailleurs avant que je te fasse bouger à coups de sabot dans le derrière.

— Je ne bougerai pas d'ici ! beugla le plus jeune en tentant de se redresser.

Malheureusement, son équilibre précaire le trahit, et il s'effondra lourdement sur la table, renversant au passage un plat de pommes de terre et plusieurs assiettes.

Un soupir d'exaspération s'éleva collectivement de la tablée. Tandis qu'un homme le saisissait par les sabots, l'aîné l'attrapa par les bras. Ensemble, ils le traînèrent hors de la place, malgré ses protestations inaudibles. Lorsque les faunes eurent disparu dans l'ombre, la tension retomba instantanément et les conversations reprirent peu à peu, comme si rien ne s'était passé.

— Tu crois qu'il a vraiment vu un arcanophage ? demanda Séra.

Eden hésita avant de répondre.

— À la réaction des autres, j'en doute. Mais on ferait bien de rester vigilants.

Alors que le banquet battait son plein, trois grands feux furent allumés sous les exclamations des fêtards. Une procession d'enfants, déguisés en chevaliers, vinrent tour à tour jeter des armes en bois dans les flammes.

— Que font-ils ? demanda Eden.

Son voisin, un nain affublé d'une longue barbe où s'accrochaient des morceaux de nourriture, lui répondit en mâchant bruyamment.

— Ils rendent hommage aux Trois Forgerons !

Eden le regarda, attendant qu'il poursuive.

— Z'êtes pas d'ici, vous, hein ? Y a bien longtemps, y avait une guerre, reprit le nain, et Nabel n'avait pas de quoi se défendre. Les trois forgerons du village, trois frères, avaient forgé toutes les armes qu'ils pouvaient, mais il n'y avait plus de fer dans toute la région. Désespérés, ils se jetèrent eux-mêmes dans le feu de leur forge et il en ressortit des armes d'une solidité et d'une puissance jamais égalées. C'est ainsi que le village a tenu bon !

Il avala une gorgée de bière avant de continuer :

— À la fin de la guerre, les villageois, emplis de gratitude, ont voulu remettre les armes dans les flammes de la forge pour rendre ainsi la vie aux trois frères. Mais l'un des habitants, un cupide de première, a volé les armes et s'est enfui. Depuis, chaque année, les villageois jettent des armes dans les flammes pour rendre hommage aux Trois Forgerons.

— C'est une histoire triste, dit Séra.

Eden laissa son regard errer sur les flammes, perdu dans ses pensées. Une fois le repas terminé, ils se levèrent, repus, et s'éloignèrent de la table pour flâner au sein du marché nocturne. Les rues du village, éclairées par des lanternes, brillaient d'une lueur chaude et accueillante. Les marchands redoublaient d'efforts pour attirer les passants, chacun vantant sa marchandise comme la meilleure de la région, voire du monde entier, à en croire certains. Séra, fascinée par l'atmosphère, s'arrêtait à chaque stand. Eden ne pouvait s'empêcher de jeter des regards autour d'eux, cherchant le moindre signe de danger.

Ils n'avaient pas beaucoup d'argent. La mère de Séra avait glissé une petite bourse dans son sac, mais même en combinant son contenu aux quelques pièces d'Eden, leurs moyens restaient modestes. Séra s'offrit un sachet de bonbons au miel, remerciant poliment les autres marchands qui tentaient de l'appâter avec leurs spécialités. Ils utilisèrent le reste pour acheter du pain, de la viande séchée et des biscuits pour la route.

Au coin d'une rue, un stand différent des autres attira le regard d'Eden. Contrairement aux échoppes animées qui exhibaient leurs marchandises, celui-ci était fermé par un lourd rideau sombre à l'aspect dissuasif. Pourtant, sa curiosité l'emporta. Il s'approcha et écarta légèrement les pans pour tenter de voir à l'intérieur.

Chapitre 11

— Entre, mon garçon.

Eden recula légèrement, hésitant. Il jeta un coup d'œil vers Séra, qui était absorbée par un stand de bijoux en coquillages, juste en face. Il lui fit un signe rapide pour indiquer qu'il ne s'éloignait pas, et elle lui répondit d'un hochement de tête avant de reporter son attention sur les bijoux. Rassuré, il souleva le rideau et pénétra dans la tente.

L'intérieur était oppressant. Des tentures épaisses couvraient les parois, étouffant les bruits et les lumières de l'extérieur. Une petite lanterne, suspendue au plafond, diffusait une faible lueur vacillante. Au centre de la pièce se trouvait une table en bois parfaitement polie flanquée de deux chaises. Une vieille femme, enveloppée dans une robe sombre, y était assise, le visage à moitié dissimulé par les ombres.

— Qu'est-ce que vous vendez ? demanda Eden.

— Des réponses, répondit-elle calmement, tout en désignant la chaise en face d'elle. Assieds-toi.

Eden s'exécuta.

— Vous êtes une voyante ? Mais c'est interdit, murmura-t-il, la gorge sèche.

— Des tours de passe-passe, rien de plus, répondit-elle avec un sourire énigmatique. Il serait bien imprudent d'utiliser la magie, n'est-ce pas ?

Son ton avait quelque chose de glacial, et Eden sentit un frisson courir le long de son échine. Il chercha ses mots.

— Ou… oui, balbutia-t-il.

— Bien, alors concentrons-nous, reprit-elle, tu as droit à trois questions.

Elle posa un plateau devant lui. Trois petits bols y étaient disposés, remplis de poudres colorées : une bleue, une rouge, et une verte. Eden les observa avec curiosité.

— Je n'ai pas d'argent, dit-il.

— Tu n'en as pas besoin. Une question sur le passé, une sur le présent, et une sur le futur, précisa-t-elle.

Eden ouvrit la bouche, mais aucun mot n'en sortit. Pris au dépourvu, il réfléchit à ce qu'il pourrait bien demander.

— Ce sont de très bonnes questions, dit-elle soudain, un sourire fugace sur ses lèvres.

— Mais je n'ai encore rien dit, protesta-t-il.

— Balivernes ! La volonté parle plus fort que les mots, mon garçon. Tu devrais déjà le savoir.

Eden la fixa, perplexe.

— Alors, quelles sont mes questions ? finit-il par demander.

— Trois questions seulement, et celle-ci n'en fait pas partie, rétorqua-t-elle.

Elle renversa le contenu des trois bols sur la table. Avant qu'il ne puisse réagir, elle saisit ses poignets et plongea ses mains dans la poudre.

— Mélange ! ordonna-t-elle.

Eden obéit, incertain de la manière exacte dont il devait s'y prendre, mais il n'osa pas demander de précisions. Il étala soigneusement les poudres des deux paumes, dessinant de petites arabesques du bout des doigts. Lorsqu'il estima avoir terminé, il retira ses mains et leva les yeux vers la voyante, en quête de validation.

Cette femme l'intimidait autant qu'elle le fascinait. Il avait l'impression que, plus qu'une simple obligation, il ressentait le besoin viscéral de répondre à ses attentes, comme un animal cherchant l'approbation de son maître. Cette sensation lui donnait des frissons. C'était à la fois inconfortable et inexplicablement apaisant.

— Tu as mélangé avec ta conscience, déclara la vieille femme d'un ton sec. Recommence.

La remarque le déstabilisa. *Comment peut-on agir sans en être conscient ?* se demanda-t-il. La question lui brûlait les lèvres, mais le regard perçant de la femme lui interdit de la poser. Il prit une grande inspiration, ferma les yeux et tenta de vider son esprit. Cette fois, il laissa ses mains bouger machinalement dans la poudre, refusant de penser à ce qu'il faisait. Son esprit erra au gré d'images éparses : des souvenirs récents, des moments de son enfance, des bribes de conversations avec son grand-père. À cette dernière pensée, ses doigts se crispèrent involontairement, laissant des sillons plus profonds.

Lorsqu'il rouvrit les yeux, les trois couleurs s'étaient mêlées au centre pour former une teinte terne et indéfinissable. La surface était parsemée de creux, de bosses et de traces laissées par ses mouvements. Il recula ses mains et scruta le visage de la voyante pour y déceler une réaction.

Lorsqu'il vit une lueur de satisfaction dans ses yeux, un soulagement intense le traversa, comme s'il avait passé un test invisible. Il frotta distraitement ses mains sur son pantalon pour en retirer les restes de poudre. La vieille femme sortit un bâton fin d'une grande poche de sa robe et, d'un geste précis, traça deux lignes droites dans la poudre, la divisant en trois parts égales. Pendant un instant, son expression changea ; un bref trouble passa sur son visage avant qu'elle ne retrouve son calme.

— Le destin espère briser des barrages à l'aide d'une goutte d'eau, murmura-t-elle finalement.

Eden fronça les sourcils.

— Qu'est-ce que ça veut dire ? osa-t-il demander.

— Sais-tu pourquoi je t'ai fait entrer pour te proposer mes services ? répondit-elle en ignorant sa question.

— Non.

— Parce que tu n'es pas censé être ici, déclara-t-elle avec un calme troublant. C'est la première fois que je vois quelqu'un qui n'est pas là où il est censé être et se retrouve, en conséquence, là où il ne devrait pas.

— Je ne comprends pas ce que vous voulez dire.

— Tu comprendras quand il le faudra, coupa-t-elle sèchement. Pars maintenant. La séance est terminée.

— Mais mes trois questions ? protesta Eden, frustré.

— La nuit porte conseil, dit-elle en se levant pour le pousser doucement vers la sortie. Tu auras tes réponses avant le lever du jour.

Eden ouvrit la bouche, mais le regard de la vieille femme lui fit ravaler ses mots, il n'insista pas et quitta la tente. Dehors, Séra admirait toujours les bijoux exposés sur le stand voisin.

— Ah, te voilà ! fit-elle en le voyant approcher. Qu'est-ce que tu faisais là-dedans ? Il y avait des choses intéressantes ?

— Euh… non, il n'y avait rien.

Incapable de mettre des mots sur ce qu'il venait de vivre, Eden préférait éviter le sujet.

— On rentre à l'auberge ? Je suis épuisée, et une longue route nous attend demain.

— Oui, allons-y.

De retour dans la petite chambre, il sortit le matériel de soin pendant que Séra détachait le corset de sa robe, qui cachait son aile intacte. Une fois libérée, celle-ci s'ouvrit avec une grâce irréelle qui lui rappela l'éclosion d'une fleur. Il resta fasciné, tout comme la première fois. Il se promit une nouvelle fois de ne laisser personne priver le monde d'une telle merveille.

Sous les bandages, la blessure de l'aile amputée commençait à bien cicatriser. Eden nettoya délicatement la plaie, appliqua une fine couche de crème, et remit un pansement propre.

— D'ici quelques jours, tu n'auras plus besoin de bandage, dit-il.

— Je ne sens déjà presque plus la douleur.

Fatigués par leur journée, ils ne tardèrent pas à se préparer pour la nuit. Séra se glissa dans l'un des deux lits, tandis qu'Eden se dirigeait vers le second, où Kalvin s'était étendu, visiblement peu disposé à céder sa place.

— Qu'est-ce que tu fais ? s'indigna-t-il en voyant Eden s'approcher.

— Je vais me coucher, et je ne pense pas que tu veuilles partager le lit avec moi. Je vais te poser sur le fauteuil.

— J'étais là avant ! Ce lit est déjà pris ! protesta Kalvin en s'installant plus confortablement sur l'oreiller.

— Je ne vais tout de même pas dormir par terre. Tu n'as pas besoin d'un lit. Tu es tout petit, tu seras très bien sur le fauteuil !

Avant que Kalvin ne puisse répliquer, Eden l'attrapa et le jeta sur un vieux siège dans un coin de la pièce.

— Ose encore me toucher et je te réduis en cendres ! hurla le lapin, vexé d'avoir été traité ainsi.

— Ça suffit ! intervint Séra d'un ton ferme. Kalvin, Eden a raison : tu seras tout aussi bien sur le fauteuil, ça ne change rien pour toi. Et toi, Eden, sois plus gentil avec lui !

Eden bougonna, attendant une nouvelle remarque acerbe du lapin, mais celui-ci le fixait avec un regard étrange. Mal à l'aise, il détourna les yeux et s'allongea.

Troublé par sa rencontre avec la voyante, il peina à trouver le sommeil. Il avait beau se répéter qu'elle n'était qu'une simple diseuse de bonne aventure, ses paroles l'avaient marqué. Il passa de longues minutes à chercher un sens à ce qu'elle avait dit, en vain, avant de sombrer enfin.

Chapitre 12

Zulya se glissait entre les étals encombrés en évitant soigneusement les appels insistants des marchands. Leurs éloges répétés de bibelots inutiles et de potions miraculeuses l'agaçaient. L'un d'eux, plus audacieux, posa un châle directement sur ses épaules.

— C'est magnifique sur toi, regarde comme il te va bien. Je te fais un bon prix ! lança le commerçant avec un sourire enjôleur.

D'un mouvement fluide, Zulya tira une dague de sa ceinture et la pressa contre la gorge de l'homme.

— Reprends ta camelote, ordonna-t-elle.

Le marchand recula en bredouillant des excuses et reprit son châle d'une main tremblante. Impassible, elle poursuivit son chemin.

Le marché, avec ses ruelles étroites et sinueuses, formait un véritable labyrinthe, mais elle approchait du but, du moins elle l'espérait. Une ruelle plus sombre et plus étroite l'amena devant une échoppe modeste, dont les rideaux de perles élimés correspondaient à la description donnée par son informateur. *Espérons que ce soit la bonne.* Elle poussa la porte et une clochette annonça son entrée. Derrière le comptoir encombré, un homme à la peau rougeâtre releva mollement les yeux.

— Je cherche ceci, dit-elle en lui tendant un vieux parchemin jauni.

Le marchand saisit le papier et l'examina longuement. Il tendit une grosse main et lui attrapa fermement le poignet avant de relever sa manche, révélant la peau partiellement écailleuse de son bras.

— Votre tenue ne trompe personne, étrangère.

Zulya ignora la remarque et dégagea son bras.

— Savez-vous où je peux le trouver ? insista-t-elle d'un ton glacial.

— Même si c'était le cas, vous ne passeriez jamais la frontière avec.

— Ce n'est pas votre problème, mais le mien, répliqua-t-elle sèchement.

Il haussa les épaules.

— Je pourrais avoir des problèmes pour vous l'avoir vendu.

Le regard de Zulya balaya les étagères chargées d'objets prohibés, avant de se poser sur le marchand avec une froide intensité.

— Vous avez déjà de quoi finir pendu avec tout ce que vous vendez ici. Cessez de me faire perdre mon temps, et répondez à ma question.

— Je ne l'ai plus, dit-il.

Zulya s'avança, réduisant encore l'espace entre eux.

— Où est-il ?

— Cette information a un prix, hasarda-t-il en évitant son regard.

Elle n'avait pas le temps de jouer à ce petit jeu. Elle s'avança encore vers l'homme et le força à la regarder dans les yeux. Elle laissa ses pouvoirs déferler, juste assez pour qu'il comprenne qu'elle n'était pas là pour plaisanter. L'homme se tordit de douleur.

— Je pense que vous laisser la vie sauve est un prix plus que généreux, jeta-t-elle froidement.

— Je… Je l'ai vendu… dit-il en grimaçant.

Zulya relâcha son emprise et il inspira profondément, visiblement soulagé.

— À qui ?

— Un homme et une femme. Ça remonte à quinze ans. Pas le genre de marchandise qu'on vend souvent.

Zulya sentit un poids se poser sur ses épaules. Elle arrivait bien trop tard.

— Des détails ? Des noms ?

— Rien de tout ça. Des Itarhiens, ça, c'est sûr. L'air humain, mais allez savoir… La femme était blonde. Ils avaient l'air pressés, mais… c'est tout ce dont je me souviens.

— Si j'apprends que vous m'avez menti, vous aurez de mes nouvelles, prévint-elle en tournant les talons.

Elle quitta l'échoppe et traversa à nouveau les ruelles tortueuses. Qui étaient-ils ? La description était trop vague pour se révéler utile, mais un détail lui restait en tête : s'ils étaient vraiment Itarhiens, leur présence ici ne pouvait être que clandestine. Et les clandestins avaient toujours besoin d'aide.

La ville de Gatah, l'une des plus vastes et animées de Crayend, bourdonnait d'activité même à cette heure avancée de l'après-midi. Zulya poussa un soupir de soulagement en émergeant enfin de l'enchevêtrement oppressant des petites artères. Les rues principales, larges et ensoleillées, contrastaient violemment avec le dédale sombre des ruelles du marché. Ici, les cris des marchands laissaient place à un brouhaha plus distant, où se mélangeaient le bruit des sabots des chevaux et les conversations vives des passants. Elle inspira profondément, une bouffée d'air chaud chargé d'épices et de sel. Elle avait besoin de réponses, et elle savait où en trouver.

Les larges avenues pavées étaient bordées de bâtiments ocre aux volets colorés, ornés de balcons en fer forgé. Quelques étals de fruits et de tissus se pressaient contre les murs, mais l'agitation y était plus ordonnée que dans le marché. Le port, visible au loin, grouillait de silhouettes affairées à décharger des cargaisons ou à préparer leur navire pour la prochaine marée.

Elle se dirigea vers la Note Bleue, une taverne nichée dans une ruelle non loin des quais. Refuge des marins, des marchands et parfois des exilés en quête d'anonymat, elle était toujours une source fiable d'informations. Zulya poussa la porte et le grincement familier fut suivi d'un appel chaleureux.

— Zulya ! Quels ennuis viens-tu m'apporter aujourd'hui ? lança Darren, le tavernier, avec un large sourire.

L'homme, un colosse à la barbe grisonnante, essuyait un verre avec une serviette douteusement propre. À cette heure, la taverne était presque vide, seuls deux marins tuaient le temps dans un coin en jouant aux cartes.

— Je te rapporte bien plus d'argent que d'ennuis, répliqua-t-elle en s'approchant du comptoir.

— Et je ne me plains pas, répondit-il en riant. Alors, qu'est-ce que je peux faire pour toi, cette fois ?

Il désigna une table proche d'un petit vitrail qui projetait des reflets bleutés sur le sol. Zulya s'y installa, et il vint déposer deux verres en terre cuite, qu'il remplit d'une boisson verte au parfum âcre.

— Je cherche un homme et une femme, dit-elle en faisant tourner le gobelet entre ses doigts. Ils seraient arrivés ici il y a une quinzaine d'années, en provenance d'Itarah.

Darren haussa un sourcil.

— Pas très précis comme requête, fit-il remarquer en s'asseyant en face d'elle.

— La femme était blonde, ajouta-t-elle avec un soupir. C'est tout ce que j'ai.

Il hocha la tête, pensif, avant de se relever.

— Je vais jeter un œil à mon registre, mais je ne te garantis rien.

Elle acquiesça d'un signe de tête et l'observa tandis qu'il fouillait derrière le comptoir. Quelques instants plus tard, il revint avec un livre massif dont les pages jaillissaient en désordre.

— Ce truc contient tout ce que j'ai consigné ces vingt dernières années. Si je les ai aidés, on les trouvera ici, dit-il en posant le registre entre eux.

Ils passèrent ensemble plus d'une heure à feuilleter les pages couvertes de noms et de descriptions sommaires. En vain.

— Ils n'ont pas pu quitter Itarah seuls, c'est impossible, dit-elle, ils ont forcément reçu de l'aide et il n'y a personne d'autre que nous pour ça.

Darren referma le registre avec un soupir.

— S'ils ne sont pas là, c'est qu'ils n'ont jamais eu affaire à moi, répondit-il calmement. Désolé, trésor.

Un sourire en coin éclaira son visage, mais Zulya ne partageait pas son humeur. N'importe quel autre homme aurait payé cher une familiarité pareille, mais Darren faisait partie des rares qu'elle tolérait.

— Tu es sûr d'avoir tout consigné là-dedans ?

— Certain, affirma-t-il sans hésitation.

Elle le savait, mais elle devait poser la question. D'un geste sec, elle vida son verre d'un trait avant de se lever.

— Merci d'avoir essayé, dit-elle en se dirigeant vers la sortie.

— Je mets ça sur ta note ! lança Darren en ramassant les verres.

Elle fit de la main un geste de remerciement distrait sans se retourner. En sortant, elle s'arrêta un instant sur le seuil. La lumière du jour déclinait, et les ombres des bâtiments s'allongeaient sur les pavés. *Bekky !* se souvint-elle brusquement. Elle accéléra le pas. Une cliente l'attendait ce soir, et elle ne pouvait se permettre d'être en retard.

Les larges allées laissèrent place à un quartier plus modeste, où les rues sinueuses étaient bordées de constructions en bois et en pisé. Sa maison se trouvait au bout d'une impasse calme, un toit de chaume coiffait des murs de bois vieilli aux planches déformées par les années. Des plantes grimpantes s'accrochaient à l'arche de l'entrée, formant un rideau naturel qui masquait la petite porte en bois, ornée d'un heurtoir en fer forgé.

Zulya s'arrêta devant chez elle, essuyant négligemment une perle de sueur sur son front, et jeta un regard rapide autour d'elle pour s'assurer qu'elle n'était pas suivie. Elle avait su se montrer discrète et personne ne soupçonnait ses activités, mais cela ne l'empêchait jamais d'être prudente. Poussant la porte, elle pénétra dans son intérieur, qu'elle seule aurait pu qualifier d'« organisé ». Les étagères croulaient sous des piles de parchemins, de bocaux poussiéreux et d'objets divers, tandis que plusieurs lampes suspendues diffusaient une lumière chaude éclairant le chaos maîtrisé de la pièce.

— Ah, te voilà enfin ! tonna une voix grave depuis la cuisine.

Zulya leva les yeux vers Jollos qui s'avançait à sa rencontre. Sa silhouette imposante remplissait l'espace. Il croisa les bras sur son large torse, l'air faussement en colère.

— Ta cliente est arrivée, dit-il d'un ton bourru. Je l'ai installée dans la cuisine. La pauvre enfant était morte de faim.

Zulya le détailla de haut en bas. Son regard inquisiteur s'arrêta un instant sur l'absence de vêtements couvrant le haut de son corps.

— Je m'en occupe, dit-elle en inclinant légèrement la tête, avant d'ajouter avec une pointe d'ironie : Mais tu pourrais au moins faire l'effort de porter une chemise.

— Oui, oui, une chemise, grogna Jollos en levant les yeux au ciel.

Il tourna les talons et s'éloigna dans un bruissement de bijoux. Zulya retira sa cape et l'accrocha dans l'entrée, avant de se diriger vers la cuisine. Assise à la table, une jeune fée dévorait un sandwich. Dans son dos, ses ailes naissantes battaient l'air avec frénésie.

Chapitre 13

Assis sur une chaise, Eden fixait le miroir devant lui. Lorsqu'il tentait de détourner les yeux ou de regarder la pièce autour de lui, il se retrouvait, inévitablement, face à son propre reflet. Plus il s'obstinait à détourner le regard, plus son esprit s'embrouillait. Son visage se déformait, son reflet cessait de suivre ses mouvements ou le faisait avec un décalage troublant. Peu à peu, la pièce parut se rétrécir, sa vision s'obscurcit, et dans le miroir, son visage se transforma en une masse informe et mouvante.

Dans un sursaut de panique, il se leva, titubant dans le noir jusqu'à une porte qui se matérialisa sous ses yeux. Il l'ouvrit et se retrouva dans un long couloir. Il tenta de crier, d'appeler à l'aide, mais aucun son ne franchit ses lèvres. Un épais brouillard s'éleva soudain et s'enroula autour de son corps. Le sol se déroba sous ses pieds, et il chuta dans un gouffre sans fin.

Alors qu'il tombait, une main surgit de l'obscurité. Eden l'attrapa instinctivement, et, l'instant d'après, il se retrouva sur un sol solide. Une immense salle se dévoilait autour de lui, éclairée par des milliers de bougies dont la lumière vacillante dessinait des ombres dansantes sur les murs. Au centre de la pièce se tenait un homme. Grand, vêtu de noir et d'une longue cape ornée de riches broderies dorées. La moitié de son visage était marquée par des cicatrices noires, dessinant un réseau complexe qui évoquait des racines. *Un sorcier*, se dit Eden.

L'homme passa une main dans ses longs cheveux bruns avant de tourner lentement la tête dans sa direction, bien qu'il ne semblât pas réellement le voir. Ce visage… Eden le connaissait, il en était certain. Mais d'où ?

— Qui êtes-vous ? demanda-t-il.

Sa question résonna dans l'immense pièce, chaque mot se répercutant en un écho brisé, démultiplié en murmures, comme si une foule invisible répétait ses paroles.

— Tu avais droit à trois questions, murmura une voix familière. Celle-ci n'en fait pas partie.

Eden chercha la source de la voix. Mais, malgré ses regards affolés, elle demeurait introuvable. Son esprit embrouillé était incapable d'ordonner ses pensées. Plus il essayait de se concentrer, plus le brouillard s'épaississait, étouffant toute réflexion. Une douleur aiguë lui vrilla les tempes, le forçant à poser ses mains sur sa tête. Il tomba à genoux, submergé.

— Tu ne peux rien contrôler ici, reprit la voix de la voyante, implacable. Cesse de lutter, laisse-toi porter, et la douleur disparaîtra.

Eden s'obligea à respirer profondément. Peu à peu, il relâcha son esprit, abandonnant sa lutte vaine contre le brouillard. La douleur se dissipa et il se releva.

La vaste pièce avait disparu, remplacée par une étendue infinie d'eau. Eden se tenait là, les pieds dans l'océan, seul, avec l'horizon pour unique limite. Soudain, le vent se leva, violent et glacial, hurlant à ses oreilles. Dans le ciel, une masse gigantesque de nuages noirs s'avançait vers lui à une vitesse effrayante.

Au loin, un trois-mâts fendait l'horizon. Un vent furieux gonflait ses voiles et le poussait droit vers la tempête et vers Eden. Les rafales hurlaient en fouettant les voiles blanchies par le sel, tandis que les mâts grinçaient sous la tension. Les vagues, immenses, s'écrasaient contre la coque dont le bois craquait sous la puissance de l'océan déchaîné.

Sur le pont, des marins expérimentés, mais visiblement anxieux, s'activaient dans un ballet frénétique. Ils couraient d'un bout à l'autre, ajustant les voiles, tirant sur les cordages, hurlant des ordres pour tenter de garder le contrôle. Les vagues, telles des murailles liquides, s'abattaient sans relâche, submergeant le pont.

Soudain, Eden sentit une force invisible l'aspirer et avant qu'il ne puisse comprendre ce qu'il se passait, il se retrouva à l'intérieur du navire, au cœur de la soute. Tout n'était que chaos. Les tonneaux et les paniers de provisions se fracassaient contre les parois à chaque roulis, transformant l'espace en une véritable zone de guerre. Eden ne pouvait bouger, spectateur figé au milieu de ce tumulte. Deux silhouettes descendirent précipitamment par une échelle.

— Nous n'avons pas le temps ! Le navire va couler, il faut prendre un canot de sauvetage ! Maintenant ! cria une voix d'homme, chargée de panique, tandis qu'il tirait l'autre personne par le bras.

— On peut encore y arriver ! répondit une femme. On ne peut pas le laisser là ! Tout ce que nous avons fait… ce ne peut pas être pour rien !

Eden voulut s'approcher pour mieux voir, mais son corps refusait toujours de bouger. La femme, libérant son bras d'un geste brusque, se jeta sur une lourde caisse solidement arrimée avec des cordages. Elle sortit un couteau et commença à les trancher avec détermination.

— Ta vie est plus importante que notre mission ! hurla l'homme, la voix couverte par le fracas des vagues.

— Tu sais que c'est faux ! répliqua-t-elle sans lever les yeux de son travail.

— Elle l'est pour moi ! Elle l'est pour ton fils !

Mais la femme n'écoutait déjà plus. L'homme abandonna ses arguments et, résigné, ramassa une petite hache pour l'aider à couper les cordages. Les vagues, toujours plus hautes, s'infiltraient maintenant dans la soute et l'eau montait rapidement jusqu'à leurs genoux.

Tandis que la femme luttait pour détacher la caisse, l'homme rassembla des tonneaux vides qu'il attacha à celle-ci pour tenter de la faire flotter, mais la caisse était trop lourde et il en fallait toujours plus.

Un grondement assourdissant retentit au-dessus d'eux. Des cris de panique fusèrent, suivis d'un craquement sinistre. Une partie du plafond céda, et un des gigantesques mâts du navire s'écrasa violemment dans la soute. Sous le choc, l'homme fut projeté en arrière et perdit connaissance.

Eden, impuissant, regardait la scène, l'angoisse lui serrant la poitrine. Il chercha la femme du regard, mais elle avait disparu sous les décombres. La précieuse caisse s'était brisée, révélant en son cœur une sphère de couleur sombre. L'eau continuait de monter, atteignant maintenant la taille d'Eden. L'homme reprit conscience, le visage tordu par la douleur et la chemise imbibée de sang.

— Ellen ! cria-t-il de toutes ses forces pour couvrir le bruit du naufrage.

Le cœur d'Eden se glaça à ce nom. Une vague de frissons le traversa alors qu'il comprenait la vérité. Il avait refusé de la voir jusque-là, mais à cet instant, il ne pouvait plus fuir. Ce n'était pas n'importe quel navire. C'était le *Pandora*. Le trois-mâts envoyé en mission diplomatique à Crayend, disparu en mer seize ans plus tôt avec tout son équipage. Et parmi eux, Ellen et Nicholas Greenhaven… ses parents.

Incapable de détourner les yeux, les larmes coulant silencieusement le long de ses joues, Eden regardait son père lutter pour dégager les débris. Mais la coque céda sous la force des vagues, et l'eau submergea totalement la soute. Eden perdit son père de vue, tandis que le bateau, brisé, commençait sa descente inexorable vers les abysses.

Emporté par les flots tumultueux, Eden coulait avec le navire. Le froid mordait sa peau, l'obscurité l'enveloppait. Alors qu'il se croyait perdu, une main agrippa la sienne et le tira hors de l'eau avec une force irréelle. En un instant, il se retrouva de nouveau dans la salle des bougies. Le sorcier, toujours figé au centre de la pièce, l'avait sauvé une fois de plus. Submergé par le chagrin, Eden s'effondra sur le sol. Il était incapable de se relever, accablé par le poids de ce qu'il venait de vivre.

— Pourquoi m'avez-vous montré ça ? Pourquoi m'amener là-bas si je ne pouvais rien faire pour les sauver ? demanda Eden entre deux sanglots.

— Il le fallait, pour répondre à ta question, dit calmement la voyante.

Eden secoua la tête, incrédule.

— Mais quelle question ? Je savais déjà que leur bateau avait coulé ! Je veux que ça s'arrête ! Je veux me réveiller !

Aussitôt, le brouillard s'épaissit autour de lui, et une violente douleur le transperça, lui arrachant un cri qu'il ne put retenir. Il tomba à genoux et serra sa tête entre ses mains.

— N'apprendras-tu donc jamais ? dit la voyante, cette fois avec une autorité glaciale. Cesse de lutter ! Il te reste deux réponses à découvrir.

Respirant difficilement, Eden ferma les yeux et se força à calmer son esprit. Il inspira profondément, puis expira lentement. Peu à peu, la douleur s'apaisa, le brouillard se dissipa, et il sentit la pression sur son esprit se relâcher.

Lorsque ses yeux s'ouvrirent, le décor avait de nouveau changé. Il se tenait désormais dans une pièce circulaire, bien plus petite que celle des bougies. Les murs, lisses et dépourvus d'ornements, reflétaient une lumière éclatante provenant d'un grand dôme de verre au-dessus de lui. L'unique élément de la pièce était un gigantesque cylindre de bois clair à l'horizontale, mis en mouvement par un mécanisme complexe de rouages. Les gravures sur le cylindre représentaient une arborescence labyrinthique de lignes noires qui s'entrecroisaient de manière déroutante.

Fasciné par l'objet, Eden s'approcha et tendit la main pour effleurer l'une des lignes, mais s'arrêta net en entendant des pas. Une trappe dans le sol, qu'il n'avait pas remarquée, s'ouvrit, et un homme en émergea. Il portait une longue cape rouge aux bords brodés de motifs complexes, et son visage était dissimulé sous un masque peint de la même teinte écarlate.

L'homme s'avança jusqu'au cylindre sans accorder un regard à Eden. De sa main gantée, il suivit l'une des lignes gravées sur le bois. Arrivé à une intersection, il actionna un levier, et le cylindre s'immobilisa dans un léger grincement mécanique. L'homme effectua une série de gestes précis. Sous ses doigts, l'une des lignes disparut brusquement. Il répéta cette action plusieurs fois, éliminant plusieurs trajectoires avant de redresser le levier. Le cylindre reprit sa rotation.

Eden observait, captivé et troublé à la fois. Qui était cet homme ? À quoi pouvait bien servir cette machine ? Alors qu'il essayait de déchiffrer le mystère, l'homme en rouge s'interrompit brusquement. Il redressa la tête et se tourna dans sa direction. Bien qu'il ne parût pas pouvoir le voir, Eden eut la terrifiante impression que l'inconnu *savait* qu'il était là.

L'homme avança vers lui. Son masque écarlate, figé sur une expression neutre, contrastait avec la violence qu'il dégageait. Soudain, sans prévenir, il se jeta sur Eden et enserra son cou de ses mains puissantes. Eden suffoqua, ses poumons réclamant désespérément de l'air. Il tenta de repousser l'agresseur en lui griffant les bras, mais l'homme ne relâcha pas son étreinte. Le jeune homme sentit ses forces l'abandonner, et des points noirs envahirent sa vision.

Dans un dernier réflexe, Eden leva la main pour chercher une issue. Alors qu'il allait perdre connaissance, il sentit une prise ferme l'agripper et le tirer en arrière. Il reprit conscience d'un coup, haletant, et découvrit qu'il était de retour dans la salle des bougies. Son sauveur, immobile au centre, l'observait silencieusement. Eden porta une main à sa gorge encore douloureuse. Pourquoi cet homme avait-il essayé de le tuer ?

Il se tourna vers le sorcier. Ce visage… Il en était sûr maintenant. Il l'avait vu des dizaines de fois dans les livres d'histoire, le visage d'un homme froid et implacable, le Grand Sorcier déchu, symbole de la chute de la magie.

— Vous… vous êtes l'ancien Grand Sorcier, Thornan Calrend, murmura Eden.

Le sorcier, toujours silencieux, tourna légèrement la tête et pointa du doigt une grande porte en bois sculpté.

— Quelle galère m'attend encore ? murmura le garçon pour lui-même.

Il hésita. Chaque vision l'avait fait souffrir. Mais il savait qu'il n'avait pas le choix. Mieux valait avancer que rester là et subir le brouillard. Il s'avança, posa une main sur la poignée et se tourna vers le sorcier :

— Qu'y a-t-il derrière ?

Aucune réponse. Thornan ne bougea pas, le visage impassible.

— Oui, je sais… les trois questions, soupira Eden. Je suppose que je le saurai bien assez tôt.

Il dut utiliser ses deux mains pour tirer le lourd battant vers lui. Lorsque l'ouverture fut suffisamment large pour qu'il puisse passer, il s'y glissa et se retrouva à l'extérieur, dans ce qui ressemblait à un vaste jardin abandonné. La lumière orangée du coucher de soleil baignait l'espace, projetant de longues ombres inquiétantes sur le sol. Il se retourna pour observer le bâtiment d'où il venait, mais la porte ainsi que la bâtisse avaient disparu. À quelques mètres derrière lui s'élevait une immense muraille ornée de piques. À sa connaissance, un seul endroit possédait un tel rempart, et il se trouvait du mauvais côté du mur.

— Qu'est-ce que je fais ici ? dit-il doucement.

— Avance, et tu trouveras la réponse à ta troisième question, répondit la voix désincarnée de la voyante.

Eden inspira profondément, frustré par l'absence d'explications. Les réponses promises se dérobaient sans cesse à lui. Pourquoi la voyante lui avait-elle montré le naufrage de ses parents ? Qui était cet homme en rouge et que représentait son étrange machine ? Pourquoi avait-il tenté de le tuer ? Que venait faire Thornan Calrend dans tout cela ? Ses précédentes visions n'avaient apporté que plus de questions, et maintenant, il se retrouvait dans ce qui ne pouvait être que le jardin du Portail noir. Il fit un pas en avant, hésitant, et fut soulagé de constater qu'il pouvait se mouvoir librement.

Le jardin, autrefois luxuriant, arborait encore les vestiges de sa splendeur passée. Une grande variété de fleurs et d'arbres fruitiers déformés par le temps peuplaient l'espace. Cependant, la nature avait repris ses droits depuis longtemps. Les anciennes pelouses étaient envahies de hautes herbes et de broussailles, parmi lesquelles Eden devait se frayer un chemin. Il se contenta d'avancer droit devant lui, sans savoir où il allait ni ce qu'il cherchait.

Son regard glissa sur un banc en pierre brisé et une ancienne fontaine recouverte de lierre – l'eau avait cessé d'y couler depuis des décennies. Puis il s'arrêta d'un coup et tendit l'oreille, attentif. Un murmure, faible mais distinct, provenait de derrière un petit bosquet. Il avança avec prudence, le cœur battant, jusqu'à pouvoir discerner clairement les paroles. Lorsqu'il atteignit une position où il pouvait voir sans être vu, Eden sentit sa respiration se couper.

— C'est impossible… souffla-t-il.

Devant lui, deux personnes se tenaient au bord d'un grand cercle dallé de pierres, entouré de colonnes partiellement effondrées. Thornan Calrend et… lui-même. Devant eux, le Portail noir était ouvert en un gouffre sombre et béant.

Les jambes tremblantes, il s'approcha encore pour être sûr de ce qu'il voyait. Il posa par maladresse son pied sur une pierre instable, perdit l'équilibre et s'écrasa lourdement au sol. Il s'immobilisa, s'attendant à ce que les deux personnages se retournent vers lui. Mais rien. Ils ne réagirent pas. Il comprit alors qu'ils ne pouvaient pas le voir.

Un pincement au cœur le ramena à la vision du naufrage de ses parents. Était-il condamné à n'être qu'un spectateur impuissant, une fois de plus ? Il se releva péniblement et s'approcha du cercle. À mesure qu'il avançait, il remarqua d'autres personnes se tenant à l'écart, l'air inquiet. Il y avait un groupe de soldats, armes en main, Séra, et un faune. Il approcha encore un peu pour les observer et un autre détail le frappa. Le faune debout auprès de Séra… était celui du banquet. Celui qui avait été expulsé, ivre et délirant. Que pouvait-il bien faire là ?

L'Eden de la vision s'avança. Ses vêtements étaient déchirés et tachés de sang, son visage tuméfié. Pourtant, loin de paraître affaibli, il émanait de lui une confiance dont Eden ne se savait pas capable. D'une voix claire et assurée, il s'adressa à Thornan :

— La voyante avait raison.

Le sorcier le regarda, intrigué.

— À quel sujet ?

Eden resta bouche bée. Il avait du mal à croire que ce double si confiant était une version de lui-même. Comme si ce dernier avait senti sa présence, il se tourna légèrement dans sa direction. Tout comme l'homme en rouge, il donnait l'impression de savoir qu'Eden était là, bien qu'il ne puisse le voir.

— Tout ça ! dit-il en écartant les bras. Si nous avions agi différemment… nous n'aurions eu aucune chance de refermer ce portail.

— À qui parles-tu ? demanda Thornan.

— Je disais ça pour moi-même, répondit l'autre Eden en esquissant un sourire.

Le véritable Eden sentit un frisson le parcourir. *Il s'adressait à moi, j'en suis sûr. Mais qu'essayait-il de me dire ?*

— Ce foutu portail n'est pas encore refermé, alors si tu ne veux pas gâcher cette chance, dépêche-toi, dit le sorcier.

Il espérait une explication, un indice, mais son double se détourna. Eden tentait de s'approcher davantage quand un grondement guttural retentit derrière lui. Il n'eut pas le temps de réagir. Une immense créature noire bondit hors des hautes herbes et referma sa gueule béante sur lui. Eden hurla, mais personne ne l'entendit appeler à l'aide. La bête le traîna en arrière avec une violence inouïe. Secoué comme une poupée de chiffon, il fut projeté dans les airs avant de s'écraser au sol. Les crocs de la créature transperçaient sa chair, brûlant son flanc de l'intérieur. La douleur était si intense qu'il en suffoqua. *Ce n'est qu'une vision, je vais me réveiller,* tenta-t-il de se convaincre. Mais la douleur était bien trop réelle. Le sang imbibait sa chemise, collant le tissu à sa peau en un étau poisseux. Chaque mouvement de la bête lui arrachait un nouveau cri.

Après ce qui lui sembla une éternité, la créature s'arrêta enfin. Elle relâcha sa prise, et Eden s'écroula au sol, incapable de bouger. Il tenta de ramper, de s'éloigner, mais ses membres refusaient de lui obéir. La bête se pencha sur lui, prête à porter le coup fatal.

Au dernier moment, quelqu'un l'attrapa par un pied et l'arracha à l'emprise de la créature. Les yeux toujours fermés, il attendait la fin, mais rien ne se passa. Au bout d'un moment, il se risqua à ouvrir un œil : la créature avait disparu, il était de retour dans la salle des bougies. Il inspecta son torse, il n'avait rien. Aucune trace de morsure, aucune trace de sang. Pourtant, il sentait encore les crocs enfoncés dans sa chair et la douleur fantôme résonnait dans tout son corps.

— Vous en avez mis du temps, cette fois ! hurla-t-il au sorcier. Et vous, ça vous amuse de me torturer comme ça ?

Il n'attendait pas de réponse, il avait seulement besoin d'exprimer sa colère. Même s'il ne la voyait pas, il savait que la voyante était là, quelque part à l'observer. Il était tombé dans un gouffre, s'était noyé, avait été étranglé, dévoré vivant et avait vu ses parents mourir sous ses yeux. Rien de ce qu'il avait traversé n'avait de sens et il ne supportait plus de participer au petit jeu malsain auquel s'adonnait la vieille femme. Fou de rage, il s'avança vers le sorcier immobile et l'attrapa brutalement par les épaules.

— Dites-moi ce que tout cela signifie ! rugit-il en le secouant.

Le sorcier resta impassible, le regard fixe, comme s'il n'avait même pas conscience de la présence d'Eden. Enragé, ce dernier finit par le lâcher. Il devait sortir. Maintenant.

— J'ai mes trois réponses, cria-t-il, je veux partir ! Laissez-moi partir !

Il se mit à parcourir la salle en cherchant désespérément une issue. Mais il n'y avait rien. Pas la moindre porte, aucune fenêtre. Même la grande porte qu'il avait empruntée pour entrer dans le jardin du portail avait disparu. Il était prisonnier.

Sortie de nulle part, émergeant des ombres mêmes de la pièce, la voyante apparut soudain. D'un bond, Eden fondit sur elle.

— Ah ! Vous vous montrez enfin ! Faites-moi sortir d'ici ! beugla-t-il.

La vieille femme, pourtant bien plus petite et frêle que lui, ne montra aucune peur. Son calme glacial ne fit qu'attiser la colère du jeune homme.

— Je n'ai pas plus de pouvoir que toi sur ce que tu as traversé, répondit-elle. Voir dans le temps est douloureux. Ce que tu as enduré n'était rien d'autre que des hallucinations créées par ton esprit pour donner un sens à ta souffrance.

Eden resta interdit un instant, pris entre la confusion et la colère.

— Pourquoi m'avez-vous montré tout ça, alors ? cria-t-il à nouveau. Qu'est-ce que je suis censé en faire, maintenant ?

La voyante inclina légèrement la tête, comme si la réponse était évidente.

— Comme je te l'ai dit, j'étais curieuse de savoir ce que tu faisais là.

— Et vous avez obtenu votre réponse ?

Un sourire énigmatique effleura les lèvres de la femme.

— Quelqu'un joue à un jeu dangereux. Et le Destin espère reprendre le contrôle.

Elle marqua une pause et l'observa de la tête aux pieds avec une intensité troublante.

— Ta vie, reprit-elle, sera bien différente de ce qu'elle aurait dû être, mon garçon. De grandes choses t'attendent, si tu prends la bonne route.

Eden ouvrit la bouche pour répliquer, mais aucun mot ne vint. Ses pensées tournaient en boucle, cherchant désespérément à démêler le sens de ses paroles. Mais avant qu'il ne puisse réagir, une main ferme l'agrippa par le bras et le tira en arrière.

La poigne du sorcier était inébranlable, et Eden sentit le monde vaciller autour de lui. Une seconde plus tard, il se redressa brusquement dans son lit, haletant et couvert de sueur. Désorienté, il regarda autour de lui. Il était de retour dans la petite chambre de l'auberge. La lumière du jour commençait à filtrer doucement à travers les volets, éclairant les murs d'un éclat tamisé. Dans l'autre lit, Séra dormait profondément, tandis que Kalvin était toujours roulé en boule sur le fauteuil.

Les mots de la voyante résonnaient encore dans sa tête : « Prendre la bonne route. » C'était aussi ce que son double lui avait dit. Mais qu'est-ce que cela signifiait ? Était-ce un avertissement ? Une prophétie ?

Il passa une main sur son visage encore en sueur, cherchant à chasser les images persistantes de la vision : les bougies, le naufrage, le cylindre… Tout se mêlait en un chaos incompréhensible. Était-ce seulement réel ? Ou simplement un rêve ? Il n'avait pas de réponses, rien que des questions qui s'empilaient dans son esprit saturé.

— Il faut se méfier des voyantes, dit soudain Kalvin. Mal interprétées, leurs visions peuvent être dangereuses.

Cette remarque inattendue tira brutalement Eden de ses pensées et il sursauta.

— Comment est-ce que tu… ? demanda-t-il, sourcils froncés.

Le lapin pointa une patte vers lui.

— Tes mains, répondit-il. Hier soir, elles étaient couvertes de poudre colorée.

Eden baissa les yeux vers ses doigts. Malgré ses efforts pour les nettoyer, il restait encore des traces tenaces sous ses ongles. Il releva la tête et dévisagea le lapin. Quelque chose clochait. Cette voix… Il la connaissait, il en était sûr. Mais d'où ? Son esprit fouilla frénétiquement ses souvenirs, cherchant à connecter les points. C'était là, juste au bord de sa conscience, comme un mot qu'on sait, mais qu'on n'arrive pas à prononcer. Et puis, tout s'imbriqua. Chaque détail, chaque intonation. Il l'avait entendue dans sa vision, là, au bord du Portail noir.

— Thornan Calrend ! lâcha-t-il.

Chapitre 14

Nous y voilà, se dit Thornan. Ce qu'il avait redouté toute la nuit était en train d'arriver. Foutues voyantes ! Toujours à se mêler de ce qui ne les regardait pas. Il devait trouver un moyen de tourner la situation à son avantage. Eden le fixait, dans l'attente d'une réaction.

— Qu'as-tu vu ? demanda-t-il froidement.

Eden jeta un coup d'œil vers Séra qui dormait toujours.

— Sortons, répondit le jeune homme.

Il l'attrapa et passa par la fenêtre donnant sur le toit de la grange qui formait une terrasse.

— Alors, j'ai raison, n'est-ce pas ? reprit le garçon après avoir repoussé la fenêtre derrière eux, Kalvin le fermier n'existe pas. Tu es l'ancien Grand Sorcier Thornan.

— Kalvin le fermier existe bien, enfin… existait. Il est mort depuis plusieurs décennies. Un brave homme. Qu'as-tu vu ? Si ta vision me concerne, je veux savoir.

— Tu m'as déjà menti, comment savoir si je peux te faire confiance ? Et cela, même en faisant abstraction du fait que tu es un homme égoïste et dangereux qui a causé la mort de milliers de personnes que tu étais censé protéger.

— Tu ne peux pas, répondit Thornan, mais quelles autres

options as-tu ? Vu la tête que tu faisais en te réveillant, la voyante n'a pas dû te montrer des choses très reluisantes. Tu es un hors-la-loi qui a utilisé la magie. Personne ne peut t'aider à part moi. Et tu es le seul à pouvoir me rendre mon apparence. Qu'on le veuille ou non, nous allons avoir besoin l'un de l'autre.

— Comment peux-tu encore croire que je vais te rendre ton corps maintenant que je sais qui tu es ?

Fallait-il toujours tout négocier avec ce gamin ? S'il avait été lui-même, jamais Thornan n'aurait perdu un seul instant à se justifier auprès de ce bon à rien. Il l'aurait réduit en cendres d'un claquement de doigts et l'aurait oublié l'instant d'après. Mais voilà, il n'était pas lui-même.

— Je te le demande encore une fois. Qu'as-tu vu ? insista le sorcier.

— J'ai vu mes parents mourir. Ils travaillaient pour le Haut Conseil et leur bateau a coulé lors d'une mission officielle. Je n'avais que deux ans.

— Quoi d'autre ?

— Un homme en rouge avec une étrange machine, il a essayé de m'étrangler.

— Et ?

— Et… c'est encore confus. Il y avait un miroir, une grande pièce avec des bougies, et tu te tenais là sans bouger. Enfin pas toi, mais… toi, avec ton corps de sorcier, je veux dire. Et puis, il y a eu le jardin et le portail…

Thornan se crispa : qu'est-ce que ce gamin faisait dans son jardin ? Le garçon paraissait hésiter. Le sorcier devait absolument savoir ce qu'il avait aperçu dans sa vision.

— Qu'as-tu vu dans le jardin ?

Eden, plongé dans une intense réflexion, mit un moment à répondre.

— J'ai vu le Portail noir. Et je me tenais là, avec toi. Il y avait aussi Séra, des soldats du Haut Conseil et le faune que nous avons vu au banquet hier soir. Enfin, pas moi « moi », mais mon double, et il s'est adressé à moi. Il m'a dit quelque chose du type je n'avais qu'une seule chance, et il ne fallait pas agir différemment. Ensuite, je me suis fait attaquer par un arcanophage qui a failli me dévorer vivant ! Après, la voyante a parlé de destin et de route à suivre. Qu'est-ce que ça signifie ?

Thornan prit le temps de peser ses mots. Même s'il n'avait pas grand-chose à faire de ce qu'il pouvait advenir d'Eden, il n'avait pas d'autre option que de coopérer pour le moment. Au moins, la vision allait en sa faveur sur un point, Eden devait se rendre au fort d'Éther. Mais hors de question que ce sale gamin mette un pied dans son jardin ! Dès qu'il aurait récupéré son corps, il se débarrasserait de lui. En attendant, il n'avait aucune raison de ne pas être honnête.

— Une voyante offre toujours trois visions, commença-t-il à expliquer, une dans le passé, une dans le présent et une dans le futur. Mais attention ! La vision aide à comprendre la réalité, mais ne la représente pas forcément fidèlement. Il y a toujours des métaphores, des indices cachés. Toutefois, rien n'est laissé au hasard et tout a de l'importance. Si tu veux comprendre, tu dois bien te souvenir de chaque détail. Je ne sais pas ce que la voyante a voulu te faire comprendre en te montrant la mort de tes parents ou cet homme en rouge. Mais ta vision du futur est plutôt limpide : tu dois me ramener chez moi.

— Ça t'arrange bien… répondit Eden.

— Et me rendre mon corps, précisa le sorcier. Tu m'as vu sous ma vraie forme, c'est un détail important.

— Même si je le voulais, je ne saurais même pas comment faire ! J'ai essayé de soulever un livre et regarde le résultat !

Toujours à se lamenter, se dit Thornan. Ce gamin commençait vraiment à lui taper sur les nerfs, mais il n'avait pas complètement tort. S'il voulait être sûr de retrouver son corps, il devait s'assurer qu'Eden soit capable de lancer le sort.

— Notre marché tient toujours, lui dit-il.

— Quel marché ?

— Tu veux apprendre à te servir de ta baguette, n'est-ce pas ? Devenir un vrai magicien comme à l'époque où la magie était autorisée ?

— J'aimerais bien, mais…

Thornan ne le laissa pas finir sa phrase.

— Bien. Nous avons une longue route jusqu'au château. Je t'apprends à te servir de ta magie sur le trajet et en échange, lorsqu'on arrive à destination, tu me rends mon apparence. Ensuite, toi et ta demi-fée, vous pourrez vous lancer à l'aventure, renverser le gouvernement, partir en quête de ton passé et autres conneries du genre. Mais loin de moi.

— Tu es au courant pour les mensonges du Haut Conseil, que vas-tu faire de cette information ?

— Quoi ? Les personnes qui ont détruit ma vie et m'ont pris tout ce que j'avais ne sont pas aussi gentilles et bienveillantes qu'on te l'a appris à l'école ? Attends, je vais prendre un air choqué. J'ai l'air choqué, là ? Je ne suis jamais sûr, avec ce visage en tissu… Ce sont des vautours ! Ils ont attendu que je sois à terre pour venir m'abattre et prendre le pouvoir. Rien d'autre ne les intéresse. J'étais le sorcier le plus puissant du royaume et je n'ai rien pu faire ! Comment crois-tu qu'ils vont vous accueillir, à la capitale ? Vous allez disparaître dans une fosse et personne n'entendra plus jamais parler de vous.

— Ce n'est pas eux qui ont ouvert un portail démoniaque et lâché dans la nature des créatures féroces qui ont décimé la moitié de la population…

Thornan fusilla Eden du regard. Cette fois, c'en était trop. Qu'il ait besoin de son aide ou non, il n'allait pas laisser ce morveux lui parler sur ce ton.

— Comment oses-tu ? gronda le sorcier. J'ai perdu assez de temps avec toi ! Je trouverai bien un moyen de retrouver mon corps, mais je ne passerai pas une minute de plus à supporter ça !

Il escalada le rebord de la fenêtre pour retourner dans la chambre, mais tomba nez à nez avec Séra.

— Qu'est-ce que vous faites là ? demanda-t-elle encore à moitié endormie. Vous en faites, un boucan !

— Il nous ment depuis le début ! lança Eden en désignant Thornan avec une expression furieuse.

Le lapin tenta de se faufiler à l'intérieur, mais la jeune fille lui bloqua le passage. Avec une facilité déconcertante, elle l'attrapa par une oreille et le souleva. Le sorcier fulminait intérieurement, débordant de rage. Si seulement il avait encore ses pouvoirs, elle n'aurait pas osé… Mais vue de l'extérieur, son indignation n'avait rien d'impressionnant. Pire, la scène avait un côté ridicule qui ajoutait encore à l'affront. Il en avait conscience, et cela ne faisait qu'accentuer sa colère.

— Arrêtez de me manipuler comme un vulgaire jouet ! hurla-t-il en se débattant.

— Rentrons ! ordonna Séra d'un ton ferme. Vous allez vraiment réveiller tout le monde avec vos bêtises !

Impuissant – un sentiment qu'il n'avait que trop éprouvé ces derniers temps –, Thornan se laissa traîner jusqu'à la chambre, où on l'attacha sans cérémonie à un barreau du lit. L'humiliation cuisante lui serra la gorge. *Comment se débarrasser de ces deux gamins ?* rumina-t-il. Il s'imagina disloquant leurs os d'un simple claquement de doigts, avant d'arracher leurs membres un à un. La pensée le réconforta un bref instant, même si cela faisait bien longtemps qu'il n'était plus capable d'un tel exploit. Si seulement il retrouvait son corps ! Même sans magie, il leur ferait rapidement comprendre à quel point il était dangereux.

— Tu as devant toi l'ancien Grand Sorcier Thornan Calrend ! dit le jeune homme.

— Kalvin ? s'étonna Séra, les yeux écarquillés. Mais… c'est impossible.

— Et pourtant… grommela Thornan avec amertume.

À sa grande surprise, la jeune fille éclata d'enthousiasme.

— Mais c'est fantastique !

— Hein ? Comment ça, fantastique ? dit Eden, visiblement aussi abasourdi que le lapin.

— Nous avons un puissant sorcier avec nous ! Il va pouvoir nous aider ! expliqua Séra.

Ses yeux pétillaient d'excitation.

— Un puissant sorcier dans le corps d'un lapin en peluche, qui n'a plus aucun pouvoir depuis un siècle et qui, de toute façon, n'a pas l'intention de nous aider, corrigea Eden sur un ton sarcastique.

— Je t'ai proposé un marché ! intervint Thornan, exaspéré.

Comment avait-il pu tomber si bas ? Même dans sa disgrâce, il n'avait jamais connu pareille vexation. Eden croisa les bras, réfléchit un instant, puis soupira.

— Bon, j'accepte ton marché. Séra a raison, toute aide est bonne à prendre. Si ma vision dit vrai, nous sommes tous en danger et nous devons agir.

— Quel marché ? s'enquit Séra. Quelle vision ? Allez-vous m'expliquer ce qui se passe ?

Eden répéta à Séra le récit de sa rencontre avec la voyante et de ses visions, mais ce fut cette fois beaucoup plus laborieux, car la jeune fille n'arrêtait pas de l'interrompre pour poser des questions et l'encourager à donner des détails. Un véritable supplice pour Thornan qui n'en avait rien à faire et attendait, toujours ligoté au lit, que quelqu'un daigne enfin le détacher.

Quand Eden atteignit enfin le bout de son histoire, Thornan, excédé, coupa court avant que Séra ne puisse poser une nouvelle série de questions.

— Voilà, tu sais tout ! Garde tes questions pour le trajet. Maintenant, détachez-moi et mettons-nous en route ! lança-t-il, pressé.

— Il nous reste une dernière chose à faire avant de quitter Nabel, dit Eden.

— Quoi encore ? grogna le sorcier, dont la patience était à bout.

— Nous devons retrouver le faune ivre.

Chapitre 15

Malgré le temps passé à discuter, il était encore très tôt lorsque Eden, Séra et Thornan quittèrent l'auberge. Après une nuit de célébration, peu de villageois avaient trouvé la force de se lever à l'aube et les rues étaient désertes. Seuls quelques rares bruits s'élevaient des maisons endormies.

— Comment comptes-tu le retrouver ? Tu ne sais même pas qui il est ni où il est parti. Et même si on le retrouve, pourquoi accepterait-il de nous suivre ? demanda Séra, en avançant à ses côtés.

Eden haussa les épaules, il n'avait pas vraiment pris le temps d'y réfléchir.

— Aucune idée. Mais vu son état hier soir, il n'a pas pu aller bien loin. Il doit encore être dans le village. On retourne sur la grand-place, on prend la ruelle dans laquelle on l'a vu s'engouffrer, et on avise à partir de là.

Avant que Séra ne puisse répondre, la voix tranchante de Thornan s'éleva :

— Il ne faut pas aller à sa recherche, gamin. On doit partir.

— Tu l'as dit toi-même, il faut respecter la vision, répliqua Eden d'un ton sec. Dans ma vision, il était avec nous. Ça veut dire qu'on doit le retrouver.

— Est-ce que je dois vraiment tout t'expliquer ? Si tu n'avais pas eu cette vision, l'aurais-tu recherché ? Non. On aurait récupéré le cheval et pris la route. Une prédiction te dit ce qui va arriver, pas ce que tu dois faire. Elle peut t'influencer, te guider, mais elle n'est pas une vérité absolue.

— Alors, pourquoi avoir des visions si ce n'est pas pour qu'on les réalise ? répondit Eden.

— Considère-les comme une carte, expliqua Thornan avec une patience feinte. Elles te montrent une destination possible. Mais elles ne te tracent pas une route toute faite. Compris ?

Eden déglutit et prit un instant pour réfléchir. Tout cela était encore nébuleux, mais les explications du sorcier avaient du sens. S'il commençait à analyser toutes les implications, il risquait de s'embourber dans des questions qu'il n'avait pas le temps de résoudre maintenant. La priorité restait de poursuivre leur route.

— Très bien, dit-il en inspirant profondément. Allons récupérer Jasper.

La grand-place portait encore les traces des festivités : tables renversées, débris de nourriture, et même quelques fêtards endormis à même le sol, terrassés par une consommation excessive d'alcool et de victuailles. Contrairement au reste du village qui était encore très calme, il y avait de l'agitation à l'entrée de la place : un groupe de soldats discutait avec le garde de service. Avant qu'Eden ne puisse comprendre ce qu'il se passait, Séra le saisit par le bras et le tira violemment dans une ruelle.

— Qu'est-ce que tu fais ? chuchota-t-il, s'apprêtant à protester.

La jeune fille plaqua une main sur sa bouche.

— Tais-toi ! dit-elle sur le même ton. Des Veilleurs ! Suis-moi, vite !

Elle désigna un renfoncement un peu plus loin dans la petite rue. Eden obéit. Ils s'y glissèrent juste à temps pour voir des soldats passer à quelques pas d'eux. Un deuxième groupe de Veilleurs vint rejoindre le premier. Ils s'arrêtèrent si près qu'Eden pouvait entendre chaque mot de leur conversation. Il leva une main pour intimer le silence à Séra et à Thornan.

— Le garde est en poste depuis environ deux heures, déclara

l'un des soldats. Personne n'est entré ou sorti du village dans ce laps de temps. Mais le fermier responsable des écuries dit avoir vu deux jeunes gens arrivés hier soir, qui pourraient correspondre à la description de nos fugitifs. Ils ont laissé un cheval, qui est toujours là. Pour une raison qu'on ignore, Eden Greenhaven a entraîné Séraphine Aerwyn dans sa fuite. Maintenant que nous avons la confirmation qu'ils voyagent ensemble, nous fusionnons les deux équipes. En ma qualité de plus haut gradé, je prends le commandement. Sergent Dalkora, vous me seconderez.

— Oui, capitaine, répondit un grand brun.

— Les fugitifs ne sont pas considérés comme hautement dangereux, bien que le garçon soit armé d'une arbalète et ait blessé plusieurs personnes, poursuivit le capitaine. Nous n'avons pas besoin de les ramener vivants, vous avez la permission de tuer. Vous deux, dit-il en désignant deux soldats, surveillez les écuries. Dalkora, prenez deux hommes et quadrillez la partie ouest du village. Le reste avec moi : nous allons quadriller l'est.

Eden sentit Séra se raidir à ses côtés. Elle porta une main tremblante à sa bouche, prête à laisser échapper un cri, mais il l'interrompit en posant fermement sa main sur la sienne. Le capitaine donna ses ordres, et les soldats se dispersèrent en groupes pour une recherche méthodique. Eden ne relâcha sa prise que lorsqu'il fut certain qu'ils s'étaient suffisamment éloignés.

— Ils veulent nous tuer ! murmura Séra. Comment mes parents ont-ils pu laisser faire une chose pareille ?

— La situation ne pouvait pas être pire… soupira Thornan. Nous n'atteindrons jamais le fort d'Éther avec des Veilleurs aux trousses.

Bien que moins surpris, Eden était tout aussi secoué que la jeune fille. Il s'efforça de prendre un ton assuré.

— Nous réglerons ce problème plus tard, dit-il. Pour l'instant, nous devons récupérer Jasper et quitter Nabel immédiatement.

— C'est impossible, répondit Séra. Ils ont posté des hommes devant l'écurie.

— On ne peut pas partir à pied, poursuivit Eden. On serait trop lents et bien trop vulnérables. Nous allons passer par-derrière. Ces écuries ont été construites à la va-vite pour le festival. Il doit y avoir une ouverture, ou on en fera une. On récupère le cheval, et on part.

— Ces hommes sont surentraînés, intervint Thornan. Si tu crois que deux gamins vont réussir à leur échapper, tu es encore plus idiot que je ne le pensais.

— Tu as un meilleur plan à proposer ?

— Vous laisser vous faire tuer et me débrouiller tout seul ? suggéra le sorcier.

Eden ne répondit pas, refusant de perdre du temps à échanger des piques inutiles. Il attrapa la main de Séra et l'entraîna au bout de la ruelle en jetant régulièrement des regards derrière eux pour s'assurer qu'ils n'étaient pas suivis.

Nabel, bien que prospère, n'était pas immense. Les Veilleurs, habitués à traquer des fugitifs, en auraient rapidement fait le tour. Il fallait agir vite. Après plusieurs détours, ils atteignirent enfin les derniers bâtiments du village. Les écuries étaient juste en face, mais malheureusement, plus rien ne leur permettait de se cacher pour approcher et, comme prévu, deux Veilleurs montaient la garde à l'entrée.

— Qu'est-ce qu'on fait, maintenant ? demanda Séra.

Eden n'en avait pas la moindre idée, mais il refusait de le montrer. Il scruta les alentours, à la recherche d'une solution. Rien. S'ils avançaient davantage, ils seraient repérés.

— On ne peut pas aller plus loin pour l'instant, répondit-il, mais on ne peut pas rester ici non plus. Ils risquent de passer par cette ruelle. Il nous faut une cachette.

— Là ! fit Séra en pointant du doigt un petit cabanon adossé à une maison.

Eden plissa les yeux pour mieux voir : c'était probablement une cabane à outils ou une réserve à grain. Ils y seraient à l'abri des regards, le temps de trouver une solution.

— Parfait, allons-y, dit-il.

Ils longèrent la maison en prenant soin de ne pas faire craquer les gravillons sous leurs pieds. Eden poussa doucement la porte du cabanon. L'intérieur sentait le foin et le bois vieilli. Quelques outils étaient empilés dans un coin, et un tas de paille occupait le centre de la pièce.

— Hé ! Les tourtereaux, la place est déjà prise ! lança une voix grinçante.

Au milieu du tas de foin, deux sabots dépassaient d'une vieille couverture, et plus loin, une tête rousse aux cheveux hirsutes, surmontée d'une corne entière et du moignon d'une autre.

— Toi ! s'exclama Eden, avant de remarquer, gêné, qu'une jeune femme se trouvait là également, tentant de se dissimuler sous la couverture.

— Quoi, moi ? rétorqua le faune, les yeux mi-clos. On se connaît ?

— Non, mais il faut que tu viennes avec nous. C'est important !

— Hein ? Tu dis n'importe quoi, gamin. Je vais nulle part. Mais toi et ta copine, dégagez.

— Laisse-les, Phil, intervint la jeune femme en s'étirant. Je dois partir, de toute façon. Mon père va bientôt se lever et se demander où je suis.

— Oh, tu es vraiment obligée ? Je peux les mettre dehors, on a encore du temps. Il doit bien rester un fond de troussepinette quelque part… répondit le faune en fouillant désespérément le tas de foin à la recherche d'une bouteille qui ne soit pas déjà vide.

— J'ai assez bu comme ça, dit la jeune femme en riant doucement. Tu reviendras me voir, hein ?

— Aussi sûr que le soleil se lève chaque matin, affirma Phil avec un sourire goguenard.

La jeune femme, satisfaite de sa réponse, déposa un baiser rapide sur sa joue, rajusta sa robe et sortit en faisant un clin d'œil à Eden. Mais à peine avait-elle quitté la cabane qu'une voix autoritaire retentit à l'extérieur.

— Lara ? Qu'est-ce que tu faisais là-dedans ? Je t'ai cherchée partout !

— Papa ! répondit la jeune femme avec une légèreté feinte. Je suis sortie me balader. Il fait si beau ce matin, tu ne trouves pas ?

— Ça sent les ennuis, grommela Thornan.

— Qui a dit ça ? demanda le faune, les yeux écarquillés.

À cet instant, la porte du cabanon vola en éclats et une silhouette massive apparut. Eden n'eut que le temps d'attraper Séra et de la tirer en arrière pour se cacher derrière une caisse. Phil, quant à lui, n'eut pas ce réflexe. Trop ivre, il laissa tomber une bouteille vide qui se brisa sur le sol.

— Espèce de salopard ! hurla l'homme en arrachant une hache accrochée au mur. Je t'avais prévenu : si je te voyais encore tourner autour de ma fille, je te tuais !

Le faune, paniqué, roula hors du tas de foin et se traîna au sol pour échapper au coup. La hache s'abattit à quelques centimètres de lui, fendant le bois du plancher. Phil continua à ramper vers la porte, tandis que l'homme le poursuivait à l'extérieur en rugissant de rage.

— C'est le moment ou jamais, dit Thornan. Foncez vers les écuries pendant que ces idiots attirent l'attention des gardes !

Eden hésita une seconde, mais comprit que le sorcier avait raison. Il fit signe à Séra, et tous deux quittèrent précipitamment le cabanon. À l'extérieur, la scène était chaotique. Phil esquivait tant bien que mal les coups de hache, tout en suppliant l'homme de se calmer. La jeune fille tentait de retenir son père, mais sa voix était noyée sous ses cris de fureur. Comme prévu, les Veilleurs regardaient la scène, perplexes, hésitant à intervenir.

— Maintenant ! dit Eden en attrapant Séra par la main.

Profitant de la confusion, ils partirent en courant dans la direction opposée, vers l'arrière des écuries. Une fois près du bâtiment, Eden s'agenouilla devant une planche mal fixée et l'arracha avec précaution. Le bois grinça, mais le bruit fut couvert par ceux de la bagarre. Il se glissa à l'intérieur, suivi de près par Séra. Jasper, toujours attaché là, les salua d'un hochement de tête.

— Détache-le, dit-il, je vais chercher sa selle.

Il passa devant plusieurs chevaux pour atteindre le mur où les selles étaient suspendues. À travers les interstices des planches, il entendait encore les éclats de voix provenant de la dispute. Comment allaient-ils faire pour emmener le faune ? Si Phil restait, il se ferait tuer, et la vision ne pourrait pas se réaliser. Mais si Eden intervenait, ils seraient repérés, et tout le groupe risquerait sa peau.

Alors qu'il attrapait la selle de Jasper, un mouvement dans l'ombre attira son attention. Au fond de l'écurie, à l'écart des autres chevaux, une grande jument noire se tenait immobile. Aucun box ne lui avait été attribué et elle portait encore sa selle. Intrigué, Eden s'approcha. Ses yeux tombèrent sur le symbole gravé sur la selle : un œil ouvert sur deux épées croisées, peint d'un rouge profond qui rappelait la couleur du sang séché. L'emblème des Veilleurs…

Il tendit une main prudente vers la jument et celle-ci inclina légèrement la tête pour recevoir sa caresse. *Je crois qu'on a trouvé notre deuxième cheval…* se dit-il. Sans perdre de temps, il arrima son sac à la selle, détacha la jument et la mena vers Séra.

— Elle est magnifique, dit la jeune fille, admirative.

— Je pensais que tu étais juste idiot, mais là, tu bats des records de folie, dit Thornan.

— Ils veulent déjà nous tuer, répliqua Eden, leur voler un cheval n'y changera rien, mais ça augmente nos chances de fuir. J'ai un plan.

— J'ai hâte de l'entendre, ironisa le sorcier.

Eden l'ignora et s'adressa à Séra.

— Toi, tu montes Jasper avec « M. le lapin ». Je vais sortir le premier, j'ai un détour à faire, dit-il. Dès que tu es dehors, tu fonces sur la route. Ne ralentis pas, ne te retourne pas.

— « M. le lapin » va te réduire en poussière à la première occasion, grogna Thornan.

— Un détour ? Tu es fou ! dit Séra.

— On n'a pas le temps pour les débats. Si on traîne ici plus longtemps, on n'aura aucune chance de s'en sortir. Fais-moi confiance, d'accord ?

Séra hésita, se mordillant la lèvre inférieure. Elle semblait prête à protester de nouveau, mais à la place, elle hocha la tête, résignée. Soulagé, Eden harnacha Jasper et tendit la longe à Séra. Sans attendre, il monta sur le dos de la jument noire. Bien plus docile qu'elle n'en avait l'air, elle ne broncha pas.

— Je vous préviens : quand vous vous ferez tuer, je n'interviendrai pas, dit Thornan.

— Oui, oui, on sait, grogna Eden. Suivez-moi.

Ils avancèrent jusqu'à la sortie des écuries. Eden se pencha pour jeter un œil entre deux planches. Au milieu de la route principale, un attroupement s'était formé autour du trio. Un homme massif tenait le faune par les bras, tandis qu'il fallait deux autres villageois pour maîtriser le père enragé et empêcher de justesse sa hache de s'abattre sur le malheureux. Les Veilleurs avaient quitté leur poste pour prêter main-forte. L'un d'eux tentait d'apaiser la situation, alors que son camarade, légèrement en retrait, surveillait les environs. C'était maintenant ou jamais.

— Vous êtes prêts ?

— Tu es sûr de ce que tu fais ? demanda Séra.

— Ça ira. Fais-moi confiance.

Il n'était absolument sûr de rien, mais devait faire bonne figure.

— Tu as déjà oublié ce que je t'ai dit à propos des visions ? insista le sorcier.

— Je ne veux pas prendre le risque.

Sans laisser à ses deux compagnons le temps de répondre, il talonna la jument. L'animal s'élança à travers la porte des écuries qui éclata sous l'impact.

Chapitre 16

Le monde sembla ralentir autour de lui, les secondes s'étirant comme des heures. Il entendit Séra crier quelque chose derrière lui, mais ses mots furent noyés dans le tumulte. Son instinct hurlait à Eden de ralentir, mais il se retint de tirer sur les rênes.

Lorsqu'il fut suffisamment proche du groupe, il lâcha un cri guttural, un mélange de rage et de désespoir. Les badauds, surpris, se dispersèrent rapidement pour éviter d'être piétinés par celui qu'ils prirent, à tort ou à raison, pour un fou. L'homme qui tenait le faune lâcha prise et leva les bras en reculant. Mais les Veilleurs, eux, ne cédèrent pas. Le premier dégaina son épée et s'avança résolument vers lui.

La jument se cabra brusquement face à l'homme armé et manqua de désarçonner Eden. Dans un éclat sourd, ses sabots frappèrent le soldat en pleine tête. L'homme fut projeté en arrière et son corps inerte s'effondra sur le sol où se forma une mare de sang.

— Monte ! Vite ! cria-t-il au faune, toujours figé comme une statue au milieu de la route.

Le deuxième Veilleur s'élançait déjà vers eux, épée en main. Eden vit l'arme scintiller un instant sous la lumière du soleil avant de fendre l'air. Le faune ne bougeait toujours pas.

— Maintenant ! hurla-t-il.

Au dernier moment, Phil reprit ses esprits. Il bondit sur le cheval avec une maladresse confondante et manqua de basculer de l'autre côté. Eden donna un coup sec des talons, juste avant que l'épée du Veilleur ne s'abatte. La lame fendit la chair de la jument et laissa une longue entaille sanglante dans son flanc. L'animal poussa un hennissement strident, avant de s'élancer au triple galop.

— Accroche-toi ! lança-t-il au faune, qui s'agrippait déjà à sa taille de toutes ses forces.

La jument, blessée et affolée, ne répondait plus à ses tentatives de direction. Lancée dans une course folle, elle quitta le village dans un nuage de poussière. Ses sabots martelaient le sol avec une fureur incontrôlée. Eden aperçut Séra, mais passa devant elle trop vite pour échanger le moindre mot. Ce n'est qu'après plusieurs centaines de mètres que la jument ralentit enfin, le souffle rauque et irrégulier. Lorsqu'elle s'arrêta, Eden sentit la tension quitter ses muscles, et il laissa lentement retomber les rênes.

— C'est bon, tu peux me lâcher, dit-il au faune, dont l'étreinte n'avait pas faibli.

Le faune obéit enfin, descendant maladroitement du cheval.

— Plus jamais ! rugit-il, les bras écartés comme s'il s'adressait au ciel. C'est la première et dernière fois qu'on m'y prend ! Un faune sur un cheval ? Jamais ! Et toi, ajouta-t-il en pointant un doigt accusateur vers Eden, t'es complètement cinglé !

Il ouvrit la bouche pour en dire davantage, mais son teint vira au blanc. Il plaqua une main sur sa bouche et tituba jusqu'au bord de la route avant de se plier en deux pour vomir bruyamment. Eden, encore secoué, le regarda en grimaçant.

— Je crois que le mot que tu cherches, c'est « merci », dit-il.

Des bruits de sabots se firent entendre au loin. Eden se tendit, le regard fixé sur la silhouette qui approchait depuis le village. *Pourvu que ce soit Séra...* Entre le faune plié en deux, toujours en train de vomir, et la jument blessée, il savait qu'il n'irait pas bien loin si c'était un ennemi. Lorsque la lumière révéla la longue chevelure brune de son amie, il laissa échapper un soupir de soulagement.

— Tu es complètement cinglé ! lança Séra en arrivant à leur hauteur, tu aurais pu te faire tuer !

— Ah, qu'est-ce que je disais ! approuva le faune.

La jeune fille avait l'air furieuse, mais avant qu'Eden n'ait le temps de répondre, elle descendit de cheval et le prit dans ses bras. Le garçon sentit une douce chaleur l'envahir. C'était la première fois qu'elle l'étreignait ainsi, et il aurait voulu que le moment dure une éternité. Rien que pour cette étreinte, il se sentait prêt à affronter mille morts. À son grand désespoir, elle le libéra rapidement.

— Ne refais plus jamais ça ! ajouta-t-elle.

— Ce n'est pas le moment pour les câlins, intervint Thornan avec impatience. Si nous ne partons pas d'ici tout de suite, ton coup d'éclat n'aura servi à rien.

Eden hocha la tête.

— Tu as raison, mais on a un problème, dit-il en désignant le flanc ensanglanté de la jument.

Séra s'approcha et fronça les sourcils en découvrant la blessure.

— Il faut la soigner avant de repartir, dit-elle, mais… on ne peut pas rester là, au beau milieu de la route.

— Hé, le tombeur ! Viens par ici ! s'exclama le sorcier à l'attention du faune.

Celui-ci, toujours avachi au bord de la route, se redressa péniblement en vacillant. Il leva des yeux hagards vers Séra, un sourire idiot sur le visage.

— Bonjour, madame, dit-il en faisant une courbette exagérée qui faillit le faire tomber. Philigast Valtorin, pour vous servir, mais vous pouvez m'appeler Phil.

Séra recula d'un pas, le nez froncé.

— Tu empestes l'alcool et le vomi…

— Tu connais la région, n'est-ce pas ? coupa Thornan sans douceur, y a-t-il un endroit où nous cacher, et vite ?

— Vous… Vous avez une voix étonnamment grave, madame, dit le faune en dévisageant toujours Séra.

— Pourquoi est-ce que je ne me trimballe que des boulets ? souffla le sorcier. Par ici, imbécile !

Phil se pencha et tâta le corps du lapin en peluche du bout du doigt.

— Est-ce que toi aussi, tu as entendu ce truc parler ? murmura-t-il à Eden. Parce que j'ai peut-être un peu abusé de la troussepinette hier soir, mais quand même…

— Oui, le lapin parle, répondit Séra, c'est une longue histoire. On te la racontera en temps voulu, mais pour l'instant, on doit vite se cacher. Tu connais un endroit ?

— Oui, madame ! répondit enfin le faune. Suivez-moi.

Séra échangea un regard exaspéré avec Eden avant de suivre Phil, qui vacillait toujours sur ses sabots. Le faune mena le groupe à travers champs jusqu'à un bosquet traversé par un ruisseau.

— Il y a une ferme abandonnée un peu plus loin, annonça-t-il en indiquant l'est. On y sera dans une vingtaine de minutes.

— Bien, marchons dans l'eau, suggéra Eden. Ça brouillera nos traces.

Le garçon jetait des regards constants par-dessus son épaule, scrutant l'horizon pour s'assurer qu'ils n'étaient pas suivis. Rien pour l'instant, mais il savait que les Veilleurs ne leur laisseraient pas cette liberté bien longtemps. Une tension sourde le serrait à la poitrine, alimentée par la peur et une prise de conscience brutale. Il avait été naïf. Se croire héros d'une aventure palpitante lui semblait désormais risible. Ce n'était pas un jeu. Le danger n'était pas une invention de son imagination. Il ne se tenait pas sur la place du village d'Alderbrook, armé d'un bâton, à pourchasser des chats qu'il prétendait être des monstres. Il s'agissait de la vraie vie, et il en ressentait toute la lourdeur. L'immensité du monde l'oppressait et il se sentait insignifiant face aux périls qui l'attendaient.

— Ça va, gamin ? T'as blêmi d'un coup.

Thornan, allongé de tout son long sur le dos de la jument, le fixait de ses yeux noirs perçants.

— Oui… ça va, marmonna Eden. Depuis quand ça t'intéresse ?

— Je ne veux juste pas que tu nous ralentisses.

Eden l'ignora et se retourna à nouveau. Toujours rien à signaler. Quelques pas devant, Séra marchait aux côtés de Phil. Soudain, le faune s'arrêta net en les pointant du doigt.

— Lui, là ? Ce lapin ? C'est…

— Oui, oui, c'est moi, grogna le sorcier sans même relever la tête.

Phil haussa un sourcil, mais avant qu'il ne puisse répliquer, Séra reprit son récit. Visiblement, la curiosité du faune prit le dessus, et il se remit à écouter, pendu à ses lèvres.

— Et la suite, tu la connais, conclut-elle enfin.

— Parfait timing, on est arrivés, répondit Phil en levant un bras pour désigner l'horizon.

Ils sortirent du ruisseau pour rejoindre une plaine envahie par les hautes herbes. Bien qu'il fût heureux de retrouver un sol ferme, Eden n'était pas sûr que marcher dans cet enchevêtrement soit plus agréable. Il scruta les environs, cherchant désespérément quelque chose qui ressemblât à une ferme, mais ne vit rien d'autre qu'un terrain accidenté et des arbres dispersés. Avec tout l'alcool que Phil ingurgitait, il n'aurait pas été surpris que le faune se soit trompé d'endroit… ou ait inventé carrément cette histoire de ferme.

— Tu es sûr que c'est ici ? demanda-t-il.

— Oui, oui, on arrive bientôt, répondit Phil sans se retourner.

Quelques dizaines de mètres plus loin, un vieux corps de ferme surgit du paysage. Caché par le dénivelé du terrain, il était resté invisible jusqu'à ce qu'ils se trouvent presque dessus. Une cachette idéale.

L'ancienne ferme portait les cicatrices du temps, et ce qui avait dû être une grange n'était plus qu'un amas de bois pourri, envahi par la végétation. L'aile gauche de la maison s'était écroulée, mais le bâtiment principal tenait encore debout, malgré l'absence totale de toit.

Ils attachèrent les chevaux sur le côté de la maison et y pénétrèrent. L'état des lieux reflétait celui de l'extérieur. Dans ce qui avait autrefois été une cuisine, tout n'était que débris et vestiges de meubles pillés ou détruits depuis longtemps.

— Venez par ici, la pièce du fond est plus agréable, annonça Phil d'un ton enthousiaste.

Tel un hôte recevant des invités de marque, le faune les guida jusqu'à ce qui avait dû être la salle à manger. Les chaises brisées étaient entassées à côté d'une immense cheminée, sans doute destinées à alimenter un feu. Le reste du mobilier avait entièrement disparu, à l'exception d'un fauteuil couvert de moisissures qui, par son aspect, n'inspirait aucune envie de s'asseoir. Dans un coin de la pièce traînait un vieux matelas de paille. Avec une certaine fierté, Phil le tira devant l'âtre.

— Installez-vous ! Je vais nous chercher à boire et à manger ! dit-il avant de s'éclipser vers la cuisine.

— Allumons un feu. On est suffisamment à l'abri ici pour se sécher un peu avant de repartir, dit Eden en ramassant quelques morceaux des chaises brisées pour les jeter dans la cheminée.

— Je vais préparer de quoi soigner la jument, annonça Séra.

Elle sortit la pochette de soin de son sac et se baissa pour s'installer sur le matelas.

— À ta place, je ne poserais pas mes fesses là-dessus, intervint Thornan.

— Il a raison, appuya Eden en lançant un regard vers le grabat. Notre nouvel ami n'a pas l'air d'avoir un sens très développé de l'hygiène… je n'ose pas imaginer ce qui a pu se passer sur ce truc.

— Oui, vous avez raison, concéda Séra en grimaçant.

Elle s'installa directement sur le sol et déballa soigneusement son matériel de couture. Eden souffla sur les braises pour réveiller le feu tout en la regardant préparer ses affaires.

— Ça ne sera pas aussi simple que de recoudre un pantalon. Tu veux que je t'aide ? On pourrait peut-être utiliser la baguette ? demanda-t-il.

Mais il regretta aussitôt sa proposition en voyant le regard courroucé de son amie.

— Es-tu vraiment en train de douter de la capacité d'une fée à recoudre quelque chose ? répondit-elle avec un mélange d'irritation et de fierté. Je gère bien mieux l'aiguille que toi la baguette, je te le garantis.

Thornan, qui observait la scène d'un œil distrait, intervint.

— Il y a bien longtemps, j'avais commandé aux fées une grande tapisserie pour ma chambre, dit-il d'un ton inhabituellement calme. Je n'ai jamais été aussi émerveillé devant une œuvre d'art que lorsque j'ai vu le résultat. Et je m'émerveille encore chaque fois que je la vois.

Sa voix se brisa et il marqua une pause, l'air pensif. Eden n'osa pas l'interrompre. Lorsqu'il reprit, il avait retrouvé son assurance habituelle.

— Bien sûr, à l'époque, vous utilisiez votre magie. Mais même sans, ton peuple reste remarquablement habile avec du fil et une aiguille. Même un idiot comme celui-là devrait le savoir, ajouta-t-il en jetant un regard accusateur au jeune homme.

— Ce n'est pas ce que je voulais dire ! protesta Eden, un peu vexé.

— Comme l'a souligné Thornan, répondit Séra avec un sourire taquin, je pense que je peux me débrouiller pour refermer cette plaie. Mais l'aide d'un apprenti guérisseur pour m'assister sera quand même la bienvenue.

Eden lui rendit son sourire et la suivit à l'extérieur. En sortant, ils croisèrent Phil qui revenait de la cuisine, une caisse remplie de bouteilles et de provisions dans les bras.

— Où as-tu trouvé tout ça ? s'étonna Eden.

— J'ai mes petites cachettes secrètes. Vous allez où ?

— Soigner la jument.

— Ah… répondit le faune en jetant des regards nerveux en direction de la salle à manger. Ce lapin sorcier en peluche qui parle me fout les chocottes, je veux pas rester seul avec lui…

— Il a mauvais caractère, mais il est inoffensif, répondit Séra avec un sourire rassurant.

— Ne traînez pas trop quand même… dit Phil avant de s'éloigner.

Chapitre 17

Séra eut un pincement au cœur en voyant la plaie sur le flanc de la jument. C'était une blessure profonde, mais au moins, le saignement avait cessé.

— Ça va aller, ma belle, murmura-t-elle en la caressant, on va te soigner. Comment est-ce qu'elle s'appelle ?

Le jeune homme tourna autour de l'animal.

— Apparemment, elle s'appelle Flamme, dit-il, désignant les lettres gravées en doré sur le côté de la selle.

Séra sourit en répétant doucement son nom. Flamme. Il lui allait bien. Elle sortit son nécessaire de couture, déroula son aiguille et son fil, et prit une grande inspiration.

— Tu peux la tenir ? s'enquit-elle auprès d'Eden. Il faut qu'elle reste immobile pendant que je referme la plaie.

Eden hocha la tête et passa un bras autour du cou de la jument tout en lui murmurant des mots apaisants. Séra approcha sa main de la plaie et posa délicatement ses doigts à côté. Elle avait déjà cousu des étoffes épaisses, des cuirs robustes, mais jamais de chair vivante. Ses pensées hésitaient entre l'excitation d'apporter de l'aide et la crainte d'échouer. Elle prit une profonde inspiration et fit passer l'aiguille à travers la peau, un point après l'autre.

Une chaleur naquit dans ses doigts, d'abord légère, puis de plus en plus prononcée. Elle sentit une vibration douce remonter le long de son bras. Le fil entre ses mains commença à scintiller d'une lumière subtile. Elle continua, incapable d'arrêter, fascinée. À mesure que le fil traversait la chair, la blessure se refermait d'elle-même. Elle n'en croyait pas ses yeux. Quand elle tira le dernier point, la plaie avait totalement disparu.

— Eden… regarde, dit-elle en reculant de quelques pas.

Ses mains tremblaient. Elle observa la peau intacte de Flamme. Pas même une cicatrice. Elle inspecta le morceau de fil enroulé dans sa main, il avait l'air parfaitement normal. C'était autre chose. Quelque chose d'enfoui profondément en elle, elle l'avait senti.

— Ton aile ! s'exclama Eden.

Elle tourna sur elle-même en tirant sur son chemisier, mais ne vit rien. Pouvait-il s'agir vraiment de cela ? Jamais elle n'aurait imaginé voir un jour ses pouvoirs se manifester. Pourtant, cette chaleur dans ses doigts, cette énergie vivante, c'était elle.

— Ça ne s'était jamais produit avant ? demanda Eden.

— Non, jamais ! Mes ailes sont arrivées à maturité il y a à peine quelques semaines, je ne savais pas combien de temps il fallait pour que mes pouvoirs se manifestent, je ne savais même pas si cela se passerait vraiment !

Un rire cristallin éclata entre ses lèvres. Elle posa une main sur le corset de sa robe et en desserra les lacets. Elle sentait quelque chose en elle réclamer sa liberté, comme un muscle endormi qui s'étirait pour la première fois. Elle déchira le dos de son chemisier.

Eden la regardait sans comprendre, mais elle n'y prêta pas attention. Son aile se déploya. Elle vibrait sous la lumière du soleil en projetant des reflets bleutés autour d'elle. Séra inspira profondément. Un poids invisible venait de quitter ses épaules.

Eden la fixait toujours, béat. Elle croisa son regard et lui sourit.

— Allons rejoindre les autres, dit-elle d'un ton léger.

Séra replaça son corset et ajusta ses vêtements autour de son aile. Elle marchait la tête haute, Eden sur ses talons. Elle se sentait légère, portée par une force invisible. La chaleur qu'elle avait ressentie dans ses mains persistait. *Sa* magie. Cette pensée tourbillonnait dans son esprit, éclipsant tout le reste.

Phil, affalé sur le vieux matelas une bouteille à la main, buvait directement au goulot tout en racontant une histoire rocambolesque à laquelle Thornan ne prêtait aucune attention. Le faune interrompit ses élucubrations lorsqu'il la vit entrer. Ses yeux s'agrandirent légèrement, et il murmura avec un mélange d'admiration et d'inquiétude :

— J'espère que vous êtes sûrs de vous, concernant la magie…

Séra cligna des yeux, ramenée à la réalité par ses mots. Mais avant qu'elle ne puisse répondre, Thornan dit d'une voix étonnamment douce :

— Tu n'as pas à te cacher, jeune fée. Ton pouvoir est un don dont tu n'aurais pas dû être privée. Ne l'oublie jamais.

Les paroles du sorcier la surprirent et la touchèrent. C'était la première fois qu'elle l'entendait dire quelque chose de positif envers elle ou qui que ce soit.

— Phil, as-tu vraiment vu un arcanophage ? demanda Eden.

— Eh bien… Pour être totalement honnête… je ne suis plus très sûr. Il faisait nuit et il y a pas mal de loups dans la région, donc peut-être qu'avec la fatigue…

— Et l'alcool… ajouta Thornan.

Phil l'ignora et leur désigna des places près du feu.

— Allons, asseyez-vous. Nous avons tous besoin de reprendre des forces, et j'ai justement de quoi nous réchauffer !

Séra s'installa près de la cheminée et enroula une couverture autour de ses épaules. Quelques jours plus tôt, elle s'était vue morte, ou réduite à une misérable vie sans ses ailes, ce qui pour elle revenait au même. Mais aujourd'hui, un tout nouvel avenir s'offrait à elle. Elle s'imaginait maîtriser la magie de son peuple qu'elle n'avait jusqu'à présent vue que dans les livres quand la voix de Thornan la tira de ses pensées.

— Demain, nous partirons à l'aube. Nous devons quitter cet endroit avant que les Veilleurs ne se rapprochent.

Tout le monde acquiesça, Thornan ramassa un petit morceau de bois et se mit à tracer un plan grossier dans la cendre devant la cheminée. Il leur restait encore un long chemin avant d'arriver au fort d'Éther. Rien que la traversée des Grandes Plaines s'annonçait comme insurmontable, à en croire le sorcier.

— Nous quitterons les plaines dès que possible pour traverser la forêt des Lamentations et…

Phil se leva brusquement, manquant de renverser sa bouteille.

— La forêt des Lamentations ? Vous ne pouvez pas être sérieux ! s'écria-t-il. C'est un endroit maudit !

— Qu'est-ce que c'est que cette forêt ? demanda Séra, ne comprenant pas pourquoi un bois suscitait une telle frayeur chez le faune.

Phil, visiblement désireux de partager son savoir et encouragé par l'alcool, se mit à déambuler autour du foyer en gesticulant.

— Ah, jeune fille, tu n'as pas idée de ce qui t'attend là-bas !

Il fit un geste dramatique de la main pour marquer l'importance de ses mots.

— Cette forêt est habitée par les âmes tourmentées de ceux qui s'y sont aventurés sans jamais en revenir. Des cris de désespoir incessants résonnent entre les arbres !

Il tituba légèrement en direction de la cheminée, pointant un doigt accusateur vers le dessin tracé dans la cendre.

— Les arbres y sont si denses que même le soleil n'ose pas s'y montrer. Des pins noirs, vieux comme le monde, dont les branches tordues et serrées bloquent toute lumière. La brume y est omniprésente, rendant l'air lourd et oppressant. On dit que ceux qui s'y aventurent finissent par perdre la raison, guidés par ces voix fantomatiques qui les attirent toujours plus profondément, jusqu'à ce qu'ils disparaissent à jamais !

Les yeux écarquillés, Phil se rapprocha d'elle. Son haleine empestait l'alcool.

— J'ai entendu des histoires ! poursuivit-il. Des voyageurs qui ont vu les ombres errer entre les troncs, des silhouettes fantomatiques aux yeux vides qui te fixent dans le noir… Et ce ne sont pas que des contes ! Des centaines de personnes ont été englouties par ces bois sans jamais réapparaître. J'ai moi-même un cousin de mon oncle, enfin, pas vraiment de mon oncle, mais de sa femme, sa deuxième femme, eh bien ce cousin, il connaît quelqu'un à qui c'est arrivé !

Il se redressa soudainement, levant la bouteille à bout de bras comme pour porter un toast à ses propres paroles.

— Personne ne sait ce qui est vrai et ce qui ne l'est pas, mais moi, je sais que c'est vrai… Si vous tenez à la vie, il vaut mieux éviter cette foutue forêt !

Séra écoutait Phil, fascinée. Les paroles du faune, amplifiées par l'alcool, étaient à la fois effrayantes et captivantes. Mais avant qu'elle ne puisse poser d'autres questions, Thornan intervint d'un ton résolu :

— Ce ne sont que des histoires de bonne femme. Et nous n'avons pas d'autre choix. Rester sur la route principale serait du suicide. Dans la forêt, nous serons plus discrets, et les Veilleurs auront plus de mal à nous retrouver.

Phil, loin de se calmer, arrondit les yeux encore davantage.

— Des histoires de bonne femme, hein ? Vous ne m'entraînerez pas dans ces bois !

— Personne ne t'y oblige, répondit Thornan. J'ai bien assez avec ces deux-là sur les bras. À la sortie de la forêt, il y a un village abandonné. À partir de là, nous n'aurons qu'à longer les montagnes jusqu'au fort d'Éther. La route sera plus longue et plus difficile, mais toujours moins risquée que de se confronter aux Veilleurs en terrain découvert.

Phil se laissa retomber dans le vieux fauteuil et secoua la tête avec résignation tout en prenant une autre longue gorgée de troussepinette.

— Soit, murmura-t-il enfin, capitulant sous les effets de l'alcool. Mais je vous aurai prévenus ! Quand vous serez tous morts, vous saurez que j'avais raison !

Ils passèrent le reste de la journée à préparer leur départ, à remplir les gourdes, à former les rations de voyage. Trop saoul, Phil ne fut pas d'une grande aide et dormit une grande partie de l'après-midi. Séra commençait à se demander si le prendre avec eux était vraiment une bonne idée. Eden paraissait sûr de lui, mais pouvait-on vraiment faire confiance à cette voyante ?

Chapitre 18

Depuis leur position en surplomb, Alaric observait la mer qui scintillait sous le soleil de la fin d'après-midi. Les vagues argentées venaient doucement s'échouer sur les quais du port et la citadelle du Haut Conseil dominait l'horizon. Avec ses tours de pierre grise qui se détachaient nettement sur le bleu éclatant du ciel, elle ressemblait à une sentinelle surveillant la ville et ses alentours.

Cela faisait des années qu'il n'était pas venu à la capitale et pourtant, rien n'avait changé. La ville était toujours aussi imposante, figée dans le temps. Contrairement à lui. Alaric se surprit à effleurer sa barbe grisonnante du bout des doigts. Lui n'avait pas été épargné par le poids des années. Éprouvé par le long voyage et malgré l'appréhension qui l'habitait, il n'était pas mécontent d'être enfin arrivé. L'idée de trouver un vrai lit et un repas chaud lui redonna un semblant d'énergie. Il pressa doucement sa monture, qui accéléra docilement le pas.

Avec Manfred à ses côtés, il franchit la grande porte de la ville, une arche monumentale encadrée par deux immenses statues représentant les fondateurs du Haut Conseil. Il leva les yeux vers le visage de pierre de son ancêtre qui paraissait fusiller du regard quiconque osait pénétrer dans la ville sans en être digne.

Le suis-je ? se demanda le vieil homme en détournant les yeux. Depuis le départ d'Eden, il avait l'impression de crouler sous le poids de ses erreurs. Il espérait que le garçon était sain et sauf, probablement enfermé dans une des cellules de la citadelle. Comment en était-il arrivé là ? Il secoua la tête pour balayer ses doutes et se concentra sur sa mission. Ce n'était pas le moment de perdre pied.

À l'intérieur, les rues pavées grouillaient d'activité. Les cris des marchands de poisson vantaient la fraîcheur de leur prise, des filets encore dégoulinants pendant à l'arrière de leurs étals. Une odeur saline, mêlée aux parfums épicés des stands et à l'arôme sucré des fruits, emplissait l'air. Des enfants riaient en zigzaguant entre les passants, des femmes négociaient avec passion des étoffes colorées, et des soldats en patrouille, l'armure étincelante, observaient la foule d'un air détaché.

Nous saurons faire honneur à ceux qui sacrifieront leur vie pour le bien commun, se dit-il. Ils arrivèrent enfin au pied de l'imposante citadelle, qui se dressait avec une austérité intimidante, même pour Alaric. Manfred échangea quelques mots avec un garde à l'entrée principale. Celui-ci, raide et impeccable dans son uniforme, hocha la tête et disparut pour informer de leur présence. Pendant ce bref moment d'attente, Manfred descendit de cheval et tendit une main à Alaric.

— Je m'arrête ici, mon ami. Ma mission est accomplie, dit-il avec une inclinaison respectueuse de la tête.

Alaric mit pied à terre à son tour et posa un regard lourd sur son compagnon. Il attrapa la main tendue.

— Manfred… merci de m'avoir accompagné. Avant que tu ne partes, j'ai une dernière faveur à te demander. Peux-tu… te renseigner sur Eden ? S'il te plaît, fais-moi savoir ce qu'il en est.

Le sourire de Manfred disparut, remplacé par une expression plus sérieuse.

— Je me renseignerai, ne t'en fais pas. Je te tiendrai informé.

Leurs regards s'accrochèrent une dernière fois avant que Manfred ne tourne les talons. Alaric le suivit des yeux jusqu'à ce qu'il disparaisse dans la foule. Son attention se reporta sur le garde qui revenait à grands pas.

— Le Haut Conseil vous attend, Grand Sage. Je suis chargé de vous escorter.

C'était le moment. Il tendit la longe de son cheval à un autre garde et suivit son guide. L'intérieur du bâtiment offrait un mélange d'opulence et de sévérité, conçu dans les moindres détails pour impressionner ses visiteurs. Le garde guida Alaric à travers des escaliers interminables aux marches usées par des siècles de passage. Les murs de pierre étaient ornés de tapisseries aux couleurs éclatantes qui retraçaient les hauts faits du royaume : des batailles épiques, des alliances scellées dans le sang, et des trahisons. Les rayons du soleil passaient au travers des hautes fenêtres en créant des jeux d'ombre et de lumière qui dansaient sur les tapisseries, donnant parfois l'impression qu'elles se mouvaient.

Ils atteignirent finalement une immense porte en bois sombre, flanquée de deux soldats immobiles qui surveillaient attentivement le grand couloir vide. Le garde qui l'accompagnait s'arrêta et frappa trois coups secs contre la porte. Pendant un instant, le silence devint absolu autour d'Alaric, à l'exception de son propre cœur battant dans sa poitrine, si fort qu'il crut qu'il résonnait dans tout le couloir.

Sans un mot, le garde s'éloigna. Le vieil homme resta immobile, le souffle suspendu, jusqu'à ce que la porte s'ouvre enfin. Une femme en uniforme au visage austère apparut et s'inclina légèrement.

— Grand Sage, le Haut Conseil vous attend.

Elle s'effaça pour lui laisser le passage. La pièce était éclairée par des vitraux immenses qui diffusaient jusqu'au sol une lumière colorée. Au centre trônait une imposante table ronde, entourée de huit fauteuils richement sculptés. Chaque siège portait les couleurs et les insignes distinctifs de la race qu'il représentait. L'emblème du Haut Conseil, gravé au centre de la table et incrusté d'or, brillait doucement à la lumière diffuse.

Alaric s'avança. La salle était plongée dans un silence solennel uniquement perturbé par le bruit de ses pas. Il se concentra sur ses pieds, les posant délicatement sur le sol pour faire le moins de bruit possible. Il s'arrêta à une distance respectueuse et joignit ses mains devant lui. Les regards des huit membres du Conseil étaient tournés vers lui, impassibles, pesants. Il sentait leurs yeux l'examiner, l'évaluer, et il n'osa pas parler. Une soudaine sécheresse lui noua la gorge, et il déglutit péniblement. Cela faisait des décennies qu'il n'avait pas pénétré dans cette salle. La dernière fois, il était bien plus jeune, et l'événement, sa nomination comme Grand Sage, avait été teinté de fierté et d'espoir. Aujourd'hui, c'était différent.

Son regard croisa celui de Cadel Ravimtal, le Conseiller suprême, représentant des magiciens. Même après cinquante ans à la tête du Haut Conseil, l'homme restait une figure imposante. Comme lui, Cadel portait l'héritage d'une lignée marquée par la guerre et le pouvoir. Les Ravimtal dominaient les rangs des magiciens depuis des générations, et bien que les postes ne fussent pas officiellement héréditaires, l'influence du sang était indéniable. Son grand-père Akilius était un grand magicien, mais un bien piètre politicien, sans cela, les Greenhaven auraient pu prendre la place des Ravimtal et il serait aujourd'hui Conseiller suprême. Il n'était pas sûr néanmoins d'envier cette position, il aimait sa vie paisible à la campagne.

Alaric détourna les yeux, et s'attarda sur une autre figure familière : Atosh Tarbard, le représentant des sorciers. Bien que privés de magie, ceux-ci avaient conservé leur extraordinaire longévité et Atosh était le seul à faire partie du Haut Conseil depuis sa création, un siècle auparavant. Beaucoup avaient été réticents à inclure un sorcier au Haut Conseil, la plupart s'étant soit rangés du côté de Thornan, soit rebellés contre la privation de leurs pouvoirs. Mais Atosh n'avait jamais aimé le Grand Sorcier et s'était directement opposé à ses agissements. Ça, plus l'idée d'apaiser les tensions avec les sorciers, lui avait finalement valu une place autour de la table. Il ne restait plus beaucoup de sorciers aujourd'hui, une espèce en voie d'extinction… et ce n'est pas une grande perte, pensa Alaric.

À sa droite se trouvait Lemony Farrow, le représentant des faunes. Bien qu'il soit assis droit sur son fauteuil, le nombre de ses années commençait à se voir. Sa succession, déjà organisée avec soin, n'était un secret pour personne. Pourtant, la lenteur du processus dénotait une certaine hypocrisie, tout le monde refusait d'admettre l'évidence, surtout Lemony.

Quand son regard se posa sur Thalassor, roi des sirènes, il eut du mal à contenir sa surprise. Le souverain avait visiblement prospéré depuis leur dernière rencontre… littéralement. Trônant dans son carrosse aquatique, une baignoire d'eau de mer montée sur des roues d'or, il affichait un corps désormais si volumineux que l'idée même de le transporter relevait de l'exploit. Une rumeur lui revint à l'esprit, à propos d'un valet écrasé par le poids du roi.

Eajelle Varne, devina-t-il ensuite, la représentante des fées, la plus jeune autour de la table. Elle paraissait nerveuse. Elle tentait de le cacher, mais pour Alaric, cela sautait aux yeux.

Brakgrerlug Blazu… Blazi… tenta de se souvenir le vieil homme. Le représentant des nains portait un nom qu'il n'avait jamais réussi à prononcer correctement, malgré ses nombreux voyages à Bhelborimm.

Il y avait encore Aszora Kenweth, la représentante des humains, une femme qui avait gagné sa place par un labeur acharné et une ambition sans faille. Contrairement aux autres, son poste n'était pas un héritage, mais une conquête. Et enfin venait Malgu Draven. Même à distance, la vue de la représentante des gorgones le glaça jusqu'aux os. Malgré son bandeau, Alaric savait très bien qu'elle le voyait. C'était un secret bien gardé, mais il connaissait la vérité : Malgu était l'une des rares gorgones à avoir conservé ses yeux, un privilège réservé à sa position.

Un mouvement subtil ramena son attention sur Cadel, qui s'était levé.

— Alaric, nous vous remercions d'avoir fait tout ce chemin pour répondre à notre appel.

Cadel marqua une pause et scruta le visage d'Alaric avec intensité, comme pour sonder ses pensées les plus profondes. Le vieil homme garda un masque impassible, se retenant de faire remarquer qu'on ne lui avait pas réellement laissé le choix. Mais aurait-il refusé, si on le lui avait permis ? Probablement pas, admit-il. Ce n'était pas seulement une question de devoir, mais aussi de loyauté, ou peut-être de fierté.

— Vous êtes ici aujourd'hui, reprit Cadel d'une voix grave et solennelle qui résonnait dans la vaste salle, parce que nous faisons face à une situation des plus critiques. Une situation qui, si elle n'est pas rapidement maîtrisée, pourrait plonger notre royaume dans le chaos.

Alaric hocha doucement la tête.

— L'ordre, continua Cadel, en frappant chaque syllabe comme un forgeron son enclume, est le fondement même de notre royaume. Tout comme nos prédécesseurs, nous avons consacré nos vies à maintenir un équilibre où chacun connaît sa place. Où chaque race prospère en harmonie sous la protection du Haut Conseil. Mais cette paix, cet équilibre…

Il marqua une pause et engloba la salle d'un geste de la main.

— … sont aujourd'hui menacés par des éléments qui cherchent à tout détruire.

Bien qu'aucun des autres membres du Conseil ne laissât transparaître la moindre émotion, Alaric sentit leurs regards peser sur lui.

— Des factions rebelles, reprit le Conseiller suprême, prêchent des idées dangereuses : liberté, magie… Des concepts séduisants pour les esprits faibles. Mais ce qu'ils offrent réellement, c'est l'anarchie. La destruction. Le retour aux ténèbres d'une époque que nous avons tous juré de ne jamais revivre.

Il appuya ses poings sur la table ronde et se pencha légèrement en avant. Ses yeux, durs comme l'acier, croisèrent ceux d'Alaric.

— Nous ne pouvons pas permettre que cela se produise. Le sacrifice de quelques-uns est un mal nécessaire pour préserver le bien commun. Les morts qui en résulteront ne seront pas vaines. Elles seront le prix à payer pour maintenir l'ordre, pour garantir un avenir sûr et stable à nos enfants.

Chaque mot claquait avec une clarté implacable dans l'esprit d'Alaric. Il avait grandi avec ces principes, les avait servis toute sa vie, et les portait comme un héritage sacré. C'était la seule voie, la voie juste. Cadel, s'étant interrompu une nouvelle fois, laissa ses paroles imprégner l'air déjà lourd de la salle.

Les souvenirs de son enfance revinrent à Alaric. Les récits de son grand-père Akilius, héros de guerre, victorieux contre Thornan et sa magie destructrice. Son père, lui aussi Grand Sage, qui avait consacré sa vie à servir le Haut Conseil. Et maintenant lui, héritier de ce fardeau, devant prouver une fois de plus que la famille Greenhaven était à la hauteur des attentes. Alaric se racla la gorge et répondit d'une voix maîtrisée :

— Je comprends parfaitement les enjeux, Votre Éminence. Je ferai tout ce qui est en mon pouvoir pour aider à maintenir l'ordre.

Cadel esquissa un sourire satisfait.

— Je veux que vous vous rendiez au fort d'Éther et que vous ouvriez le Portail noir. Une fois qu'un nombre suffisant de créatures s'en seront échappées, vous refermerez le portail. Le capitaine Gregor, un homme de confiance, sera chargé de votre protection. Lorsque votre mission sera accomplie, l'armée sera alors déployée pour vaincre les créatures et sauver le peuple. Dans le chaos qui s'ensuivra, il sera aisé d'accuser les rebelles d'avoir fragilisé le portail avec leur utilisation secrète de la magie. Ils seront arrêtés, jugés et exécutés pour haute trahison. Cela dissuadera toute autre tentative de rébellion.

Puis, avec une froideur déconcertante, il ajouta :

— Vous serez un héros, Alaric Greenhaven. Celui qui aura refermé le portail et sauvé le royaume. Tout comme votre grand-père, il y a cent ans.

Le vieil homme prit une inspiration, pesant chaque mot avant de répondre :

— C'est un immense honneur d'avoir été choisi pour cette mission. Je m'y consacrerai avec la plus grande diligence, Votre Éminence.

— Je n'en attendais pas moins de vous.

Cadel se tourna brièvement vers Aszora, qui murmura quelque chose à son oreille. Il hocha la tête avant de poser à nouveau son regard sur Alaric.

— Une dernière chose, dit-il. Il est arrivé à nos oreilles que votre petit-fils a causé beaucoup de problèmes depuis sa fuite.

Alaric blêmit. *Des problèmes ? Que veut-il dire ? Qu'a bien pu faire Eden ?*

— Je… Je l'ignorais, Votre Éminence, balbutia-t-il.

— J'espère, coupa Cadel, que malgré votre lien de parenté, vous savez qu'aucun traitement de faveur ne lui sera accordé. La cour des Équilibres est, et restera, impartiale.

Chaque mot était un coup de massue porté à son ego. Alaric sentit le poids des regards du Conseil s'enroulant autour de lui comme des chaînes. Ses oreilles bourdonnaient, sa tête lui tournait.

— Je comprends, Votre Éminence, parvint-il à répondre d'une voix faible.

Sans un mot de plus, Cadel tira sur un cordon près de son siège. Aussitôt, un valet entra et fit signe à Alaric de le suivre. Le vieil homme quitta la salle sans un regard en arrière.

Dans les couloirs silencieux de la citadelle, Alaric marchait, l'esprit en ébullition. *Des problèmes… Eden… Qu'a-t-il fait ?* Les mots de Cadel tournaient en boucle dans son esprit, alimentant une colère sourde. *Ce gamin insouciant…* Il devait rester concentré. La mission avant tout. Pourtant, au fond de lui, une tempête menaçait de l'engloutir.

Chapitre 19

Thornan perçut les premières lueurs de l'aube à travers ses paupières, mais il n'avait aucune envie de se lever. Il tendit les bras et attira doucement Nora contre lui. Ses doigts glissèrent sur sa peau douce, ses sens s'enivrèrent du parfum de ses cheveux. Il enfouit son visage dans la cascade brune et ferma les yeux pour savourer chaque instant. S'il le pouvait, il resterait là à profiter de sa chaleur jusqu'à la fin des temps.

Mais une impression désagréable commença à s'insinuer en lui. Subtile d'abord, comme une caresse froide sur sa nuque. Puis plus intrusive. Le froid s'étendit, glissa le long de ses bras jusqu'à ses doigts. Son étreinte autour de Nora se resserra instinctivement, cherchant à retrouver la chaleur qui s'éclipsait. Mais il ne rencontra que de la glace. Une peur sourde se mit à lui ronger les entrailles. Les battements de son cœur s'accélérèrent alors qu'il dégageait d'une main tremblante les longues mèches brunes qui cachaient son visage.

— Non, non, non… Nora ! hurla-t-il.

Sa voix se brisa sous le poids du désespoir. La peau diaphane de sa bien-aimée avait pris la teinte grisâtre du marbre. Il secoua son corps sans vie, refusant d'accepter ce qu'il voyait.

— Nora !…

Ses cris déchiraient l'air glacé de la pièce, des plaintes emplies d'une souffrance qu'aucun mot ne pouvait exprimer.

L'illusion se brisa brutalement et Thornan ouvrit les yeux dans un sursaut, le souffle coupé par l'étau de la peur qui l'étreignait encore. Devant lui, Eden, Séra et Phil le fixaient, l'air inquiet.

— Thornan… ça va ? demanda Eden. Tu hurlais dans ton sommeil…

La réalité lui échappait encore. Ses pensées restaient brouillées, hantées par les images de son cauchemar. Il ferma les yeux un bref instant pour reprendre le contrôle de ses émotions. La douleur était aussi vive qu'une plaie qu'on venait de rouvrir, mais il la repoussa férocement dans les recoins de son esprit.

— Ce… ce n'était rien, mentit-il.

Il se redressa et tenta de retrouver un peu de dignité.

— Puisque tout le monde est réveillé, ajouta-t-il, préparons-nous à partir. Une longue route nous attend.

À son grand soulagement, Eden n'insista pas et partit s'occuper des chevaux, tandis que Séra et Phil rassemblaient des provisions. Incapable d'être d'une quelconque utilité dans sa forme actuelle, il se contenta de les observer distraitement. Son cauchemar l'avait plongé dans un tourbillon de souvenirs douloureux et il avait du mal à refaire surface.

Plus d'un siècle après qu'il l'avait perdue, Nora lui manquait toujours autant. Quand elle avait commencé à montrer les premiers signes de la maladie, il avait tout essayé. Il avait fait venir les meilleurs guérisseurs du royaume, épuisé chaque ressource à sa disposition, passé des nuits blanches à déchiffrer des manuscrits poussiéreux dans l'espoir d'y trouver une solution. Mais tout avait été vain. Elle était condamnée.

Il refoula la vague de douleur qui montait en lui. Nora était partie, et il était coincé dans cette misérable existence. Il aurait préféré être exécuté après avoir perdu la guerre, la rejoindre, mais ils avaient refusé de faire de lui un martyr. Quelle pire humiliation que de le laisser dépérir dans son propre château, privé de ses pouvoirs ? Il était devenu tellement impuissant que même les soldats qui gardaient le fort s'étaient faits de moins en moins nombreux, ne surveillant désormais plus que le jardin. Lors d'une de ses virées hors du château, il avait même entendu des rumeurs affirmant qu'il était mort. Ne l'était-il pas, après tout ? Un simple vestige du passé, souvenir d'une époque que personne ne souhaitait voir revenir. Il aurait pu mettre fin à tout ça lui-même, il y avait pensé plus d'une fois, mais il avait encore un but. Un espoir, si fragile soit-il.

Secouant la tête pour chasser ses pensées, il se joignit aux autres.

— Tout est prêt ? demanda-t-il.

Eden acquiesça en ajustant une sangle. Thornan observa un instant ses compagnons : jamais il n'aurait imaginé voyager en si piètre compagnie. Sa vie dépendait-elle vraiment de ces trois-là ? Un gamin arrogant, une moitié de fée et un faune alcoolique ? Pourtant, il allait devoir faire avec…

— Si vous croyez que je vais monter là-dessus… dit Phil, bras croisés et scrutant les chevaux avec une méfiance exagérée.

— Si tu te sens capable de suivre à pied, libre à toi… Mais nous ne devons pas être retardés, répondit Eden.

— Vous rigolez ? répondit le faune en mimant un petit trot humoristique. Je suis plus rapide et plus agile que n'importe laquelle de ces bestioles !

— À condition de ne pas être complètement ivre… ironisa Séra en grimpant sur Jasper.

Eden attrapa Thornan et le déposa sur la selle devant la jeune fille.

— Non, je monte avec toi, dit le sorcier.

Le jeune homme hésita, le regardant d'un air benêt.

— Ta compagnie ne m'enchante guère, dit Thornan, mais nous avons un marché… Je dois commencer ta formation.

Eden obéit et le posa sur la selle de Flamme avant de s'installer derrière lui. Ils se mirent en route, suivis de près par Séra, et Phil qui marchait à ses côtés. Ils quittèrent rapidement la ferme et le renfoncement qui les avait gardés à l'abri des regards. Tous observaient les alentours, s'attendant à voir surgir un Veilleur derrière chaque arbre et chaque buisson. Le bosquet leur permettait encore de se dissimuler, mais plus ils s'éloignaient de la ferme, plus les arbres se raréfiaient. Finalement, ils débouchèrent sur l'immensité des Grandes Plaines.

Elles s'étendaient à perte de vue, un océan de verdure baigné par la lumière dorée du matin. Les hautes herbes ondulaient doucement sous la brise, créant des vagues d'émeraude sous un ciel encore teinté des couleurs de l'aube. Au loin, les sommets majestueux des Montagnes d'Or scintillaient sous la lumière. Pour l'instant invisible, le fort d'Éther était pourtant là, à l'autre bout des plaines, au pied des montagnes. Sa maison. Il eut une pensée pour Hildegarde : la pauvre vieille devait être morte d'inquiétude.

— C'est vraiment magnifique… murmura Séra.

— Et très dangereux… répondit Thornan. À partir de maintenant, nous allons avancer à découvert. Si des Veilleurs traînent dans le coin, et c'est probablement le cas, ils nous repéreront de loin. Si on se dépêche, on peut atteindre le fleuve Blanc d'ici ce soir. Là-bas, la végétation sera un peu plus dense, et nous devrions trouver un endroit où passer la nuit.

Eden ajusta l'arbalète dans son dos et vérifia qu'il avait plusieurs carreaux accessibles. Thornan nota ce geste avec un brin de scepticisme, le gamin avait un peu trop confiance en ses capacités. Espérait-il vraiment vaincre des Veilleurs avec son jouet ? Pour une fois cependant, il s'abstint de faire une réflexion. Il valait mieux un léger excès de confiance que de céder à la panique.

— Je me demande à quoi ressemble tout cet or de près, dit Phil en désignant les montagnes au loin.

— Il n'y a pas d'or, répondit Thornan, lassé d'avance par la discussion qui s'annonçait.

— Bien sûr que si ! s'exclama Phil, plein d'enthousiasme. Il y a très longtemps, le plus haut volcan est entré en éruption et a craché de l'or qui s'est répandu sur les montagnes.

— Il faut que tu arrêtes de croire toutes les histoires de tes copains de beuverie…

— On ne les appelle pas les Montagnes d'Or pour rien ! Et puis, on le voit très bien d'ici !

— On dirait qu'elles sont recouvertes d'or, mais ce n'est qu'un effet d'optique. Sinon, crois-moi, cela ferait bien longtemps que tout le monde serait venu les piller.

Déçu, Phil grommela quelque chose, mais il n'insista pas. Thornan, quant à lui, tourna son attention vers Eden.

— Tu as beaucoup à apprendre, alors mettons-nous au travail. Je ne suis pas magicien, nos pouvoirs fonctionnent différemment, mais il y a des règles qui s'appliquent à tous. La première, c'est que la magie obéit toujours à la volonté de son propriétaire.

— Elle ne m'a pas obéi la dernière fois... protesta Eden, visiblement frustré.

— Elle l'a fait ! Cette règle est inviolable. Mais encore faut-il savoir ce qu'on souhaite réellement !

— Je voulais déplacer un livre...

— Un désir plus fort a dû prendre le dessus.

— Mais qu'est-ce que j'ai bien pu désirer pour que tu te retrouves dans cette situation ?

Thornan grogna, exaspéré.

— Ah, bah ça, j'aimerais bien le savoir ! Si tu veux apprendre à maîtriser la magie, tu dois d'abord apprendre à maîtriser ta volonté. Normalement, c'est quelque chose que tu aurais dû apprendre très jeune, t'entraîner pendant des années, affûter ton esprit. Là, tu n'as que quelques jours.

— Tu crois vraiment que je peux y arriver ?

— Honnêtement ? Non. Mais c'est ma seule chance de ne pas passer le reste de mon existence là-dedans, dit-il en tirant sur sa fourrure. Alors, autant essayer.

Eden baissa les yeux, visiblement gêné.

— Je suis désolé... pour tout ça...

— Je n'ai que faire de tes excuses ! Si tu veux te faire pardonner, sois attentif. Maintenant, concentre-toi. Visualise ton esprit comme une grande place très animée où chaque pensée est une personne. Certaines ne font que passer, d'autres restent. Certaines sont seules et d'autres se rassemblent en petits groupes. Imagine que tu dois trouver quelqu'un au milieu de cette foule. Et tu veux qu'il n'y ait plus que cette personne. Tu dois faire le vide, faire partir tous les badauds inutiles pour n'en garder qu'un. Entraîne-toi à faire ça et ce soir, nous passerons à la pratique.

Pressés d'atteindre leur destination, ils chevauchèrent à bonne allure toute la journée, ne marquant que de brèves pauses pour laisser les chevaux se désaltérer. Thornan, installé confortablement devant Eden, observait sans rien dire le jeune magicien, qui passa le trajet à s'entraîner à faire le vide. Cette idée, pourtant simple en apparence, semblait déjà dépasser ses capacités. Thornan pouvait sentir la frustration du garçon grandir chaque fois qu'une pensée indésirable surgissait malgré ses efforts. Il devait progresser rapidement, sinon, ils n'auraient aucune chance.

En fin d'après-midi, les ondulations scintillantes du fleuve Blanc apparurent enfin, serpentant à travers les plaines. Il leur fallut encore près de deux heures pour l'atteindre, et à leur arrivée, le soleil avait déjà disparu derrière l'horizon. Même dans l'obscurité, le fleuve offrait un spectacle irréel : son lit calcaire, d'un blanc immaculé, brillait sous la lueur de la lune, projetant un éclat fantomatique sur les alentours. Heureusement, les berges bordées de buissons et de quelques arbres fournissaient un abri naturel contre le vent et les regards indiscrets.

— Vous croyez que les Veilleurs ont laissé tomber ? demanda Phil, les bras chargés de petit bois pour le feu.

— Ça ne leur ressemble pas, répondit Eden en jetant un œil aux alentours. Nous devons rester sur nos gardes.

Thornan ne partageait pas l'optimisme latent dans la voix du jeune homme. Aucun d'entre eux n'était pleinement conscient du danger qui les guettait. Ils allaient probablement tous y passer avant la fin du voyage. Mais lui, il devait survivre et récupérer son corps. À n'importe quel prix. Le reste importait peu.

Une fois le campement installé, ils s'assirent autour du feu pour partager un repas frugal, composé des provisions récupérées à la ferme. Phil, fidèle à lui-même, arrosa généreusement le tout avec du vin, ce qui arracha un rictus méprisant à Thornan. *Le faune serait certainement le premier à se faire tuer,* se dit-il en le regardant s'enivrer.

Quand le repas fut terminé, le lapin se tourna vers Eden. L'heure était venue de commencer.

— Prends ta baguette, dit-il.

Eden acquiesça, visiblement tendu, et sortit la baguette de l'intérieur de sa veste.

— Alors, tu as réussi à faire le vide dans ton esprit ?

— Je crois… oui. Pendant quelques instants, répondit Eden d'un ton hésitant.

— C'est un bon début. On va commencer par quelque chose de simple.

Thornan balaya les environs du regard avant de ramasser quelques brindilles et de les disposer en un petit tas devant eux.

— Tu vas allumer un feu, déclara-t-il.

Eden eut un mouvement de recul.

— Un feu ? Tu es sûr ? Et si je brûlais tout le campement ?

Thornan roula des yeux, exaspéré.

— N'as-tu rien écouté de ce que je t'ai appris ? Tu n'essaies pas de contrôler la magie, elle fait partie de toi. Tu dois contrôler ta volonté, et la magie suivra. Réfléchis bien : est-ce que tu as ne serait-ce qu'une infime envie de réduire ce campement en cendres ?

— Non… évidemment pas.

— Parfait ! Alors, tout ira bien. Concentre-toi. Pointe ta baguette, ferme les yeux, fais le vide. Tu veux allumer un feu. Rien d'autre ne compte.

Thornan observa attentivement les brindilles, espérant y voir une étincelle, même infime. Mais rien ne se produisit.

— Je n'y arrive pas… dit Eden.

— La bonne nouvelle, c'est que tu n'as pas provoqué de catastrophe, répondit Thornan. Cela signifie que tu as réussi à te contrôler. Mais peut-être un peu trop. Tu as bloqué le flux de magie. Il te faut trouver le juste équilibre.

Eden se concentra et essaya de nouveau. Séra et Phil, qui discutaient à l'écart, jetaient des petits regards vers eux sans oser intervenir. Thornan s'en était assuré d'un seul coup d'œil bien appuyé. Eden s'entêta toute la soirée, essayant encore et encore, jusqu'à ce que ses compagnons finissent par s'endormir. Thornan, qui avait observé ses tentatives avec un mélange de scepticisme et d'agacement, dut néanmoins reconnaître une chose : le gosse était déterminé. Cela ne suffirait peut-être pas, mais au moins, il essayait.

— Repose-toi, gamin, dit-il avant de s'endormir. Nous avons encore une longue route demain.

CHAPITRE 20

Phil ouvrit les yeux, la gorge sèche et l'esprit encore embrumé par l'alcool. Une envie pressante l'avait tiré de son sommeil. Il se redressa péniblement et se traîna hors du campement. La nuit était d'un calme absolu et seule une légère brise faisait frémir les feuilles des buissons.

En revenant près du feu, il sentit une goutte d'eau sur son visage. Pensant qu'il se mettait à pleuvoir, il leva les yeux vers le ciel, qui était parfaitement dégagé. Il haussa les épaules. Son imagination, sans doute. Il se laissa retomber sur sa couche, l'esprit toujours embrouillé. Bercé par le clapotis de l'eau du fleuve, il s'apprêtait à sombrer de nouveau dans le sommeil quand un torrent d'eau s'abattit sur lui.

— Mais qu'est-ce que… ?

Trempé jusqu'aux os, Phil bondit sur ses pieds. Ses compagnons dormaient encore, inconscients du tumulte. Un petit rire cristallin s'éleva depuis le cours d'eau. Intrigué, Phil s'approcha prudemment.

Là, à quelques pas de la rive, une lueur légère dansait sous la surface. Elle se déplaçait avec grâce, défiant le courant. Phil, comme hypnotisé, se pencha pour mieux l'observer. La lueur s'intensifia, et soudain, la surface se déforma. Une forme aquatique émergea graduellement, comme une immense goutte d'eau se détachant du fleuve. Au centre de cette forme fluide se trouvait la lumière, pulsant doucement comme un cœur battant.

Sous ses yeux émerveillés, la masse d'eau commença à se sculpter, prenant peu à peu une forme humanoïde. Bientôt, une silhouette féminine se dessina. Sa peau était aussi blanche que le fond calcaire du fleuve et ses cheveux châtains dévalaient sur ses épaules en une cascade liquide. Ses grands yeux bleus, aussi profonds que l'océan, le fixaient avec intensité. D'un geste délicat, elle fit jaillir un fin jet d'eau qui éclaboussa Phil, et éclata de rire à nouveau, un rire pur et cristallin, aussi joyeux qu'un ruisseau de montagne.

Subjugué, Phil sentit son cœur s'emballer. Jamais il n'avait vu une telle beauté. Il s'avança vers l'eau, incapable de résister à l'appel de la naïade. Ses sabots s'enfonçaient dans la vase, mais il n'y prêta pas attention, totalement hypnotisé par cette vision divine. Mais soudain, le sol se déroba sous lui. Phil poussa un cri étouffé tandis qu'il perdait l'équilibre, et le courant du fleuve l'engloutit. L'eau glacée l'enveloppa, il sentit ses poumons se remplir d'eau. Il battit des bras désespérément, mais le courant était trop fort.

Alors qu'il s'enfonçait, une étrange sérénité l'envahit. Des pensées sombres surgirent, comme des spectres : *Mourir maintenant… serait tellement plus simple. Je n'ai rien accompli. Une vie inutile. Mais au moins, j'ai vu… Elle.* Ses forces l'abandonnèrent, et il se laissa sombrer, une ultime vision de la nymphe illuminant son esprit.

Au moment où il touchait le fond, une force invisible le saisit et le propulsa vers la surface. Une vague le ramena vers la berge, où il s'effondra, toussant et crachant l'eau glacée. Le bruit réveilla ses compagnons. Eden fut le premier à se redresser, une main sur son arbalète, les yeux encore embués de sommeil.

— Phil ? Que se passe-t-il ?

— Il… il y avait une nymphe… Elle… elle m'a sauvé… balbutia-t-il.

— Cet imbécile a trop bu et est tombé à l'eau, s'énerva Thornan.

Phil ne répondit pas, le regard rivé sur le fleuve. Mais la nymphe avait disparu.

— Je sais ce que j'ai vu, grogna-t-il à mi-voix.

Secoué, il regagna sa couche. Peut-être avaient-ils raison, peut-être avait-il simplement trop bu, ce ne serait pas la première fois. Il allait se recoucher, mais un bruit léger attira son attention.

— Attendez ! chuchota-t-il.

Les autres, fatigués et sceptiques, étaient sur le point de protester quand le bruit devint plus net. Des pas, rapides et lourds, se rapprochaient dangereusement. Tout à coup, un groupe de Veilleurs surgit. Eden, les yeux écarquillés, réagit immédiatement.

— Thornan, fais-toi discret ! ordonna-t-il.

Le sorcier s'immobilisa aussitôt pour prendre l'apparence d'une simple peluche. Les soldats se ruèrent sur eux. Séra tenta de se défendre, mais, sans arme, elle fut rapidement dépassée. Un Veilleur l'attrapa par le bras et la plaqua au sol, la maîtrisant en un instant.

Phil se précipita pour l'aider, mais deux Veilleurs l'interceptèrent. Il cogna l'un d'eux d'un coup de corne, l'envoyant tituber en arrière, tandis qu'un puissant coup de sabot faisait rouler le second dans l'herbe. Il frappait avec l'énergie du désespoir, balayant autour de lui sans précision. Sa défense désordonnée fit hésiter pendant un temps les soldats suivants à s'approcher, mais, épuisé par l'effort, il finit par céder. Essoufflé, ralenti, il ne put empêcher deux Veilleurs de le saisir fermement et de le plaquer au sol face contre terre. L'un d'eux appuya ses genoux sur son dos et il fut totalement bloqué.

Le visage à moitié enfoncé dans la terre humide, il vit Eden décocher plusieurs carreaux d'arbalète, mais dans la confusion, ses tirs manquèrent leur cible, ne faisant qu'effleurer le bras d'un soldat qui chargea de plus belle. Un homme plus gradé que les autres, probablement un sergent, s'avança au milieu du camp.

— Votre cavale s'arrête ici ! dit-il en s'approchant d'Eden.

Phil essaya de se redresser pour mieux voir, mais dès qu'il releva la tête, un violent coup de pied lui écrasa de nouveau le visage dans la boue. Un mouvement de panique s'ensuivit.

— Hé ! Qu'est-ce que tu fais avec ça ? dit le sergent.

Sa voix avait perdu toute son assurance et il semblait inquiet. Soudain, un cri atroce retentit. Phil redoubla d'efforts pour se libérer, mais les Veilleurs le maintenaient fermement. Il se redressa juste assez pour voir l'un des soldats, dévoré par des flammes, courir en hurlant et finir par se jeter dans le fleuve, où il disparut dans un sifflement sinistre. Quelques instants plus tard, un deuxième Veilleur rejoignit son triste sort.

Fou de rage, le sergent se jeta sur Eden, qui, déséquilibré, tomba à terre. Phil, impuissant, observait, le souffle court. Le sergent leva son épée, prêt à frapper. Tout était perdu. Phil ferma les yeux, incapable de regarder. *Je serai certainement le prochain,* se dit-il. Il regretta un instant de ne pas être mort noyé dans le fleuve, cela lui paraissait bien plus enviable que d'être découpé en morceaux par des Veilleurs. Mais alors qu'il attendait le son de l'épée transperçant la chair, il entendit l'homme pousser un cri.

Rouvrant les yeux, Phil vit le sergent projeté violemment contre un arbre. Une vague immense, venue du fleuve, s'abattit sur le campement. Des bras liquides surgirent de l'eau et s'enroulèrent autour des soldats pour les tirer sans pitié vers les profondeurs. Lourdement équipés, ils furent vite engloutis, leur armure les entraînant vers le fond sans espoir de remonter. Le campement, quelques instants plus tôt plongé dans le chaos, était désormais silencieux, à l'exception du clapotis du fleuve et des halètements de ses compagnons.

— Est-ce que tout le monde va bien ? demanda-t-il.

— Je crois, oui… répondit Séra, massant son bras meurtri.

Phil tituba vers Eden, toujours étendu au sol. Son visage était maculé de boue et ses cheveux poisseux de sang. Lorsqu'il tenta de l'aider à se relever, Eden grimaça, mais parvint à reprendre ses esprits. Avant qu'il ne dise un mot, Séra se précipita sur lui, l'enlaçant fermement.

— Oh, tu vas bien ! J'ai eu si peur ! dit-elle, les larmes aux yeux.

— Ça va, ne t'inquiète pas, murmura le garçon. Et toi, tu n'es pas blessée ?

Séra secoua la tête. Eden se tourna vers Phil, lui posant silencieusement la même question.

— Je vais bien, répondit le faune, bien que son corps douloureux lui dise le contraire.

Thornan sortit alors des ombres, trempé et couvert de boue, la baguette entre ses pattes. Il la tendit à Eden.

— Tiens, je crois que tu as perdu ça.

Phil, encore sous le choc, regarda tour à tour Eden et la baguette.

— C'est toi qui as fait tout ça ? s'étonna-t-il.

— Le feu, oui… Mais l'eau ? Ce n'est pas moi…

Un rire délicat retentit alors depuis la rive. Le cœur battant, Phil se tourna vers le fleuve.

— La nymphe… vous voyez ? Je savais qu'elle était réelle !

La silhouette aquatique émergea de la surface. Phil détacha son regard d'elle un instant, pour vérifier que ses compagnons la voyaient aussi. Sous la lumière naissante du jour, la beauté de la naïade était encore plus éclatante.

Elle avança vers la rive. D'abord aqueux et transparent, son corps se matérialisa peu à peu à mesure qu'elle approchait du bord. Elle essaya de poser un pied sur la berge, mais fut tirée en arrière par le courant.

Phil se dirigea vers elle. Elle lui sourit avec douceur, et, d'un geste délicat, caressa sa joue. Il s'attendait à ce que sa peau soit froide, mais elle dégageait la chaleur tendre d'une pluie d'été. Phil ne bougea pas, subjugué par cette vision divine. La nymphe tourna sur elle-même en riant.

— Qui es-tu ? réussit-il à articuler.

La nymphe rit de plus belle :

— Jade.

Le cœur de Phil manqua un battement. Cette voix était le son le plus pur et délicat qu'il ait jamais entendu.

— Jade… murmura-t-il.

La naïade inclina la tête sans le quitter des yeux :

— Et toi, qui es-tu ?

— Phil… Philigast… mais mes amis m'appellent Phil, dit-il en bégayant.

La nymphe le regardait avec une intensité croissante, comme si elle attendait quelque chose de lui.

— Joue pour moi, Philigast.

— Jouer ? Jouer quoi ?

Mais Phil connaissait déjà la réponse.

— De la musique, répondit-elle en riant.

Il baissa la tête, le cœur lourd, et dit dans un souffle :

— Je ne peux pas…

Les grands yeux bleus de la nymphe se remplirent de larmes qui coulèrent silencieusement sur son visage. Phil tenta de poser une main sur sa joue pour la réconforter, mais elle recula doucement. Il fit un pas vers elle, mais à chaque mouvement qu'il faisait, elle s'éloignait un peu plus.

— Ne pars pas ! supplia-t-il, tendant une main vers elle. Je… je trouverai un moyen. Je reviendrai pour toi. Je te le promets.

La naïade lui adressa un dernier sourire. Ses lèvres remuèrent comme pour dire quelque chose, mais aucun son ne parvint à ses oreilles, seulement le chuchotis apaisant du courant. Elle recula encore et son corps se fondit progressivement dans l'eau jusqu'à disparaître sous la surface.

Phil resta immobile, les bras ballants et le cœur gros. Il sentit une main se poser doucement sur son bras.

— Je suis sûre que tu trouveras un moyen, dit Séra.

Thornan s'approcha à son tour.

— Cela fait longtemps que je n'avais pas vu une nymphe, dit-il pensivement. Je croyais qu'il n'y en avait plus.

Il balaya la zone du regard.

— Avez-vous vu si certains Veilleurs ont pu fuir ? ajouta-t-il.

Sortant de sa torpeur, Phil scruta à son tour les environs. Le campement était en ruine, leurs affaires éparpillées et trempées. Aucune trace des soldats, et il était impossible de savoir si tous avaient fini dans le fleuve ou si certains avaient réussi à s'échapper.

— Nous devons partir au plus vite, déclara le sorcier. Si l'un d'eux a survécu, il reviendra avec des renforts. Il faut prendre de l'avance.

Ils rassemblèrent leurs affaires, sauvant ce qu'ils pouvaient des provisions. En parcourant les débris éparpillés sur le sol, Phil remarqua un éclat métallique parmi les herbes. Une dague, à moitié enfoncée dans la boue, sans doute abandonnée par un des Veilleurs pendant la mêlée. Séra se pencha pour la ramasser. Elle l'observa un moment, puis la lui tendit.

— Tiens, Phil, tu devrais la prendre.

— Garde-la, dit-il. Je ne suis pas très doué avec les armes.

La jeune fille lui sourit et glissa la lame à sa ceinture.

Ils avaient encore trois bonnes journées de marche avant d'atteindre le pont de la Grenouille et de traverser le fleuve Blanc. Après ça, ils s'en éloigneraient pour se diriger vers l'est. Et s'éloigner du fleuve, c'était s'éloigner de Jade, pensa Phil le cœur serré. Il avait trouvé l'amour, mais celui-ci lui était inaccessible.

À une autre époque, les choses auraient été bien différentes. Les faunes étaient liés à la nature et ils pouvaient la contrôler grâce à la musique. Quelques notes suffisaient à faire pousser des fleurs, déclencher la pluie ou faire mûrir des fruits sur un arbre. Et leurs pouvoirs ne s'arrêtaient pas là : en tant qu'êtres élémentaires faisant partie intégrante de cette nature, le destin des nymphes était étroitement lié à celui des faunes. Lorsqu'une nymphe jetait son dévolu sur l'un d'eux, il lui suffisait de jouer de la musique pour la libérer de sa forme éthérée et s'unir à elle.

Privés de musique depuis bien longtemps, les faunes avaient vu les nymphes disparaître peu à peu en se fondant dans les éléments. Sans cette musique, Jade subirait le même sort.

D'habitude très bavard, Phil marchait muré dans le silence, observant chaque petite ondulation du fleuve à la recherche de sa bien-aimée. Parfois, il voyait une petite vague ou un reflet différent des autres, et les battements de son cœur s'accéléraient dans sa poitrine. Mais Jade ne se montra pas.

Le matin du troisième jour, alors qu'ils allaient reprendre la route, Séra s'approcha de lui.

— Tiens, j'ai quelque chose pour toi, dit-elle en lui tendant un petit objet enveloppé dans un morceau de tissu.

Phil, surpris et un peu méfiant, prit l'objet. Il déplia délicatement le tissu et y découvrit une petite flûte taillée dans un morceau de bois creux. En la voyant, il faillit la lâcher. Jamais il n'avait tenu un instrument entre ses mains. Par réflexe, il jeta un regard nerveux autour de lui, craignant d'être arrêté pour le simple fait de l'avoir touché. Il fit tourner la flûte entre ses doigts pour en admirer les détails simples, mais soignés. Autour du bois était tressée une lanière de tissu qui, en plus de permettre de l'accrocher facilement, offrait une très belle touche décorative.

— Je l'ai fabriquée pour toi, expliqua Séra en souriant. Quand j'étais petite, mon frère et moi, on en faisait souvent avec des roseaux qu'on trouvait près du village. Quand j'en ai vu hier soir, j'ai tout de suite pensé à toi. Ce n'est pas grand-chose, mais… je me suis dit que ça pourrait t'aider.

Phil sentit une vague d'émotion monter en lui. Quelqu'un avait pensé à lui, avait fait quelque chose pour lui. Il serra la flûte dans ses mains et un mince sourire se dessina sur son visage, éclairant brièvement son expression d'habitude si morne. Peut-être y avait-il de l'espoir, après tout.

— Merci, dit-il.

— J'ai utilisé mes pouvoirs pour coudre la lanière, je ne sais pas si ça fonctionnera, mais j'ai voulu lui insuffler un peu de magie. J'essaie de m'entraîner, mais je ne la maîtrise pas encore très bien…

Pourquoi a-t-elle l'air de s'excuser ? se demanda-t-il. Dans un élan de gratitude, il prit Séra dans ses bras, la soulevant du sol sans s'en rendre compte. Elle étouffa un petit rire.

— Tu vas me briser les côtes ! plaisanta-t-elle.

Phil la reposa.

— Mais je… je ne sais pas jouer, dit-il, soudain pris de doute.

Il avait envie de croire que cela pourrait fonctionner. Mais la peur de l'échec lui serrait la gorge. Séra posa doucement une main sur son bras.

— Tu peux apprendre, plus rien ne t'en empêche, maintenant.

Il porta la flûte à ses lèvres et ferma les yeux. Peut-être pour une fois réussirait-il quelque chose. Il souffla dans l'instrument.

Un son strident et discordant déchira l'air, si fort que ses compagnons se bouchèrent les oreilles. Phil ouvrit les yeux, horrifié, pour voir la végétation autour de lui se flétrir et mourir. Les feuilles se desséchèrent, les fleurs se recroquevillèrent sur elles-mêmes, et le sol verdoyant devint un tapis de cendres. Il baissa la flûte, les yeux écarquillés de stupeur. Bien sûr qu'il avait raté ! Comment aurait-il pu en être autrement ? Séra éclata de rire.

— Eh bien, c'est un début... mais tu vas devoir t'entraîner un peu plus, je crois.

Phil sentit une boule se former dans sa gorge, mais il hocha la tête. Elle avait raison. Ce n'était qu'un début. Si insignifiant soit-il, c'était un pas en avant. Il devait persévérer. Pour Jade. Pour prouver, enfin, qu'il pouvait accomplir quelque chose.

Déterminé, il passa la journée à souffler dans la flûte. Chaque son semblait pire que le précédent, provoquant des catastrophes à chaque échec. Un arbre perdit toutes ses feuilles en une seconde, et une fois, un groupe de pierres éclata en poussière sous une note particulièrement dissonante. Malgré tout, il continua, guidé par une lueur d'espoir qu'il n'avait jamais connue auparavant. Pour la première fois, Phil sentait qu'il avait une direction, un but. Et même s'il doutait encore de pouvoir l'atteindre, il savait qu'il ferait tout pour y parvenir.

Le soleil était déjà haut dans le ciel lorsque le petit groupe atteignit enfin le pont de la Grenouille. Long et étroit, il s'étirait au-dessus du fleuve Blanc. Les pierres étaient usées par le temps, mais toujours robustes. De vieilles gravures ornaient les côtés, des motifs de grenouilles stylisées qui sautillaient joyeusement le long des parapets. Les arches en pierre, parfaitement alignées, formaient des ombres profondes sur l'eau luminescente du cours d'eau, donnant à l'ensemble un aspect féerique.

— Pourquoi on l'appelle le pont de la Grenouille ? s'enquit Séra en s'engageant sur les dalles de pierre.

Phil, toujours prompt à partager ses connaissances en légendes et histoires du royaume, se redressa fièrement, un sourire sur les lèvres.

— Ah, ça, c'est une vieille histoire, commença-t-il. Il y a de cela plusieurs siècles, bien avant que ce pont ne soit construit, cette région était en proie à la guerre. De chaque côté du fleuve, deux royaumes voisins se battaient pour les terres des Grandes Plaines. Dans un petit village non loin d'ici vivait une jeune fille nommée Elara, la fille d'un fermier, aimée de tous pour sa gentillesse.

Un jour, alors que les armées ennemies se rapprochaient, Elara décida de détourner l'attention des soldats pour protéger sa famille et les autres villageois en leur laissant le temps de se mettre à l'abri. Poursuivie, elle courut sans relâche jusqu'à atteindre les rives du fleuve Blanc. Mais le courant était trop puissant pour être traversé à la nage et il n'y avait ni pont ni bateau. Derrière elle, les soldats se rapprochaient. Alors qu'elle s'agenouillait sur la rive, ses larmes tombèrent dans le fleuve et une déesse, émue par son abnégation, lui offrit une chance d'échapper à ses poursuivants en la transformant en grenouille. Sous cette forme, Elara fit un bond prodigieux et traversa le fleuve d'une seule enjambée. Les soldats, stupéfaits par ce qu'ils venaient de voir, n'osèrent pas la poursuivre, effrayés par la présence d'une magie puissante.

— C'est une très belle histoire, dit Séra en regardant le pont d'un œil nouveau.

Phil sourit, satisfait de l'effet de son récit.

— Après la guerre, ajouta-t-il, les villageois, reconnaissants, érigèrent ce pont à l'endroit exact où Elara avait sauté, et l'appelèrent le pont de la Grenouille en son honneur.

S'attendant à ce que le sorcier, sceptique, ruine son histoire, Phil se tourna vers Thornan. Mais celui-ci haussa les épaules et dit d'un ton détaché :

— Hé, ne me regarde pas comme ça, je n'ai rien dit ! Je crois que celle-ci est vraie, pour une fois.

Un éclat de rire traversa le groupe, allégeant un instant la tension qui pesait sur eux.

Ils traversèrent le pont et atteignirent enfin l'autre rive. Devant eux, les plaines s'étendaient toujours à perte de vue. Phil jeta un dernier regard au fleuve derrière lui, le cœur lourd. Il ne s'était jamais attaché à rien ni à personne. Et personne ne s'était jamais vraiment attaché à lui non plus. Sa mère peut-être, mais comment en être sûr ? Il était si jeune quand il l'avait perdue. Son père ne s'en était jamais remis, et Phil s'était juré de ne jamais tomber amoureux, pour ne pas subir le même sort.

Livré à lui-même depuis son plus jeune âge, il avait grandi en volant sur les étals du marché de Nabel. Quand il était petit, les marchands le laissaient faire, attendris par son âge et sa situation, mais en grandissant… Seul l'alcool lui apportait un semblant de réconfort – et surtout beaucoup de problèmes.

Il ouvrit son sac et en sortit une bouteille de vin. Son stock était bientôt épuisé. Il la déboucha, approcha ses lèvres du goulot pour en prendre une gorgée, mais se ravisa. Il avait une chance. De s'en sortir, de faire quelque chose de sa vie, d'aimer, d'être aimé… Il vida la bouteille sur le sol avant de la jeter au loin.

— Je viens avec vous, dit-il, jusqu'au bout.

— Je suis heureux de l'entendre, répondit Eden en souriant.

Phil ajusta son sac sur son dos.

— Quand j'en serai digne, je reviendrai, murmura-t-il en direction du courant avant de s'éloigner.

CHAPITRE 21

Les jours s'étiraient, tout comme les vastes plaines devant eux, un océan de verdure qui offrait peu de répit visuel. Parfois, au détour d'un sentier en partie effacé par le temps, ils apercevaient au loin des hameaux abandonnés, vestiges d'une autre époque.

Eden n'était jamais allé aussi loin de chez lui, cette immensité lui donnait le vertige. Il jeta un coup d'œil à Séra, qui chevauchait tranquillement à ses côtés. Elle était toujours aussi sereine, rien ne pouvait la troubler. Comment faisait-elle ?

La veille, Phil l'avait suppliée de cacher son aile, argumentant qu'elle les rendait encore plus repérables. Mais elle avait refusé avec une désinvolture qui l'avait laissé sans voix. « À quoi bon ? avait-elle répliqué en haussant les épaules. Nous sommes déjà recherchés. » Eden avait attendu que Thornan intervienne, qu'il tranche avec son autorité habituelle. Mais le sorcier était resté étrangement silencieux.

Sentant son regard sur elle, Séra se tourna vers lui et lui offrit un sourire radieux. Eden sentit son cœur s'emballer. Il tenta de lui rendre son sourire, mais le sien était maladroit, trop large, forcé. Une vague de chaleur monta à ses joues, et il se détourna rapidement, maudissant son incapacité à agir normalement en sa présence. Pourquoi était-il toujours aussi stupide quand elle lui souriait ?

— Concentre-toi sur tes leçons, gamin, intervint Thornan d'un ton sec.

Eden baissa les yeux, embarrassé. C'était toujours la même chose : il perdait ses moyens et passait pour un idiot.

Chaque soir, ils s'arrêtaient à l'abri de petites collines ou d'habitations en ruine, allumaient un feu pour se réchauffer et partageaient un maigre repas avant que Thornan ne l'appelle pour s'entraîner. Faire jaillir une flamme ou léviter des objets, ces exercices étaient devenus banals, et Eden sentait une impatience croissante le gagner. Il voulait aller plus loin, explorer les véritables limites de ses capacités. Il leur restait encore un long chemin, mais bientôt, il devrait rendre son corps à Thornan et cela s'annonçait bien plus difficile que de faire planer des cailloux. Il se remémora sa vision : ils devaient tous être là, le sorcier étant redevenu lui-même.

— Thornan, dit-il, je pense que je suis prêt à passer aux choses sérieuses avec la magie.

— Vraiment ? Nous verrons cela ce soir, répondit-il sur un ton à la fois encourageant et sceptique.

Eden voulut insister, demander ce qu'il avait en tête, mais Thornan, fidèle à lui-même, ne laissa aucune place à la discussion et se replongea dans un silence distant. Au moins, il était d'accord.

Derrière eux, le son maladroit de la flûte de Phil flottait dans l'air. Le vent portait ses notes hésitantes à travers la plaine, souvent fausses, parfois un peu justes. La végétation frémissait sous ses tentatives musicales, et, bien que le résultat ne soit pas toujours glorieux, une certaine magie en émanait. La veille, il avait réussi à faire éclore un pissenlit et depuis, plus rien ne pouvait l'arrêter.

Au loin, la silhouette d'un petit village apparut, nichée au creux des plaines. Contrairement à la plupart de ceux qu'ils avaient croisés jusque-là, celui-ci ne paraissait pas abandonné. Eden tira sur les rênes de sa jument et s'arrêta pour mieux observer. Séra, toujours près de lui, fit de même.

— On devrait peut-être s'arrêter là, suggéra-t-elle. Refaire le plein de provisions.

— Non… Il vaut mieux éviter, dit Eden à contrecœur, des Veilleurs pourraient se trouver dans le coin, et nous ne pouvons pas nous permettre d'être repérés.

— Tu crois qu'ils nous cherchent encore ? demanda Séra. Après ce qu'il s'est passé sur les rives du fleuve Blanc… Ils ont tous été emportés par l'eau, non ? Peut-être qu'on s'en est débarrassés pour de bon.

Eden fronça les sourcils, partagé entre espoir et précaution.

— Je ne sais pas… J'aimerais le croire.

C'est Thornan qui trancha la discussion :

— Le Haut Conseil n'abandonne pas si facilement. Si la garnison qui s'est noyée ne donne plus signe de vie, d'autres prendront leur place. Comptez sur eux pour envoyer davantage de soldats à vos trousses. Nous avons seulement gagné un peu de temps. Quelques jours, tout au plus. Espérons que ce soit suffisant pour traverser les plaines et atteindre la forêt des Lamentations. Là-bas, nous serons plus en sécurité… mais pas encore hors de danger.

Phil, toujours un brin dramatique, intervint, arborant une moue exagérée :

— On sera tout sauf en sécurité, dans cette forêt !

— Ne perdons pas de temps, dit Séra en pressant sa monture.

Ils contournèrent le village en longeant les champs cultivés et en restant le plus loin possible des habitations. Lorsqu'ils s'arrêtèrent le soir pour camper, le village avait déjà disparu de l'horizon, laissant place à la solitude des plaines infinies.

Assis en tailleur autour du feu, Eden poussait distraitement les braises avec un bâton, perdu dans ses pensées. Thornan interrompit son geste en posant une petite pierre devant lui.

— Encore un caillou ? lança le jeune homme avec frustration. Je croyais qu'on allait passer à autre chose.

— Justement, répondit le sorcier avec un sourire en coin. Tu vas transformer cette pierre.

— Transformer ? Comme changer la pierre en autre chose ?

— Exactement. Tu as appris à canaliser la magie pour des

petites choses, mais là, il s'agit de manipuler la matière. C'est un autre niveau, gamin.

Eden prit une grande inspiration et attrapa sa baguette. Ses doigts tremblaient légèrement, mais il s'efforça de se calmer. Il posa son regard sur la pierre en se demandant en quoi il pourrait la changer.

— Un conseil, dit Thornan. Ne vise pas trop grand pour un début. Quelque chose de simple. De précis.

Eden ferma les yeux et laissa la magie affluer en lui. Il la sentit circuler dans son corps et traverser sa main jusqu'à atteindre sa baguette. Il visualisa la pierre devenant quelque chose de plus complexe. Une pomme, une bonne pomme bien juteuse. Il imagina la texture, la forme, le poids. La pierre se mit à vibrer légèrement, puis un craquement retentit. Elle commença à changer, ses contours s'étirèrent, sa surface se modifia. Mais soudain, le caillou éclata en mille morceaux. Thornan secoua la tête avec agacement.

— Trop ambitieux, comme d'habitude, grommela-t-il. Si tu t'éparpilles, tu ne réussiras rien. Ta volonté doit être aussi précise qu'une lame.

Eden, encore secoué par l'explosion soudaine, essaya de reprendre ses esprits. Il serra sa baguette, si fort que ses jointures blanchirent sous la pression.

— Recommence, ordonna le sorcier en posant une nouvelle pierre devant lui. Et cette fois, concentre-toi. Le moindre écart dans ta concentration et tout partira en éclats. C'est la règle de base pour manipuler la matière.

Eden hocha la tête. Une transformation plus simple, oui, mais en quoi ? Il réfléchit rapidement. Son regard se posa sur les bûches près du feu. *Ça devrait faire l'affaire,* se dit-il.

— Du bois, murmura-t-il pour lui-même.

— Qu'est-ce que tu dis, gamin ? s'impatienta Thornan.

— Je vais essayer de la transformer en un morceau de bois.

— Hum, mieux, beaucoup mieux, admit le sorcier. Vas-y.

Eden ferma les yeux et laissa la magie couler à travers lui. Il visualisa la pierre se transformant, sa texture devenant plus douce, sa densité se modifiant pour ressembler à du bois. La surface changea, devint rugueuse, et apparurent des fissures qui rappelaient l'écorce d'un arbre. Il ouvrit les yeux pour observer sa création.

— J'ai réussi ! dit-il en attrapant le morceau de bois.

Mais son sourire s'évanouit rapidement. La forme avait changé, mais la matière était restée froide et rigide. C'était toujours de la pierre.

— Je… je n'ai réussi que la forme, dit-il, déçu.

Thornan inspecta le pseudo-bois avec une moue critique.

— Pas si mal, concéda-t-il. Au moins, tu n'as pas tout fait exploser, cette fois. Mais on n'est pas là pour des demi-mesures. La forme et la matière doivent changer ensemble, autrement, ça n'a aucun sens.

— Moi, je trouve ça incroyable ! s'exclama Séra en examinant l'objet. On dirait vraiment une branche !

— Mon pissenlit était bien mieux, fanfaronna Phil avec un air supérieur.

— Pour un pissenlit, combien d'autres plantes as-tu massacrées depuis que tu as ta flûte ? répliqua Eden avec un sourire moqueur.

Phil grogna, faussement vexé.

— Recommence ! trancha Thornan.

Eden ramassa un autre caillou. Il y passerait toute la nuit s'il le fallait, mais il y parviendrait. Il devait prouver, autant au sorcier qu'à lui-même, qu'il en était capable.

Il essaya, encore et encore. Parfois, la pierre adoptait la texture du bois, d'autres fois, elle gardait une forme hybride, mi-caillou, mi-bûche. Mais cela ne suffisait pas. Le sorcier l'avait dit : forme et matière devaient changer ensemble.

Eden essuya une goutte de sueur sur son front. La nuit était bien avancée, et ses compagnons dormaient. Malgré la fatigue, il refusait d'abandonner. Il reprit une nouvelle fois sa baguette et s'efforça de se concentrer. Il ferma les yeux pour ne plus voir le monde qui l'entourait. Il imagina le morceau de bois, son essence, sa chaleur, sa texture, l'odeur caractéristique qu'il dégageait lorsqu'on le coupait. Le caillou se mit à frémir doucement sous l'effet de la magie. Eden laissa ses doigts se détendre légèrement, ne forçant rien, guidant simplement l'énergie. Il entendit la pierre se craqueler, crépiter. Il ouvrit les yeux, redoutant un nouvel échec… mais cette fois, la pierre s'était vraiment transformée. Il l'attrapa délicatement pour l'examiner de plus près. Il avait réussi. C'était du bois, véritablement du bois. La transformation était complète.

Malgré sa fierté, il ne voulut pas réveiller ses compagnons. Il s'allongea en conservant sa création près de lui et sombra vite dans le sommeil.

Le lendemain matin, sans un mot, il se dirigea vers Thornan et lui tendit le petit morceau de bois. Le sorcier l'attrapa entre ses pattes et l'examina avec attention.

— Pas mal, dit-il d'un ton détaché.

— Tu es vraiment incapable de faire le moindre compliment ? Il est très bien, ce morceau de bois ! Reconnais-le !

— C'est un très joli morceau de bois. Je te complimenterai sur tes talents de magicien quand tu m'auras rendu mon corps.

À quoi bon insister ? se dit Eden. Il n'y avait définitivement rien de bon à tirer de cet homme.

— Allons-y, ajouta Thornan, si on avance à bonne allure, nous devrions atteindre la forêt avant la fin de la journée.

CHAPITRE 22

Assis sur la selle de Flamme, Thornan faisait tourner le petit morceau de bois transformé par Eden entre ses pattes. Ce gamin n'était peut-être pas si nul que ça, après tout. Il apprenait vite et faisait preuve de discipline, beaucoup plus qu'il ne l'aurait cru.

À une autre époque, il serait sans doute devenu un grand magicien. Mais cela suffirait-il ? Serait-il capable de lui rendre son apparence ? Si tel était le cas, il devrait en profiter, il n'aurait pas d'autre occasion de récupérer ses pouvoirs. Si le gamin se montrait assez fort, il pourrait lui faire réciter la formule de restauration et annuler le sort qui l'avait privé de sa magie. Et plus rien ne pourrait l'arrêter.

Quelle douce ironie ! Si cet enfoiré d'Akilius savait que sa propre descendance aiderait Thornan à défaire tout ce pour quoi il s'était battu ! Une descendance qui s'arrêterait là. Les Greenhaven ne méritaient pas de prospérer.

— Est-ce que c'est la forêt des Lamentations ? demanda Séra.

Brusquement tiré de ses pensées, Thornan leva les yeux. À l'horizon, une masse noire était apparue au pied des Montagnes d'Or.

— On y est presque, répondit-il.

Même s'il ne croyait pas un mot de ces histoires de revenants, Thornan avait comme tout le monde entendu parler des choses étranges qui se passaient dans cette forêt, et il savait qu'il n'y avait jamais de fumée sans feu. Il espérait ne pas les conduire droit dans un danger plus grand que celui qu'ils cherchaient à fuir.

Au fur et à mesure qu'ils s'en approchaient, la masse se faisait de plus en plus imposante et, pour ajouter au sinistre de l'endroit, la météo commençait à se gâter. Le temps était assez clément dans les plaines, mais au pied des montagnes, il se révélait beaucoup plus instable, et quelques heures plus tard, c'est sous un ciel noir et une pluie battante qu'ils atteignirent les premiers arbres.

— On doit se mettre à l'abri ! cria Thornan en essayant de se faire entendre à travers l'orage.

Ils s'enfoncèrent profondément dans la forêt. Sous la canopée, la lumière déclinante du jour se réduisait à une lueur pâle, filtrant à peine à travers les branches épaisses. À chaque pas, les chevaux glissaient sur le sol humide. La forêt refermait ses bras autour d'eux, coupant le son de la pluie torrentielle qui les avait accompagnés jusque-là.

— On va devoir continuer à pied, dit Eden.

Les branches s'épaissississaient, formant des obstacles infranchissables. Eden et Séra descendirent de leurs montures pour les guider à pied. Thornan, lui, resta sur sa selle.

L'ombre des troncs immenses donnait l'impression que la forêt les avalait peu à peu. Thornan observait les alentours d'un air méfiant. Même s'il n'était pas du genre à se laisser impressionner par des légendes, il ne pouvait ignorer le sentiment d'oppression qui pesait sur eux. Un son étrange flottait à la limite de son ouïe, comme un murmure étouffé sous les racines et les troncs, quelque chose qui rampait sous la surface. Mais il n'était pas certain de ce qu'il entendait. La pluie ? Peut-être… Pourtant, cela semblait différent. Il hésita. Fallait-il alerter les autres ? Ou se laissait-il simplement influencer par l'ambiance inquiétante des lieux ? Il préféra se taire, pour l'instant. Les esprits étaient déjà assez tendus, il n'avait pas envie de déclencher une panique inutile.

Mais soudain, ce qu'il prenait pour un simple bruit de fond devint une plainte, longue et déchirante. Le son résonna entre les arbres comme un cri venu des entrailles de la forêt. Un frisson parcourut son dos, et il vit Eden et Séra se figer.

Un nouveau gémissement s'éleva, cette fois plus proche, suivi de pleurs sourds qui venaient de toutes les directions à la fois. Phil, qui marchait derrière le groupe, s'immobilisa brusquement. Il ouvrit la bouche pour dire quelque chose, mais aucun son ne sortit. Thornan le vit jeter des regards nerveux tout autour de lui, les cornes tremblantes.

— Vous… vous entendez ça ? balbutia le faune.

Un cri, plus fort cette fois, fendit l'air. Un cri humain empli de douleur et de désespoir. Eden tourna sur lui-même, cherchant désespérément d'où pouvait provenir le son, mais tout autour d'eux n'était que ténèbres, ombres épaisses et troncs infinis.

— On… on doit partir, murmura Phil, faut qu'on parte d'ici, vite…

Le faune tremblait de tout son être. Thornan lui lança un regard irrité, mais il ne pouvait nier que cette forêt avait quelque chose de sinistre, même pour lui.

— Continuez d'avancer, grogna-t-il en s'efforçant de cacher sa propre inquiétude.

Même les chevaux, d'habitude si fiables, agitaient nerveusement la tête en piétinant le sol. Un nouveau cri retentit et Flamme se cabra soudainement, envoyant Thornan dans les airs. Il s'écrasa sur le sol plusieurs mètres plus loin. Affolé par ce mouvement brusque, Jasper rua, arrachant ses rênes des mains de Séra. Incontrôlables, les deux bêtes prirent la fuite.

— Il faut les rattraper ! Vite ! cria la fée en se précipitant à leur poursuite.

— Eden, arrête-la ! ordonna Thornan.

Le jeune homme hésita, mais comprit rapidement et la rattrapa.

— Laisse-les partir, dit le sorcier.

— Quoi ? Mais tu n'y penses pas ! protesta Séra.

— Ils nous sont inutiles dans cette forêt et ne feront que nous ralentir. Ils retrouveront facilement leur chemin vers les Grandes

Plaines où ils auront de la nourriture et de l'eau à volonté. On sera bien plus rapides à pied.

— Pour une fois, je suis totalement d'accord avec le sorcier, dit Phil.

— Ça ne me plaît pas plus qu'à toi, mais je crois qu'il a raison… dit Eden.

Au moins, le gamin était capable d'être raisonnable, encore un bon point pour lui.

— Par contre, nous avons perdu une bonne partie de nos provisions, dit Phil.

Les sacs accrochés sur le dos de Flamme étaient heureusement tombés dans sa fuite, mais ceux de Jasper avaient disparu avec lui.

— Ça ira, dit Eden, nous avons de quoi tenir. En route.

Ils se répartirent les affaires restantes et Thornan s'installa sur l'épaule d'Eden. Les lamentations reprirent de plus belle. Les gémissements devenaient des cris, des hurlements de douleur et de tristesse qui résonnaient depuis les profondeurs de la terre. Le son vibrait dans leurs oreilles, oppressant, déformé en un écho sans fin.

— On va se perdre dans ces bois ! dit Phil. Nous n'avons aucune idée d'où nous sommes ni où nous allons ! Et ces voix…

— Quelle direction devons-nous prendre ? demanda Eden.

— Au nord se dresse la chaîne de montagnes. Nous devons la longer pour rejoindre le village des Cendres qui se trouve à la sortie de la forêt. Direction nord-ouest.

— La mousse pousse au nord, dit Eden en regardant autour d'eux.

Il s'approcha d'un des arbres massifs et posa sa main sur le tronc rugueux.

— C'est par là.

Le petit groupe se remit en marche. Sans les chevaux, ils évitaient racines et branchages plus facilement et leur progression se fit plus aisée. Les voix continuaient de les hanter, s'élevant parfois en des plaintes désespérées avant de disparaître aussi vite qu'elles étaient apparues. Le groupe avançait à tâtons, plongé dans une obscurité quasi totale, les arbres leur cachant tout repère visuel.

La fatigue commençait à se lire sur les visages, mais aucun des voyageurs n'osait évoquer l'idée de s'arrêter.

— On ne peut pas camper ici, déclara Eden, on doit continuer… toute la nuit s'il le faut.

Il lança un regard inquiet à la ronde, mais tous hochèrent la tête. Même pour Thornan, dormir ici était inconcevable. Les heures passèrent dans un silence presque complet, de leur part en tout cas, car les pleurs et les cris ne cessèrent jamais. Le froid et l'humidité leur glaçaient les os, mais ils préféraient ne pas ralentir le rythme.

Au petit matin, ou du moins ce qu'ils supposèrent être le matin, la lumière du jour était toujours absente. La canopée au-dessus de leurs têtes était si dense que seuls de faibles rayons de lumière filtraient à travers les branches, mais quelques heures plus tard, la forêt se fit moins oppressante, les arbres moins imposants.

— Regardez ! dit Eden.

Devant eux, les troncs commençaient à s'espacer, laissant passer un peu plus de lumière. Malgré la fatigue, ils accélérèrent légèrement le pas, poussés par l'espoir de voir enfin la fin de cette traversée.

Ils émergèrent de la forêt épuisés et trempés jusqu'aux os. L'obscurité persistante des bois laissa place à une luminosité plus franche, éblouissante après les heures passées sous la canopée étouffante. Mais le spectacle qui s'offrit à eux n'était pas celui auquel ils s'attendaient.

— Manquait plus que ça ! soupira Phil en trébuchant sur une pierre.

Devant eux s'étendait un cimetière. Les tombes, d'un gris terne, formaient un alignement parfait. Le gravier des allées était proprement ratissé, et sur certaines tombes avaient été déposées des fleurs fraîchement coupées.

CHAPITRE 23

La chambre qu'on avait allouée à Alaric était vaste et richement décorée. Les murs étaient ornés de tentures épaisses, et le mobilier en bois sombre, finement travaillé, dégageait une élégance austère. Dans la cheminée, un feu crépitait doucement, tandis qu'un plateau d'argent contenant un repas chaud et une théière fumante l'attendait sur la table.

— Si vous avez besoin de quoi que ce soit, vous n'avez qu'à tirer sur ce cordon, dit le valet en désignant une cordelette rouge pendue près de la cheminée.

— Trouvez Manfred Staurel et faites-le venir, peu importe l'heure, ordonna Alaric.

— Bien, monsieur.

Le valet s'inclina respectueusement et referma la porte derrière lui. Enfin seul, Alaric se laissa tomber dans l'un des fauteuils du salon. Le voyage jusqu'à la citadelle l'avait épuisé, mais ce n'était rien comparé à l'impact de la réunion avec le Haut Conseil et son inquiétude pour Eden. Tout cela l'avait vidé de ses dernières forces. Il se força néanmoins à manger, bien que le goût des plats lui échappât complètement.

Une fois son repas terminé, il s'enfonça dans le fauteuil, les bras croisés sur sa poitrine, le regard perdu dans les flammes. Lorsqu'il rouvrit les yeux, il mit un moment à se souvenir d'où il était. Trois coups secs résonnèrent à la porte. Alaric se redressa en grimaçant et alla ouvrir. Manfred se tenait sur le seuil, le visage fermé.

— Merci d'être venu, dit Alaric.

— J'ai bien peur que les nouvelles soient mauvaises, répondit le messager en entrant.

Alaric referma la porte, puis se dirigea vers la cheminée, où il ajouta une bûche pour raviver le feu. Il fit un geste vers un fauteuil pour inviter son ami à s'asseoir, mais resta lui-même debout, les bras croisés.

— Ne tourne pas autour du pot, Manfred, dit-il d'un ton vif. Dis-moi tout.

Le messager inspira profondément, comme pour se préparer à livrer des nouvelles qu'il aurait préféré garder pour lui.

— Un rapport est arrivé hier. Eden a été impliqué dans un incident grave, au nord-est de la forêt de Mara. Une ferme, celle des Aerwyn, une famille de fées. C'était au moment de l'ablation des ailes de leur fille, Séraphine. Eden est arrivé, armé d'une arbalète. Il a blessé gravement le père et le guérisseur avant de prendre la fuite avec la jeune fille, interrompant la cérémonie.

Alaric resta immobile. Son visage était impassible, mais son regard trahissait un tumulte intérieur.

— Les Veilleurs les ont retrouvés au village de Nabel, poursuivit Manfred, mais les choses ont empiré. Eden a volé un de leurs chevaux. Dans la confusion, un Veilleur a été tué.

Ces derniers mots furent comme un coup porté en pleine poitrine. Alaric détourna le regard et se mit à faire les cent pas dans la pièce.

— Où est-il maintenant ? demanda-t-il.

— Toujours en fuite. Lui et la fée ont quitté Nabel en direction du nord, puis les Veilleurs ont perdu leur trace. Mais deux gamins contre tout un royaume ? Leur chance finira par tourner. Ils sont désormais officiellement recherchés pour haute trahison. Morts ou vifs.

Manfred marqua une pause avant de reprendre d'un ton plus doux :

— Je suis désolé, Alaric…

Le magicien s'arrêta net et fixa son vieil ami.

— Merci, Manfred. Tu peux disposer.

Le ton était sans appel, et Manfred n'insista pas. Alaric l'accompagna jusqu'à la porte, qu'il referma aussitôt derrière lui.

Enfin seul, Alaric laissa exploser sa colère. Un Greenhaven ! Son propre petit-fils ! Son sang ! Comment avait-il osé ? Tout ce qu'il avait fait pour lui, tout ce qu'il lui avait sacrifié ! L'élever comme son propre enfant, lui enseigner la discipline, l'honneur, la grandeur de leur lignée. Tout cela pour quoi ? Pour qu'il le trahisse ? Pour qu'il ternisse leur nom et piétine tout ce qu'il avait bâti ?

Un rugissement de rage franchit ses lèvres et il balaya violemment la table basse devant lui. Le plateau chargé des restes de son repas vola en éclats contre le mur, la théière se brisant en une pluie de débris qui s'éparpillèrent sur le sol. Il haletait, chaque souffle était un combat, comme si l'air même le trahissait. Il se mit à arpenter la pièce.

Son regard tomba sur la flaque sombre que formait le thé sur le tapis. Dans son esprit embrumé par la rage, ce liquide brunâtre prit la teinte du sang. Le sang de ses ennemis. Les rebelles ! Tout était de leur faute. Sans eux, le Haut Conseil n'aurait jamais eu besoin de prendre des mesures aussi drastiques. Sans eux, Manfred ne serait jamais venu le chercher dans son paisible village. Sans eux, Eden ne l'aurait jamais trahi. Sans eux, il n'aurait pas à porter le poids insupportable de l'humiliation, ni à voir le nom des Greenhaven traîné dans la boue. Ils paieraient pour cela. Tous.

Une étrange clarté s'imposa à son esprit. La colère aveuglante se métamorphosa en une résolution froide et implacable. Il avait une mission. Il la mènerait à bien. Il se vengerait pour tout ce qu'on lui avait pris et restaurerait son honneur auprès du Haut Conseil. Il serait celui qui mettrait fin à cette rébellion et prouverait une fois de plus que les Greenhaven étaient une pierre angulaire de l'ordre.

L'aube approchait, mais Alaric était incapable de trouver le sommeil. Il passa le reste de la nuit, debout devant la cheminée, à observer les flammes en pensant à la mission qui l'attendait.

Les premières lueurs du jour s'infiltraient par la fenêtre lorsqu'on frappa de nouveau à la porte. Il avait enfoui sa fureur sous une couche glaciale de détermination et c'est un visage sans expression qu'il présenta à son visiteur.

Un homme imposant se tenait sur le seuil. Sa carrure massive et son uniforme impeccable dégageaient une autorité naturelle. Entre ses mains, il portait un coffret en bois, scellé par un ruban rouge et un cachet de cire à l'emblème du Haut Conseil.

— Capitaine Gregor, salua Alaric qui avait deviné sans peine l'identité de son visiteur. Entrez. Nous avons des préparatifs à faire.

Le capitaine s'attarda un instant sur le plateau renversé et interrogea Alaric du regard. Celui-ci haussa les épaules avec un sourire forcé.

— Une maladresse, dit-il d'un ton faussement désinvolte.

Le capitaine ne fit aucun commentaire et s'installa face au magicien.

— Laissez-moi d'abord vous dire que c'est un honneur de vous rencontrer et de vous accompagner dans cette mission, dit le militaire.

Alaric esquissa un sourire, poli mais distant.

— Avec un tel guide, je suis sûr qu'elle sera un succès, répondit-il. Maintenant, dites-moi tout.

Le capitaine redressa les épaules et déposa délicatement le coffret en bois sur la table entre eux.

— J'ai pour ordre de vous remettre ceci, annonça-t-il en le poussant vers Alaric.

Alaric savait très bien ce qu'il contenait. Il brisa le sceau de cire rouge et en souleva le couvercle. À l'intérieur se trouvait une plus petite boîte, finement sculptée dans un bois sombre aux bords ornés de gravures complexes représentant des runes magiques, rendues à peine visibles par l'usure du temps. Alaric l'ouvrit délicatement pour en sortir la baguette d'Akilius. Celle-là même qui avait vaincu Thornan à la fin de la guerre, celle qui avait fermé le portail et allait aujourd'hui le rouvrir. Il en avait hérité lors de sa nomination au rang de Grand Sage, mais n'avait pu s'en servir qu'en de rares occasions pour des missions spéciales. Entre-temps, elle était précieusement gardée à la citadelle pour ne pas risquer qu'elle tombe entre de mauvaises mains.

Son regard se posa à nouveau sur le coffret, dans lequel il remarqua un autre objet. Il en sortit un vieux carnet relié de cuir, dont la fermeture était maintenue par une lanière vieillie. En ouvrant le carnet, il découvrit des pages couvertes de runes complexes et de formules.

— Son carnet ! s'exclama-t-il. Celui d'Akilius ! Je ne savais pas qu'il avait été conservé. L'étudier me donnera des informations cruciales sur le portail.

Le capitaine hocha la tête, l'air embarrassé.

— Je vous fais confiance pour cette partie de la mission, dit-il.

Alaric referma soigneusement le coffret et le plaça près de lui avant de reporter son attention sur le soldat.

— Alors, expliquez-moi les détails.

Le capitaine, visiblement plus à l'aise en stratégie militaire qu'en magie, se redressa sur sa chaise et commença son discours.

— Nous partirons demain à l'aube avec une cinquantaine de soldats d'élite. À notre arrivée au fort d'Éther, tous les gardes surveillant le jardin seront congédiés et remplacés par mes hommes. Ce sera ensuite à vous d'intervenir. Mes soldats et moi nous chargerons de votre protection.

— Uniquement des humains ?

— Exclusivement, confirma le capitaine.

— Bien, les arcanophages ne s'en prendront pas à vous. Poursuivez, je vous prie.

— Une fois la mission accomplie, j'enverrai un messager et l'armée sera déployée pour contenir les créatures.

— Avons-nous des nouvelles récentes du fort d'Éther et de son… habitant ?

— Les soldats sur place rapportent qu'ils l'aperçoivent parfois à travers les fenêtres, comme une ombre errante. Ils le qualifient de fantôme. Il n'a jamais essayé de quitter le château ni même approché le jardin. Il ne constitue pas une menace.

— Bien. Je trouverai les informations nécessaires dans ce carnet, déclara Alaric en tapotant la boîte. Mais avant notre départ, je vais avoir besoin d'accéder à la bibliothèque. *Toute* la bibliothèque.

— On m'avait prévenu de cette possibilité. La bibliothèque a été informée et vous avez accès à l'ensemble des archives.

Alaric inclina légèrement la tête en guise de remerciement.

— Parfait.

L'homme se leva et se dirigea vers la porte.

— Si vous avez besoin de quoi que ce soit, n'hésitez pas à me faire appeler. Sinon, je vous dis à demain.

— Je n'y manquerai pas, répondit Alaric, déjà plongé dans ses pensées.

Après un salut formel, le capitaine quitta la pièce. Alaric se retrouva de nouveau seul, mais cette fois, il était trop absorbé par sa mission pour penser à Eden.

CHAPITRE 24

— Tu n'avais pas dit que le village était à l'abandon depuis la guerre ? demanda Eden. Cet endroit a l'air bien entretenu.

Thornan se faisait justement la même réflexion et il n'avait pas d'explication.

— Peut-être que des gens sont revenus s'y installer, répondit-il sans grande conviction.

Le groupe s'avança prudemment à travers les rangées de tombes. Au centre du cimetière se dressait un imposant mausolée, la structure était en pierre sombre, étonnamment bien conservée malgré les années. Ses murs épais portaient quelques fissures, témoins du temps, mais aucun signe d'abandon. Du lierre grimpant, soigneusement taillé, entourait les colonnes élégantes qui encadraient l'entrée au-dessus de laquelle une inscription ancienne, à peine lisible, était gravée, et la porte en fer forgé avait été fraîchement repeinte.

— Restez sur vos gardes, dit Thornan, il y a quelque chose d'étrange ici…

Ils contournèrent le mausolée. De l'autre côté, un groupe de villageois étaient agenouillés près d'une tombe. Leurs corps vacillaient sous le poids de leurs sanglots. Aucun d'entre eux ne sembla remarquer la présence des visiteurs.

— On dirait bien que le village est encore habité, chuchota Séra en observant les villageois en pleurs. Vous croyez qu'on pourrait en profiter pour se ravitailler ?

Thornan observa longuement les silhouettes en larmes. Quelque chose le mettait mal à l'aise. Il ne pouvait pas dire quoi, mais l'instinct le poussait à rester sur ses gardes.

— Attendons de voir, répondit-il, toujours méfiant. Ne faisons rien d'imprudent.

Sans ajouter un mot, ils quittèrent le cimetière, laissant derrière eux les pleureurs. Thornan jeta un dernier coup d'œil vers le mausolée avant de s'éloigner. Quelque chose n'allait vraiment pas.

En sortant du cimetière, ils découvrirent le village, ou plutôt ce qu'il en restait. Ce qui avait été autrefois un bourg prospère n'était plus qu'un amas de ruines et de bâtiments à moitié effondrés. Les maisons étaient pour la plupart détruites ou calcinées, par le temps ou par la guerre. Seules quelques rares habitations tenaient encore debout, mais elles étaient rafistolées de manière précaire, avec des planches et des morceaux de tissu improvisés pour combler les brèches.

À travers les ruelles, une poignée de villageois erraient. Vêtus de haillons sales et déchirés, leurs visages étaient mornes. Ils marchaient sans but apparent, les yeux vides fixés sur le sol, le corps frêle et décharné. On aurait dit des fantômes. Quelques enfants se tenaient près de ce qui devait être une ancienne place du marché, jouant avec des ossements d'animaux blanchis par le temps, sous l'œil indifférent des adultes. Tous paraissaient englués dans une torpeur sinistre, et une ambiance lourde et suffocante enveloppait l'endroit.

Pire encore, les mêmes lamentations qui les avaient accompagnés dans la forêt continuaient de résonner ici. Déformées par l'espace vide, elles se répercutaient sur les ruines et envahissaient l'espace.

Devant une maison particulièrement délabrée, ils aperçurent une silhouette : une vieille femme, maigre, voûtée, qui balayait devant sa porte. Ses gestes étaient répétitifs et mécaniques, comme si elle n'avait pas vraiment conscience de ce qu'elle faisait. Le balai effleurait à peine la poussière, et pourtant elle continuait, inlassablement.

Qu'est-ce qui avait pu réduire ces gens à cet état ? Thornan sentait son estomac se nouer de plus en plus. Ce n'était pas seulement la misère des lieux. Il y avait quelque chose d'autre, quelque chose qui le dérangeait profondément. Oubliant qu'il n'était pas censé se montrer, il sauta au sol et s'approcha de la vieille femme.

— Que faites-vous encore ici ? lâcha-t-il, la gorge serrée. Pourquoi ne partez-vous pas ? Pourquoi ne reconstruisez-vous pas ?

La femme s'arrêta enfin, redressant à peine la tête. Elle leva ses yeux vides vers Thornan, il n'y vit aucune lueur, aucune vie. Elle ne parut même pas étonnée de s'adresser à une peluche.

— Nous pleurons nos morts, répondit-elle d'une voix monotone et inhumaine.

Cette réponse, dénuée d'émotion, parut à Thornan plus sinistre encore que les gémissements qui les entouraient.

— Quels morts ? demanda-t-il.

Il avait peur de comprendre et son assurance habituelle s'effritait devant cette scène. La vieille femme plongea son regard dans le sien. Il eut l'impression qu'elle voyait à travers lui, bien au-delà de son apparence.

— Tous, répondit-elle, avec la même monotonie glaciale.

Thornan resta figé un instant, incapable de répondre.

— Ces gens me fichent la frousse… murmura Phil en s'approchant.

— Je dois vérifier quelque chose, dit le sorcier en ignorant le faune.

Il fit demi-tour et fonça vers le cimetière sans se soucier de savoir si les autres le suivaient ou non. Il pensait comprendre ce qu'il se passait, mais il devait en avoir le cœur net. D'un pas décidé, il se dirigea vers la tombe devant laquelle des gens pleuraient, il passa devant eux pour lire l'inscription sur la pierre.

Le frisson qui l'avait parcouru plus tôt s'intensifia, lui laissant un goût amer dans la bouche.

— Que se passe-t-il ? s'enquit Eden en s'approchant à son tour.

Les pleureurs continuaient leur sinistre psalmodie sans même les remarquer.

— Regarde la date ! dit le sorcier. Ils pleurent quelqu'un mort depuis cent ans !

Le village n'était pas seulement délabré : il était hanté. Pas par des esprits, mais par ses habitants eux-mêmes, prisonniers d'une douleur si ancienne qu'elle avait consumé jusqu'à leur humanité. De génération en génération, les villageois se relayaient pour pleurer des gens qu'ils n'avaient même pas connus.

Les ignorant toujours, les pleureurs se turent soudain, marchèrent jusqu'à une tombe voisine puis, comme un seul homme, s'effondrèrent de chagrin à nouveau, reprenant leurs cris et leurs supplications.

— C'est eux qu'on entend dans la forêt, n'est-ce pas ? demanda Eden.

Cette idée lui trottait dans la tête depuis un moment, mais il n'avait pas osé la formuler.

— C'est ce que je commence à penser aussi, répondit Thornan.

— Mais comment est-ce possible ? demanda Séra. On les entend sur des kilomètres !

— Ils sont peut-être prisonniers d'un sortilège ? suggéra Eden.

— On ne peut pas les laisser comme ça… dit la fée, il faut faire quelque chose.

— Est-ce qu'on ne va pas finir comme eux si on reste trop longtemps ici ? s'inquiéta Phil.

— Je ne pense pas que ça fonctionne ainsi, dit Thornan.

Le sorcier s'approcha du mausolée. Quelque chose se dégageait de cet endroit, s'il y avait de la magie à l'œuvre, elle venait forcément d'ici.

— C'est toi le plus grand, porte-moi ! ordonna-t-il à Phil. Je veux voir cette inscription de plus près.

Le faune obéit et le tint à bout de bras au-dessus de l'entrée. La phrase n'avait pas été gravée très profondément et s'était estompée avec le temps, mais il réussit à la déchiffrer : « Que le Ciel entende ta voix et que le vent l'emporte jusqu'à moi. »

— C’est bien ici, dit-il, fais-moi descendre.

Il entra dans le mausolée. Ses trois compagnons hésitèrent, mais finirent par le suivre. Comme le reste du cimetière, l’intérieur était remarquablement propre et bien entretenu. Les villageois vivaient dans des décombres insalubres et dépensaient toute leur énergie à entretenir un lieu habité par des morts.

Les murs étaient lisses, ornés de quelques gravures sobres, et des torches y étaient accrochées pour éclairer la petite pièce. Le sol en pierre, dépourvu de toute trace de poussière, reflétait l’entretien rigoureux du lieu. Au centre trônait un imposant sarcophage en pierre taillée.

Le sorcier s’arrêta devant la tombe pour en étudier les détails. La pierre en elle-même ne semblait pas contenir de sort, mais quelque chose s’en dégageait, il pouvait le sentir.

— Il faut l’ouvrir, dit-il.

Comme à son habitude, Phil fut le premier à protester.

— Quoi ? Tu veux qu’on ouvre cette tombe ? Tu es complètement fou ! Et si on déchaînait quelque chose… dit-il en jetant des regards nerveux autour de lui.

— Si la solution pour aider ces pauvres gens est là-dedans, alors, allons-y, lança Séra.

Eden acquiesça et ils prirent chacun un côté du couvercle. Phil grogna dans sa barbe, puis finit par les rejoindre. À trois, ils soulevèrent la lourde dalle de pierre.

Il ne savait pas ce qu’ils allaient trouver à l’intérieur, mais ce devait être un sort très puissant pour qu’il agisse sur les habitants du village sans faiblir depuis plusieurs générations. Quand elle fut enfin ouverte, Thornan escalada la tombe et sauta à l’intérieur. Sans surprise, il se retrouva nez à nez avec un squelette, mais ce n’était pas le premier qu’il voyait de près et il ne se laissa pas impressionner. Les os étaient vieux, secs, et tenaient à peine ensemble.

Entre ses mains décharnées, le mort serrait une sphère métallique complexe, composée de plusieurs bandes circulaires entrelacées. La structure de l’artefact était ouverte, permettant de voir à travers. La sphère était finement ciselée, ornée de motifs circulaires et de gravures détaillées. Les formes géométriques qui décoraient les anneaux avaient été gravées avec une grande précision. Thornan retira l'objet, et les mains du mort se brisèrent en morceaux.

— C'est à cause de ça, dit-il en jetant la sphère à Eden.

— Qu'est-ce que c'est ? interrogea-t-il en inspectant la boule.

— C'est une orbe de résonance. C'est à cause d'elle qu'on entend les lamentations des villageois sur des kilomètres. Tu vois ce petit loquet sur le côté ?

Eden fit tourner l'orbe entre ses mains jusqu'à trouver une petite excroissance en métal.

— Pousse-le.

Le jeune magicien s'exécuta, les bandes de métal se mirent à tourner jusqu'à ce que la structure soit totalement fermée.

— Voilà, il est désactivé maintenant, dit le sorcier.

À l'extérieur, rien n'avait changé et un nouveau groupe de villageois s'était réuni devant une tombe. Ils étaient accroupis, secoués de sanglots. Comme les précédents, ils se laissaient totalement envahir par leur tristesse, pleurant sans retenue. Séra les observait, l'air inquiet.

— Si on a désactivé l'orbe, pourquoi continuent-ils de faire ça ? demanda-t-elle.

— Ça, c'est la mauvaise nouvelle, répondit Thornan. L'orbe ne faisait qu'amplifier leurs lamentations, mais elle n'en est pas la source. Aucun sort ne les oblige à pleurer ainsi. Ils se sont emprisonnés eux-mêmes dans leur chagrin.

Les mots de Thornan laissèrent Séra sans voix pendant un instant. Elle fixa les villageois, l'air horrifié.

— Mais… c'est affreux… On ne peut donc rien faire pour eux ?

Thornan haussa les épaules et ses yeux se posèrent sur les silhouettes abattues des villageois.

— Non. Ils ont choisi cette vie. On ne peut pas les sauver d'eux-mêmes. On n'a plus rien à faire ici. Partons.

— On ne s'arrête pas faire une pause ? demanda Phil.

— Tu veux vraiment rester ici ? Il est encore tôt. Un peu plus loin après la sortie du village, il y a un lac, on s'y arrêtera pour camper.

Malgré la fatigue, personne ne protesta.

— Qu’est-ce que je fais de ça ? demanda Eden.

Thornan jeta un coup d’œil à l’orbe, un objet puissant qui n’aurait jamais dû se retrouver ici.

— Emmenons-la. Mieux vaut la ramener au fort d’Éther que la laisser traîner ici.

Eden la rangea précautionneusement dans son sac. Ils traversèrent le village sous le regard morne de ses habitants qui réagirent à peine à leur passage. Les murmures lointains continuaient d’émaner du cimetière et flottaient toujours dans l’air, bien que moins présents sans le pouvoir de l’orbe.

Chapitre 25

— Est-ce que ça va ? demanda Zulya.

La fée releva à peine les yeux. Elle s'agrippait aux bords de l'assiette comme si elle craignait qu'on la lui arrache. Elle hocha la tête sans un mot, un mouvement si discret qu'il aurait pu passer inaperçu. Elle était si jeune, encore une enfant.

Ils avaient tous ce même regard en arrivant ici : une lueur qui vacillait entre la peur et l'espoir. Zulya s'y était habituée, mais cela ne rendait pas la scène moins lourde. Ils avaient également tous le même appétit. Malgré ses efforts pour s'assurer que ses clients mangent durant le voyage, les capitaines, cupides et sans scrupules, ne respectaient presque jamais leurs promesses. Elle avait déjà essayé de s'en plaindre, mais cela n'y changeait rien. Elle n'avait aucune marge de négociation et devait déjà se satisfaire qu'ils acceptent de prendre un tel risque.

Elle s'accroupit pour se mettre à la hauteur de la jeune fille.

— Tu as fait bon voyage, Bekky ?

La jeune fille hésita, les lèvres tremblantes, avant qu'un murmure presque inaudible n'en sorte.

— Oui… Je crois… mais… c'était effrayant.

Les cernes sombres sous ses yeux en disaient long sur son état. Zulya prit une profonde inspiration et adoucit son ton, troquant son masque habituel de dureté contre une chaleur qu'elle n'accordait qu'aux plus vulnérables.

— C'est normal d'avoir peur, dit-elle en posant une main légère sur celle de la fée. Mais ici, personne ne te fera de mal. Tu es en sécurité. Je te le promets.

La jeune fille baissa les yeux vers l'assiette, ses mains jouaient nerveusement avec un morceau de pain. Après un long moment de silence, sa voix brisée s'éleva à nouveau.

— Mes parents… Ils me manquent, murmura-t-elle.

Zulya sentit une pointe de douleur traverser sa poitrine. Elle serra doucement la main de la jeune fée.

— Je sais. Et je suis sûre qu'ils pensent à toi à chaque instant. Cette décision… Ils l'ont prise parce qu'ils t'aiment plus que tout. Ils voulaient que tu aies une chance, que tu sois libre, que tu puisses vivre pleinement avec tes ailes et ta magie. Là où tu vas, personne ne pourra t'enlever ça.

Bekky la regarda de ses grands yeux brillants de larmes non versées.

— C'est… vraiment possible ? balbutia-t-elle.

Un sourire sincère éclaira le visage de Zulya.

— Oui, c'est possible. Et je vais m'assurer que tu y arrives.

Zulya tira une chaise et s'assit à côté de la jeune fille.

— Voici comment ça va se passer, expliqua-t-elle d'un ton plus pragmatique : ce soir, tu vas prendre un bon bain chaud et te reposer dans un vrai lit. Demain matin, Jollos et moi t'accompagnerons jusqu'à la sortie de la ville, à l'est. Là-bas, un homme nous attendra. Il t'emmènera loin, vers un endroit sûr, où personne ne cherchera à te faire du mal. Là-bas, tu seras libre.

— Est-ce qu'il y a… d'autres fées là-bas ? Avec leurs ailes ?

— Bien sûr, répondit Zulya avec un sourire rassurant. Elles t'accueilleront et t'aideront à maîtriser tes pouvoirs. Tu ne seras pas seule. Je te le promets.

Les épaules de la jeune fille, jusque-là crispées, s'abaissèrent un peu.

— Tu as assez mangé ? demanda Zulya en inclinant la tête. Tu dois être épuisée, suis-moi. Je vais te montrer ta chambre.

Zulya guida Bekky à travers un couloir étroit. Elle ouvrit une porte en bois donnant sur une petite chambre simple, mais accueillante.

— Ce n'est pas grand-chose, mais c'est tranquille et sûr, dit-elle en entrant.

Alors que Bekky explorait timidement la pièce, Zulya ouvrit un coffre au pied du lit et en sortit quelques vêtements.

— Tes affaires sont usées et sales après tout ce que tu as traversé, dit-elle en lui tendant une chemise et une jupe. Tiens, prends ça. Ça devrait t'aller.

— Merci… répondit Bekky d'une voix encore hésitante.

Zulya se dirigea ensuite vers une petite étagère près de la porte. Elle y prit un savon, une brosse et une serviette qu'elle remit à la fée.

— Tiens. La bassine est remplie d'eau chaude, ajouta-t-elle. Si tu as besoin de quoi que ce soit, n'hésite pas à demander. Et repose-toi. Demain sera une longue journée.

Bekky hocha timidement la tête.

— Bonne nuit, conclut Zulya avec un sourire, en se retirant.

Dans le salon, elle retrouva Jollos assis droit dans son grand fauteuil, une grappe de raisin dans une main. Il avait l'air perdu dans ses pensées, décrochant distraitement les fruits un à un.

— Alors ? Elle va mieux ? demanda-t-il en la voyant entrer.

Zulya s'affala sur une chaise en face de lui.

— Un peu. Elle est terrifiée, mais qui ne le serait pas après un tel voyage ?

Jollos acquiesça de la tête en jouant distraitement avec la tige de la grappe.

— Est-ce que j'avais l'air aussi perdu et vulnérable qu'elle quand je suis arrivé ici ? lança-t-il soudain.

Zulya éclata d'un rire franc qui éclaira brièvement son visage fatigué.

— Toi ? L'air vulnérable ? Non, tu ressemblais plutôt à un lion prêt à dévorer quiconque aurait le malheur de se mettre en travers de sa route !

Jollos haussa un sourcil, un sourire amusé naissant sur ses lèvres.

— Au moins, les autres ont la décence de repartir ! dit-elle d'un ton accusateur. Toi, ça fait dix ans que tu es dans mes pattes.

— Je suis en si charmante et si aimable compagnie, comment pourrais-je avoir envie de partir ?

Zulya roula des yeux, mais une esquisse de sourire trahissait son amusement.

— Ton pays te manque ? interrogea-t-elle d'un ton plus sérieux.

Jollos se redressa légèrement dans son fauteuil, croisant les bras sur les muscles saillants sous sa chemise. Il avait bizarrement l'air encore moins habillé ainsi que lorsqu'il se baladait torse nu. Il avait tout laissé derrière lui, sauf ses habitudes vestimentaires. Il portait la plupart du temps un simple pantalon sur lequel il posait une énorme ceinture sertie d'or et de pierres précieuses. De quoi racheter la moitié de la ville, mais il aurait préféré mourir de faim que de s'en séparer.

— Pas après ce qu'ils m'ont fait, grogna-t-il.

Zulya inclina la tête, elle comprenait.

— Et le pouvoir ? Ça ne te manque pas ? insista-t-elle après un moment.

— Je me sens plus important ici, à t'aider à faire ce que tu fais, que je ne l'ai jamais été en dirigeant Noumera. Là-bas, je n'étais qu'un pantin enfermé dans un carcan de devoirs et de faux-semblants. Ici… au moins, je me rends utile.

— Je suis contente de t'avoir à mes côtés.

— Arrête ça, dit-il avec un petit rire. Ce n'est pas ton genre de dire ces choses. Je préfère quand tu menaces de me mettre dehors. Comment s'est passée ta journée ? Tu as fait des progrès ?

Le sourire de Zulya s'effaça.

— Pas vraiment. Le marchand prétend avoir vendu l'artefact à des Itarhiens il y a longtemps, mais personne ne correspond à leur description dans les archives de Darren. Rien. C'est impossible, je commence à croire que ce type m'a menti.

— Sauf s'ils avaient le droit d'être là, suggéra Jollos.

Zulya releva la tête, intriguée.

— Une délégation officielle ? Non… c'est impossible.

Mais une idée commença à germer dans son esprit. Elle se leva brusquement de sa chaise et se mit à fouiller frénétiquement dans les tiroirs et les armoires, vidant des étagères entières de parchemins et de dossiers. Pourquoi n'y avait-elle pas pensé plus tôt ?

— Un problème ? demanda Jollos.

— Une pochette… avec des documents à l'intérieur, répondit-elle sans lever les yeux.

— Il y a des dizaines de pochettes et de papiers, ici… Dis-moi ce que tu cherches au lieu de mettre le bazar.

— Quelques années avant ton arrivée, un couple est venu me voir. Ils faisaient partie d'une délégation officielle du Haut Conseil, mais ils voulaient quitter Itarah, changer d'identité et recommencer une nouvelle vie avec leur fils. C'était risqué, mais ils avaient l'air sincères. Alors, j'ai accepté de les aider.

— Ils ont proposé une somme que tu n'as pas pu refuser, je suppose ?

Zulya lui lança un regard froid.

— J'aide les gens ! Mais il faut bien que je gagne ma vie aussi, répliqua-t-elle sèchement.

— Et alors ? demanda Jollos. Qu'est-il arrivé ?

— Rien. Ils devaient revenir deux mois plus tard, mais je ne les ai jamais revus. J'ai supposé qu'ils avaient changé d'avis ou qu'ils s'étaient fait arrêter. Je n'ai pas cherché plus loin pour ne pas risquer que l'on remonte jusqu'à moi.

— Et tu penses qu'il pourrait s'agir des mêmes personnes ?

— C'est ma seule piste… mais tout correspond : la date, la description, ça ne peut être qu'eux.

Jollos fouilla sous une étagère et tira un coffre qu'il ouvrit avec soin. Il en sortit plusieurs parchemins qu'il déposa sur la table.

— Ce doit être ici, dit-il.

Zulya jeta un coup d'œil aux documents. Évidemment, Jollos, avec son sens de l'ordre, avait ce qu'elle cherchait. Elle déroula les parchemins un à un.

— Là ! s'exclama-t-elle enfin, levant un document en l'air.

Jollos s'approcha pour lire.

— Nicholas et Ellen Greenhaven ?

— Tu as grandi loin d'Itarah, donc ce nom ne te dit sans doute rien, mais disons pour faire court que ce n'était pas n'importe qui.

— Et tu es sûre qu'ils cherchaient à fuir Itarah ?

— C'est ce qu'ils m'ont dit. C'est rare pour des magiciens de vouloir quitter le pays. Mais ils voulaient un avenir différent pour leur fils.

— Et si ce n'était qu'un prétexte ? Si leur véritable objectif était de récupérer cet artefact pour le compte du Haut Conseil ? Ça expliquerait pourquoi ils ne sont jamais revenus.

Zulya ne voulait pas l'accepter, mais cette hypothèse était plus que probable.

— Je n'avais aucune raison de douter d'eux à l'époque. Et puis, pourquoi inventer cette histoire ? S'ils travaillaient pour le Haut Conseil, pourquoi auraient-ils eu besoin de moi ?

— Peut-être parce qu'ils pensaient que toi, tu pouvais les mener à l'artefact.

Zulya ferma les yeux pour mieux faire le tri dans ses idées. Tout cela n'avait aucun sens.

— Si c'est vrai... alors, ça veut dire que l'artefact est probablement entre les mains du Haut Conseil. Mais c'est absurde : s'ils savent pour mes activités, pourquoi je n'ai pas été arrêtée ? Ils n'ont aucune raison de me laisser agir s'ils sont au courant depuis quinze ans !

— Va savoir... Tu comptes faire quoi, maintenant ? Retourner à Itarah ?

Son estomac se noua à cette idée.

— Je n'en ai aucune idée... Mais ce qui est sûr, c'est qu'on va devoir redoubler de vigilance.

Chapitre 26

Le groupe s'engagea sur une ancienne route qui longeait les montagnes en direction du nord. Le chemin, effacé par endroits, était bordé de végétation basse et de rochers épars.

Séra marchait à côté de Phil en observant les Montagnes d'Or. Les plus hauts pics, voilés par les nuages, donnaient l'impression de s'étendre à l'infini. D'habitude optimiste, elle était restée silencieuse depuis leur passage au village des Cendres. L'image des habitants hantait son esprit : leurs visages marqués par les années de tristesse et surtout… leur regard, vidé de toute étincelle de vie. Ils étaient tout aussi morts que ceux qu'ils pleuraient. Séra secoua la tête, tentant de chasser ces souvenirs, mais elle savait que ces images la hanteraient encore longtemps.

— On retourne sur la route, dit Phil, c'est pas dangereux ? Les Veilleurs pourraient encore nous suivre…

Thornan, perché sur le sac à dos d'Eden, se retourna :

— Traverser la forêt nous a probablement permis de les semer. Cette partie d'Itarah est presque inhabitée et les Veilleurs ne connaissent pas notre destination. Ils ne viendront sans doute pas jusqu'ici. Mais il faudra faire attention en arrivant au fort, il est gardé nuit et jour.

Après deux heures de marche, le chemin les mena à un lac bordé de saules, dont les branches effleuraient doucement la surface de l'eau. L'endroit dégageait une atmosphère calme et apaisante, une bouffée d'air frais après les événements des derniers jours.

— Cet endroit est magnifique, dit Séra.

— Et parfait pour camper, ajouta Eden en posant lourdement son sac sur le sol.

— Je meurs de faim ! dit-elle. Je vais voir aux alentours si je trouve quelque chose à manger, je n'en peux plus des rations de voyage.

Séra s'éloigna du campement pour explorer les abords du lac, espérant y trouver des fruits sauvages ou des racines comestibles. Elle tomba sur un arbre couvert de petites baies noires, suspendues en grappes sous les feuilles. *Parfait !* se dit-elle. Elle tendit la main pour en cueillir plusieurs poignées, qu'elle déposa dans un pli de sa robe.

Soudain, un craquement sourd retentit derrière elle. Elle sursauta et faillit renverser tout le fruit de sa cueillette. Elle tourna la tête pour scruter les environs, mais rien ne bougeait à part les branches des arbres qui agitaient leurs feuilles sous l'effet du vent. Sans doute un animal, pensa-t-elle en rassemblant rapidement quelques baies supplémentaires. Pourtant, une légère appréhension s'était installée en elle. Elle accéléra le pas pour retourner au campement.

— Regardez ce que j'ai trouvé ! lança-t-elle en montrant les baies de sureau.

— Chut ! lui intima Phil.

Accroupi près de l'eau, il tenait sa flûte entre ses mains, l'air concentré. Il porta l'instrument à ses lèvres et joua une note hésitante. Des bulles apparurent à la surface de l'eau. Il reprit la même note, avec plus d'assurance cette fois. Quelques instants plus tard, des poissons commencèrent à remonter, attirés par la mélodie. Certains sautèrent même sur le rivage.

— Le dîner est servi ! dit-il avec fierté.

— Mais c'est incroyable, Phil ! Tu as fait énormément de progrès ! s'exclama Séra en sautillant de joie.

— Voilà qui est bien plus utile que de faire pousser des pissenlits, plaisanta Eden avec un clin d'œil au faune.

Il ramassa plusieurs poissons pour les disposer au-dessus du feu. Tous accueillirent ce repas composé de produits frais avec une joie non dissimulée, après des jours de privations. Cependant, malgré la chaleur du feu et la convivialité de l'instant, Séra ne parvenait pas à se détendre complètement. Depuis le craquement entendu dans les bois, elle ne pouvait s'empêcher de se sentir observée. Elle hésita à en parler aux autres, mais tous semblaient si détendus... Ce n'était sûrement que son imagination.

Elle sortit de son sac un petit carré de tissu, sur lequel elle s'entraînait tous les soirs. Phil et Eden progressaient beaucoup plus vite qu'elle et cela la frustrait terriblement.

— Thornan, demanda-t-elle soudain, crois-tu que j'aurai moins de pouvoir ? À cause de mon aile...

Le sorcier prit le temps de réfléchir.

— Tu n'arriveras jamais à voler, ça, tu t'en doutais. Certaines de tes capacités directement liées à tes ailes seront sans doute limitées, mais pour le reste, ça ne devrait rien changer. Ton aile intacte a permis à tes pouvoirs de s'éveiller, et maintenant qu'ils sont là, c'est à toi de les développer.

Elle observa un moment son morceau de tissu avant de le ranger. Leur nuit blanche dans la forêt avait laissé des traces et elle était bien trop épuisée pour s'entraîner ce soir. Elle s'allongea près du feu. La nuit était tombée depuis longtemps et au-delà de la zone éclairée par les flammes, tout n'était que ténèbres, le maigre croissant de lune ne suffisant pas à percer la nuit. Elle observa un moment les étoiles, espérant y trouver du réconfort, avant de sombrer finalement dans un sommeil agité.

Séra fut brusquement tirée de ses songes par une poigne ferme qui l'agrippa violemment. Elle n'aurait pu dire si elle s'était assoupie une minute ou plusieurs heures plus tôt. Ses yeux s'ouvrirent sur un feu quasiment éteint, et elle aperçut plusieurs silhouettes sombres qui se déplaçaient furtivement dans le camp.

Elle voulut crier, mais une main puissante recouvrit sa bouche avant qu'un bâillon ne l'étouffe complètement.

D'autres mains la saisirent par les bras et les jambes. Elle se débattit de toutes ses forces, mais ses assaillants étaient bien plus forts qu'elle. Avant qu'elle ne puisse opposer la moindre résistance, un tissu épais fut jeté sur sa tête, la plongeant dans une obscurité totale. Réduite au silence et privée de ses sens, elle perçut qu'on lui attachait solidement les poignets et les chevilles avant de la traîner sur le sol.

Après quelques mètres, l'un de ses ravisseurs la souleva sur son épaule. Elle crut entendre au loin la voix d'Eden qui l'appelait, mais le tissu qui couvrait sa tête étouffait tout bruit. *J'espère qu'il va bien, j'espère qu'ils vont tous bien*, pensa-t-elle, luttant contre la terreur. Peut-être avaient-ils réussi à fuir. Cette pensée lui donna un maigre espoir.

Mais pourquoi l'avoir emmenée ? Pourquoi ne pas l'avoir tuée sur place ? Ses parents avaient-ils négocié pour qu'elle leur soit ramenée vivante ? Cette idée l'emplit de colère. Plutôt mourir que de retourner là-bas ! Elle devait trouver un moyen de s'échapper. Ils seraient bien obligés de s'arrêter, et à la première occasion, elle s'enfuirait.

Elle essaya de déterminer à combien d'ennemis elle avait affaire. Elle en avait aperçu plusieurs au camp et, en prêtant l'oreille, elle distingua les pas d'au moins cinq hommes autour d'elle. C'était peu pour une garnison de Veilleurs… Peut-être s'étaient-ils séparés pour couvrir plus de terrain.

Elle ferma les yeux et s'accrocha à l'idée d'une fuite possible. Même si ses chances étaient minces, cela l'aidait à ne pas céder à la panique. Le temps passait lentement, et elle avait du mal à évaluer combien d'heures elle avait été trimballée ainsi, mais elle finit par sentir un changement : le rythme des pas ralentit, l'homme qui la portait s'arrêta plusieurs fois, changea de direction, puis, sans prévenir, la laissa brutalement tomber sur le sol. Le choc lui coupa le souffle, et elle resta étendue, incapable de bouger. Des pas s'éloignèrent brièvement avant de revenir.

— Retire le sac, ordonna une voix féminine.

Le tissu qui recouvrait sa tête fut enlevé et elle mit quelques instants à récupérer la vue. Elle se trouvait dans une large pièce circulaire entièrement faite de bois. Des torches accrochées à intervalles réguliers diffusaient une lumière vacillante qui jetait des ombres inquiétantes sur les murs. Ces derniers étaient ornés de grands cercles noirs qui semblaient la regarder avec froideur. Le plafond, haut, était soutenu par de lourdes poutres qui dégageaient une forte odeur de résine.

Devant elle se tenait une femme grande et élancée, vêtue d'une longue robe noire décorée de lanières de cuir. Des bracelets et des colliers d'argent tintaient doucement à chacun de ses mouvements. Mais ce qui frappa Séra fut le cercle noir peint sur son front, identique à ceux des murs. La femme la fixait avec un sourire énigmatique qui la mit encore plus mal à l'aise.

— Je m'excuse pour la façon dont vous avez été traitée, mon enfant, dit-elle d'une voix caressante.

Puis, se tournant vers deux hommes en retrait que Séra n'avait pas remarqués, elle ajouta :

— Détachez-la !

L'un des hommes s'avança et défit les liens qui l'entravaient. Elle frotta ses poignets endoloris et essaya d'analyser la situation. Ces gens n'avaient visiblement rien à voir avec les Veilleurs.

— Qui êtes-vous ? Où suis-je ?

La femme esquissa un nouveau sourire qui n'avait rien de réconfortant.

— Je m'appelle Elysant, et tu es ici chez moi.

Séra fronça les sourcils, frustrée par cette réponse évasive.

— Pourquoi m'avoir enlevée ? demanda-t-elle avec plus d'assurance.

— Tu as été choisie, mon enfant.

Un frisson glacial parcourut la jeune fée. Dans la bouche de cette femme, cette annonce ressemblait plus à une menace qu'à un privilège. La prêtresse fit un pas en avant, la fixant de son regard perçant.

— La prophétie a annoncé ta venue, continua Elysant comme si elle s'adressait à une foule invisible.

D'un geste lent, elle tendit une main vers l'aile de Séra, mais cette dernière recula instinctivement, évitant tout contact. Elysant n'insista pas et laissa retomber son bras.

— Grâce à toi, reprit-elle avec ferveur, nous allons purifier le monde de ses péchés et entrer dans une nouvelle ère !

Chapitre 27

— Dépêche-toi ! insista Eden en tirant frénétiquement sur ses liens.

— Si tu arrêtais de bouger, ça irait plus vite ! grogna Thornan. Tu as déjà essayé de défaire des nœuds avec des pattes en tissu ?

Eden s'efforça de canaliser sa frustration. Chaque seconde qu'il passait attaché leur faisait perdre un temps précieux. Séra avait disparu, et il se sentait impuissant, piégé par ces maudites cordes. Enfin, Thornan parvint à libérer ses mains. Eden arracha lui-même les liens de ses chevilles avant de se précipiter vers Phil pour le détacher à son tour.

— On doit partir, maintenant, retrouver Séra ! dit-il. Elle est en danger !

— Calme-toi, gamin ! dit Thornan. Tu ne peux pas foncer tête baissée. On ne sait même pas qui l'a emmenée, ni où.

— Ils sont partis par là ! dit-il en pointant du doigt les traces de pas dans la terre. Et je ne vais pas rester là à attendre sans rien tenter !

— Il y a plus important à faire, répondit Thornan d'un ton froid. Nous devons nous rendre au fort d'Éther et nous n'avons pas besoin de Séra pour cela.

Les mots du sorcier frappèrent Eden comme un coup de poing. « Nous n'avons pas besoin de Séra. » Comment pouvait-il être aussi insensible ? Une rage sourde monta en lui. Il avait toujours su que Thornan n'était pas quelqu'un de bienveillant, mais entendre ces mots confirmait à quel point il était égoïste. Séra, Phil, lui… Thornan ne se préoccupait que de son propre intérêt.

— Tu veux l'abandonner ? s'écria-t-il, la voix brisée sous le poids de l'émotion. Après tout ce qu'on a traversé ensemble ? Il n'y a donc plus rien de bon en toi ?

— Je te l'ai déjà dit, nous n'avons pas de temps à perdre, rétorqua Thornan avec une pointe d'agacement. Si tu veux jouer les héros ensuite, libre à toi. Mais d'abord, tu dois remplir ta part du contrat et me ramener chez moi.

— Dans ce cas, tu vas devoir trouver un autre magicien avec une baguette pour te rendre ton corps, dit le jeune homme d'un ton glacial. Parce que nous n'irons nulle part sans Séra.

Avec une détermination inébranlable, Eden défia le sorcier du regard. Il n'était pas question de renoncer.

Thornan le fixa longuement. Finalement, il leva les yeux au ciel comme s'il faisait face à un enfant capricieux.

— Très bien, grogna-t-il, allons chercher ta copine.

— J'ai vu quelque chose, dit soudainement Phil, pendant l'attaque… L'un des types avait un cercle noir peint sur le front. C'était bizarre. Je n'ai pas bien vu, mais ça m'a marqué.

— Manquait plus qu'eux… dit Thornan. Je sais où elle est.

— Tu sais où elle est ? Qui sont ces gens ? s'enquit Eden.

— Tu veux perdre du temps à m'écouter parler ou bien aller la sauver ? Je croyais que tu étais pressé… Mettons-nous en route, je vous expliquerai en chemin. La bonne nouvelle, c'est que ça ne nous fera pas faire un gros détour.

Eden acquiesça et ils rassemblèrent leurs affaires en hâte. Le jour n'était pas encore levé quand ils se mirent en route.

— Je t'écoute, dit Eden, où est Séra ? Qui l'a emmenée ?

— La confrérie du Portail, répondit Thornan avec mépris. Une bande de fanatiques qui vénèrent le portail comme une bénédiction. Selon eux, la magie est impure, et les arcanophages sont les instruments d'une purification divine. Je ne compte plus les fois où ils ont été chassés par les gardes pour avoir essayé de s'introduire dans les jardins du fort et d'atteindre le Portail noir. Mais je pensais qu'ils avaient abandonné leurs activités depuis longtemps.

— Si le Haut Conseil savait pour cette confrérie, pourquoi ne les a-t-il jamais arrêtés ? s'étonna Eden.

— Parce que c'est juste une bande d'illuminés, répondit Thornan d'un ton las. Le Haut Conseil savait très bien que leurs croyances, basées sur des mensonges, ne pouvaient pas faire de réel mal.

— Pourquoi capturer Séra ? Que lui veulent-ils ? insista Eden.

— Ils ont dû voir son aile. Ces fanatiques ont une prophétie : selon eux, un être doté de magie ouvrira à nouveau le portail… en étant sacrifié.

— Un… sacrifice ? balbutia Phil, horrifié.

Eden ne répondit pas, mais à l'intérieur, il était fou de rage. Il ne pouvait pas croire que Thornan ait envisagé de laisser Séra entre leurs mains.

— Que s'est-il passé, il y a cent ans ? demanda-t-il brusquement. Est-ce vraiment toi qui as ouvert ce portail ?

— Je n'ai pas envie de parler de ça.

— Je veux savoir, insista Eden.

— Tu n'as qu'à ouvrir un livre d'histoire ! Tu n'es pas allé à l'école ? Ton grand-père ne t'a jamais raconté les actes héroïques du grand Akilius Greenhaven ?

— Je veux entendre ta version.

— Personne ne s'intéresse à la version des perdants.

— S'ils ont menti sur la magie, ils ont très bien pu mentir sur le reste.

— Ils ont menti sur beaucoup de choses, gamin. Mais pas là-dessus. Oui, j'ai ouvert ce portail. Qu'est-ce que tu croyais ? Que parce que le Haut Conseil n'est pas aussi vertueux qu'il le prétend, ça faisait de moi le héros de l'histoire ? Désolé de te décevoir, mais le monde n'est pas divisé entre gentils et méchants. Une guerre c'est juste des salauds qui se battent contre d'autres salauds, et tout ce que les gens peuvent espérer, c'est que les moins mauvais gagnent.

— Et est-ce que les moins mauvais ont gagné ? demanda Eden.

Thornan haussa les épaules et répondit d'un ton plus doux :

— Probablement…

Eden n'insista pas. Malgré les paroles du sorcier, quelque chose ne collait pas. Certes, Thornan pouvait se révéler abject. Il l'avait encore prouvé en proposant d'abandonner Séra. Pourtant, Eden avait vu un autre aspect de lui. Il se souvenait de sa réaction face au désespoir des habitants du village des Cendres. Thornan avait laissé tomber sa froideur habituelle pour montrer de l'empathie, même brièvement. Cela ne correspondait pas à l'image d'un homme aveuglé par la folie ou le pouvoir. Thornan Calrend était peut-être bien des choses, mais il n'était pas fou.

Lorsque l'aube pointa enfin à l'horizon, ils quittèrent la route principale pour emprunter un sentier qui s'enfonçait dans un sous-bois.

— Par là, dit le sorcier en désignant une zone couverte de hautes herbes et de fougères. Nous sommes presque arrivés. Soyez discrets.

À peine s'étaient-ils enfoncés dans les broussailles que deux hommes vêtus de cuir noir traversèrent le sentier. Derrière le feuillage dense se dressait un petit village de maisons de bois niché au cœur d'une clairière. Les habitations, bien que simples, semblaient solides, avec des toits de chaume et des murs bien entretenus. Des silhouettes vêtues de noir se déplaçaient entre les bâtiments. Toutes portaient un cercle noir peint sur le front.

Au centre du village, un grand bâtiment circulaire dominait les autres. Devant l'entrée, deux gardes capuchonnés montaient la garde, immobiles comme des statues.

— Quelqu'un a un plan ? chuchota Phil. Nous ne sommes que trois… enfin, disons deux, et je ne me suis jamais servi d'une arme !

— J'ai mon arbalète, répondit Eden. Je pourrais essayer d'en abattre quelques-uns, mais il doit y avoir au moins une centaine de personnes ici. Ils sont beaucoup trop nombreux.

— Laisse tomber ce jouet, trancha Thornan. Vous avez quelque chose qu'ils n'ont pas et qui vous donne un énorme avantage : la magie. Faites exactement ce que je vous dis, et vous aurez peut-être une chance de sauver Séra.

Chapitre 28

Séra se débattait en vain tandis qu'on la saisissait fermement par les bras. Ses assaillants la traînèrent dans une autre pièce où deux femmes attendaient. Leur visage, totalement neutre, ne reflétait aucune émotion. Séra ouvrit la bouche pour supplier, mais sa voix mourut entre ses lèvres.

La pièce était étroite, sombre, avec une seule issue gardée par deux hommes armés, rendant toute tentative d'évasion vaine. Séra sentit la panique monter. Ils allaient la tuer. Pas maintenant, mais bientôt. Une terreur glacée s'insinua dans ses pensées.

Les femmes s'approchèrent et commencèrent à la dévêtir sans un mot en ignorant ses faibles protestations. L'une était grande et fine, ses longs cheveux gris soigneusement tressés en une natte serrée qui tombait sur son épaule. Son visage anguleux était marqué de légères cicatrices autour des yeux. Elle portait une robe noire simple, mais au col orné de petits pendentifs en forme de cercles gravés. L'autre femme, plus petite et plus jeune, avait des cheveux noirs rasés sur un côté, laissant visible un tatouage complexe qui serpentait jusqu'à sa tempe. Son expression était tout aussi froide, mais ses mouvements plus incertains et elle jetait souvent des regards à son aînée, comme pour chercher son approbation.

Bientôt, elle se retrouva entièrement nue. Le froid de la pièce mordait sa peau, accentuant une vulnérabilité qu'elle n'avait jamais ressentie aussi profondément. Une tenue faite de fines lanières de cuir noir fut glissée sur son corps. La « robe » laissait son ventre dénudé et elle se sentit encore plus dévêtue avec que sans. Le contact rêche du cuir lui donna envie de vomir, mais elle refoula sa nausée et se concentra pour garder une certaine contenance.

Terrifiée, Séra regardait les femmes évoluer autour d'elle avec une précision mécanique. Elles refusaient de croiser son regard, elle n'était qu'un objet, une étape dans une cérémonie dont elle ignorait encore toute l'horreur. Par moments, leurs yeux s'attardaient sur son aile, avec un mélange de curiosité et de dégoût, comme s'il s'agissait d'une malformation.

À l'aide d'une peinture épaisse et sombre, elles tracèrent des symboles complexes sur ses bras et ses jambes. Puis, soigneusement, elles dessinèrent un grand cercle noir sur son ventre. Quand les deux femmes eurent terminé, elles échangèrent un bref regard et firent signe aux gardes. Séra fut de nouveau saisie et traînée sans ménagement dans la vaste pièce principale.

Au centre de la salle trônait un grand socle circulaire, lui aussi peint en noir. Sans attendre, les gardes l'y allongèrent. Elle tenta de résister, de lutter, mais ses forces étaient insuffisantes. Les sangles de cuir mordirent sa peau tandis qu'ils l'attachaient solidement par les poignets et les chevilles. Elle tira de toutes ses forces, mais les liens ne bougèrent pas. Elle était prisonnière.

Pas encore, se dit-elle en se remémorant avec douleur la dernière fois qu'elle s'était retrouvée attachée ainsi. Allaient-ils lui prendre son autre aile ? L'idée de revivre cette douleur la fit frissonner. Son cœur battait si fort qu'elle crut qu'il allait éclater.

Elle tourna la tête pour voir ce qu'il se passait autour d'elle et aperçut une masse sombre qui entrait dans la pièce. Des dizaines de silhouettes vêtues de robes noires, le visage masqué par un capuchon, se glissaient dans la salle. Elles formaient un cercle autour d'elle, parfaitement silencieuses à l'exception de quelques murmures étouffés.

Les chuchotements furent interrompus par l'arrivée d'Elysant. Drapée elle aussi dans une robe noire mais ornée de motifs complexes, la prêtresse avançait vers elle. Ses bras s'élevèrent gracieusement, comme pour invoquer une puissance invisible, tandis que ses yeux, emplis d'une ferveur inquiétante, brillaient à la lumière des torches.

Séra sentit un frisson glacé parcourir son échine lorsque le regard d'Elysant se posa sur elle. Il ne s'agissait pas d'un simple regard : c'était une lame, froide et acérée, qui la traversait de part en part. Elysant s'approcha en faisant cliqueter ses bijoux d'argent. Une pensée froide et terrifiante s'imposa à elle : elle ne s'en sortirait pas vivante.

— Mes enfants, l'heure est enfin venue, annonça Elysant. La prophétie va se réaliser, et par ce sacrifice, le portail s'ouvrira de nouveau. Nous serons témoins de la purification du monde et de sa renaissance.

Une adepte s'approcha avec entre ses mains un écrin de velours rouge sur lequel reposait une dague en argent finement décorée de gravures. Elysant la saisit avec délicatesse et la souleva pour la présenter à l'assemblée. Un murmure d'approbation parcourut la foule. Séra tira de toutes ses forces sur ses liens en hurlant de terreur.

— Non ! Laissez-moi ! Non ! Vous vous trompez ! Ce ne sont que des mensonges ! Utiliser la magie ne provoque pas l'ouverture du portail !

Mais ses supplications restèrent vaines. Elysant leva la dague au-dessus de Séra, psalmodiant des incantations dans une langue gutturale, étrangère à la jeune fille. Sous la lueur dansante des torches, la lame scintillait, prête à s'abattre. Elle ferma les yeux et attendit le coup fatal. La voix d'Elysant s'intensifia et le rythme de ses incantations emplit l'air d'une vibration sinistre.

Mais tout à coup, un bruit de lutte éclata à l'arrière de la pièce, interrompant le rituel. Séra ouvrit les yeux, désorientée, cherchant du regard la source de la confusion. D'épaisses lianes jaillissaient des murs et du sol. Des dizaines d'adeptes furent entraînés violemment à terre et les lianes s'enroulèrent autour de leur corps. D'autres furent pris par des flammes soudaines, tentant de fuir en hurlant de douleur. La salle entière bascula dans un chaos indescriptible.

Perdue, Séra hésitait entre soulagement et terreur. Ce tumulte inattendu lui offrait au moins quelques précieuses minutes de répit, même si elle restait incertaine du sort qui l'attendait. Puis, au milieu des flammes et des lianes déchaînées, une silhouette familière se dessina devant elle.

— Je vais te sortir de là ! cria Eden par-dessus le vacarme.

Séra sentit une bouffée de soulagement. Elle n'avait jamais été aussi heureuse de le voir. Eden commença à défaire ses liens. Folle de rage, Elysant hurla des ordres à deux gardes qui se ruèrent sur lui. Mais d'un coup de baguette, le magicien projeta deux poings d'air qui frappèrent les hommes de plein fouet, les envoyant s'écraser violemment contre les murs.

Enfin libre, Séra se redressa et sauta du socle. Eden l'attrapa par la main et la tira vers la sortie à travers le chaos. Ils esquivèrent les adeptes pris dans les flammes et les lianes rampantes qui envahissaient le bâtiment. Mais alors qu'ils approchaient de la porte, Elysant surgit devant eux, une fureur démente dans les yeux. Brandissant la dague, elle se jeta sur eux dans un cri féroce.

Eden tenta de réagir avec sa baguette, mais il était trop tard. La lame s'abattit violemment. Séra sentit une douleur vive transpercer sa poitrine. Elle porta une main tremblante à son torse et sentit le sang chaud s'écouler entre ses doigts. Son regard croisa celui d'Eden. Elle tenta de dire quelque chose, mais aucun son ne sortit de sa bouche. Sa vision se brouilla, ses jambes fléchirent, et elle s'effondra lourdement sur le sol.

CHAPITRE 29

— Nooon ! hurla Eden.

Il se jeta sur la prêtresse et la plaqua violemment au sol. Sa baguette pointée sur sa gorge, il appuya avec une telle force que le bois entama la chair. La femme ne chercha pas à se débattre. Un sourire mauvais se dessina sur ses lèvres.

— Tu peux me tuer si tu veux, dit-elle, ça ne changera rien. J'ai accompli mon devoir. La prophétie va se réaliser. Le monde sera purifié par ma main, et tous ceux de ton espèce périront.

Autour d'eux, un calme sinistre s'était installé, bien qu'éphémère. Les flammes qu'il avait invoquées et les lianes de Phil avaient décimé les adeptes de la confrérie du Portail. Cependant, ces mêmes flammes, devenues incontrôlables, commençaient à ronger les murs, tandis qu'une épaisse fumée envahissait progressivement l'air.

Tout cela n'avait aucune importance. Plus maintenant. Plus rien n'avait d'importance. Tout son être était focalisé sur la prêtresse, cette femme qui avait pris la vie de Séra pour des croyances insensées. Elle devait mourir. Non, elle devait souffrir.

— Eden ! Eden, que s'est-il passé ? Oh, par tous les dieux, Séra ! s'écria Phil en tombant à genoux près du corps inerte de la jeune fille.

Le visage tordu de panique, il la prit délicatement dans ses bras.

— Il faut partir d'ici, gamin ! Vite ! dit Thornan, perché sur l'épaule du faune.

— Prenez Séra et sortez, je vous rejoins, grogna Eden sans même les regarder.

Phil hésita, il jeta un dernier coup d'œil au garçon, puis, serrant la fée contre lui, il disparut dans la fumée. Eden, consumé par une rage sourde, intensifia la pression de sa baguette. Une décharge de magie soutira à la prêtresse un cri inhumain qui couvrit un instant le bruit de l'incendie.

— Arrête ça, gamin ! intervint Thornan, resté sur place.

Eden ne remarqua même pas sa présence, ou du moins, choisit de l'ignorer. La colère montait en lui, se libérant en vagues successives à travers sa baguette, chaque assaut arrachant des hurlements plus stridents à la femme.

— Je sais que tu es en colère, mais ça ne sert à rien ! reprit Thornan d'un ton inhabituellement dénué de sarcasme.

Il s'interposa entre Eden et sa victime et leva une patte pour capter son attention.

— Eden. Regarde-moi.

Le jeune magicien prit conscience, dans un éclair de lucidité, que le sorcier l'appelait par son prénom pour la première fois.

— On a déjà tué tous les autres ! cria-t-il. Quelle différence cela fait-il ?

Il voulait parler avec force, mais les mots se bloquèrent dans sa gorge et un sanglot secoua son corps.

— Il y a une différence entre tuer pour se défendre et torturer quelqu'un, répondit Thornan, toujours calme. On était venus chercher Séra. On n'a plus rien à faire ici, il faut partir. Le bâtiment va s'effondrer d'un instant à l'autre.

Comme pour appuyer ses propos, une poutre craqua d'une manière lugubre et des débris enflammés tombèrent autour d'eux. Mais Eden ne bougea pas, incapable de détourner son attention de la prêtresse qui haletait, la chair calcinée et à vif.

— Elle a tué Séra ! gronda-t-il en ramenant sa baguette contre la gorge de la femme, prêt à infliger une nouvelle vague de douleur.

Le feu de la vengeance brûlait en lui, et rien d'autre n'importait. Thornan s'approcha de lui davantage.

— Écoute-moi, Eden. Regarde-moi. Tu veux savoir pourquoi j'ai ouvert ce portail ? C'était pour mon fils.

Intrigué par les confidences du sorcier, Eden relâcha légèrement la pression.

— Il était mourant, atteint d'arcanolepsie. J'avais déjà perdu la femme que j'aimais, je ne pouvais pas supporter qu'il subisse le même sort. J'étais fou de rage, prêt à tout. J'ai ouvert ce portail en pensant y trouver un remède, mais j'ai appelé des forces que je ne maîtrisais pas. Ce jour-là, j'ai détruit des milliers de vies.

Eden le regardait, pétrifié. Thornan continua :

— Je m'en fichais. Une seule vie comptait pour moi. Une seule. J'étais prêt à mettre le monde à feu et à sang pour parvenir à mes fins. Mais ça n'a servi à rien. Je ne suis pas quelqu'un de bien, gamin, ne commets pas les mêmes erreurs.

Eden regarda tour à tour le sorcier et la prêtresse qui se tordait toujours de douleur. Peu à peu, il abaissa son arme. La femme, haletante, porta ses mains à sa gorge, de laquelle pendaient des lambeaux de chair calcinée. Eden détourna les yeux. Sa rage avait été remplacée par une froide indifférence.

— On doit partir, dit Thornan. Maintenant.

Reprenant ses esprits, Eden balaya la pièce du regard. Des langues de feu dévoraient le plafond, et la fumée envahissait l'air, rendant chaque respiration plus pénible. Il attrapa le lapin et courut vers la sortie. À peine avait-il franchi la porte qu'une énorme poutre céda dans un craquement sinistre, entraînant toute la structure dans son effondrement. Une masse de flammes et de cendres jaillit derrière lui et il fut projeté au sol.

Sa tête tournait dangereusement. Il peinait à reprendre son souffle, ses pensées étaient floues. Une voix lointaine l'appelait, mais il était incapable de répondre. Était-ce une hallucination ? Ou bien quelqu'un était-il réellement là ? Il sentit des mains l'agripper, le soulever. Trop épuisé pour résister, il se laissa faire et sombra dans une semi-conscience.

Un choc froid. Il sentit de l'eau couler sur son visage.

— Eden ! Eden, tu dois te réveiller !

Une autre gerbe d'eau lui fouetta les joues, suivie de secousses insistantes.

— Séra a besoin de toi ! Réveille-toi !

Le nom de son amie perça le brouillard dans son esprit. Il ouvrit lentement les yeux, en grimaçant. Sa tête lui tournait encore, et un haut-le-cœur lui monta à la gorge. Il tenta de se redresser, mais chaque fibre de son corps protestait violemment.

— Où… suis-je ? murmura-t-il.

Une violente quinte de toux l'empêcha d'entendre la réponse. Sa gorge brûlait à cause de la fumée inhalée. Une main bienveillante lui tendit une gourde, qu'il vida avidement. L'eau apaisa un peu l'incendie dans sa gorge. Progressivement, ses sens revinrent. Il réalisa qu'il était assis contre un rocher, au bord d'un ruisseau. Phil et Thornan étaient là, le regard fixé sur lui, inquiets.

— Séra… ? demanda-t-il.

— Elle est vivante, mais gravement blessée. J'ai fait ce que j'ai pu pour arrêter l'hémorragie, mais…

Eden ne laissa pas Phil finir. Ignorant la douleur qui irradiait tout son corps, il rampa maladroitement jusqu'à la fée, étendue un peu plus loin sur le sol. Un large bandage lui barrait les flancs, mais le tissu était imbibé de sang. Eden posa une main sur elle. Sa poitrine se soulevait faiblement, elle ne tiendrait pas longtemps. Les larmes lui vinrent aux yeux. Il attrapa la main de Séra, froide et immobile dans la sienne.

— Je n'aurais jamais dû l'entraîner là-dedans, dit-il tout bas, elle aurait dû rester chez ses parents… Elle aurait dû vivre.

Thornan s'approcha :

— Tu sais très bien que ce n'est pas ce qu'elle voulait, rappela-t-il calmement.

Eden essuya ses larmes d'un geste rageur et sortit sa baguette.

— Dis-moi comment la sauver ! exigea-t-il.

— Tu ne pourras pas.

— Les magiciens ont toujours été des guérisseurs, ils utilisaient la magie pour soigner ! Dis-moi comment faire !

— C'est vrai, mais ce sont des sorts extrêmement difficiles à maîtriser. Sa blessure est trop grave, et tu manques d'expérience. Tu n'y arriveras pas. Même un magicien expérimenté aurait peu de chance de la sauver.

— Je dois essayer ! vociféra-t-il. Tu dois me comprendre, si ce que tu as dit est vrai ! Alors, montre-moi comment !

Thornan l'observa longuement avec une gravité inhabituelle.

— Il n'y a rien de complexe à comprendre, expliqua-t-il. Tu dois pointer ta baguette vers la blessure et te concentrer uniquement sur ta volonté de la guérir. Mais… pour guider la magie, tu dois connaître l'anatomie en détail. Sans cela, la magie risque de faire plus de mal que de bien.

Eden écoutait attentivement, il était prêt à tout pour la sauver.

— Mais comme ta magie manque de puissance et de précision, continua le sorcier, ce sera long. Très long. Et incroyablement douloureux pour elle. Tu risques de prolonger sa souffrance, sans garantir qu'elle survive. Peut-être serait-il plus clément de…

— Non ! coupa Eden.

Thornan secoua la tête. Ce qu'il pouvait bien en penser n'avait aucune importance. Eden ne pouvait pas se résoudre à la laisser mourir. Pas sans rien faire. Il dénoua délicatement le bandage autour de la plaie. La blessure saignait toujours. Il déglutit et attrapa sa baguette. De l'autre main, il saisit celle de Séra. Une larme coula sur sa joue. Il ferma les yeux et prit une profonde inspiration.

Le bruit de l'eau, le vent dans les arbres, le chant des oiseaux, tout devint un bourdonnement sourd qu'il repoussa au loin. Il repensa à la toute première leçon que le sorcier lui avait donnée, il devait faire le vide. Il força son esprit agité à se taire et imagina une clairière immense et paisible. Séra était allongée en son centre, immobile, vulnérable. Autour d'elle, il fit disparaître un à un les éléments distrayants : les oiseaux, les arbres, jusqu'au moindre brin d'herbe, ne laissant qu'eux deux, seuls dans cet espace hors du temps.

Il visualisa la plaie et laissa s'écouler sa magie. Mais c'était plus compliqué qu'il ne l'avait imaginé. À l'intérieur de son esprit, tout était flou, indistinct. Sa connaissance de l'anatomie était trop limitée. Il serra plus fort la main de Séra et ajusta son approche. Il se concentra sur le corps dans son ensemble. Remettre chaque chose à sa place. Un premier flux de magie s'échappa de sa baguette, cela avait l'air de fonctionner. Encouragé, il laissa plus d'énergie s'écouler, priant intérieurement pour que cela suffise.

Puis, soudain, quelque chose changea.

Une brume noire envahit la clairière mentale qu'il avait créée et s'empara de Séra. L'ombre, implacable, s'accrochait à chaque parcelle de vie en elle. Eden comprit instantanément ce que c'était : la mort, froide et déterminée, était en train de la revendiquer. Elle progressait à une vitesse effrayante, engloutissant la jeune fille dans les ténèbres.

— Non, non, non !

Abandonnant son travail sur la plaie, il détourna toute sa magie pour contrer cette force obscure, et envoya une vague d'énergie pour faire reculer la brume noire. Mais chaque fois qu'il la repoussait, elle revenait, plus dense, plus vorace. Elle avançait comme une marée montante, inévitable, submergeant tout sur son passage. Il entendit la voix de Thornan au loin, insistante.

— Eden ! Arrête ! Tu vas te tuer !

Mais Eden ne voulait rien savoir. Il ne pouvait pas se permettre d'écouter. Pas maintenant. Pas alors qu'il sentait la vie de Séra glisser entre ses doigts.

Il prit une grande inspiration et rassembla tout ce qui lui restait d'énergie, de volonté, de magie. Sa baguette s'illumina d'un éclat fébrile. Il se concentra sur Séra, sur la vie qu'elle avait en elle : son cœur battant, son sourire qu'il aimait tant. Il visualisa la lumière de sa vie, fragile, mais encore là, et la saisit dans son esprit comme un feu qu'il refusait de laisser s'éteindre.

— Tiens bon… Tiens bon ! implora-t-il.

Une lumière blanche intense émana d'un coup de sa baguette et éclata dans l'air comme une étoile naissante. Elle se répandit autour de lui et de Séra, et illumina la clairière de son esprit d'une clarté aveuglante. Eden sentit ses forces l'abandonner, mais il résista une seconde de plus, une fraction supplémentaire, espérant que cela suffirait.

Puis, enfin, ses forces le quittèrent totalement. La lumière se dissipa aussi brusquement qu'elle était apparue. Sa baguette glissa de ses doigts inertes. Vidé, il perdit connaissance et s'effondra aux côtés de Séra.

Chapitre 30

— Eden ? Eden, tu m'entends ?

Cette voix… Il la connaissait, mais d'où ? Elle était si douce… Il voulut la suivre, mais elle semblait venir de nulle part. Et la suivre comment ? Comment se déplacer dans un endroit où l'on n'a pas de corps ?

— Eden ! reprit la voix, plus pressante.

Elle devenait plus forte, plus tangible, comme une lueur dans l'obscurité. Elle s'enroula autour de lui, le tira. Peu à peu, il sentit le néant s'effacer, et la conscience de son corps lui revint. Lourd. Douloureux. Il ouvrit les yeux.

— Eden !

La voix, désormais bien réelle, s'accompagna d'une silhouette qui se jeta sur lui pour le serrer dans ses bras. Il enfouit sa tête dans une longue chevelure brune. Il lui rendit d'abord son étreinte, avant de la repousser doucement en retrouvant pleinement ses esprits.

— Séra ? murmura-t-il, incrédule.

La jeune fille lui sourit. *Ce sourire…* Il la reprit dans ses bras, cette fois incapable de retenir ses larmes.

— Tu es vivante ! Ou bien… est-ce moi qui suis mort ? s'enquit-il, soudain inquiet.

Elle éclata de rire.

— Tu es bien vivant, dit Thornan d'un ton rageur. Mais je ne comprends toujours pas comment c'est possible. Tu es complètement cinglé !

— Que s'est-il passé ? demanda Eden, encore perdu. J'essayais de soigner sa blessure et… il s'est passé quelque chose.

— Ton sort de soin était catastrophique ! Voilà ce qu'il s'est passé ! Même inconsciente, on pouvait voir que la pauvre souffrait le martyre. La mort est venue la chercher. C'en était terminé. Mais non ! Tu as décidé de faire quoi ? De vaincre la mort !

Le sorcier faisait les cent pas, visiblement très en colère.

— Sais-tu à quel point ce que tu as fait était stupide et dangereux ?

Eden, ignorant la colère de Thornan, se tourna vers Séra.

— Je suis désolé si je t'ai fait souffrir… dit-il en lui prenant tendrement les mains.

— Je n'en ai aucun souvenir, répondit-elle avec un faible sourire. Je me souviens du rituel, de notre fuite, et ensuite… plus rien. Je me suis réveillée ici.

Elle marqua une pause et plongea ses grands yeux verts dans les siens. Eden ne savait pas s'il préférait ses yeux ou son sourire. Ne sachant où poser son regard, il se sentit idiot une nouvelle fois et baissa la tête.

— Tu m'as sauvé la vie, dit-elle, merci.

Eden lui rendit timidement son sourire puis, mal à l'aise, reporta son attention sur Thornan.

— Je ne comprends pas pourquoi tu es en colère, dit-il au sorcier. J'ai réussi, c'est tout ce qui compte, non ?

— Tu n'aurais pas dû réussir ! rétorqua Thornan. Le combat que tu as mené…

Le sorcier s'interrompit, hésitant, avant de secouer la tête.

— Laisse tomber. Tu es un sale gamin têtu. On a assez perdu de temps. Allons-y.

— Je crois qu'il s'est inquiété pour toi… murmura Phil à son oreille.

Les survivants de la secte avaient probablement pris la fuite et ce qu'il restait du village de la confrérie était désert. Ils en profitèrent pour faire le plein de provisions avant de reprendre la route principale en direction du fort d'Éther.

— Alors, c'était toi, ces lianes ? demanda Séra, visiblement impressionnée.

— Il aurait été indigne de moi de tourner le dos à une demoiselle en détresse, répondit le faune en s'inclinant maladroitement.

Eden profita des pitreries de Phil pour s'éloigner avec Thornan. Maintenant que le calme était revenu, les paroles du sorcier revenaient dans son esprit. Il voulait en savoir plus.

— À propos de ce qu'il s'est passé avec la prêtresse… et de ce que tu m'as raconté… commença-t-il, d'un ton hésitant.

— J'ai dit ce que j'ai dit pour que tu arrêtes tes conneries. Il n'y a rien d'autre à ajouter, répondit sèchement Thornan.

— Pourquoi ont-ils caché aux gens les raisons qui t'ont poussé à faire ça ?

— Sans doute parce que ça ne s'alignait pas avec leur idéologie.

— Tous ces mensonges… Pourquoi n'as-tu jamais essayé de rétablir la vérité ? De te battre ?

Thornan se tourna vers lui, les yeux brûlants de colère.

— Parce que ça ne change rien à ce que j'ai fait ! cria-t-il. Maintenant, je ne veux plus jamais en entendre parler, c'est clair ?

Eden soutint son regard, mais finit par acquiescer.

— Très clair.

Il aurait aimé en apprendre davantage sur la guerre, sur les véritables motivations du sorcier, mais Thornan n'était visiblement pas d'humeur aux confidences.

— Il y a une bifurcation un peu plus loin, dit finalement ce dernier. Nous allons devoir quitter la route avant. Le Haut Conseil fait surveiller le fort et ses environs jour et nuit, mais je connais un passage.

La route obliquait vers l'ouest et contournait la forêt des Ombrunes qui s'étendait derrière le fort d'Éther, jusqu'aux flancs de la montagne. Ils avaient quitté la confrérie du Portail depuis trois jours et devaient atteindre leur destination avant la fin de la journée. *Et après ?* se demanda Eden. Il avait été si focalisé sur cette étape qu'il n'avait pas pris le temps de réfléchir à ce qui viendrait ensuite.

Ils allaient se retrouver à l'autre bout du royaume, loin de tout, sans aucune piste pour trouver une faction rebelle… si tant est qu'une telle faction existât vraiment.

Quelque chose d'important allait se jouer au fort, il en était certain. Cela concernait le portail, il comprenait cette partie grâce à sa vision, mais quel lien avec l'homme en rouge ? Et avec la mort de ses parents ? Cette foutue voyante lui avait apporté plus de questions que de réponses. Mieux valait se concentrer sur une chose à la fois : rendre son corps au sorcier, emmener tout le monde au portail, et… voir ce qu'il s'y passerait.

— On quitte la route ici, dit Thornan en désignant un sentier bordé de rochers.

À peine visible sous les ronces, il serpentait vers les hauteurs de la montagne. Ils s'engagèrent sur le chemin, plus étroit et escarpé que la route principale. Le terrain accidenté ralentissait leur progression. Les pierres roulaient sous leurs pieds, les obligeant à surveiller chaque pas pour éviter de trébucher. Thornan, toujours perché sur l'épaule d'Eden, observait les environs avec attention.

— C'est ici, annonça-t-il en désignant un épais buisson. Je me sers de ce tunnel pour entrer et sortir du château sans être vu. Ces imbéciles pensent que je vis cloîtré depuis cent ans et n'ont jamais remarqué mon absence.

Séra s'avança, sa dague à la main, et tenta de se frayer un chemin à travers les ronces. Les épines s'accrochaient à ses vêtements et griffaient sa peau. Après des efforts infructueux, elle renonça.

— C'est impraticable, dit-elle en examinant ses mains égratignées.

— Laisse-moi essayer, répondit Phil en sortant sa flûte.

Le faune ferma les yeux et porta l'instrument à ses lèvres. Une mélodie douce et envoûtante s'éleva dans l'air, bien plus harmonieuse que les notes hésitantes qu'il jouait encore quelques jours auparavant. Peu à peu, les ronces s'écartèrent pour dévoiler une énorme pierre circulaire, usée par le temps, encastrée dans la paroi rocheuse.

Eden s'approcha et posa ses mains sur la pierre. Il poussa de toutes ses forces, mais elle ne bougea pas d'un millimètre.

— Viens m'aider ! lança-t-il à Phil.

Le faune le rejoignit, ils y mirent tout leur cœur, mais rien n'y fit. Eden essuya la sueur qui perlait à son front.

— On n'y arrivera pas, soupira Phil, essoufflé.

— Il y a un levier sur le côté, dit Thornan d'un ton nonchalant.

Eden se redressa et regarda le sorcier d'un air agacé.

— Tu ne pouvais pas le dire plus tôt ?

— Je voulais te voir en baver un peu, répliqua Thornan avec un sourire narquois.

Eden leva les yeux au ciel. Thornan pouvait se révéler aussi insupportable dans ses moments d'humour que dans ses colères. Il trouva le levier et le tira vers le bas. La pierre se mit à rouler, dévoilant l'entrée d'un tunnel qui s'enfonçait dans la roche. Aussitôt, une odeur nauséabonde, mélange d'humidité, de moisissure et d'eau croupie, s'échappa de l'ouverture pour envahir leurs narines.

— On va vraiment devoir entrer là-dedans ? souffla Séra en portant une main à son nez pour atténuer l'odeur.

— Si tu préfères, tu peux aller tenter ta chance à la porte principale, mais cette fois, on ne viendra pas te sauver, répondit Thornan.

— Ça ira, souffla-t-elle.

Eden ramassa une branche épaisse et y enroula un morceau de tissu pour improviser une torche. Elle n'émettait pas beaucoup de lumière, mais c'était toujours mieux que de se risquer dans l'obscurité complète.

— Quand faut y aller… dit-il.

Il leva sa torche devant lui et prit la tête du groupe. L'air à l'intérieur était encore plus vicié, si lourd et saturé d'humidité qu'ils peinaient à respirer. Eden avançait prudemment en éclairant le sol glissant recouvert d'une eau croupie et visqueuse. Les sabots de Phil produisaient un bruit de succion désagréable et le faune grognait et râlait à chaque pas.

— C'est immonde… marmonna-t-il.

— Quelque chose vient de me toucher ! s'écria soudain Séra en sursautant.

Eden leva rapidement sa torche, juste à temps pour apercevoir le coupable détaler dans l'ombre.

— Ce n'est qu'un rat, dit-il, bien qu'il ne fût pas plus ravi qu'elle à l'idée de croiser ces bestioles.

Séra se rapprocha de lui pour chercher refuge dans le faible halo de lumière. Le tunnel s'étendait à l'infini comme un boyau de pierre humide et la lueur de la torche commençait dangereusement à vaciller.

— On va bientôt se retrouver dans le noir, dit Eden.

— Ce n'est plus très long, répondit le sorcier.

Quelques minutes plus tard, la flamme hésita une dernière fois avant de s'éteindre, les laissant dans le noir complet. Ils ne pouvaient pas continuer ainsi. Eden sortit sa baguette. Il maîtrisait bien les sorts de feu désormais, il devait pouvoir éclairer leur chemin sans difficulté. Il pointa sa baguette et en fit jaillir une petite flamme.

— Non, gamin, surtout ne…

Thornan n'eut pas le temps de finir sa phrase. Le feu magique, mille fois plus chaud et plus puissant que celui d'une simple torche, embrasa une poche de gaz formée par la vase en décomposition. L'explosion en déclencha une autre, puis une autre encore. En quelques instants, la réaction en chaîne forma une énorme boule de feu qui envahit tout le tunnel.

— Courez ! hurla le sorcier.

Poursuivis par les flammes déchaînées, ils se mirent à fuir au hasard, talonnés par des milliers de rats qui détalaient entre leurs pieds. Soudain, le tunnel s'élargit avant de s'achever brusquement contre un mur de pierre. Un cul-de-sac !

— Là-haut ! cria Thornan en pointant une vieille échelle de fer rouillé fixée contre le mur.

Eden s'agrippa aux barreaux et commença à grimper, suivi de Séra et de Phil. En haut, une grille de métal bloquait le passage. Il poussa aussi fort qu'il put, s'aidant de son épaule, et parvint finalement à la déloger. Mais le choc fit tomber le sorcier.

— Thornan ! cria-t-il en essayant de le rattraper.

Il effleura la peluche sans réussir à la saisir. En bas, les flammes avaient envahi le tunnel. La chaleur était insoutenable.

— Je l'ai ! lança Phil. Bougez-vous !

Eden grimpa à travers l'ouverture et tendit une main pour aider les autres à sortir. Une fois à l'air libre, Phil jeta au sol la peluche à moitié dévorée par les flammes. Eden la piétina pour éteindre le feu.

— C'est bon ! Stop ! râla Thornan en se relevant.

La moitié de son corps était noirci, brûlé, et il lui manquait un morceau d'oreille.

— Espèce d'imbécile ! rugit le sorcier. Une boule de feu ? Dans un tunnel ? Tu voulais nous tuer ? Je savais que tu n'étais qu'un sale gamin stupide, mais là !

— Je suis désolé, dit Eden, je ne savais pas… Je pensais bien faire…

— Tu ne savais pas… Évidemment ! Quelle merveilleuse excuse que de ne jamais rien savoir !

— Je crois qu'il a compris, intervint Séra. On peut avancer ?

Thornan continua de bougonner dans son coin. L'air de la pièce, bien que chargé d'humidité et de poussière, était infiniment plus respirable que celui du passage souterrain. Une faible lumière filtrait à travers de petites lucarnes crasseuses placées haut sur les murs, éclairant l'espace juste assez pour y voir. De chaque côté de la pièce s'alignaient des cellules aux barreaux rouillés par le temps. Phil s'avança. Alors qu'il approchait d'une cellule, un craquement inquiétant retentit sous son poids. Il s'arrêta net et baissa les yeux pour découvrir l'origine du bruit.

— Oh, super… marmonna-t-il.

Eden s'approcha et découvrit avec dégoût les restes blanchis d'un squelette humain.

— C'est de mieux en mieux… J'ai hâte de découvrir notre prochaine destination, dit le faune.

— Où sommes-nous ? demanda Séra à voix basse, comme si parler trop fort risquait de réveiller les morts.

— Ce sont les cachots, répondit Thornan, et j'y enfermerai le prochain qui ose porter atteinte à ma personne.

Le sorcier désigna une grande porte en bois à l'autre bout de la salle. Contrairement aux cellules délabrées, elle avait mieux résisté à l'épreuve du temps. Ils s'engagèrent dans un couloir étroit, puis entamèrent la montée d'un escalier en colimaçon aux marches de pierre usées par les siècles. Une autre volée de marches les attendait à l'étage supérieur, et leurs jambes fatiguées commençaient à protester. Enfin, après un dédale de couloirs, ils débouchèrent dans une vaste salle.

La pièce dégageait une aura de grandeur déchue. Les plafonds hauts et voûtés rappelaient une époque où ce lieu avait été majestueux. Les murs, partiellement effrités, étaient ornés de tapisseries poussiéreuses aux motifs effacés par le temps. Une lumière tamisée se diffusait à travers de grandes fenêtres sales en projetant des éclats ternes sur le sol de pierre.

Au centre, un trône imposant, bien que couvert de poussière, se dressait sur une estrade légèrement surélevée.

Chapitre 31

— Enfin chez moi… murmura Thornan.

La salle du trône lui paraissait encore plus délabrée qu'avant son départ. Il devrait détruire ce fauteuil. Le voir le mettait toujours en colère, mais il n'avait jamais pu s'y résoudre. Ce n'était pas tellement que le pouvoir lui manquait, plutôt le souvenir de tout ce qu'il avait perdu en même temps que lui.

— Ne gaspillons pas de temps, dit-il, j'étais dans mon bureau quand le transfert a eu lieu, mon corps doit toujours y être.

Il désigna une porte massive derrière l'estrade. À moins que quelqu'un n'ait eu la brillante idée de l'enterrer… Il grimaça à cette perspective.

La porte menait à la tour où se trouvaient ses appartements. Du moins, ceux qu'il occupait depuis le siècle dernier. Avant la guerre, le château était vivant, grouillant de nobles, de serviteurs et de soldats. Mais après sa défaite, il s'était retrouvé seul maître d'un royaume désert. La plupart des ailes du fort avaient été abandonnées, leurs couloirs envahis par la poussière et le vide, et il s'était isolé dans la tour est. Enfin, pas totalement isolé. Il y avait toujours eu…

Ses pensées furent brutalement interrompues par un cri, suivi d'un bruit métallique assourdissant qui résonna dans la pièce. Il reconnut immédiatement la source du chaos.

— Hildegarde… souffla-t-il.

— Vous n'avez pas le droit d'être ici ! Sortez tout de suite ! cria la vieille femme.

Thornan n'eut que quelques secondes pour la voir émerger de l'ombre, armée d'une poêle en fonte qu'elle brandissait avec la détermination d'un général partant au combat.

— Hildegarde, c'est moi ! Posez cette poêle ! dit Thornan.

La servante s'immobilisa, l'arme toujours levée.

— M… M… Monseigneur ? articula-t-elle.

Elle baissa légèrement sa poêle, le regard oscillant entre Thornan et le reste du groupe, l'air perdu.

— Oui, Hildegarde, c'est bien moi. Et ces jeunes gens sont là pour m'aider.

— Mais… comment… ? bredouilla-t-elle, visiblement troublée.

— C'est une longue histoire, que je vous raconterai plus tard, autour d'une tasse de thé, dit-il d'un ton qui se voulait apaisant. Maintenant, dites-moi où est mon corps.

Les yeux d'Hildegarde s'emplirent de larmes et elle porta une main tremblante à ses lèvres.

— Oh, par tous les dieux, monseigneur… c'est bien vous ! J'ai cru ne jamais vous revoir ! Je vous ai retrouvé inconscient sur le sol et je ne savais pas quoi faire… Je… Je…

— Hildegarde ! l'interrompit Thornan. Tout va bien maintenant, je suis là. Où est mon corps ?

La vieille femme essuya ses yeux avec le revers de sa manche.

— Dans votre bureau, monseigneur. Je n'ai pas pu vous déplacer, vous êtes beaucoup trop lourd. Peut-être que si vous ne mangiez pas autant de cake au beurre…

— Bien, bien… vous avez fait ce qu'il fallait. Merci, coupa-t-il rapidement.

Thornan fit signe à Eden d'emprunter l'escalier en colimaçon qui montait vers la tour. Hildegarde, fidèle à elle-même, ne resta pas silencieuse bien longtemps. Elle les suivit de près en continuant de parler sans interruption.

— Ce bureau est plein de courants d'air, je n'ai pas arrêté de lui dire, mais vous croyez qu'il m'écouterait ? Bien sûr que non, c'est une vraie tête de mule, depuis qu'il est tout petit. Alors comme ça, vous êtes des amis de Thornan ? C'est bien qu'il se fasse des amis…

Phil et Séra échangèrent un regard complice, peinant à contenir leur rire. Thornan leur lança un œil noir.

— Hildegarde, ce n'est pas le moment, dit-il sèchement.

Mais rien ne pouvait faire taire la vieille intendante. Elle poursuivit son monologue en ignorant superbement les protestations de son maître.

En haut des escaliers, Thornan désigna d'un signe de tête la porte massive de son bureau. À l'intérieur, il retrouva enfin le parfum familier de vieux papier mêlé à celui des herbes séchées. C'était le seul endroit où il se sentît bien. Si on pouvait qualifier les choses ainsi. Mais un détail le dérangea : tout était trop propre, trop ordonné. Hildegarde… pensa-t-il avec agacement.

Son regard fut rapidement attiré par une forme immobile, à moitié dissimulée derrière la grande table. Là, devant lui, gisait son propre corps. L'étrangeté de la scène le frappa de plein fouet. Il resta sans bouger un instant, envahi d'un mélange de fascination et de malaise. Se voir ainsi… de ses propres yeux…

Son corps était affaissé, inerte, et son visage aussi pâle que celui d'un cadavre. Les muscles relâchés, les mains posées sagement sur le torse, on aurait dit une statue funéraire. Une épaisse couverture remontait jusqu'à ses épaules, et sa tête reposait sur un oreiller. Hildegarde… pensa-t-il une nouvelle fois. Il ne pouvait détacher son regard de lui-même. Est-ce vraiment à ça que je ressemble maintenant ? Il se sentait loin de l'homme puissant et imposant qu'il avait été autrefois.

— Eh bien… je dois dire que je t'imaginais… différemment, lança Eden.

Thornan ignora la remarque. En un bond, il descendit de l'épaule du jeune homme pour atterrir sur la grande table.

— Où est mon parchemin ? gronda-t-il.

La servante émergea de l'ombre, sa poêle toujours à la main. Thornan devina immédiatement ce qui allait suivre, et ses nerfs, déjà à vif, s'échauffèrent davantage.

— Oh, monseigneur… pendant que vous étiez… enfin, vous savez… j'ai fait un peu de rangement. Il y avait tellement de poussière, des vieux papiers partout… Je me suis dit que…

— Hildegarde ! rugit le sorcier. Combien de fois vous ai-je dit de ne jamais toucher à mes affaires ? Où sont mes parchemins ?

La vieille femme, imperturbable, se contenta de hausser les épaules avec une nonchalance qui frôlait l'insolence. Elle disparut brièvement dans un coin de la pièce avant de revenir avec une pile de documents soigneusement roulés.

— Ce n'est pas la peine de vous mettre dans cet état, monseigneur, regardez, c'est sûrement ici.

Thornan se jeta sur les parchemins qu'il déroula avec impatience. Les rouleaux inutiles furent abandonnés au sol sans ménagement, et enfin, il trouva ce qu'il cherchait. Ses doigts effleurèrent un vieux document jauni et un mince sourire se dessina sur son visage. Si cela fonctionnait, il ne récupérerait pas seulement son corps, aujourd'hui.

Il se tourna vers Eden et lui tendit le parchemin.

— Tu devras lire ceci au moment du transfert d'âme.

Eden attrapa le document.

— Je n'ai pas eu besoin d'incantation, la première fois. Pourquoi en aurais-je besoin maintenant ?

— Pour renforcer le sort, répliqua Thornan un peu trop sèchement.

Eden n'avait pas l'air convaincu, mais il ne chercha pas à insister. Il déplia le parchemin et fronça les sourcils en parcourant les lignes.

— Je… je ne connais pas cette langue, dit-il après un moment.

— Quoi ? s'écria Thornan, exaspéré.

— Je ne peux pas la lire, répéta Eden avec calme.

Thornan s'efforça de contenir son irritation. Évidemment. Il aurait dû s'en douter. Ce garçon n'avait jamais eu l'éducation qu'il aurait dû recevoir. Mais il n'allait pas laisser ce détail se mettre en travers de son chemin.

— Ce n'est rien, je te dicterai les mots, phrase par phrase, et tu n'auras qu'à les répéter. Vous trois, dit-il en se tournant vers Phil, Séra et Hildegarde, restez en arrière. Ne bougez pas, et surtout, ne faites aucun bruit.

Les trois obéirent sans discuter et reculèrent jusqu'au fond de la pièce. Thornan se tourna à nouveau vers Eden. Le garçon semblait perdu :

— Je… Je ne sais pas si je peux réussir…

— Tu peux y arriver, affirma Thornan en faisant un effort pour se montrer compréhensif.

Eden leva les yeux vers lui. Le sorcier hésita, avant d'ajouter d'une voix sincère :

— Tu m'as surpris plus d'une fois. Au début, je pensais que tu n'avais aucune chance… mais je me trompais. Tu es bien plus doué que je ne l'aurais cru. Je pense que tu peux vraiment y arriver.

Il devait avant tout le convaincre et lui donner suffisamment d'assurance. Mais il n'y avait pas que ça : il était sincère, il le savait, bien plus qu'il ne voulait vraiment se l'avouer. Eden n'était pas qu'un gamin arrogant, il détenait de puissants pouvoirs dont il n'avait pas même conscience. Thornan repensa à la blessure de Séra. La force de caractère de ce garçon avait fait reculer la mort elle-même.

Thornan perçut un changement dans le regard d'Eden.

— Allons-y, dit celui-ci, plus confiant.

Le jeune magicien s'installa près du corps inerte du sorcier, tenant la baguette entre ses mains. Thornan, debout sur la table, surplombait la scène. C'était maintenant ou jamais.

— *Yat parivartitam, punah sampūrnam bhavati,* récita Thornan.

— *Yot parivatitan, punah sampoūrnaam bawati,* répéta Eden.

Sa prononciation était maladroite, ses intonations erronées, mais Thornan refoula son agacement. La volonté compte plus que l'exactitude, se convainquit-il.

— *Śarīram ca ātmā ca nityam ekīkrtau.*

— *Śariraam ca apmā ca nityam ekīktou.*

— *Samtulanam punah prāptam, vyavasthā punah sthāpitā*, conclut Thornan.

— *Samtulanam punah praadtam, vyavaschā punah staapitā.*

Le silence s'installa, brisé uniquement par la respiration haletante d'Eden. Tout allait se jouer maintenant.

Soudain, une vive lumière verte jaillit de la baguette. Elle enveloppa Thornan, illuminant la pièce d'une lueur surnaturelle. Le sorcier sentit un espoir fou naître en lui, les yeux rivés sur son corps. C'était le moment de vérité.

CHAPITRE 32

Eden fixait la lueur verte qui avait surgi de sa baguette, mais celle-ci disparut aussi rapidement qu'elle était apparue, et la salle replongea dans une semi-obscurité. Son regard se tourna immédiatement vers le lapin. La peluche s'affaissa et s'écroula mollement sur elle-même, avant de tomber au sol telle une marionnette dont on aurait coupé les fils.

— Thornan ! s'écria Eden.

Il lâcha immédiatement sa baguette pour ramasser la peluche inerte. Elle était molle, redevenue le vieux jouet dénué de toute forme de vie qu'elle était auparavant. Il se tourna aussitôt vers le vrai corps du sorcier, toujours immobile. Il s'en approcha, le cœur battant d'espoir, s'attendant à le voir se redresser ou au moins respirer plus profondément. Mais il n'y avait rien. Aucune réaction. Pas le moindre signe de vie.

— Non… Non, non, non… dit-il à mi-voix.

Les autres s'approchèrent, l'air inquiet. Séra posa une main sur son épaule, tandis que Phil et Hildegarde observaient la scène, les traits tendus.

— J'ai fait une erreur, je le sens… J'ai pas bien prononcé les mots… J'ai dû… j'ai dû envoyer son âme je ne sais où ! Ou peut-être que je l'ai… que je l'ai tué !

— Bouge de là, gamin, grogna une voix familière.

Avant qu'Eden ne puisse réagir, Thornan le repoussa d'un geste brusque et scruta ses mains comme s'il les découvrait pour la première fois. Eden l'observait, les yeux écarquillés, tandis que le sorcier inspectait son corps.

Soudain, les cicatrices noires qui parsemaient la peau de Thornan commencèrent à disparaître, laissant place à une peau lisse, intacte. Lorsque la dernière marque disparut, Thornan leva une main, formant sans effort une boule de feu entre ses doigts. La lumière de la flamme projetait des ombres inquiétantes sur son visage.

— Comme ça fait du bien d'être de nouveau soi-même… murmura-t-il en souriant.

— Tes pouvoirs… dit Eden, comment est-ce possible ?

Thornan ferma doucement la main pour étouffer la flamme.

— Tu es un magicien très doué, bien plus doué que je ne l'aurais imaginé.

Il ramassa le parchemin et l'agita un instant sous le nez du jeune homme avant de se diriger vers une étagère. L'incantation… Il savait bien que le sorcier avait une idée en tête.

— Ça ne faisait pas partie du marché !

— Tu voulais ramener la magie dans le royaume, non ? Pourquoi ça ne s'appliquerait pas à moi ?

Eden ramassa sa baguette et la pointa en direction du sorcier. Thornan éclata de rire.

— Tu ne comptes quand même pas m'affronter, gamin ? J'ai dit que tu étais doué, mais pas à ce point… La première chose que je vais faire, c'est vous foutre dehors. Je vous laisse la vie sauve, voyez ça comme ma façon de vous remercier.

D'un mouvement presque imperceptible de la main, il fit s'élever un vent violent qui balaya les parchemins et objets qui traînaient encore sur la table. Eden, Séra et Phil furent soulevés du sol par une force invisible.

— Dégagez de chez moi, grogna Thornan en levant sa main ornée de flammes.

Sans qu'ils puissent résister, le sorcier les envoya valser à travers la pièce. Séra essaya de s'accrocher à une étagère, mais la force était trop puissante. S'étonnant à peine, Hildegarde se contenta de tenir fermement sa jupe pour éviter que celle-ci ne se soulève. En un instant, ils furent propulsés hors du bureau, dévalèrent les escaliers et atterrirent brutalement dans la salle du trône.

— Aïe… grogna Phil en se relevant péniblement.

Ils n'eurent pas le temps de reprendre leur souffle qu'une nouvelle vague d'énergie magique les projetait, cette fois à travers les immenses portes du château. Ils furent balancés au sol et derrière eux, la lourde porte se referma dans un claquement sec.

— Qu'est-ce qu'on va faire ? dit Séra. Il a ses pouvoirs, il pourrait…

Eden se releva et épousseta ses vêtements avant de se tourner vers eux.

— Calmez-vous, dit-il d'une voix posée.

— Me calmer ? protesta Séra. Que crois-tu qu'il va faire, maintenant qu'il a retrouvé ses pouvoirs ?

— On vient de condamner tout le royaume… dit Phil.

— Écoutez-moi. Tout va bien. Tout se passe exactement comme prévu.

Ses deux amis le dévisagèrent, l'air choqué. Il allait falloir leur donner quelques explications.

— Quelque chose m'a dérangé quand j'ai vu son corps sur le sol. Je n'y avais pas prêté attention auparavant, mais dans ma vision du portail, il n'avait pas de cicatrices. Quand il m'a tendu le parchemin, j'ai compris.

— Compris quoi ? demanda Séra.

— Qu'il essayait de me tromper. Qu'il voulait profiter de moi pour retrouver ses pouvoirs et que ce parchemin était un piège pour les récupérer. Alors j'ai joué le jeu, pour qu'il ne se doute de rien. Je ne pouvais pas risquer qu'il change ses plans.

— Si tu savais, pourquoi l'as-tu laissé faire ? voulut savoir Phil.

— Je sais ce qui va se passer grâce à ma vision, mais en découvrant les marques sur son visage, j'ai saisi qu'il y avait quelque chose de différent. Quand elles ont commencé à disparaître sous mes yeux, ça m'a confirmé que tout suivait son cours. Il ne faut pas s'inquiéter.

— C'est extrêmement risqué ! dit Séra. Comment peux-tu être sûr que les choses vont bien finir ? Que tu interprètes correctement ta vision ? Il était au courant, pour cette vision ! Comment peux-tu être certain qu'il ne t'a pas manipulé ?

Elle avait parlé à toute vitesse, sans prendre le temps de respirer entre chaque phrase. Eden se rendait bien compte que tout ce moment restait confus pour eux : lui-même n'était pas sûr de bien comprendre comment cela fonctionnait, mais il savait que cela devait se passer ainsi, il le sentait.

— Faites-moi confiance, je sais que c'est notre seule chance de réussir.

— Notre chance de réussir quoi, exactement ? s'enquit Phil.

— On doit se rendre au portail, précisa Eden d'un ton résolu. C'est là que tout va se jouer.

Le jeune magicien regarda tour à tour Séra et Phil, dans l'attente de nouvelles protestations, mais tous deux se contentèrent de le regarder comme s'il était fou.

CHAPITRE 33

Alaric jeta un dernier coup d'œil à ses notes, rien ne devait être laissé au hasard. Derrière lui, le capitaine Gregor et ses hommes attendaient. Il percevait leur angoisse grandissante, mais ne pouvait pas s'en soucier. Il devait rester concentré sur sa mission. Ils avaient raison d'avoir peur. En déchiffrant les notes d'Akilius, il avait découvert que, si près du portail, même les humains pouvaient être pris pour cible. Ils n'avaient pas besoin de le savoir, ils s'en rendraient compte bien assez tôt. Le capitaine Gregor et ses soldats seraient enterrés avec les honneurs, il s'en assurerait personnellement.

Il observa le portail devant lui. Pour l'instant, ce n'était qu'une grande dalle de pierre usée par le temps, mais bientôt, le chaos et la destruction s'en échapperaient pour se répandre sur le monde. Il pensa à tous ces gens qui allaient perdre la vie… Tout ça à cause de ces rebelles ! Ils avaient poussé le Haut Conseil à prendre des mesures extrêmes. Ils auraient leur sang sur les mains. Pas lui, eux.

Il ferma les yeux, fit le vide dans son esprit, tendit sa baguette vers le centre du cercle et commença à réciter la formule.

— Le vieux ! cria soudain une voix.

Ses doigts se crispèrent sur sa baguette. Comment avait-il osé venir jusqu'ici ? Comment osait-il se présenter devant lui après avoir sali son nom ? Alaric tourna la tête, ses yeux croisèrent ceux d'Eden. *Il est en vie, il va bien…* se dit-il, incapable de savoir si cela lui apportait du réconfort ou de la colère. Le capitaine Gregor fit mine d'approcher, mais il l'arrêta d'un geste. C'était à lui de régler ça.

— Que fais-tu ici ? demanda-t-il. Tu es un traître, un rebelle, tu seras jugé et puni comme tous les autres.

— Je t'en supplie, arrête ! implora Eden en s'approchant prudemment, ce n'est pas trop tard. Tu peux tout stopper.

Tout stopper… Pourquoi ferait-il une chose pareille ? Si près du but ? Restaurer l'ordre, restaurer son honneur… Il ignora les supplications de son petit-fils et leva de nouveau sa baguette vers le portail.

— Tu ne comprends rien, Eden ! Je dois le faire. Pour notre monde, pour l'ordre !

— Mais c'est faux ! Ce portail va tout détruire, exactement comme la dernière fois !

Cet enfant n'avait-il donc rien retenu ? Il ne pouvait pas, ou plutôt ne voulait pas, entendre la vérité. Alaric sentit une larme de frustration rouler sur sa joue.

— Je dois finir ce que j'ai commencé, murmura-t-il.

Un crépitement dans l'air lui fit tourner la tête, juste à temps pour voir un poing d'air foncer sur lui. Il dévia l'attaque. Eden le fixait, l'air déterminé, une baguette à la main. Où avait-il bien pu se la procurer ? Comment s'autorisait-il à utiliser la magie ?

— Tu oses m'interrompre ? cracha-t-il. Tu n'as aucune idée de ce qui est en jeu.

— Tu es en train de faire une terrible erreur ! répliqua Eden. Je ne te laisserai pas faire !

Alaric sourit avec amertume.

— Tu es si naïf.

Il leva sa baguette et envoya vers Eden une boule d'air comprimé. Le jeune homme fut projeté en arrière avec violence. Il roula sur le sol, mais se redressa aussitôt. Alaric, le visage déformé par la rage, fit un mouvement vif avec sa baguette, envoyant des morceaux de bois qui fendirent l'air comme une salve de flèches.

Eden leva sa baguette à son tour, mais il n'était pas assez rapide pour tout esquiver. Les flèches frappèrent le sol autour de lui, certaines le touchant à la jambe et à l'épaule. Il riposta, envoyant une puissante boule de feu dans la direction de son grand-père. Alaric para d'un geste précis, mais l'onde de choc le déséquilibra légèrement. Juste assez pour que le jeune homme puisse reprendre un peu de terrain.

En retrait, les soldats n'osaient pas intervenir. Face à la magie, ils savaient qu'ils n'avaient aucune chance. Alaric se redressa, furieux. Il n'était plus le vieil homme fragile qu'il était encore quelques jours auparavant. La magie avait renforcé son corps et il retrouvait une nouvelle jeunesse. Il n'avait pas ressenti ça depuis si longtemps ! La puissance l'enivrait. Même armé d'une baguette, Eden serait vite neutralisé, ce n'était qu'un enfant, il ne savait pas ce qu'il faisait.

— Tu penses pouvoir me défier ? dit-il.

Alaric n'avait pas de temps à perdre avec lui. Il lança un puissant jet de lumière qui frappa Eden de plein fouet. Il fut violemment éjecté contre une colonne et son corps heurta la pierre avec un craquement sourd. *Ça devrait suffire pour l'instant*, se dit le vieux magicien. Il pourrait toujours s'occuper de lui plus tard. La priorité, c'était le portail, il devait accomplir sa mission. Il se détourna d'Eden et reprit son incantation, plus déterminé que jamais.

Chapitre 34

Séra, suivie de Phil, se précipita pour aider Eden.

— Non ! Ne bougez pas ! dit-il, la voix brisée par la douleur.

Il était blessé à la tête et sa chemise déchirée permettait d'entrevoir plusieurs coupures profondes. Il était hors de question de le laisser comme ça. Ignorant sa demande, Séra vint l'aider à se relever.

— Il va te tuer si tu continues ! dit Phil.

Il parut hésiter un instant, regardant ses amis tour à tour.

— Il n'y a qu'une solution, dit Eden, le souffle court, vous devez aller chercher Thornan.

— Quoi ? Mais tu es fou ! Pourquoi nous aiderait-il ? s'écria Séra.

Sa blessure à la tête devait être bien plus grave qu'elle ne l'avait d'abord pensé.

— Il est notre seul espoir, répondit Eden.

Séra secoua la tête, confuse.

— Alors, tu viens avec nous !

La fée regarda en direction d'Alaric, qui continuait son incantation sans leur prêter la moindre attention, ce qui était finalement bien plus inquiétant que s'il s'était arrêté pour eux. Le message était clair : ils ne représentaient pas une menace pour lui.

— Non, je dois rester, je vais essayer de le ralentir. Allez-y, vite !

— C'est de la folie… dit Phil.

— Je sais, répondit Eden avec un sourire, mais j'ai confiance en vous. Maintenant, partez !

Séra échangea un regard avec le faune. Devaient-ils vraiment lui obéir ? Quand Eden avait une idée en tête, il était impossible de lui faire entendre raison. Même dans les situations les plus difficiles. Résignée, elle acquiesça.

Elle lui jeta un dernier regard, la gorge nouée. Elle aurait voulu lui dire tellement de choses… mais aucun mot ne sortit. Il la regardait de ses grands yeux gris. Ceux-ci n'avaient jamais la même couleur, changeant aussi bien en fonction de la météo que de son humeur. Elle aimait quand ils étaient bleus, elle aimait la façon dont il la regardait quand ils avaient cette couleur. Aujourd'hui, ils étaient gris, tristes. *Je t'aime, Eden Greenhaven*, lui dit-elle sans parler. Il lui sourit. Finalement, à contrecœur, elle attrapa la main de Phil et se mit à courir.

Laisser Eden seul avec son grand-père lui tordait l'estomac, mais elle devait lui faire confiance. Thornan était leur seule chance, aussi effrayant que cela puisse paraître.

Ils s'approchèrent de la grille du jardin où deux gardes surveillaient l'entrée. En arrivant, Eden avait pu détourner leur attention avec des cailloux, mais ils n'avaient pas le temps pour ça et puis, leur ruse ne fonctionnerait probablement pas une deuxième fois.

— Je m'en occupe ! dit Phil.

Le faune attrapa sa flûte et joua une mélodie enjouée. Aussitôt, une nuée de corbeaux fondit sur les gardes. Les deux compagnons profitèrent du chaos pour sortir, puis reprirent leur course jusqu'au château.

À peine avaient-ils pénétré dans le hall que la voix d'Hildegarde les accueillit.

— Oh, vous êtes encore là ? Vous avez oublié quelque chose ?

Elle apparut devant eux, un grand sourire sur les lèvres, comme si elle ne les avait pas vus sèchement mis à la porte quelque temps plus tôt.

— Hildegarde, dit Séra, essoufflée, il faut qu'on trouve Thornan, tout de suite !

La vieille femme s'arrêta, l'air un peu surpris, mais elle ne perdit pas son ton jovial.

— Oh, mais bien sûr, bien sûr. Je vous y emmène, suivez-moi. Il est avec son fils, vous savez. Le pauvre garçon…

Séra échangea un regard étonné avec Phil.

— Son fils ? Thornan a un fils ?

Hildegarde les guida à travers le château tout en bavardant.

— Thornan ferait n'importe quoi pour lui. C'est un très bon père, toujours là pour son garçon. Le pauvre est tellement malade…

Elle continua de parler sans s'arrêter, racontant comment Thornan passait des jours et des nuits entières à chercher un remède, refusant souvent de manger ou de dormir. La vieille femme s'arrêta devant une grande porte en bois. Elle l'ouvrit avec précaution et les invita à entrer d'un geste de la main.

Séra pénétra dans la pièce, Phil la suivit. Une lumière tamisée filtrait à peine à travers de lourds rideaux de velours, révélant des étagères remplies de livres et de fioles parfaitement rangés. Contrairement au reste du château, ici, tout était impeccable et bien entretenu.

Au centre de la pièce se trouvait un grand lit à baldaquin. Sous une épaisse couverture reposait un adolescent au visage pâle, ses boucles brunes en bataille étalées sur l'oreiller. Son corps paraissait bien frêle. Thornan, penché au-dessus du lit, ne leur accorda même pas un regard. Ses épaules étaient affaissées sous un poids qu'ils ne pouvaient que deviner.

Séra s'avança prudemment, touchée par la scène. Elle n'avait jamais vu le sorcier aussi vulnérable. Tout, dans son attitude, trahissait une douleur profonde, une impuissance qu'elle ne lui connaissait pas.

— Thornan… murmura-t-elle.

Le sorcier se tourna brusquement, les yeux brillants de colère.

— Que faites-vous ici ? Je vous ai dit de partir ! Je vous ai laissé la vie sauve, mais c'était une offre très limitée !

— Thornan, écoutez-moi ! implora Séra, Eden est en danger. Son grand-père est en train d'ouvrir le portail. Vous êtes le seul à pouvoir l'arrêter !

Le sorcier ne répondit pas et se tourna de nouveau vers son fils. Séra sentit son cœur se serrer en le voyant ainsi. Elle s'approcha encore et posa ses yeux sur le jeune garçon allongé dans le lit.

— Orion, c'est ça ? dit-elle d'une voix douce.

Des larmes coulèrent silencieusement sur le visage du sorcier, ce qui brisa un peu plus le cœur de Séra. Elle posa une main réconfortante sur son bras.

— Qu'est-ce qu'il a ?

— Arcanolepsie… Son corps rejette sa propre magie. Il n'y a aucun remède. Je l'ai plongé dans un coma magique il y a cent ans, pour qu'il ne souffre plus et surtout pour gagner du temps. J'ai tout essayé, les meilleurs magiciens, les plus puissants sorciers, des remèdes venus du bout du monde…

Sa voix s'éteignit, étouffée par les larmes. Séra ne bougeait pas, écoutant avec compassion cet homme anéanti.

— Le portail… poursuivit Thornan, le portail devait être la solution. Il était censé absorber la magie d'Orion, le priver à tout jamais de ses pouvoirs, mais le sauver. Mais ça a mal tourné. Les créatures… elles se sont échappées. Et une fois privé de mes pouvoirs, je n'avais plus aucun espoir… plus aucun moyen de le sauver, ni même de le réveiller pour lui dire adieu.

Séra connaissait bien les ravages qu'avait faits cette maladie parmi les sorciers. C'était d'ailleurs, dans une triste ironie, en essayant d'y trouver un remède qu'avait été découvert le terrible sort qui priverait les sorciers de leur magie. Mais même celui-ci n'avait été d'aucune utilité contre l'arcanolepsie. Il y avait eu de plus en plus de morts, de moins en moins de naissances, ils étaient voués à disparaître.

— Pendant toutes ces années, j'ai essayé de récupérer mes pouvoirs. C'était ma seule chance de rouvrir le portail et de le sauver. Maintenant que je les ai retrouvés… Je ne peux pas échouer, cette fois.

Thornan se tourna finalement vers la jeune fée. Son visage était ravagé par l'épuisement et l'espoir déçu.

— Je veux juste le sauver… murmura-t-il, les larmes coulant sur ses joues.

— Mais le portail n'a pas fonctionné, la première fois. Qu'est-ce qui vous fait penser que ça marchera aujourd'hui ? dit-elle. Ce mince espoir de le sauver vaut-il vraiment de sacrifier des milliers de vies ?

Phil, à son tour, fit un pas en avant.

— Eden… il croit en vous. Vous êtes notre seule chance d'empêcher ce massacre.

Thornan resta silencieux, les yeux rivés sur son fils. Son visage était une toile de douleur, de regrets, et d'impuissance. Hildegarde, qui avait jusque-là gardé le silence, s'avança doucement vers lui et posa une main tendre sur son épaule.

— Monseigneur, je veille sur vous depuis le berceau. J'aimais Orion et Nora comme ma propre famille, tout autant que je vous aime. Je vous ai toujours soutenu, mais ce n'est pas ce qu'ils auraient voulu. Vous le savez, au fond de vous. Ce portail n'a jamais été une solution et il ne le sera jamais.

Thornan resta immobile, absorbé par ses pensées. Hildegarde leva une main maternelle et la posa sur la joue du sorcier.

— Il est temps, mon garçon. Vous devez laisser les blessures du passé se refermer.

Les larmes roulaient silencieusement sur les joues de Thornan. Il resta là un long moment, les yeux dans le vide, puis il se pencha sur son fils, déposa un baiser tendre sur son front et se dirigea vers la porte.

— Où allez-vous ? demanda Séra.

— Il est temps d'en finir, dit-il d'une voix rauque avant de quitter la pièce.

CHAPITRE 35

Thornan accéléra encore le pas. Et s'il était déjà trop tard ? Il avait l'impression de se réveiller d'un rêve, ou plutôt d'un cauchemar. Il était resté enfermé si longtemps dans ses illusions ! La réalité lui paraissait trop difficile à vivre, alors il en avait créé une autre. Une réalité où il était plus victime que coupable, une réalité où il avait encore une chance de sauver son fils.

Mais rien de tout cela n'était vrai. Des mensonges qu'il se racontait à lui-même pour trouver le sommeil, pour continuer à avancer. Si le gamin mourait à cause de ses erreurs, il ne se le pardonnerait jamais. Il pourrait ajouter cette perte à sa longue liste d'actes impardonnables. Il entendit Séra et Phil courir derrière lui, il aurait préféré qu'ils restent en retrait, mais il n'avait pas le temps de débattre avec eux.

En arrivant à la grille du jardin, il aperçut les deux gardes, visiblement amochés. Ils avaient le visage couvert de blessures et ils regardaient dans toutes les directions, l'air inquiet. Thornan jeta un regard interrogateur à ses deux compagnons sans s'arrêter.

— Des corbeaux, répondit Phil avec fierté.

Les gardes se redressèrent en les voyant approcher.

— Halte ! Qui va là ? crièrent-ils à l'unisson.

Thornan ne leur accorda même pas un regard. Il leva une main et, d'un simple geste, les projeta avec force contre le mur d'une bourrasque invisible. Les deux hommes glissèrent mollement au sol, sonnés et incapables de se relever.

Il n'avait pas mis les pieds dans ce jardin depuis le jour où il avait ouvert le portail. Après sa défaite, incapable d'en supporter la vue, il avait barricadé toutes les fenêtres donnant sur cet endroit.

Autrefois, c'était le jardin préféré de Nora. Elle aimait s'asseoir sur le banc de pierre pour lire pendant qu'Orion jouait dans l'herbe. Un lieu empli de bonheur et de vie. Et c'est précisément pour cette raison qu'il l'avait choisi comme emplacement pour le portail. Les souvenirs heureux imprégnant cet endroit étaient censés insuffler de l'énergie positive au rituel et sauver Orion. Mais à la place, il avait tout détruit. La vie, l'espoir, et le jardin lui-même. Bizarrement, l'idée d'avoir profané ce lieu lui était encore plus insupportable que le reste de ses actions.

Un grondement assourdissant le tira de ses sombres pensées. Il était trop tard. Il ne pourrait jamais oublier ce son.

Le portail avait été ouvert.

Séra laissa échapper un cri d'horreur. Eden était suspendu dans les airs, maintenu par un sort. Ses vêtements étaient en lambeaux, son visage tuméfié et couvert de sang. Son corps se balançait au-dessus d'un gouffre dans lequel grouillaient des créatures noires. Leurs crocs acérés s'entrechoquaient dans un cliquetis sinistre, attendant avec impatience leur prochaine proie.

Un vent glacial s'échappait de la faille sombre et béante, et une lumière verdâtre dansait sur ses bords déformés. Thornan sentit l'énergie qui s'en dégageait envelopper tout son être, elle l'aspirait. Le portail se souvenait de lui et il appelait son maître. La sensation familière le ramena cent ans en arrière, à l'instant même où il avait commis l'irréparable. Lui seul pouvait mettre fin à tout ça.

Alaric se tenait non loin, le regard fou, tenant Eden comme une vulgaire marionnette. Et soudain, le vieil homme relâcha son emprise… et Eden bascula dans le vide. Ses bras battirent l'air dans une tentative désespérée de se raccrocher à quelque chose.

Les arcanophages ouvrirent grand leur gueule, prêts à engloutir ce repas tombé du ciel.

Thornan réagit instinctivement. Il tendit la main et arrêta la chute d'Eden à quelques centimètres seulement des créatures voraces. D'un simple geste du doigt, il le déposa sur la terre ferme.

— Je n'aurais jamais cru être aussi content de te voir un jour, souffla Eden, visiblement à bout de force.

Attirée par la magie, une créature surgit brusquement du portail et bondit vers eux. Thornan observa les environs et repéra des blocs de pierre brisés éparpillés sur le sol, vestiges des anciennes colonnes qui entouraient le portail. Il leva les mains et les morceaux s'élevèrent dans les airs, avant de se réunir pour former un mur imposant devant eux. La créature s'écrasa violemment contre la barrière de pierre en rugissant de frustration et de douleur. Thornan repéra un bloc rocheux plus massif que les autres et l'abattit brutalement sur le crâne de l'arcanophage. La créature grogna, secouée par l'impact, mais Thornan ne relâcha pas son emprise. Il répéta son geste encore et encore, jusqu'à ce que la bête s'effondre lourdement au sol dans une mare sombre et poisseuse.

Il fit signe à Séra et à Phil de rejoindre Eden derrière le mur.

— Ne bougez pas d'ici ! ordonna-t-il. Et quoi qu'il arrive, n'utilisez pas de magie !

N'attendant aucune réponse, il ajouta plusieurs rocs, puis s'avança vers le portail. L'air autour du gouffre était électrique. Alaric l'attendait, la baguette levée, prêt à se battre. Thornan savait que ce combat serait rude, il n'était plus le même homme qu'il y a cent ans.

— Comment as-tu récupéré tes pouvoirs ? s'enquit le vieux magicien. Peu importe ! ajouta-t-il sans laisser à Thornan le temps de répondre. Ça ne changera rien !

— Tu n'as aucune idée des forces que tu es en train de réveiller, vieux fou !

Alaric le regardait, un sourire de folie déformant son visage.

— Mon ancêtre t'a vaincu il y a cent ans. Aujourd'hui, je vais achever ce qu'il a commencé. Mais cette fois, je ne te laisserai pas la vie sauve !

Thornan observait Alaric avec mépris. Comment pouvait-on agir ainsi ? Il ne bataillait ni par désespoir ni par bon sens. Il ne le faisait pas pour quelqu'un ni même pour lui-même. Il n'agissait que par pure obéissance aveugle à ce qu'il croyait être « le bien », au détriment de tout le reste. Si le vieil homme avait eu n'importe quelle autre motivation, Thornan aurait pu essayer de le raisonner, de comprendre. Mais on ne raisonne pas avec un fanatique.

La chaleur familière de la magie s'éveilla dans ses veines, ranimant la puissance qui lui avait tant manqué pendant des décennies. Un éclat bleu jaillit de la baguette du vieillard et fila à toute vitesse dans sa direction. Thornan esquiva et le sort pulvérisa une colonne derrière lui dans une pluie de débris qui sonna comme un coup de tonnerre. Il leva une main, l'air autour de sa paume se mit à vibrer et à chauffer en prenant une teinte rougeoyante. Une boule d'énergie d'une puissance écrasante se forma entre ses mains, et quand elle eut atteint une taille qu'il jugea acceptable, il projeta l'attaque sur Alaric. La boule incandescente explosa en touchant le magicien. Alaric vacilla sous l'impact, mais resta debout. Thornan jura entre ses dents. Ce sort aurait dû le terrasser. Il ne devait pas sous-estimer son adversaire.

Profitant d'un bref moment d'accalmie, il jeta un coup d'œil rapide à Eden, Phil et Séra. Pour une fois, ils avaient obéi et restaient bien derrière le mur qu'il avait érigé. Au moins, il n'avait pas à se soucier de leur sécurité pour l'instant. À l'opposé, un petit groupe de soldats fixaient la scène, apeurés. Thornan les ignora.

Son attention revint sur Alaric, dont le sourire moqueur tordait le visage marqué par la démence.

— C'est tout ce que tu as ? railla-t-il en levant sa baguette dans un mouvement théâtral.

Un tourbillon d'énergie prit forme autour de lui. Des éclairs dansaient et crépitaient le long de son corps. Thornan leva les deux mains et fit jaillir un mur de flammes entre eux. Le sort d'Alaric s'écrasa contre la barrière de feu en provoquant une détonation qui fit trembler le sol et projeta des éclats de pierre dans toutes les directions.

— Arrête maintenant, avant qu'il ne soit trop tard, grogna Thornan, pour gagner du temps plutôt que dans l'espoir d'une reddition.

Mais Alaric ne l'écoutait pas et préparait déjà une autre salve. Du coin de l'œil, Thornan remarqua que les soldats commençaient à avancer, hésitant entre la peur et leur devoir. *Imbéciles*, pensa-t-il avec dédain. Leur intervention ne ferait qu'ajouter à l'effusion de sang.

Une boule d'énergie jaillit soudain vers lui à une vitesse fulgurante. Pris au dépourvu, Thornan ne put esquiver. Le sort le heurta de plein fouet et le jeta brutalement au sol.

— Thornan ! cria Eden.

Le gamin ne devait surtout pas venir jouer au héros.

— Ne bouge pas ! lui ordonna-t-il en essuyant le sang qui coulait sur sa tempe.

La douleur irradiait dans tout son corps, mais, poussé par la rage, il se redressa. Alaric, debout face à lui, arborait toujours son sourire fou.

— Tu es fini, Thornan Calrend ! hurla le vieil homme en levant de nouveau sa baguette.

Un éclair jaillit. Cette fois, Thornan resta immobile. Il leva calmement une main, et l'attaque s'écrasa contre un bouclier d'air invisible. Elle crépita avant de se dissiper en une nuée d'étincelles.

— Ça suffit, dit Thornan.

Il leva ses deux mains et l'air autour de lui se mit à vibrer sous l'intensité de l'énergie qu'il rassemblait. La chaleur monta rapidement, déformant l'espace autour de lui. Les molécules d'air se comprimaient à l'extrême, saturées d'une puissance cataclysmique. Aveuglé par l'arrogance, Alaric ne bougea pas.

Thornan abaissa soudain ses paumes et libéra d'un seul coup toute l'énergie accumulée. L'air se déchira dans un grondement apocalyptique et une onde de chaleur brutale remplit l'atmosphère. Le sol autour du sort se fissura, et l'air devint si chaud qu'il ondula comme un mirage.

Alaric tenta une ultime riposte, mais sa défense s'effondra face à l'intensité de l'assaut. Le feu le frappa de plein fouet, brisant ses protections. L'onde de choc le traversa, ses os se brisèrent dans une série de craquements sinistres et il s'effondra sur le sol.

Thornan baissa les mains. Devant lui, Alaric, inerte, gisait au milieu des débris et des braises mourantes. Les flammes se dissipèrent, ne laissant qu'une terre brûlée et un silence assourdissant.

CHAPITRE 36

Oubliant le danger, Eden se précipita vers son grand-père. Le visage du vieil homme était en grande partie brûlé, ses vêtements en lambeaux collaient à ses blessures béantes. Eden resta figé, incapable de faire autre chose que de le regarder lutter à chaque respiration.

Le vieux magicien ouvrit faiblement les yeux et ses pupilles ternes se posèrent sur Eden. Là où il espérait trouver un éclat de rédemption, il ne vit que folie.

— J'aurais aimé… que tu comprennes, murmura Alaric.

Il lutta contre une quinte de toux.

— Tu as tout gâché… dit-il dans un faible souffle.

Eden sentit son cœur se serrer, envahi par la colère et la tristesse. L'aveuglement fanatique du vieux le suivait jusque dans la mort. Aucune rédemption. Aucun regret.

— Non… murmura Eden, la voix à peine audible. Non…

Il se pencha à la recherche d'un signe, d'un fragment d'humanité qui pourrait apaiser le tourment en lui. Mais il n'y avait rien. Rien que la folie. Il tendit sa baguette au-dessus de son grand-père : il avait réussi à sauver Séra, il pouvait le refaire ! Mais par où commencer ?

Les lèvres d'Alaric s'ouvrirent une dernière fois, mais aucun son n'en sortit. Son regard se vida. Eden resta là, immobile, au-dessus du corps désormais sans vie de son aïeul.

Un vide immense s'ouvrit dans sa poitrine. Cet homme qui l'avait élevé, aimé et trahi, venait de partir, laissant derrière lui un chaos qu'il ne savait comment réparer. Tellement de choses avaient changé depuis la dernière fois qu'il l'avait vu. Il pensait naïvement que le vieux aurait changé aussi, qu'il entendrait raison, qu'ils se tomberaient dans les bras. Il voulait rentrer à Alderbrook, retrouver sa vie d'avant. Se disputer avec son grand-père pour des futilités, tirer à l'arbalète dans les bois, voler des gâteaux chez la voisine. Il voulait entendre son grand-père lui parler des plantes qu'il aimait tant, il ferait semblant de l'écouter, mais serait heureux. Le destin l'avait arraché à sa vie, à son innocence. Un mur venait de s'élever entre lui et son passé, il n'y avait plus de retour en arrière possible.

L'ombre de Thornan vint se découper sur les braises mourantes.

— On ne peut pas rester ici, gamin, ces créatures sont trop nombreuses, on doit se replier.

Eden secoua la tête et regarda autour de lui. Les créatures s'échappaient du portail et partaient en masse grouillante dans toutes les directions. Thornan leur envoyait tout ce qui lui passait sous la main pour les tenir éloignées, mais ils seraient bientôt submergés. Les soldats regardaient la scène, terrifiés, mais les créatures passaient près d'eux sans les voir.

Il essuya d'un geste les larmes qui coulaient sur ses joues, il devait retrouver ses esprits. L'urgence de l'instant présent le rattrapa d'un coup.

— Le portail ! dit-il. On doit le fermer, on ne peut pas laisser ces choses se répandre dans tout le royaume !

Thornan envoya un tronc d'arbre s'écraser sur la horde qui se rapprochait.

— Pas maintenant, gamin. Elles sont trop nombreuses. Si on reste, on meurt, et personne ne pourra refermer ce portail. Il nous faut un plan.

Alors qu'ils s'éloignaient, une voix s'éleva au-dessus du brouhaha grouillant que faisaient les créatures.

— Attendez !

Un des soldats s'avançait vers eux. Thornan leva une main, prêt à lancer un sort, mais l'homme s'empressa de parler.

— Je viens en paix ! Je ne veux pas me battre !

Thornan ne baissa pas sa garde.

— Écoutons ce qu'il a à dire, dit Eden.

— Que voulez-vous ? interrogea le sorcier d'un ton ferme.

L'homme s'arrêta à quelques mètres en prenant soin de ne pas s'approcher davantage. Il semblait épuisé et apeuré.

— Je suis le capitaine Gregor. Ce portail… Ces choses… Emmenez-nous, nous voulons vous aider.

Voyant que le sorcier hésitait, Eden répondit à sa place.

— Nous n'avons pas le temps de débattre ici, venez.

— Très bien, dit Thornan d'un ton sec. Mais au moindre faux pas, je vous tue sur-le-champ.

Gregor hocha la tête et obéit. Eden, malgré la tension, se sentit un peu soulagé. Ils ne seraient jamais trop nombreux pour affronter ce qui les attendait. Les créatures jaillissaient du portail à une vitesse alarmante, de plus en plus nombreuses.

— Repli vers le fort, maintenant ! ordonna Thornan.

Il lança un sort de feu vers les arcanophages les plus proches, mais les flammes, qui auraient réduit n'importe quel être normal en cendres, n'eurent qu'un effet temporaire sur ces monstres.

Soudain, un cri perça l'air. Un des soldats du capitaine Gregor fut happé par une créature surgissant de l'ombre. Ses crocs s'enfoncèrent dans sa chair et le soldat poussa un hurlement déchirant. En une fraction de seconde, il disparut dans les ténèbres. Les soldats, jusque-là inquiets mais calmes, cédèrent à la panique et se mirent à courir.

— Par tous les dieux… murmura Séra.

— On bouge ! rugit Thornan en préparant un nouveau sort entre ses mains.

Une boule de feu jaillit de sa paume et frappa un arcanophage qui s'était trop approché.

— Ne vous arrêtez pas, on va être submergés ! cria Eden.

Les soldats redoublèrent d'efforts pour tenir à distance les créatures qui se rapprochaient de plus en plus. Un arcanophage attrapa un autre homme à la gorge, il n'eut même pas le temps de crier avant de disparaître dans l'énorme gueule.

Thornan dressa une nouvelle barrière pour les ralentir et gagner le temps nécessaire à leur repli. Derrière eux, les grognements des créatures et les cris des soldats se mêlaient en un chaos terrifiant. Tout en courant, Eden tirait au hasard avec sa baguette, mais il se sentait inutile.

— Arrête, gamin ! Tu les attires encore plus ! lui cria Thornan. Je m'occupe de les ralentir.

En passant la grille du jardin, il aperçut deux silhouettes figées contre un mur qui les observaient avec des yeux ronds, tétanisées.

— Vous là-bas ! lança le capitaine Gregor en s'adressant aux deux gardes. Vous voulez mourir ici ou vous comptez nous suivre ?

Les deux hommes échangèrent un regard effaré avant de hocher la tête et de courir pour les rejoindre. Une créature surgit soudain sur la droite et se jeta sur Phil à une vitesse fulgurante. Thornan réagit immédiatement et tendit la main pour compresser l'air autour de l'arcanophage. La créature se tordit de douleur et recula.

— Courez ! hurla Eden.

Ils atteignirent enfin le fort et s'enfermèrent à l'intérieur. De l'autre côté de la porte, les arcanophages rugissaient en attaquant le bois de leurs griffes.

Chapitre 37

Thornan se rappela un instant les cadavres empilés les uns sur les autres et l'odeur du sang.

— Ça ne va pas tenir longtemps, dit-il, ils vont finir par entrer.

Lorsqu'il avait ouvert le portail, des centaines de personnes s'étaient réfugiées entre ces murs pour se mettre à l'abri des créatures. Elles avaient dû entendre les mêmes raclements sinistres. À son retour dans le fort, enchaîné et privé de ses pouvoirs, elles étaient toutes mortes. Akilius l'avait obligé à rester assis pendant des jours sur son trône, à regarder les soldats défiler avec les cadavres. Des centaines, des milliers de corps. Il avait accepté sa punition, il les avait tous regardés, emballés dans des draps blancs tachés de sang, emportés sur des charrettes. Une grande fosse commune avait été creusée pour l'occasion. On y avait depuis érigé une statue. Après ça, il avait été laissé seul, brisé.

Il chassa ses souvenirs, il devait se concentrer sur le présent, sauver ceux qui pouvaient encore l'être. Eden était prostré devant la porte, encore sous le choc. Il posa une main sur son épaule. Il n'était plus cet adolescent arrogant qu'il avait rencontré quelques semaines à peine auparavant. *Il n'est pas beaucoup plus âgé qu'Orion…* Cette pensée, aussi fugace soit-elle, lui serra la poitrine.

Thornan retira brusquement sa main, mal à l'aise face à cette comparaison. Il ne l'aurait pas avoué même sous la menace, pourtant, c'était là, tapi dans un coin de son esprit, une sorte d'attachement. Il se racla la gorge et se détourna.

— Pourquoi ces créatures s'en sont prises à mes soldats ? attaqua Gregor en s'avançant vers lui. Je croyais qu'elles en avaient uniquement après la magie !

— Vous n'aviez vraiment aucune idée de ce que vous faisiez, n'est-ce pas ? La proximité du portail distord leur perception, les poussant à agir de manière erratique. Même les humains, d'ordinaire ignorés, deviennent des cibles dans ce chaos. Loin du portail, vous seriez invisibles pour elles, mais tant que vous êtes ici, vous serez en danger. Maintenant, soit vous nous aidez à réparer vos conneries, soit vous prenez la fuite. Mais ne vous avisez pas de vous mettre en travers de mon chemin ou ces bestioles seront le dernier de vos soucis.

Le capitaine acquiesça. Il tentait de ne rien laisser paraître, mais à l'évidence, il était terrifié. Thornan ne pouvait pas lui en vouloir, il avait raison d'avoir peur.

Hildegarde, comme à son habitude, apparut de nulle part. Complètement hermétique au chaos qui l'entourait, elle conservait son air imperturbable.

— Monseigneur, du thé pour vous et vos amis ? demanda-t-elle, comme si la situation était des plus ordinaires.

Thornan se retint de hurler et se contenta d'un regard exaspéré.

— Pas maintenant, Hildegarde.

Elle haussa les épaules.

Il n'y avait plus une minute à perdre. Thornan reporta son attention sur les quelques soldats restants. Le capitaine Gregor avait essuyé de lourdes pertes parmi ses hommes. La porte ne tiendrait pas longtemps sous les assauts répétés des créatures, et les fenêtres brisées à plusieurs endroits du fort offraient d'autres points d'entrée. Les arcanophages n'étaient pas très intelligents, principalement guidés par leur seule soif de magie et de chair fraîche, mais ils n'étaient pas complètement stupides non plus et dès qu'ils comprendraient comment entrer, ils seraient submergés.

Il se tourna vers Hildegarde. La vieille femme, imperturbable, se tenait toujours là à attendre. Il y a de cela quelques siècles, elle aurait pu leur être d'une grande aide, mais tout comme lui quelques heures plus tôt, elle était encore privée de ses pouvoirs. Et même si ce n'avait pas été le cas, elle était bien trop âgée pour se battre.

Il tendit les mains devant lui et concentra sa magie en une brume bleue qu'il matérialisa entre ses doigts avant de l'enfermer dans une bulle cristalline.

— Hildegarde, enfermez-vous dans la chambre d'Orion et restez-y. Vous savez quoi faire avec ça, dit-il en lui confiant la bulle.

La servante hocha la tête avec un calme rassurant, prit la bulle magique entre ses mains ridées et s'éloigna à petits pas.

— Qu'est-ce que c'est ? voulut savoir Séra.

— Un sort de protection, répondit Thornan sans la regarder. Ils seront à l'abri un moment, à condition de rester parfaitement immobiles. Capitaine ! appela-t-il.

Prêt à obéir, Gregor se redressa immédiatement.

— Vous et vos hommes, vous gardez cette porte. Elle doit tenir le plus longtemps possible.

— Entendu !

Thornan fit un geste brusque vers Phil et Séra :

— Vous deux, trouvez un moyen de les aider.

Peut-être ces deux-là pourraient-ils enfin se montrer utiles. Phil ouvrit la bouche, comme pour poser une question, mais il se ravisa devant le regard dur du sorcier et hocha la tête sans rien dire.

Thornan s'avança rapidement vers la porte et étendit les bras. Une lueur pâle enveloppa ses mains alors qu'il jetait plusieurs sorts de consolidation pour renforcer la matière de la porte. Ses sorts s'entrelacèrent avec le bois pour former une toile complexe d'énergie.

— J'ai fortifié la structure, dit-il. Ça devrait les ralentir quelque temps.

Il se tourna vers Eden.

— Gamin, avec moi !

Eden ne posa pas de question et suivit le sorcier sans hésiter. Thornan n'avait pas le temps pour les doutes, mais ils étaient là, tapis dans son esprit. Chaque fois qu'il cessait ne serait-ce qu'une seconde de penser à l'action en cours, ses tourments s'infiltraient par la brèche et venaient le torturer de l'intérieur. Les corps, le sang, les cris. Il avait peur de se retourner pour découvrir qu'il se trouvait toujours, cent ans en arrière, au milieu des cadavres. La mort aurait été plus enviable que de revivre toutes ces années avec sa faute.

Arrivé dans son bureau, il se sentit un peu mieux. Ici, il n'y avait pas de fantômes. Il y avait passé tellement de temps enfermé, parfois des semaines entières sans en sortir. La pièce était devenue un refuge. Un endroit où il n'avait pas à se confronter au reste du monde. Il posa son pied sur quelque chose de mou et se baissa pour ramasser le lapin en peluche qui lui avait servi de corps ces dernières semaines. Il ne sut pas quoi ressentir en la regardant. Il la détestait, bien sûr, mais pas que. Il la posa soigneusement sur la table et se dirigea vers la grande bibliothèque en bois massif. Ses doigts glissèrent vivement sur les dos des livres, à la recherche d'un volume précis. Il l'avait étudié tant de fois. Une nouvelle vague de désespoir lui traversa la poitrine, mais il la repoussa aussitôt. Ce n'était pas le moment de faiblir.

Il tira enfin un épais grimoire aux pages jaunies par le temps. Il le posa sur la table et l'ouvrit tout de suite à la page qu'il cherchait.

— Regarde, gamin.

Il pointa une série de glyphes gravés en bordure de la page.

— Ce sort est puissant, bien plus complexe que tous ceux que tu as déjà jetés. Mais je n'y arriverai pas tout seul. J'ai besoin de ton aide.

Le jeune homme parcourut du regard les lignes et les symboles qu'il ne comprenait sans doute pas.

— Dis-moi ce que je dois faire, dit-il finalement.

— Akilius a refermé le portail seul à l'époque, mais il n'a pas utilisé ce sortilège. Ce n'était qu'une fermeture provisoire, et les créatures déjà sorties ont eu le temps de faire énormément de dégâts avant d'être maîtrisées une à une. Si on réussit à lancer ce sort, le portail s'effondrera sur lui-même en engloutissant avec lui tous les arcanophages sur des kilomètres. La menace sera éliminée, et il ne pourra plus jamais être rouvert.

— Tu vas… perdre ta chance de sauver ton fils…

Thornan se figea un instant, puis leva les yeux vers lui.

— J'avais tort. Ce portail n'a apporté que la mort et la destruction, il ne peut sauver personne. Il n'y a plus d'espoir pour Orion. Il n'y en a plus depuis bien longtemps.

Il ne voulait pas penser à son fils. Autrement, il ne réussirait pas à agir.

— Tu vois ce dessin ? dit-il pour changer de sujet. Il représente le portail. Les mêmes symboles sont gravés dans les dalles qui entourent l'ouverture.

— Oui, je m'en souviens, je les ai vus.

— Bien. Ils font partie d'un sort destiné à maintenir le portail fonctionnel. En le neutralisant, tu me permettras de le détruire.

Il pointa du doigt plusieurs endroits du dessin.

— Tu vas canaliser ta magie ici, dans ces glyphes, et ici. Retiens bien l'endroit, tu ne dois pas te tromper ! Pendant que tu neutralises le sort, je fermerai le portail.

Eden ne répondit pas tout de suite, Thornan perçut son hésitation. Il savait que c'était risqué, qu'Eden n'avait jamais été confronté à un sort d'une telle envergure. Mais ils n'avaient pas le choix.

— Ça ira, dit le garçon d'un ton mal assuré. Je vais y arriver.

Thornan ouvrit le tiroir de son bureau et en sortit le parchemin qu'il avait préparé des années auparavant. Il tendit le papier à Eden, qui le lut sans comprendre.

— Qu'est-ce que c'est ? Un sort pour le portail ?

Thornan sentit sa gorge se nouer, mais il se força à prononcer les mots :

— Si les choses devaient mal tourner… je veux que tu réveilles mon fils. Dis-lui adieu pour moi. Il a passé assez de temps figé dans cette chambre, je veux qu'il puisse reposer auprès de sa mère.

Eden resta immobile, son regard oscillant entre le document et le sorcier.

— Non, répondit-il en repoussant le parchemin. Je ne peux pas faire ça. Pas à ta place.

— Promets-le-moi, insista Thornan, sinon, je n'y vais pas et je laisse tout le monde crever.

Il vit les mâchoires d'Eden se contracter, ses doigts se crisper sur le papier. Il devait accepter, c'était sa seule condition.

— D'accord, je le promets.

Chapitre 38

À peine Thornan et Eden avaient-ils tourné le dos que le capitaine Gregor et ses soldats se mirent en place devant la porte. Séra et Phil, ne sachant trop quoi faire, restaient plantés là à les regarder s'agiter.

— J'ai vu des plantes grimpantes le long d'un mur dehors, dit soudain le faune, je peux essayer de m'en servir pour bloquer un peu plus l'entrée, ça pourrait les ralentir.

Séra hocha la tête.

— Vas-y ! Je vais… trouver un moyen d'aider aussi.

Le faune s'éloigna sans attendre sa flûte à la main, laissant Séra seule au milieu de la pièce. Elle voulait désespérément les aider, mais… Elle se sentait inutile. Complètement impuissante. Le raclement sinistre des arcanophages qui grattaient à la porte résonnait dans tout le hall. Un flot de souvenirs douloureux la submergea. Elle repensa aux sangles autour de ses poignets, aux rituels cruels de la secte d'Elysant, au son de la scie tranchant son aile dans son dos, à l'odeur de lavande mêlée à celle du cuir, au regard froid de la prêtresse lorsqu'elle s'approchait d'elle, la dague en avant. Instinctivement, sa main se porta à la cicatrice qui lui barrait la poitrine. Elle était libre, mais se sentait toujours enchaînée.

— Non, murmura-t-elle pour elle-même.

Elle ne voulait plus jamais connaître ce sentiment d'impuissance. Elle refusait d'être celle qui dépendait des autres pour sa survie. Son regard se posa sur une grande tapisserie, suspendue à une longue barre et habillant tout le mur. Elle était couverte de poussière, mais on pouvait encore y voir les détails délicats de sa confection. Elle représentait un soldat à cheval, un étendard brandi haut dans le ciel, tandis qu'il s'éloignait dans une vaste plaine. Derrière lui, une femme lui faisait ses adieux, agitant un mouchoir avec mélancolie. Les couleurs, malgré les années, avaient gardé une certaine intensité, des nuances de rouge, d'or et de vert qui contrastaient avec l'usure du temps.

Une idée soudaine lui traversa l'esprit. Elle sortit la dague de sa ceinture et se dirigea d'un pas décidé vers la tapisserie. Elle tira un banc, mais la tenture restait hors de portée. Elle chercha autour d'elle et son regard croisa celui d'un soldat posté près de la porte.

— Vous ! Aidez-moi ! ordonna-t-elle d'un ton ferme.

L'homme la dévisagea, hésita devant son geste inattendu, mais face à sa détermination, il obéit finalement. Il s'approcha et lui fit la courte échelle. Elle parvint enfin à atteindre le haut de la tapisserie, planta sa dague dans le tissu et, d'un geste résolu, la découpa sur toute sa longueur.

Elle redescendit, essoufflée mais satisfaite, et remercia le soldat. Puis elle se dirigea vers son sac et fouilla à l'intérieur pour en extirper son matériel de couture. Elle attrapa son aiguille et un fil solide, s'installa près de la tapisserie étalée devant elle et se mit au travail.

Elle manquait d'assurance, mais l'urgence lui donnait une précision qu'elle ne se connaissait pas. Il fallait que cela fonctionne. Elle se concentra sur ce qu'elle avait en tête et laissa sa magie faire le reste. Elle maîtrisait encore mal ses pouvoirs et dut s'y reprendre à plusieurs fois pour que le fil lui obéisse.

Elle entendait les ordres secs du capitaine Gregor, mêlés aux grognements épuisés de ses soldats. Les craquements angoissants du bois menaçant de céder se faisaient plus pressants. Elle leva les yeux un instant pour voir les soldats tenter de renforcer la barricade avec une grande table en bois.

Une secousse plus violente que les autres lui arracha un sursaut. Son aiguille lui glissa des mains, elle la chercha frénétiquement sur le sol. Un fracas assourdissant retentit. Séra releva la tête. Une large patte noire venait de déchirer un pan de la porte, projetant des échardes dans la pièce.

Les soldats qui maintenaient la barricade vacillèrent, et la table qu'ils avaient apportée bascula. Gregor aboya des ordres, mais elle était trop loin pour les entendre clairement. Tout ce qu'elle voyait, c'était le chaos devant la porte : les soldats qui s'acharnaient à remettre la table en place, les griffes qui cherchaient à les atteindre, et du sang… une éclaboussure écarlate sur le sol. Elle détourna le regard avant d'en voir plus.

— Concentre-toi, Séra, dit-elle pour elle-même, concentre-toi.

Sa main serra la dague qu'elle avait posée à côté d'elle. Elle n'avait aucune idée de ce qu'elle ferait si les créatures entraient, mais la présence de l'arme la rassurait.

Elle se réfugia dans le geste familier de son aiguille qui perçait le tissu. Elle fut de nouveau interrompue par un cri déchirant. Elle tourna la tête et vit un soldat s'effondrer au sol, son bras arraché par une patte monstrueuse qui avait de nouveau percé la barricade. Gregor et un autre soldat s'élancèrent pour le tirer en arrière. Le sang coulait abondamment. *Je ne le lui ai jamais dit,* pensa-t-elle soudain. Si elle devait mourir aujourd'hui, Eden ne saurait jamais à quel point il comptait pour elle… À cette idée, elle redoubla d'efforts. Elle n'avait pas le choix, elle devait réussir.

CHAPITRE 39

Eden dévalait les marches quatre à quatre, suivi par Thornan. Le vacarme des griffes contre le bois et les cris des soldats résonnaient dans tout le château.

— Ils ne vont plus tenir longtemps, dit Thornan en entrant dans la grande salle. Vite !

Une grande table, plaquée contre la porte, vacillait sous les assauts répétés des créatures. Des morceaux de plantes grimpantes pendaient, déchiquetées, et il y avait du sang partout. Phil, aidé de plusieurs soldats, s'efforçait de maintenir la barricade en place. Les créatures affamées frappaient furieusement contre la table qui tremblait à chaque coup de patte.

Eden accéléra encore, mais il était trop tard. La table céda brusquement sous la pression et bascula en avant avec un fracas assourdissant. Il eut à peine le temps de se protéger le visage que les créatures jaillirent dans la pièce en une vague noire et furieuse. Un soldat se jeta en avant pour tenter de remettre la porte en place, mais un violent coup de patte le projeta en arrière, et il s'effondra contre le mur dans un bruit sourd.

Le jeune magicien tenta d'envoyer des boules de feu sur les arcanophages, mais ils réagirent à peine. Pire, cela les rendait encore plus furieux. Thornan l'arrêta d'un geste de la main.

— Stop ! Tu ne peux pas les vaincre de cette manière.

Un nouveau cri retentit et Eden tourna la tête juste à temps pour voir un des soldats être happé par une créature. La moitié de son corps fut arraché, et le sol se couvrit instantanément de sang. Le cri de douleur du soldat se transforma en un râle étouffé. Thornan fit s'effondrer une colonne, immobilisant net un arcanophage qui fonçait sur eux.

— Qu'est-ce qu'on fait, maintenant ? demanda Eden.

— On doit trouver un moyen de sortir ! répondit Thornan à travers le tumulte du combat.

Tout à coup, une silhouette étrange se dressa au milieu du chaos et se mit à bouger. C'était grand, grotesque, fait de morceaux de tissu cousus à la va-vite. Eden plissa les yeux, cherchant à comprendre ce qu'il voyait. Un golem de tissu se tenait là, chancelant, l'une de ses jambes plus courte que l'autre, ce qui lui donnait une démarche bancale. Ses bras massifs étaient faits de boules de tapisserie assemblées de manière maladroite, pourtant, malgré son apparence, il semblait incroyablement solide.

Soudain, les monstres se détournèrent des soldats. Attirés par cette nouvelle source de magie, ils fondirent sur le golem. Un premier arcanophage sauta sur la créature de tissu. Ses crocs se plantèrent dans la tapisserie, mais le golem ne vacilla pas. Il se contenta de balancer son bras en avant et envoya la bête voler contre un mur.

Séra s'avança vers Eden, un grand sourire aux lèvres.

— C'est toi qui as fait ça ? demanda-t-il, incrédule.

— Il est beau, n'est-ce pas ?

Elle se tourna vers Thornan avant d'ajouter :

— Je suis désolée pour votre tapisserie…

— Si ça fonctionne, tu es toute pardonnée, dit le sorcier. Maintenant ! cria-t-il. On sort ! Direction le portail !

Eden, sans se faire prier, empoigna fermement la main de Séra et courut derrière Thornan. Phil, Gregor et ses soldats les suivirent de près en formant une ligne de défense à l'arrière. Ils se précipitèrent tous vers la sortie, laissant derrière eux le chaos du hall et les créatures enragées qui s'attaquaient au golem.

Eden jeta un dernier regard derrière lui. Les arcanophages encerclaient le géant qui continuait à se battre sans relâche. Ses mouvements étaient maladroits, mais puissants. Ils traversèrent le jardin, Thornan en tête. L'endroit était beaucoup plus calme, la plupart des créatures étaient en train de se battre avec le golem ou avaient déjà quitté le fort à la recherche d'autres proies. Mais le portail était toujours ouvert et s'ils ne faisaient rien, des milliers d'arcanophages se répandraient sur Itarah, détruisant tout sur leur passage.

De retour dans le jardin, Thornan se tourna vers le capitaine Gregor.

— Vous et vos hommes, formez un périmètre ici. Ne laissez rien ni personne s'approcher du portail.

Le capitaine acquiesça et fit signe à ses soldats de se mettre en position.

— Restez avec eux, ajouta-t-il à l'intention de Séra et de Phil. C'est là que vous serez le plus à l'abri.

Séra prit Eden dans ses bras et se blottit contre lui. Il aurait aimé ne pas avoir à affronter la suite, seulement rester là, contre elle. Mais la jeune fille finit par relâcher son étreinte. Elle déposa un baiser sur sa joue et partit rejoindre les soldats. Phil s'approcha d'Eden et le serra dans ses bras à son tour. L'étreinte du faune, bien plus musclée et moins délicate que celle de Séra, n'en fut pas moins réconfortante pour autant.

— Veille bien sur elle, lui dit Eden tandis qu'il s'éloignait.

Le faune porta la main à son épée et bomba le torse.

— À vos ordres ! dit-il.

Thornan forma plusieurs barrières de protection autour d'eux avant de se tourner vers Eden.

— À nous.

Le jeune magicien suivit le sorcier jusqu'au bord du cercle de pierre qui entourait le portail. Des colonnes effondrées jonchaient le sol autour d'eux, certaines brisées par le temps, d'autres renversées par la bataille. Chaque détail était identique à sa vision. Eden s'avança et parcourut du regard le cercle de pierre à la recherche du corps de son grand-père, mais il n'était plus là. *Sans doute emporté par un arcanophage*, se dit-il avec un pincement au cœur.

Il se rappela s'être vu, debout, là où il se trouvait maintenant. Même les ombres projetées par les colonnes étaient les mêmes. Il avait la sensation étrange de revivre une scène qu'il connaissait par cœur, mais qu'il redoutait à la fois. Au centre, le portail absorbait la lumière autour de lui, un gouffre noir, béant, prêt à engloutir tout ce qui s'approchait.

Il s'arrêta lorsqu'il réalisa que c'était le moment exact. Tout ce qu'il avait vu se déroulait maintenant devant lui. Nous y voilà…

— La voyante avait raison, dit-il.

Thornan le regarda, intrigué.

— À quel sujet ?

Eden ressentait une étrange connexion avec cet instant. Il savait ce qu'il devait dire, comment les choses allaient se passer. Il se tourna légèrement, comme dans la vision. La scène devait se dérouler exactement comme il l'avait vue.

— Tout ça ! dit-il en écartant les bras. Si nous avions agi différemment… nous n'aurions eu aucune chance de refermer ce portail.

Thornan fronça les sourcils.

— À qui parles-tu ? demanda-t-il en le fixant avec méfiance.

Eden sourit légèrement, reproduisant exactement ce qu'il avait fait dans la vision.

— Je disais ça seulement pour moi-même.

— Ce foutu portail n'est pas encore refermé, alors si tu ne veux pas gâcher cette chance, dépêche-toi.

Eden soupira, soulagé. Il avait réussi.

Tout l'avait conduit à cet exact instant. Tout prenait sens. Il se sentait libéré. En même temps, une angoisse naissante venait remplacer le poids de son ancienne responsabilité. Il avançait désormais à l'aveugle, il n'avait aucune idée de ce qui se produirait ensuite et cela le terrifiait.

Une nouvelle vague d'arcanophages émergeait déjà du gouffre en raclant les parois de leurs griffes. L'un d'eux allait se jeter sur le sorcier, mais Eden fit voler une énorme pierre qui assomma la créature et la fit retomber dans le trou.

Le sorcier sortit une petite lame effilée de sous son manteau puis, sans une once d'hésitation, entailla sa paume et serra le poing au-dessus du gouffre pour laisser quelques gouttes de son sang tomber dans les abysses.

La réaction fut immédiate. Le portail se mit à vibrer en réponse au sang du sorcier. Une lueur étrange s'échappa des profondeurs et l'air autour d'eux se chargea d'une brume noire épaisse. Eden sentit les poils de ses bras se dresser.

— C'est maintenant que tout se joue, gamin, dit Thornan.

Le sorcier tendit ses deux mains vers le portail.

— Vas-y !

Eden repéra les symboles identiques à ceux du grimoire et y plaça sa baguette. Une fine lumière jaune vint se glisser dans les interstices des dessins, coulant comme un liquide. Il sentait la magie pulser sous ses pieds et se faufiler dans les fissures du sol comme une bête cherchant à s'échapper.

Thornan leva les mains au-dessus du gouffre et commença à réciter les incantations. Un rugissement retentit depuis les profondeurs et fit trembler le sol. On aurait dit que le portail, doté d'une volonté propre, refusait d'être refermé. Eden se concentra de toutes ses forces pour maintenir le flux de magie. Le cercle réagissait, il aspirait sa magie et il lui en fallait toujours plus. Sous les efforts de Thornan, le portail commença à se contracter.

Soudain, quelque chose changea. Eden sentit la pression augmenter et la magie devint de plus en plus instable. Le sol sous ses pieds se mit à trembler, des fissures apparurent sur les dalles. Une secousse plus forte que les autres lui fit perdre pied et le flux magique se rompit. Eden reprit aussitôt son équilibre et essaya de remettre le sort en place, mais c'était trop tard. Une dalle entière avait sombré dans le trou, emportant avec elle les runes magiques. Il voulut relancer le sort sur les parties restantes, mais rien ne se passa.

— Merde… dit Thornan, c'est en train de…

L'instant d'après, tout s'effondra.

Le portail, au lieu de se refermer proprement, s'affaissa dans un chaos de lumière et d'ombre. Des éclairs de magie sauvage fusaient dans toutes les directions, frappant les colonnes déjà endommagées. Des pans entiers de pierre s'écroulèrent autour d'eux en soulevant des nuages de poussière.

— On perd le contrôle ! cria Thornan en se redressant. Pars, gamin ! Maintenant !

Mais Eden ne bougea pas. Il voyait la détresse dans les yeux du sorcier qui essayait désespérément de maintenir le sort. Si Thornan restait ici, il ne s'en sortirait pas.

— Non, répondit fermement Eden.

— Pars ! hurla Thornan, la voix pleine de fureur. On ne peut pas mourir ici tous les deux, tu m'as fait une promesse !

— Je ne te laisserai pas !

La force qui se dégageait du portail était insupportable. Il s'efforçait d'aider Thornan à maintenir la stabilité du sort, mais tout n'était que chaos et il n'avait plus aucune idée de ce qu'il faisait.

Autour du portail, l'espace se tordait en aspirant tout sur son passage. Eden se sentait tiraillé de toutes parts. Une tornade noire jaillit soudain des ténèbres. Elle balaya le jardin en soulevant pierres, arbres, débris… rien ne lui échappait.

Les arcanophages se retrouvèrent pris au piège. La tornade les attirait avec une force irrésistible. Emportés dans les airs, leurs corps distordus se contorsionnaient sous l'effet de la puissance du gouffre. Les créatures hurlaient, des cris perçants et inhumains, leurs griffes raclaient le sol, cherchant désespérément à s'accrocher aux dalles, aux pierres, à tout ce qui leur offrirait une chance de survie. Mais rien ne pouvait les sauver. Le portail, affamé, les engloutissait un à un.

Dans un dernier élan, l'une des créatures tenta de se jeter sur Eden, mais la tornade l'attrapa avant qu'elle ne puisse l'atteindre. Son corps se fragmenta avant d'être avalé par l'obscurité.

Le sol sous leurs pieds se déroba tout à coup. Thornan, déstabilisé par l'intensité du flux de magie, perdit l'équilibre et bascula en arrière, vers le gouffre.

— Nooon !

Eden se jeta en avant. Il attrapa de justesse le bras du sorcier alors qu'il disparaissait dans l'abîme. Il planta son pied dans une fissure du sol et tira de toutes ses forces pour ne pas être entraîné dans sa chute. Le vent vociférait, la magie du portail les cernait de tous côtés, prête à les broyer.

— Tu n'obéiras donc jamais ! grogna le sorcier en agrippant le bras d'Eden.

Le magicien retint Thornan plus fort. Ses muscles brûlaient sous l'effort. Le portail se rétrécissait peu à peu, alors que la dernière créature disparaissait dans le gouffre. S'ils ne sortaient pas vite de là, le portail se refermerait sur eux.

Eden se sentit soudain tiré vers l'arrière. Phil attrapa l'autre bras de Thornan tandis que Séra s'accrochait à lui. Le portail faiblissait de plus en plus. Plusieurs soldats vinrent à leur secours et Thornan se hissa sur les dalles juste à temps. Le gouffre laissa échapper un dernier rugissement d'agonie, suivi d'un silence soudain.

Le portail était scellé.

Couché sur le sol, Eden n'osait plus bouger. Tous restèrent là un moment à apprécier le silence en regardant le ciel. Tout était redevenu calme. Thornan se releva le premier, les yeux rivés sur l'endroit où, quelques instants plus tôt, s'ouvrait encore le gouffre béant du Portail noir.

— C'est terminé, dit Eden.

Thornan hocha la tête, mais il ne répondit rien. Le jeune homme se leva à son tour, encore abasourdi par ce qu'ils venaient d'accomplir. Un sourire, hésitant d'abord, se dessina sur son visage. Il était vivant, ils l'étaient tous. Le portail était fermé, pour de bon cette fois. Séra se jeta dans ses bras. Elle rit nerveusement en essuyant une larme de soulagement. Phil arriva à son tour en sautillant de joie. Le faune les attrapa tous les deux dans une étreinte maladroite et les souleva du sol.

— On l'a fait ! s'écria-t-il. On l'a vraiment fait !

Eden éclata de rire, un rire qui venait de loin. Toute la tension de ces dernières heures s'échappait d'un coup. Il échangea un regard complice avec Phil, qui continuait de gambader autour de lui. Les soldats, eux aussi soulagés, se donnaient des accolades en riant. Même le capitaine Gregor, d'ordinaire si froid, affichait un sourire discret, mais sincère.

Au milieu de cette scène de joie, seul Thornan arborait toujours le même air sinistre. Eden se dégagea de l'étreinte de ses amis et s'avança vers lui. Il savait pourquoi le sorcier restait en retrait. Il approcha, hésitant un instant avant de lui poser une main légère sur l'épaule.

— Thornan… murmura-t-il en cherchant ses mots. Merci.

Le sorcier ne répondit pas. Il aurait voulu trouver les bonnes paroles pour l'apaiser, mais de tels mots n'existaient pas.

— Ça va aller ? demanda-t-il.

— Non, dit-il, ça n'ira jamais.

Eden retira doucement sa main, attendant que le sorcier poursuive.

— J'ai fait tout ça pour rien, continua Thornan avec amertume. J'ai ouvert ce portail pour sauver Orion. J'ai sacrifié des vies, détruit des familles, trahi mon royaume… Tout ça pour rien. Pendant cent ans, je me suis raconté que ça en valait la peine. Que tout ce que j'avais fait, tout ce que j'avais perdu, c'était pour lui. C'était pour une cause plus grande, pour mon fils. Maintenant, il n'y a plus rien. J'ai laissé mon peuple vivre cent ans sous l'oppression du Haut Conseil… pour rien. Tout ce que j'ai fait… tout ce que j'ai détruit… pour rien.

Jamais Eden n'avait vu Thornan aussi vulnérable. Celui qui inspirait tant de haine et de terreur n'était qu'un homme brisé. Malgré tout ce qu'avait pu faire le sorcier et malgré leurs désaccords, il avait appris à le connaître et à l'apprécier.

Thornan laissa échapper un rire amer, sans joie.

— Je me suis accroché à cette idée pendant cent ans, poursuivit-il. Peut-être qu'au fond, je cherchais seulement à justifier mes actes… Tu aurais dû me laisser mourir. C'est la fin que j'aurais dû connaître.

Eden ne savait pas quoi dire. Il voyait la douleur sur le visage du sorcier, cette douleur qui n'avait jamais vraiment quitté ses yeux, mais qui aujourd'hui était à nu, sans la moindre barrière pour la contenir.

— Tu avais tort, dit-il.

Thornan leva les yeux vers lui, comme s'il ne remarquait que maintenant sa présence.

— Concernant la guerre, poursuivit Eden. Parfois, ce sont des gens bien qui se battent contre d'autres gens bien, mais pour de mauvaises raisons.

Chapitre 40

L'allégresse de la victoire passée, la faim et la fatigue commençaient à se faire ressentir, sans parler du froid. Il faisait nuit depuis un moment et une brume glacée tombait sur le jardin. Ils laissèrent derrière eux les ruines du portail pour rejoindre le château.

En passant ce qu'il restait de la grande porte, Eden eut un frisson. Le hall était figé dans une scène chaotique de débris et de sang séché, vestiges du terrible combat qui avait fait rage quelques heures plus tôt. En les voyant arriver, Hildegarde s'avança vers Thornan avec un sourire serein.

— Est-ce que cette fois, je peux vous proposer du thé, monseigneur ?

— Il va nous falloir bien plus que du thé, Hildegarde.

Sans un mot de plus, la vieille femme hocha la tête et disparut dans les couloirs. Thornan les guida jusqu'à une grande salle à manger. La pièce n'avait visiblement pas servi depuis longtemps et les meubles étaient couverts de draps, eux-mêmes couverts d'une épaisse couche de poussière. Le sorcier tira sur l'un d'eux et découvrit une grande table autour de laquelle chacun prit place.

Eden s'installa entre Séra et Thornan. Il avait du mal à se dire qu'il était là, en vie, assis à table entouré de ses amis. Tout cela lui paraissait encore irréel. Quelques minutes plus tard, Hildegarde revint avec une grande marmite fumante. Elle la déposa au centre de la table, puis apporta deux bouteilles de vin poussiéreuses et plusieurs miches de pain. L'odeur d'une soupe épaisse et nourrissante envahit la pièce, et Eden réalisa à quel point il était affamé.

— Ce n'est pas grand-chose, mais ça réchauffera vos cœurs et vos corps, dit la servante avec un sourire bienveillant. Et pour le dessert, j'ai un gâteau au beurre qui sort du four.

— Comment a-t-elle préparé tout ça en si peu de temps ? s'étonna Séra.

Eden haussa les épaules. La vieille femme était bien plus maligne qu'elle n'en avait l'air, et ce repas devait probablement attendre leur retour depuis des heures.

Phil se redressa d'un bond et s'empara d'une cuillère :

— Vous savez comment remonter le moral des troupes, Hildegarde !

Ils se servirent tous, et bientôt, le bruit des couverts raclant les bols remplaça celui des conversations. Le repas était simple, mais savoureux. Après ce qu'ils avaient traversé, c'était exactement ce dont ils avaient besoin.

Le capitaine Gregor, assis en bout de table, rompit finalement le silence en posant son bol vide sur la table.

— J'ai suivi les ordres du Haut Conseil toute ma vie, dit-il en baissant les yeux. Je pensais que c'était la bonne chose à faire. Mais ce que j'ai vu aujourd'hui… Ces créatures…

Il s'interrompit un instant, une lueur de détresse dans le regard.

— Je croyais bien agir, mais j'avais tort. Puissent les dieux me pardonner d'avoir participé à cette folie.

Eden observa le militaire attentivement. Il ne décela en lui aucune duplicité, seulement un homme abattu, pris dans un engrenage qu'il ne comprenait plus.

— C'est une grande victoire que nous pouvons célébrer ce soir, poursuivit-il, une victoire qui n'aurait pas été possible sans le courage du seigneur Calrend et du jeune Greenhaven.

Il leva son verre et les autres l'imitèrent. Eden s'enfonça légèrement dans sa chaise.

— Mais il reste encore un problème majeur, reprit le capitaine : le Haut Conseil ne restera pas les bras croisés quand il apprendra que son plan est tombé à l'eau.

Phil, la bouche pleine de pain, acquiesça d'un signe de tête. Même s'ils s'étaient appliqués à ne pas y penser, tous savaient que rien n'était terminé. La conversation autour de la table devint plus sérieuse.

— Qu'ils viennent ! dit le faune en tapant du poing sur la table. Nous allons barricader le fort, nous préparer à tenir un siège et les combattre !

Gregor secoua la tête.

— Ce fort est en ruine et nous sommes trop peu nombreux pour résister à l'armée d'Itarah. Ce serait un massacre.

— Et si on rejoignait les factions rebelles ? proposa Séra. C'était notre objectif, au départ. Si nous faisons cause commune avec eux, nous aurons une chance.

Plusieurs têtes acquiescèrent autour de la table. *C'est une idée sensée,* pensa Eden. Pourtant, il ne parvenait pas à y adhérer. Il se leva et prit la parole.

— Nous risquons de perdre un temps précieux. Si on leur laisse le temps de rassembler l'armée, même avec les forces rebelles de notre côté, nous n'aurons aucune chance.

— Le petit a raison, dit le capitaine, le temps joue contre nous.

— Nous devons frapper maintenant, dit Eden, avant qu'ils ne s'y attendent. Nous devons aller à la capitale.

Sa déclaration laissa place à un silence pesant. Tous les regards se tournèrent vers lui.

— Descendre sur la capitale ? dit Phil. Avec quoi ? On n'a pas d'armée, et…

— Justement, coupa Eden. On va les prendre par surprise ! Pour l'instant, ils ne savent rien de ce qui s'est passé ici. Ils pensent que toi, Séra et moi sommes en fuite, que le capitaine et ses hommes sont de leur côté, et ils ne savent pas que Thornan a récupéré ses pouvoirs. Ils n'anticiperont jamais une attaque. C'est notre chance.

— Aussi fou que cela puisse paraître… il a raison, admit Gregor. C'est risqué, mais attendre serait un suicide certain.

Eden éprouva une bouffée de soulagement. Il avait réussi à les convaincre. Seul Thornan était resté silencieux depuis le début du repas.

— Thornan ? Qu'en penses-tu ? demanda Eden.

Le sorcier leva les yeux vers lui.

— Je ne me suis jamais engagé à me battre contre le Haut Conseil. Mon rôle s'est terminé avec le portail.

Évidemment. Il aurait dû se douter que ce ne serait pas si simple. Mais sans le sorcier à leurs côtés, ils n'avaient aucune chance de réussir.

— Tu ne peux pas dire ça, dit Eden. Tu as tout sacrifié pour refermer ce portail, pour réparer tes erreurs. Mais si on n'en finit pas avec le Haut Conseil, ça n'aura servi à rien. Ils continueront de mentir et de faire souffrir le peuple. Ton peuple. Tu ne peux pas laisser tomber maintenant.

Thornan le regarda longuement avant de répondre d'un ton glacial :

— Ce n'est plus mon peuple.

— Mais c'est toujours ta responsabilité ! répliqua Eden.

Thornan détourna les yeux, perdu dans ses pensées.

— Très bien, finit-il par dire. Je vous suivrai.

— Merci, dit Eden.

— Hmm, grogna-t-il sans relever la tête.

— Qu'est-ce qui t'a fait changer d'avis ? Pour le portail ? Pour Dannamore ? Je commence à te connaître… Thornan Calrend ne se laisse pas convaincre aussi facilement.

— Je fais juste ce que j'aurais dû faire depuis longtemps. Ça n'a rien à voir avec toi, gamin.

Le gâteau au beurre d'Hildegarde arriva à point nommé, au moment où la conversation s'animait autour des détails du plan. Thornan, qui paraissait encore plus sombre qu'à son habitude, se leva soudain de table.

— Il y a quelque chose que je dois faire avant de partir, déclara-t-il.

Eden comprit immédiatement de quoi il s'agissait. Incapable de trouver quoi lui dire, il se contenta de le regarder s'en aller.

— Nous devons diviser nos forces, continua Gregor. Mes hommes iront trouver les factions rebelles pour les rallier à notre cause. Pendant ce temps, nous préparerons notre attaque de la capitale.

— Pourquoi ne pas garder le plus de monde possible pour Dannamore ? Nous aurons besoin de force de frappe, intervint Eden.

— Parce que c'est inutile : personne ne laissera entrer une division entière dans la citadelle et encore moins s'approcher du Haut Conseil. Alors qu'un homme de confiance, seul avec quelques prisonniers…

Les autres acquiescèrent, et la conversation reprit. Eden, distrait, ne pouvait détacher son regard du couloir sombre où Thornan s'était engouffré. Il savait que le sorcier préférait être seul, qu'il n'avait pas sa place à ses côtés, mais une part de lui ne pouvait s'empêcher de vouloir le rejoindre, d'être là pour son ami. Séra finit par poser une main sur son épaule.

— Viens. On doit se reposer.

Eden jeta un regard autour de lui. Plongé dans ses pensées, il n'avait pas remarqué que les débats avaient pris fin. Tout le monde quittait la table et Hildegarde apportait des couvertures.

— Il est avec son fils, n'est-ce pas ? demanda-t-elle.

Une boule dans la gorge empêcha le jeune magicien de répondre et il se contenta d'acquiescer de la tête.

— Il ne reviendra pas de sitôt, dit-elle, il a besoin de temps. Et nous, nous devons nous reposer. Vous devez être épuisé.

Il finit par se lever. Elle avait raison. La journée avait été longue, et ce qui les attendait serait encore plus éprouvant.

— Tenez, jeune homme, dit la vieille femme en lui tendant une pile de vêtements propres.

Eden la remercia, mais son regard s'attarda sur le tissu. Devinant à qui ils appartenaient, il hésita à les prendre.

— Je ne peux pas…

— Vous empestez, coupa-t-elle. Vous ne pouvez pas rester ainsi. Ce ne sont que des vêtements, prenez-les.

Il baissa les yeux. Elle était dans le vrai, il se trouvait dans un état lamentable.

— Monseigneur Thornan a donné son accord, insista Hildegarde.

Il tendit la main et prit la pile avec précaution. Après un brin de toilette, il se changea et rejoignit les autres. Thornan n'était toujours pas revenu. Épuisé, il s'enroula dans une couverture et s'allongea près de Séra.

Chapitre 41

Séra se redressa péniblement, les muscles endoloris par sa nuit sur le sol dur. Chacun était occupé soit à empaqueter ses affaires, soit à prendre le petit déjeuner. Hildegarde s'approcha d'elle avec une tasse et un petit paquet.

— Tenez, mon enfant, une bonne tasse de thé et un petit quelque chose pour la route.

— Merci, Hildegarde, dit Séra en attrapant la tasse fumante et le paquet.

La vieille servante lui sourit, puis partit s'affairer à autre chose. Elle avait l'air ravie d'avoir du monde de qui s'occuper.

Après un long moment, Thornan apparut enfin dans l'embrasure de la porte. Son visage était marqué, fatigué, et dans ses yeux brillait une tristesse sans fond. Il tenait dans ses bras un corps délicatement enveloppé d'un drap blanc. Sans un mot ni un regard, il traversa le couloir.

D'un accord muet, ils se levèrent tous et le suivirent à l'extérieur. Le cortège, d'abord silencieux, fut bientôt accompagné par une douce musique jouée par Phil. Le long du chemin, des centaines de fleurs se mirent à pousser et en un instant, le sentier aride fut recouvert d'une profusion éclatante de couleurs.

Rien ne pourrait apaiser la souffrance de Thornan, tous le savaient. Mais Séra espérait qu'au moins cet hommage lui apporterait la maigre consolation de voir son fils recevoir les adieux qu'il méritait.

Le caveau familial des Calrend était surmonté d'un imposant mausolée en marbre couvert de gravures. Malgré le passage du temps, celles-ci portaient encore quelques traces de peinture fanée. Il était fermé par une double porte en fer forgé qui s'ouvrit d'elle-même à l'approche de Thornan. Séra resta à l'extérieur, avec les autres. Tous gardèrent le silence, à l'exception de Phil qui poursuivait son requiem. Le lierre sec qui recouvrait une partie du mausolée fut bientôt remplacé par de magnifiques roses grimpantes ornées de centaines de fleurs d'un blanc éclatant.

Lorsque Thornan ressortit, son regard était vide. Ses traits tirés disaient tout de la nuit qu'il venait de traverser, mais aucune larme ne coulait sur ses joues. Il avait l'air d'un homme qui les avait déjà toutes versées. En passant devant Phil, il ralentit légèrement, comme s'il voulait le remercier sans en trouver la force. Il dépassa les autres sans un mot.

De retour dans le fort, chacun vaqua à ses occupations. Aucun n'osait parler à haute voix ou faire trop de bruit de peur de perturber le deuil du sorcier. Une fois sa besace de voyage prête, Séra aida Hildegarde à distribuer de la nourriture et des vêtements. Lorsque tous furent parés, Thornan apparut avec un sac sur l'épaule. Voyant que personne d'autre n'osait le faire, le capitaine Gregor prit la parole le premier :

— Mes hommes sont prêts à se mettre en route.

Thornan se contenta de hocher la tête, l'air perdu. Le capitaine attendit, mais aucune instruction ne vint. Le sorcier n'était de toute évidence pas en état de donner des ordres, mais personne ne semblait s'en rendre compte. Séra tira Eden vers elle.

— Prends le relais, lui chuchota-t-elle à l'oreille.

Comme il ne réagissait pas, elle le poussa de force vers le capitaine.

— Bien, euh… balbutia Eden. Êtes-vous sûr qu'ils pourront trouver facilement les rebelles ?

Le capitaine, qui commençait à s'impatienter, parut soulagé que quelqu'un débloque la situation.

— J'étais chargé par le Haut Conseil de les surveiller de près, dit-il, et j'ai transmis à mes hommes leurs dernières coordonnées connues. Ils ne se déplacent pas beaucoup en général, donc ça ne devrait pas poser de problème. Maintenant, il n'y a plus qu'à espérer qu'ils nous croient…

— On compte sur vous pour vous montrer convaincants, dit Eden à l'intention des soldats.

Ces derniers firent leurs adieux et quittèrent le fort. Séra les regarda s'éloigner, un peu inquiète. Elle aurait été plus rassurée s'ils avaient été plus nombreux.

— Prenez bien soin de vous, lui dit la servante en lui serrant tendrement la main.

— Merci pour tout, Hildegarde, répondit Séra en lui souriant.

Elle s'était, en très peu de temps, attachée à la vieille femme, qui allait beaucoup lui manquer.

— C'est à moi de vous remercier, dit Hildegarde.

Elle tendit la main devant elle et forma une flamme au creux de sa paume.

— Un service rendu par votre ami, dit-elle en désignant Eden. C'est un brave garçon, il me rappelle Thornan quand il était plus jeune.

— Surtout, ne le leur dites pas ! dit Séra en riant. Je ne sais pas lequel des deux le prendrait le plus mal !

— Tu viens, Séra ? On est prêts.

Eden, accompagné de Phil, Thornan et Gregor, l'attendait dans le grand hall. Elle échangea un dernier sourire complice avec Hildegarde et les suivit.

Au moment de passer ce qu'il restait des portes, Séra ralentit. Là, à quelques mètres, elle aperçut les restes déchiquetés de son golem. Ce n'était plus qu'une masse de tissu informe, une de ses jambes était à moitié arrachée et ses bras avaient disparu. Elle s'accroupit pour ramasser un morceau d'étoffe sur lequel on distinguait encore le vaillant chevalier de la tapisserie. Elle était déçue de voir son œuvre ainsi détruite.

— C'était mon grand-oncle, dit Thornan en pointant du doigt le cavalier. Il s'est bien mieux battu hier qu'il ne l'a jamais fait de son vivant.

Il esquissa un sourire sans joie, que la jeune fille lui rendit.

— C'est toi, Séra, qui as sauvé tout le monde, dit Eden. Sans toi, on ne s'en serait jamais sortis. Ce golem… était incroyable.

La fée se sentit rougir et baissa les yeux.

— Je n'étais pas sûre que ça marcherait…

Elle releva le regard vers lui, émue. À cet instant, elle perçut que quelque chose en elle avait changé. Elle avait prouvé qu'elle pouvait être forte, qu'elle était capable de se battre aux côtés de ses amis. Elle avait réussi. Elle qui s'était toujours crue faible et inutile avait réussi à accomplir quelque chose d'important, quelque chose de grand. Elle sourit à Eden, et murmura :

— Merci.

CHAPITRE 42

Le vent du Nord, qui les poussait depuis le départ, soufflait une fraîcheur mordante. Phil frissonna et resserra sa cape en jetant un dernier regard en arrière. Derrière eux, la silhouette imposante du fort d'Éther s'effaçait peu à peu.

— La route jusqu'à Dannamore va être longue, dit Eden. Ne pourrait-on pas trouver des chevaux dans un village alentour ?

— Encore et toujours ces maudites bêtes, marmonna le faune. On est très bien comme ça.

— Pour toi peut-être, mais au nom de tous ceux qui n'ont pas de sabots, j'approuve l'idée d'Eden ! répondit Séra.

— Je crois que j'ai bien mieux que des chevaux, annonça le capitaine avec un sourire énigmatique. Avez-vous le pied marin, Philigast ?

— Je… euh… je ne sais pas trop…

— Eh bien, vous aurez bientôt l'occasion de le découvrir ! Un peu plus loin se trouve Olishara, une petite ville fluviale. On devrait y arriver d'ici ce soir. Je peux y réquisitionner un bateau sur ordre du Haut Conseil. Ça nous fera gagner plusieurs jours de voyage. Il faudra vous faire discrets, ajouta-t-il.

Phil n'était pas sûr de préférer la navigation aux chevaux, mais l'idée de rejoindre le fleuve fit bondir son cœur dans sa poitrine.

Quelque part, dans les eaux tumultueuses du fleuve Blanc, l'attendait Jade, et rien ne pouvait lui faire plus plaisir que de la retrouver.

Éparpillés le long de la route, ils croisèrent plusieurs villages en ruine, témoins du passé prospère de la région. À moins d'un jour de marche du fort d'Éther, ces villages faisaient autrefois partie du centre névralgique du pays, mais aujourd'hui, il n'en restait plus que quelques pierres.

— Tu es nerveux à l'idée de la revoir ? lui demanda soudain Séra.

— Je veux pouvoir tenir ma promesse, répondit Phil.

Il serra dans sa main sa flûte accrochée en bandoulière.

— Et tu vas y arriver ! dit-elle. Tu as accompli des choses extraordinaires depuis votre rencontre. Des choses dont tu ne te pensais pas capable. Je crois en toi.

Peu habitué à de tels compliments, le faune se contenta de sourire. Gregor s'arrêta pour désigner un point près du fleuve que lui seul semblait voir.

— Olishara est juste là. Nous y serons d'ici peu. Vous êtes les personnes les plus recherchées de tout le royaume, alors essayez de ne pas vous faire remarquer pendant que je nous trouve un bateau.

Lorsqu'il aperçut enfin les toits des premières habitations d'Olishara, le groupe accéléra le pas. Le capitaine Gregor, en tête, arborait fièrement son uniforme ; le respect qu'il imposait leur serait bien utile pour éviter qu'on leur pose trop de questions. Les autres, cachés sous de longues capes noires de voyage, le visage enfoncé sous leur capuchon, suivaient, tête baissée, en évitant le regard des passants.

Les rues d'Olishara étaient animées, et dès qu'ils pénétrèrent dans les ruelles pavées, l'odeur du poisson frais et du bois humide les envahit. Comparée aux terres ravagées qu'ils avaient traversées, Olishara était un havre de paix. Les maisons en bois au toit de chaume formaient un labyrinthe autour du port, où des bateaux de toutes tailles étaient amarrés, attendant leurs prochains voyageurs ou de nouvelles cargaisons. Les quais étaient animés : des marchands échangeaient des marchandises, des pêcheurs ramenaient leur prise du jour, tandis que des enfants couraient entre les étals.

— Une ville encore vivante, dit Séra.

— Olishara a toujours été un lieu important pour le commerce fluvial, répondit Thornan. Tant que le fleuve coulera, cette ville prospérera.

Phil eut un pincement au cœur. Il n'avait pas revu une telle insouciance depuis qu'il avait quitté Nabel. Même s'il n'y était pas le bienvenu, c'est là-bas qu'il avait toujours vécu, et il se surprit à avoir le mal du pays.

— Si on n'avait pas refermé le portail… commença Eden sans finir sa phrase.

Phil n'osa pas non plus penser à ce qui serait arrivé à ces pauvres gens s'ils avaient échoué. Se concentrant sur autre chose, il s'avança vers les quais, observant les bateaux amarrés et cherchant des indices de la présence de Jade dans les remous de l'eau.

— Capitaine Gregor ! héla quelqu'un.

Le militaire fouilla la foule du regard à la recherche de la personne qui l'avait reconnu.

— Cachez-vous ! dit-il discrètement, tandis qu'un haut gradé, suivi de plusieurs soldats, s'approchait.

Thornan tira sa capuche plus bas pour dissimuler son visage. Phil fit de même en se fondant dans la foule pour ne pas attirer l'attention.

— Capitaine Gregor ! On ne nous avait pas prévenus de votre venue à Olishara. Un problème ?

— Tout va bien, je ne fais que passer.

— Vous restez pour la nuit ? Il y a une excellente auberge un peu plus bas. La cuisine y est succulente et la bière bien fraîche !

— Cela aurait été avec plaisir, malheureusement je ne peux pas. Je suis attendu.

— Très bien, mais la prochaine fois, vous n'y échapperez pas !

— C'est entendu. Bonne soirée, Londarc.

— Bonne soirée à vous, Gregor.

L'homme lui serra chaleureusement la main, puis s'éloigna. Lorsqu'il fut totalement hors de vue, Gregor se tourna vers eux.

— Je ne pensais pas qu'il y aurait une garnison ici, dit-il. Le Haut Conseil était censé donner l'ordre aux troupes les plus proches de rentrer à la capitale. Un mensonge de plus, sûrement…

— S'il y a des soldats dans le coin, nous devons nous montrer encore plus prudents et partir au plus vite, lança Thornan.

Ils traversèrent le marché et approchèrent un petit groupe de pêcheurs qui chargeaient leur bateau. Gregor s'avança vers l'un d'eux, un homme robuste au visage tanné par le soleil.

— Je suis le capitaine Gregor, en mission spéciale sur ordre direct du Haut Conseil, et j'ai besoin d'un bateau pour descendre le fleuve, déclara-t-il en sortant quelques pièces d'or de sa poche. Nous devons partir au plus vite, nous sommes pressés, ajouta-t-il avant que l'homme n'ait eu le temps de répondre.

L'homme observa les pièces avec un mélange de curiosité et de méfiance.

— Vous cinq ? Je peux vous emmener demain matin, répondit-il en lorgnant l'or.

— Non, nous devons partir ce soir, insista Gregor.

Le marin haussa un sourcil et son regard traîna un peu trop longtemps sur Thornan.

— Ce soir, tu dis ? ricana-t-il. Peu importe qui t'envoie, c'est un peu tard pour partir. J'ai prévu d'aller boire un coup à la taverne et le bateau ne sera pas prêt avant demain matin.

Gregor s'avança d'un pas vers le pêcheur et reprit d'une voix plus dure :

— Je paierai le double, mais nous devons partir maintenant. Aucune question.

L'homme hésita un instant. Il regarda tour à tour Gregor et les autres, puis soupira en haussant les épaules.

— Bien. Pour ce prix-là, je peux bien repousser ma visite à la taverne.

Il leur fit signe de le suivre.

— Voilà ma fierté, dit-il en pointant du doigt un vieux bateau. Elle n'est plus de la première jeunesse, mais elle tient la route… Enfin, le fleuve, précisa-t-il en éclatant de rire. Capitaine Morgald, pour vous servir ! Allez, montez à bord.

Phil jeta un coup d'œil suspicieux au bateau. Il n'était pas certain de vouloir monter là-dessus, mais à l'idée de se rapprocher de Jade, il oublia ses craintes et grimpa sur l'embarcation. Celle-ci était en bien plus mauvais état que ne semblait prêt à le reconnaître son capitaine. Aucune des planches n'avait la même couleur, le pont, rongé par la pourriture, était criblé de trous, et les voiles avaient été rapiécées à plusieurs reprises. Pourquoi avait-il fallu qu'ils tombent sur le pire bateau de toute la ville ? Morgald, aveuglé par l'amour qu'il portait à son épave, leur en présenta chaque recoin avec la plus grande fierté.

— Nous devons partir. Maintenant, insista Gregor.

— Oui, oui, ça arrive, grogna Morgald en détachant le bateau du quai.

Le marin hissa les voiles et le vent les emporta vers le centre du fleuve. La nuit tomba peu de temps après leur départ et l'obscurité sur le rafiot était seulement troublée par quelques lanternes à huile et un faible croissant de lune. Ils avançaient doucement, portés par les courants du fleuve Blanc et une légère brise. Ils se regroupèrent à l'arrière du bateau, et Morgald leur lança un paquet de vieilles couvertures humides.

— Faudra vous contenter de ça, dit-il.

Phil voulut en ramasser une, mais fut pris d'un haut-le-cœur. Il se pencha par-dessus bord, prêt à vomir, mais se retint juste à temps. Il ne pouvait quand même pas vomir là ? Et si Jade se trouvait juste en dessous ? Il se laissa tomber sur le pont. La tête lui tournait et chaque mouvement du bateau lui retournait l'estomac.

— Hé, le faune, là ! Si tu dégobilles, c'est par-dessus le bastingage ! jeta le pêcheur. Sinon, je te fais nettoyer le pont avec la langue, et crois-moi, ça va pas te plaire !

Phil eut un nouveau haut-le-cœur à cette idée, mais il se contrôla et fit signe au marin que tout allait bien. Il se contenta d'un peu d'eau en guise de dîner et s'enroula dans une couverture. Allongés sur le sol, les mouvements de l'embarcation lui semblèrent plus supportables. Bien, il resterait allongé là jusqu'à la fin du voyage s'il le fallait. Il ne vomirait pas sur sa bien-aimée et il ne lécherait pas ce vieux pont crasseux.

— Au moins, on n'a pas besoin de marcher, dit Eden en s'allongeant à côté de lui.

— Oui, répondit Phil, la tête ailleurs.

Il avait cru naïvement que Jade serait là à l'attendre dès qu'il approcherait du fleuve, mais elle pouvait se trouver n'importe où. Peut-être ne savait-elle même pas qu'il était là. Ou peut-être l'avait-elle oublié…

Les premiers rayons de l'aube perçaient à travers la brume qui recouvrait encore le fleuve quand Phil se leva. Il s'étira et, sans faire de bruit pour ne pas réveiller ses compagnons, s'approcha du bord. Rien. Pas de lumière, pas de remous différents des autres. Comment avait-il pu croire qu'elle voulait de lui ? Qu'elle l'attendrait ?

Il songea un instant à se jeter par-dessus bord. C'est sans doute ce qu'il aurait fait il y a peu encore. Tiré soudain de ses réflexions, il remarqua que l'eau du fleuve s'agitait. Le courant, jusque-là doux et régulier, s'accéléra, poussant leur embarcation à une vitesse anormale pour un matin calme. Morgald, qui tenait toujours fermement la barre, lança un regard inquiet vers le cours d'eau.

— C'est pas normal, marmonna-t-il.

Phil sentit l'excitation monter en lui. Il n'avait aucun doute sur l'origine de ce phénomène. *Jade.* Elle devait être là, quelque part sous la surface, veillant sur eux, les guidant à travers les méandres du fleuve. Comment avait-il pu douter d'elle ?

— Que se passe-t-il ? demanda Séra en se levant à son tour, suivie de près par Eden et Thornan.

Phil ne répondit pas et se contenta de sourire. Il devinait la présence de la nymphe dans chaque vague qui frappait la coque du bateau, dans chaque souffle du vent qui faisait frémir les voiles.

— Les esprits du fleuve sont avec nous ! lança Morgald en riant. Accrochez-vous !

— Est-ce qu'on doit s'inquiéter ? demanda Gregor en s'agrippant au mât.

— Pas le moins du monde, répondit Phil.

Propulsé par une force surnaturelle, le bateau glissait maintenant à une vitesse qu'ils n'auraient jamais pu atteindre par leurs propres moyens. Phil, qui avait complètement oublié son mal de mer, courait de bâbord à tribord en espérant apercevoir sa belle.

Quelques heures plus tard, ils approchèrent d'un grand pont de pierre qui enjambait le fleuve. Un peu en amont de celui-ci se trouvait un petit port où allaient et venaient des bateaux de passage, déchargeant des marchandises ensuite chargées sur des carrioles. Le bateau ralentit peu à peu.

— Déposez-nous un peu plus loin, dit Gregor.

— À vos ordres, répondit Morgald.

Ils passèrent sous le pont, et le pêcheur manœuvra habilement pour accoster sur une petite berge, à l'endroit où une étroite bande de terre s'étirait sur la rive, à l'abri des regards et de l'agitation du port.

— Fin de la route pour moi, annonça le marin. Vous avez eu de la chance. Ce courant rapide vous a fait gagner une bonne journée. Les dieux du fleuve étaient avec vous.

— Vous ne nous avez jamais vus, dit Gregor en lui remettant les pièces d'or.

— Je ne veux pas d'ennuis, répondit Morgald.

Dès qu'ils eurent tous accosté, il les salua une dernière fois et repartit. Phil faisait nerveusement les cent pas sur le rivage. Il discernait toujours la présence de Jade, quelque part sous les flots. Pourquoi ne se montrait-elle pas ? Était-ce vraiment elle ? « Joue pour moi, Philigast », avait-elle demandé. *C'est ça !*

Il porta l'instrument à ses lèvres et joua une musique douce et mélancolique. Il ne savait pas s'il devait jouer une mélodie spécifique, et si c'était le cas, il ne la connaissait pas ; une mélodie probablement oubliée de tous depuis des décennies. Il se dit cependant qu'en y mettant tout son cœur, cela fonctionnerait. Cela *devait* fonctionner. C'était son seul espoir.

Les premières notes voguèrent dans l'air en se mêlant aux bruits du fleuve. Et comme s'il l'avait appelée, Jade émergea de l'eau. Sa silhouette translucide prit forme juste sous la surface, ses cheveux flottant autour d'elle comme des vagues. Ses yeux croisèrent ceux de Phil, et il ressentit immédiatement la force du lien qui les unissait. Elle était là, elle était venue, pour lui. Il continua à jouer avec plus de ferveur encore la mélodie qui devait la libérer de sa prison aquatique. Jade s'approcha et posa délicatement son pied sur la terre ferme. Sa peau translucide et bleutée, auparavant faite d'eau, commença à se solidifier, prenant une teinte délicate. D'abord aussi pâle que le fond du fleuve, elle se colora finalement de rose et d'or. Son corps tout entier se transforma, passant de la fluidité de l'eau à une forme plus tangible. Ses cheveux, auparavant comme des vagues mouvantes, tombèrent en mèches épaisses et humides sur ses épaules. Son visage, autrefois flou et indéfinissable, devint clair et délicat. Ses yeux en revanche, d'un bleu profond, ne changèrent pas : ils brillaient toujours avec cette intensité surnaturelle, comme les profondeurs d'un lac. Pour le faune, Jade n'avait jamais été aussi belle qu'en cet instant.

— Tu es libre, murmura-t-il en la voyant entamer quelques pas de danse en riant.

— Nous sommes liés pour l'éternité, dit-elle.

Elle s'avança doucement vers lui et tendit la main pour effleurer son bras. Phil sentit une chaleur bienveillante envahir son cœur. Il avait réussi. Il était enfin digne d'elle, de son amour, digne d'être heureux.

— Nous ne pouvons pas l'emmener. C'est trop dangereux, dit Thornan.

Comment ça, ne pas l'emmener ? Rien ni personne ne pourrait empêcher le faune de rester près de sa nymphe. Et il allait le lui faire comprendre, il ne se laisserait pas faire ! Il n'eut pas le temps de réagir que Jade s'avançait avec détermination vers le sorcier.

— Je vous connais, vous. Vous qui avez noyé mon fleuve de vos larmes. Vos larmes… et celles de tant d'autres… Je peux encore sentir leur goût salé sur ma langue, énonça-t-elle d'une voix glaciale.

Avant que Thornan ne puisse répliquer, elle s'agenouilla près du fleuve et plongea sa main dans l'eau. Son bras se fondit instantanément dans le courant, comme si elle faisait à nouveau partie du fleuve. L'eau ondula autour d'elle et une lueur brillante émana de sous la surface. Quelques instants plus tard, Jade retira son bras. Dans sa main se trouvait un fin collier en argent auquel pendait une petite fiole de verre, finement ciselée, entourée de métal élégamment gravé.

— Prends, dit Jade en déposant délicatement le collier dans les mains du faune. Je peux y entrer et en sortir à volonté. J'y serai en sécurité si besoin.

Aussitôt, son corps se liquéfia en une bulle d'eau qui glissa à l'intérieur de la fiole. Puis, aussi vite qu'elle avait disparu, elle reprit le chemin inverse et se matérialisa sous ses yeux. Phil serra le pendentif dans sa main avant de le passer autour de son cou.

— J'en prendrai le plus grand soin, dit-il.

Jade se tourna alors vers Thornan, les bras croisés :

— Satisfait ?

Elle se plaça près de Phil, prête à prendre la route.

— Où allons-nous maintenant ? demanda-t-elle avec un sourire radieux.

— Ça, ma tendre, c'est une longue histoire, répondit le faune en souriant.

— J'adore les histoires ! s'exclama Jade en riant doucement.

Phil ajusta son sac sur son dos, prit la main de sa bien-aimée, et s'avança sur le sentier en entamant le récit de leurs aventures. Thornan soupira, mais n'émit aucune objection de plus. Il se mit en marche et tout le monde suivit.

Chapitre 43

Gregor s'arrêta au sommet d'une petite colline pour observer les alentours. Cela faisait plusieurs heures qu'ils marchaient, et le poids de la fatigue commençait à se faire sentir sur le groupe. La route jusqu'à Dannamore était encore longue, au moins une journée de marche, peut-être deux. Il jeta un coup d'œil à l'horizon, où les premiers toits de chaume se découpaient entre les collines.

— Nous devrions arriver à Greenshore dans peu de temps, dit-il, plus pour lui-même que pour les autres. Là-bas, nous trouverons des chevaux. Ils nous feront gagner de précieuses heures.

L'idée de réduire le temps de trajet arracha un soupir de soulagement à certains, et le rythme s'accéléra. Gregor se retourna brièvement pour s'assurer que tout le monde suivait.

— Couvrez bien vos visages, ordonna-t-il, de nombreuses patrouilles passent par ici.

Ils entrèrent dans le village par une route bordée de grands étals regorgeant de marchandises. Greenshore prospérait grâce à son emplacement stratégique le long de la voie commerciale menant à la capitale. L'odeur des épices, du cuir tanné et du pain frais se mêlait à l'air tiède de l'après-midi. Gregor ne ralentit pas pour autant.

— Capitaine, du pain frais pour la route ? héla un marchand en lui tendant une miche dorée. Le meilleur de la région !

Gregor refusa poliment et accéléra encore le pas. Ils ne pouvaient pas se permettre de s'attarder. La sortie du marché et les écuries n'étaient plus qu'à quelques pas lorsque des éclats de voix derrière lui interrompirent sa concentration.

— Hé, pour qui tu te prends ? gronda un marchand.

Ses réflexes militaires toujours aiguisés, Gregor se retourna en une fraction de seconde. Il aperçut Jade, les deux mains plongées dans un baril de graines. Un marchand furieux levait une grosse louche en bois, prêt à frapper. Phil intervint juste à temps et tira la jeune fille en arrière.

— Tu ne peux pas toucher à ça, lui dit le faune.

Jade fronça les sourcils, l'air contrarié, avant de tourner les talons et de courir vers un autre étal. Cette fois, elle s'arrêta devant un présentoir d'épices colorées et enfonça une main curieuse dans une pile de grains rouges parfumés. Cette fille allait leur attirer de gros problèmes. En deux enjambées, Gregor la rattrapa et retira son bras avant qu'elle ne cause davantage de dégâts.

— On ne touche pas, dit-il sèchement.

Pas du tout intimidée, Jade lui lança un regard furieux.

— Mais c'est tellement beau ! Et ça sent bon !

— Ce n'est pas une excuse, répondit-il d'un ton tranchant. Phil, gère-la.

Le faune s'approcha et prit la main de sa compagne. Gregor jeta un regard rapide autour de lui. Heureusement, les villageois étaient plus occupés par leurs affaires que par leur groupe. Malgré tout, ils devaient partir rapidement.

Quelques instants plus tard, ils atteignirent enfin les écuries. Trois chevaux seulement étaient disponibles, et le prix demandé exorbitant. Les marchands avaient toujours le don d'exploiter l'uniforme pour gonfler leurs tarifs. Sans perdre plus de temps en négociations, il paya ce qu'on demandait et mena les chevaux hors du village.

Une fois suffisamment éloigné, il s'arrêta pour répartir les montures.

— Je vais monter seul, ce sera moins suspect, dit-il. Eden et Séra, vous partagerez une monture. Thornan, si vous voulez bien, vous prendrez le troisième cheval avec… Mlle Jade.

Il jeta un coup d'œil vers la nymphe, qui se balançait d'un pied sur l'autre.

— Je ne veux pas monter avec lui, dit-elle en croisant les bras. Je veux rester avec Phil.

Gregor haussa un sourcil. Peu habitué à ce qu'on discute ses ordres, il inspira profondément avant de répondre :

— Tu n'as pas de sabots, fit-il remarquer d'un ton mesuré. Tu ne pourras pas suivre à pied.

Jade fit la moue, tourna les talons et déposa un baiser rapide sur la joue de Phil. Puis, sans qu'elle ait dit un mot, son corps devint liquide et se dissipa en un filet brillant qui vint se loger dans le pendentif autour du cou de Phil.

Gregor observa la scène avec un mélange d'incrédulité et de lassitude.

— Très bien, ça me va aussi, dit-il. En route.

Leur voyage jusqu'à Dannamore se poursuivit à un rythme soutenu, les paysages défilant à mesure que le soleil déclinait. Les champs vallonnés laissèrent place à des collines boisées, et les ombres s'allongèrent sur le chemin. Gregor jetait de fréquents coups d'œil vers l'horizon, mais la capitale restait invisible.

Le crépuscule était bien avancé lorsqu'il fit ralentir son cheval et signifia aux autres de s'arrêter.

— Il nous reste encore plusieurs heures de route, dit-il en descendant de sa monture. Il vaut mieux nous arrêter ici pour la nuit.

Ils installèrent leur campement dans un bosquet à l'écart, avec une vue dégagée sur la route pour guetter les allées et venues. Gregor attacha son cheval près d'un petit ruisseau, imité par les autres. Un feu pouvant facilement trahir leur position, ils s'installèrent autour d'un repas froid.

Jade apparut dans un éclat de lumière douce et se laissa tomber à côté de Phil, un sourire radieux sur le visage. L'insouciance de la nymphe contrastait tellement avec le sérieux du groupe qu'il ne put s'empêcher de se demander si elle comprenait l'ampleur de ce qu'ils allaient affronter. Phil le lui avait expliqué, mais cela ne semblait pas l'inquiéter outre mesure.

— Je ne suis jamais venue à Dannamore, dit Séra, je me demande à quoi ressemble la capitale.

— De mon temps, ce n'était qu'une petite ville portuaire, expliqua Thornan, elle prospérait grâce à la pêche, mais surtout grâce au commerce avec les sirènes. La citadelle existait déjà, mais elle servait surtout de base militaire. Elle contenait aussi la plus grande bibliothèque du pays et toutes les archives y étaient conservées.

— La bibliothèque existe toujours, mais elle n'est pas libre d'accès, intervint Gregor. C'est une très belle ville, mais je vais probablement la voir d'un autre œil, cette fois. Il y a beaucoup d'humains là-bas, ce qui ne jouera pas en notre faveur. Ce ne seront pas les plus faciles à convaincre.

— Mais s'ils découvrent qu'ils ont été manipulés ? demanda Eden. Personne n'aime être trompé. La preuve, tu as bien changé de camp.

— C'est vrai. Même sans magie, la colère peut être une arme puissante. Si nous réussissons à leur faire entendre la vérité, ils pourraient bien se ranger de notre côté. Mais il faudra être prudents.

Jade, toujours accrochée au bras de Phil, semblait complètement détachée de ces préoccupations. Elle jouait avec une petite brindille, la faisant tournoyer entre ses doigts avant de la lâcher pour se concentrer sur une coccinelle qui grimpait sur une feuille.

Gregor observait la scène distraitement. Jamais il n'aurait cru soutenir des rebelles, encore moins se battre contre l'ordre établi pour le retour de la magie. Il avait servi dans l'armée depuis son plus jeune âge, accomplissant des missions jugées impossibles avec une banale régularité. Mais chaque fois, il avait eu derrière lui la puissance du gouvernement : ses moyens infinis, ses systèmes de communication, ses armées disciplinées. Maintenant, il se retrouvait à la tête d'un groupe hétéroclite composé d'un sorcier déchu, de trois traîtres notoires, et d'une nymphe dont l'insouciance défiait toute logique.

Ils sont tellement jeunes, pensa-t-il en regardant Eden et Séra échanger des plaisanteries à voix basse. Comment pouvaient-ils rire avec un tel poids sur leurs épaules ? Leur courage était admirable, mais leur inexpérience représentait une faiblesse qu'il ne pouvait ignorer. Malgré tout, il était déterminé à leur donner toutes les chances possibles de survivre. Il ne pouvait pas laisser le Haut Conseil poursuivre ses plans.

— Il y a souvent des patrouilles autour de la ville, dit-il, nous ferions mieux de nous relayer pour monter la garde. Je prends le premier tour. Reposez-vous.

— Je vais vous tenir compagnie, dit Thornan en le rejoignant. Cela fait bien des années que je ne dors presque plus. Ce n'est pas cette nuit que cela changera.

Gregor accepta d'un signe de tête. Les autres s'enroulèrent dans leurs couvertures et se laissèrent emporter par la fatigue accumulée. Le capitaine et le sorcier restèrent silencieux un moment, le regard perdu dans l'obscurité environnante.

Malgré son expérience, Gregor sentit une vague d'incertitude monter en lui. Ce n'était pas la première fois qu'il affrontait l'inconnu, mais cette mission était différente. Les règles qu'il avait suivies toute sa vie n'étaient plus qu'un lointain souvenir. Tout reposait sur eux, un groupe trop petit, trop inexpérimenté, face à une organisation qui contrôlait tout.

— Ils sont jeunes, murmura Thornan comme s'il avait lu dans ses pensées.

— Ça me rappelle ma première mission, dit Gregor après un moment.

Les souvenirs étaient encore nets, une époque où lui aussi croyait que la victoire tenait simplement à une question de volonté.

— Ce qui nous attend là-bas…

Il laissa la phrase en suspens, Thornan savait déjà.

— Nous aurons notre chance, dit le sorcier.

— Si vous croyez en eux, alors moi aussi, dit Gregor. Je les ai tous sous-estimés au fort d'Éther, et je ne referai pas cette erreur.

— Ils ont plus de ressource qu'ils n'en ont l'air.

— Espérons…

Il s'étira et allongea ses jambes.

— Allez vous reposer, capitaine, proposa le sorcier. Ne vous inquiétez pas, je ne dormirai pas.

Gregor hésita un instant, mais la fatigue l'emporta. Il hocha la tête et se leva pour faire un dernier tour du campement. Les chevaux étaient calmes, attachés à une distance raisonnable du groupe. Tout semblait en ordre, mais le capitaine avait appris à ne jamais baisser sa garde.

Chapitre 44

L'aube était à peine levée, baignant la ville d'une lumière grise et diffuse, lorsque Zulya sortit de la maison. Derrière elle, Bekky marchait à petits pas hésitants, emmitouflée dans une cape bien trop grande qui dissimulait ses ailes repliées. Ses yeux restaient fixés au sol, comme si elle espérait s'y enfoncer. Jollos fermait la marche de son imposante silhouette.

Ils avancèrent jusqu'à une ruelle adjacente, où une calèche les attendait. Le cocher les salua d'un hochement de tête et Zulya glissa une bourse de cuir dans sa main avant de grimper la première. Bekky hésita, Jollos posa une main rassurante dans son dos et l'aida à monter. Une fois tout le monde installé, le cocher fit claquer les rênes, et les chevaux s'ébranlèrent en brisant le silence du petit matin.

La ville défilait autour d'eux. Les rues principales, bordées de maisons aux toits en pente et aux façades de bois colorées, commençaient à s'animer. Quelques marchands installaient leurs étals, tandis que des habitants matinaux balayaient leur seuil ou portaient des seaux d'eau.

Préoccupée par ses découvertes de la veille, Zulya avait à peine fermé l'œil. Ruminant le passé, ne sachant quelle décision prendre. Elle était prête à aller jusqu'au bout du monde pour retrouver cet artefact, traverser le désert de Dolga, franchir des montagnes, affronter les glaces éternelles… La moindre piste, à n'importe quel endroit du monde, lui aurait fait faire ses valises immédiatement. Mais pas Itarah.

Bekky se pencha pour regarder à travers les rideaux, mais Zulya posa une main sur son bras.

— Reste bien à l'abri, dit-elle. On ne doit attirer l'attention de personne.

Le trajet dura près d'une demi-heure. Lorsqu'ils atteignirent les limites est de la ville, Zulya donna un coup discret sur la paroi de la calèche. Le cocher tira sur les rênes pour s'arrêter.

— On descend ici, dit-elle.

Ils sautèrent tous les trois à terre. Zulya prit un instant pour ajuster la cape de Bekky afin de s'assurer qu'elle restait bien dissimulée.

— À partir d'ici, on continue à pied, annonça-t-elle.

— Pourquoi ? demanda la jeune fée.

— À cause du cocher, expliqua Jollos. Moins il en sait, mieux c'est. Autant pour nous que pour lui.

Le paysage changeait à mesure qu'ils s'éloignaient de la ville. Les maisons de bois et les ateliers bruyants cédèrent la place à de petites fermes entourées de champs poussiéreux. Ici, les bruits de la cité étaient remplacés par ceux de la campagne, ponctués par le chant lointain d'un coq ou le bêlement d'une chèvre.

Finalement, ils atteignirent le lieu de rendez-vous, un croisement bordé d'arbres rabougris. Sur le bas-côté, une vieille charrette attendait, attelée à un cheval à l'air fatigué. Le passeur était assis sur le rebord, fumant une pipe, le regard vague. En les voyant approcher, il redressa légèrement la tête et regarda Zulya avec méfiance. Elle ne l'avait jamais aimé, ce type. Il était bien plus intéressé par l'argent que par l'idée d'aider les autres. Mais il tenait ce rôle depuis longtemps et il était fiable, alors elle le supportait. Il était de plus en plus difficile de trouver des gens fiables, peu importe leur motivation.

— Vous êtes en retard, grogna-t-il d'un ton qui n'invitait pas à la conversation.

Zulya ne releva pas la remarque. Ils n'étaient pas en retard, mais il trouvait toujours quelque chose à redire. L'homme se pencha pour observer Bekky et ses yeux s'attardèrent sur la cape dissimulant ses ailes.

— C'est elle ? demanda-t-il enfin.

— Oui, répondit Zulya. Et comme convenu, tu la conduis jusqu'à la vallée d'Azéran.

Il fit un mouvement du menton vers sa charrette chargée de caisses.

— Les contrôles se sont resserrés. Il y a des rumeurs de factions rebelles dans plusieurs régions d'Itarah. Ça complique les choses… et ça coûte plus cher.

Zulya croisa les bras, son regard perçant rivé sur le passeur.

— Le prix a déjà été fixé, dit-elle sèchement.

— Peut-être, mais le risque a augmenté. Il paraît qu'un type à Omra a eu la tête tranchée la semaine dernière pour avoir aidé des Itarhiens. Le Haut Conseil paie grassement le roi pour être sûr qu'ils n'obtiennent pas d'aide ici.

— Personne n'a été exécuté pour ça à Omra, répondit Zulya. C'est une rumeur stupide.

— Je tiens à garder ma jolie tête solidement attachée au reste de mon corps.

Jollos, qui jusque-là était resté silencieux, s'avança vers le passeur. Le géant de Noumera faisait au moins quatre têtes de plus que lui et pourrait le tuer d'une seule main. Malgré son apparence intimidante, c'était un homme très calme, mais il n'acceptait pas qu'on profite des autres.

— Nous avons un accord, dit-il.

Zulya posa une main sur le bras de Jollos pour l'arrêter dans son élan. Ils ne pouvaient pas prendre le risque d'énerver le passeur, cela mettrait Bekky en danger. Elle sortit une pièce d'or de sa bourse et la tendit à l'homme qui la fit glisser dans sa poche avec un sourire satisfait.

— Le carrosse de Madame, dit-il avec un geste exagéré, tout en désignant la charrette derrière lui.

Zulya se tourna vers Bekky et posa une main réconfortante sur son épaule. La pauvre enfant semblait terrifiée.

— Tout va bien se passer, lui dit-elle. Suis ses instructions et reste discrète. La vallée d'Azéran est magnifique, tu verras. Tu seras bien, là-bas.

Bekky leva ses yeux pleins de larmes vers elle :

— Merci…

Le passeur tendit une main et aida la jeune fille à grimper à l'arrière, où elle se dissimula parmi les caisses de bois. Peu importe le nombre de fois que Zulya avait fait cela, les séparations étaient toujours aussi difficiles. Elle aurait tant aimé monter dans cette charrette, elle aussi. Tout abandonner, tout oublier. Après tout, n'était-elle pas elle aussi une créature magique en exil ? Même si elle avait quitté Itarah bien avant l'arrivée au pouvoir du Haut Conseil et l'interdiction de la magie. Que lui serait-il arrivé, autrement ? Auraient-ils commencé par lui crever les yeux, pour la priver de ses pouvoirs de gorgone, ou lui auraient-ils infligé leur terrible torture, pour priver son corps de ses pouvoirs de sorcière ? Peut-être se seraient-ils contentés de la tuer, ne sachant que faire d'une telle anomalie.

Le passeur jeta un grand tissu par-dessus les caisses, monta à l'avant de la charrette, ajusta les rênes, puis fit claquer sa langue pour inciter le cheval à avancer. Les roues grincèrent en se mettant en mouvement, soulevant un nuage de poussière. Zulya resta immobile, suivant du regard la silhouette de la carriole qui s'éloignait sur le chemin terreux.

— Elle s'en sortira, dit Jollos.

Zulya ne répondit pas. Elle attendit que la charrette disparaisse totalement à l'horizon avant de tourner les talons.

Chaque fois qu'elle disait au revoir à l'un de ses protégés, elle ne pouvait s'empêcher de se demander s'il arriverait à destination. Si elle avait fait assez pour le protéger. Ce doute constituait une ombre qui la suivait constamment, mais elle avait choisi de porter ce fardeau.

Alors qu'elle s'apprêtait à rentrer chez elle, Zulya s'arrêta net au bout de la rue. Une épaisse colonne de fumée noire s'élevait au-dessus de sa maison.

— Non… murmura-t-elle avant de se mettre à courir. Derrière elle, Jollos accéléra le pas.

— Zulya ! Attends !

Mais elle ne l'écouta pas et il valait mieux pour lui qu'il n'essaie pas de se mettre en travers de son chemin. Les flammes dévoraient le toit de chaume en crachant des braises incandescentes sur plusieurs mètres. Des passants s'étaient rassemblés, certains essayaient en vain d'éteindre l'incendie avec des seaux d'eau.

— Éloignez-vous ! cria un homme. C'est trop dangereux !

Elle l'ignora et se précipita à l'intérieur. Les flammes dansaient sur les murs en engloutissant tout sur leur passage. Zulya invoqua des courants d'air froid pour repousser les flammes autour d'elle. Elle atteignit son bureau, déjà partiellement consumé, et commença à rassembler frénétiquement les documents qu'elle pouvait sauver. Elle se brûla les doigts en frôlant des braises incandescentes, mais n'y prêta aucune attention.

Un craquement inquiétant résonna au-dessus d'elle. Le plafond menaçait de s'effondrer, elle devait faire vite. Penchée au-dessus d'un tiroir, elle essayait d'assembler le plus de papiers possible quand une force surhumaine la souleva de terre.

— On sort ! Maintenant ! ordonna Jollos en l'entraînant vers la sortie.

— Non ! hurla-t-elle. Repose-moi ! J'ai besoin de ces documents ! Des vies en dépendent !

Elle avait passé tellement d'années à assembler des coordonnées, des informations, des itinéraires, des faux papiers, des laissez-passer… Elle ne pouvait pas laisser tout son travail partir en fumée. Elle tenta de se débattre, mais il était trop tard. Le toit s'effondra derrière eux en projetant dans toute la ruelle un nuage noir chargé de cendres.

Jollos la reposa sur le sol et elle s'écroula à genoux. Ses yeux, capables de terrasser n'importe quel ennemi, regardaient impuissants les flammes qui continuaient de ronger sa maison.

— Comment cela a-t-il pu arriver ? murmura Jollos, debout à ses côtés.

Un soldat s'approcha en essuyant la suie sur son visage.

— L'incendie est parti de la maison voisine, expliqua-t-il. La pauvre vieille qui vivait là n'a pas survécu. Sûrement une bougie ou une lampe renversée.

Il attendit quelques instants puis s'excusa avant de s'éloigner pour s'occuper des curieux qui se rassemblaient de plus en plus nombreux. Cela n'aurait pas dû arriver. Elle le sentait. Il savait qu'elle approchait du but, c'était un avertissement.

— Encore une coïncidence qui n'en est pas une, dit-elle.

— Bekky ? demanda Jollos.

— Non, cela n'aurait aucun sens après son départ.

— Alors quoi ?

— Ma décision de retourner à Itarah.

Avait-elle vraiment pris cette décision ? Elle ne voyait pas d'autre issue.

— Ne restons pas ici, dit Jollos.

Elle le suivit en serrant précieusement dans ses bras la pile de papiers qu'elle avait pu sauver. Elle ne savait où aller. Cette maison était le premier endroit depuis bien longtemps où elle s'était sentie chez elle. Mais l'habitation n'était plus qu'un tas de cendres fumantes, et Zulya était perdue.

— On va à la Note Bleue, dit Jollos. Darren pourra nous offrir un toit temporaire, il te doit bien ça.

Zulya hocha la tête. Trop secouée pour réfléchir, elle était bien contente que Jollos le fasse à sa place. En temps normal, elle aurait sans doute eu la même idée.

À la taverne, Darren les accueillit avec un sourire chaleureux qui se changea vite en grimace d'inquiétude quand il vit leur état.

— Zulya, Jollos, que s'est-il passé ? demanda-t-il en venant à leur rencontre.

— La maison… répondit Zulya, incapable de finir sa phrase.

— Suivez-moi, dit Darren, j'ai une chambre de libre, vous pouvez rester aussi longtemps que nécessaire.

Zulya tenta un sourire, mais son effort resta vain. Elle suivit le tavernier jusqu'à une petite chambre à l'étage, étrangement semblable à celle qu'elle avait l'habitude d'offrir à ses propres clients.

— Regarde dans le placard, j'ai gardé les vêtements de ma vieille mère, paix à son âme.

— Merci, Darren, réussit-elle à dire.

— Je ne pense pas rentrer dans les vêtements de ta défunte mère, Darren, intervint Jollos. Tu m'offrirais un verre à la place ?

— Tu es sûr ? répondit le tavernier. Je paierais cher pour voir ça, pourtant ! Allez, suis-moi.

Une fois seule, Zulya se laissa tomber sur le lit et se mit à feuilleter les papiers qu'elle avait réussi à sauver. Elle n'avait pas eu le temps de faire du tri et la plupart étaient inutiles. Elle avait quand même eu le réflexe de prendre les documents qu'elle avait préparés pour Ellen, Nicholas et leur petit garçon. Elle passa ses doigts sur les bords usés, le regard perdu dans le vide.

Elle essaya de se remémorer leur visage, leurs paroles, les détails qu'elle aurait pu manquer. Ils lui avaient paru si sincères, si désespérés. D'habitude, elle savait « lire » les gens, détecter le mensonge dans un regard ou une intonation. Mais avec eux… rien. S'ils n'avaient pas été honnêtes, elle était convaincue qu'elle s'en serait rendu compte. Il devait y avoir une autre explication. Une qu'elle ne pourrait découvrir qu'en retournant à Itarah. Cette idée lui révulsait l'estomac, mais l'incendie n'était pas un hasard, elle en était sûre. Maintenant, elle savait qu'elle était sur la bonne piste.

Sa main se leva instinctivement vers son cou, cherchant le collier qu'elle portait toujours. Une fine chaîne en or à laquelle pendait une émeraude. Elle l'avait juré il y avait si longtemps : elle ne reviendrait jamais à Itarah sans un remède. Une promesse vide de sens aujourd'hui, et qui pourtant, continuait de l'enchaîner. Trahir les morts lui semblait pire que les vivants. Il n'y aurait plus personne pour lui pardonner.

Une larme glissa sur sa joue. Elle ne chercha pas à l'essuyer. Elle fixait toujours les papiers, cherchant une réponse qui y serait cachée. Un détail qui lui aurait échappé.

— N’est-ce pas ironique ? résonna la voix grave de Jollos derrière elle. Aider autant de gens à laisser un passé douloureux derrière eux tout en étant soi-même incapable de tourner la page.

— Tu as raison, je devrais laisser tomber, dit-elle, oublier toute cette histoire et me concentrer sur ce qu’on fait ici.

— Ce n’est pas ce que j’ai dit.

— Alors dis-moi ! Que dois-je faire ?

— Qu’as-tu envie de faire ?

Zulya soupira, un soupir long et chargé de frustration. Si seulement elle savait. Sa vie ne lui appartenait plus, plus depuis la mort de Nora. Une nouvelle larme roula sur son visage. Jollos s’approcha, tendit une main et ramassa la larme du bout du doigt avant de la porter à ses lèvres.

— C’est une larme de colère, pas de tristesse, dit-il en haussant un sourcil. Contre qui en veux-tu à ce point ?

À moi-même, pensa-t-elle sans le dire. Elle savait qu’il connaissait la réponse, qu’il voulait simplement qu’elle l’admette à voix haute. Mais elle ne lui donnerait pas cette satisfaction. Leurs regards se croisèrent.

Jollos était l’un des rares à pouvoir soutenir son regard sans vaciller. Elle aimait pouvoir regarder quelqu’un dans les yeux sans y lire de la peur ou de la douleur. Mais n’était pas né celui qui lui ferait baisser les yeux la première. Zulya resta immobile, le défiant dans un silence tendu. Finalement, Jollos détourna la tête avec un sourire léger, acceptant tacitement sa défaite.

— Tu viendrais avec moi ? demanda-t-elle.

Jollos émit un petit rire et écarta les bras pour montrer sa stature.

— Je ne suis pas très discret. Et quelqu’un doit rester ici, continuer à aider les gens.

Zulya acquiesça sans insister. Cette réponse-là, elle la connaissait déjà.

— Ce n’est pas mon destin, ajouta-t-il, mais je te soutiendrai quoi que tu décides.

— Tu devais être un grand roi, dit-elle après un moment.

— Le meilleur ! répondit-il avec un sourire éclatant.

Il quitta la pièce, la laissant de nouveau seule avec ses pensées. Elle tira les rideaux de la fenêtre, elle préférait l'intimité d'une bougie à la lumière vive de l'extérieur.

Elle avait réussi à sauver une longue liste noms, cela lui faciliterait la tâche en lui faisant gagner un temps précieux. Certains contacts étaient à éviter : trop vieux, plus fiables ou même morts. D'autres étaient encore en activité mais n'accepteraient jamais de la transporter ou alors contre un prix impossible à payer. Les nouvelles récentes faisaient état d'un renforcement des patrouilles et des contrôles aux frontières. Elle devait se montrer prudente. Le Haut Conseil, s'il connaissait son existence, la croyait sans doute morte depuis des décennies, et il était préférable qu'il continue de le penser le plus longtemps possible.

Mais si Ellen et Nicholas se trouvaient là-bas, avec l'artefact, elle devait les rejoindre au plus vite. Sans compter que chaque minute passée ici mettait Darren et Jollos en danger.

Elle saisit une plume et rédigea une série de messages cryptés, qu'elle confia à un messager de confiance. Il n'y avait pas trace de Jollos à la taverne, il avait dû sortir. Elle hésita à faire de même, déambuler autour du port, marcher lui ferait sans doute du bien, mais elle se ravisa. Elle voulait être là pour réceptionner les réponses à ses messages.

Elle retourna dans la petite chambre et s'allongea sur le lit, attendant que le temps passe. Depuis environ vingt ans qu'elle était arrivée à Gatah, elle s'était bâti un gigantesque réseau. Mais pour la première fois, ce n'était pas pour quelqu'un d'autre qu'elle en avait besoin, mais pour elle-même. Épuisée, elle s'assoupit et dormit quelques heures.

Les réponses de ses contacts arrivèrent au compte-gouttes, la plupart réagissant par la négative. Enfin, l'une d'elles mentionna un capitaine prêt à l'emmener à Itarah. Le coût était élevé, mais elle n'avait pas le luxe de négocier.

La nuit était déjà tombée depuis longtemps quand Jollos fit son retour. Il déposa devant elle une assiette de poulet accompagné de légumes. Elle se rendit compte qu'elle n'avait rien mangé de la journée, mais elle n'avait pas spécialement faim. Elle se força tout de même à avaler quelques bouchées pour éviter les remarques de son ami.

— Je vois que tu as pris ta décision, dit-il.

— Un capitaine est prêt à m'emmener demain matin. Mais ça va me coûter une fortune.

— L'argent, ce n'est rien, ça se récupère. Je suis un bien meilleur gestionnaire que toi, et tu verras, quand tu reviendras, tu seras riche.

— Je suis sûre que tu feras ça très bien.

Elle passa toute la nuit à contempler le plafond, incapable de dormir. Couché sur un matelas au pied de son lit, Jollos ronflait doucement. Elle avait l'habitude de l'entendre tous les soirs, à travers la cloison de sa chambre. Elle en avait beaucoup, des habitudes. Des petites choses rassurantes qu'elle avait érigées tout autour d'elle, qui l'avaient maintenue en vie. Et qui aujourd'hui s'effondraient comme un château de cartes.

Le lendemain matin, postée au bout du quai, elle vérifia une dernière fois son sac. Elle espérait avoir oublié quelque chose d'important, trouver une excuse pour faire demi-tour, rester. Peut-être aurait-elle dû dire à Darren qu'elle partait ? Lui faire ses adieux ? À la place, elle était partie discrètement, sans rien dire. Moins il en savait, mieux c'était. Ou bien s'agissait-il d'une excuse qu'elle se racontait pour ne pas avoir à lui dire au revoir ? Elle aimait sa vie ici et tout son corps lui hurlait de rester. Peut-être le capitaine ne viendrait-il pas ?

— Prête ? demanda Jollos.

Zulya hocha la tête.

— Ne t'inquiète pas, continua-t-il, je vais nous trouver une nouvelle maison et bien m'occuper de tes clients en attendant ton retour. Tout se passera bien.

Elle ouvrit la bouche pour répondre, mais aucun son n'en sortit. Elle se contenta d'un nouveau signe de tête. Elle n'était pas très émotive habituellement, mais elle se sentait sur le point de fondre en larmes. Elle avait plus pleuré ces dernières heures qu'elle ne l'avait fait depuis un demi-siècle. Un voilier approcha du quai. Zulya se tourna vers son ami.

— Cesse de prendre tes grands airs et viens par ici ! dit-il en ouvrant ses larges bras.

Zulya le serra contre elle, comme on pourrait étreindre une montagne, ses bras peinant à en faire le tour tant il était imposant.

— Jollos, dit-elle, promets-moi de mettre une chemise lorsque tu recevras des clients.

L'homme éclata de rire. Elle se rendit compte à cet instant combien il allait lui manquer. Elle qui s'était juré de ne plus s'attacher à personne. Jollos s'était imposé dans sa vie et elle ne voulait pour rien au monde qu'il en ressorte. Elle ne le lui avouerait jamais – mais il le savait déjà, elle ne l'ignorait pas.

Elle se détacha de l'énorme torse. Il était temps. Elle se détourna et parcourut les quelques mètres qui la séparaient encore du bateau. Un pas après l'autre. Le port grouillait d'activité, mais Zulya avait l'impression de traverser un monde en sourdine : les bruits des marins criant des ordres, les grincements des cordages et le clapotis des vagues étouffés par ses pensées.

Elle monta à bord du bateau, un petit voilier à la coque fraîchement repeinte. Le capitaine lui adressa un bref hochement de tête. Elle avait déjà fait affaire avec lui pour faire traverser plusieurs clients au cours des dernières années. C'était un homme de confiance, et plus important encore, un homme silencieux. Plutôt mourir que de traverser l'océan avec un bavard.

À bord, un jeune homme tout juste sorti de l'adolescence était occupé à enrouler des cordages. Il leva les yeux vers elle, lui fit un timide signe de tête et retourna à ses occupations. Le voilier se détacha du quai. « Non, arrêtez, faites demi-tour, je ne veux pas y aller ! », protesta-t-elle intérieurement, tout en regardant Jollos rétrécir sur la distance, jusqu'à disparaître. Mais elle ne dit rien.

Itarah se trouvait quelque part devant elle, un pays qu'elle pensait ne jamais revoir. Elle allait rompre sa promesse, celle qui avait dicté toutes ses décisions depuis un siècle.

La silhouette de la ville disparaissait derrière elle, et avec elle le semblant de sécurité qu'elle avait construit. Zulya porta de nouveau la main à son collier.

— Pardonne-moi, murmura-t-elle.

CHAPITRE 45

Le capitaine Gregor passa en revue sa maigre troupe. La nuit avait balayé ses craintes. Il ne fallait jamais partir au combat lorsque l'on se sentait pessimiste quant à son issue et aujourd'hui, il partait pour gagner. Il s'approcha de Thornan avec un morceau de charbon.

— Ne bougez pas, dit-il.

Il traça plusieurs longues marques noires le long de sa joue et descendit jusqu'au col de sa cape. Il ajouta plusieurs détails, puis recula pour observer son travail.

— Je ne sais pas si ça fera illusion longtemps, dit le sorcier.

— Quelques instants suffiront, dit Gregor, nous avons juste besoin de garder l'effet de surprise et de tromper d'éventuels gardes un peu trop curieux.

L'air peu convaincu, Thornan abaissa sa capuche sur son visage. Non sans avoir déposé un dernier baiser sur la joue du faune, Jade disparut dans son collier. Gregor était bien content de ne pas avoir à surveiller la nymphe pendant leur opération, elle aurait probablement été incapable de tenir en place.

— Philigast, vous n'allez pas avoir le choix aujourd'hui... dit-il en approchant avec les chevaux.

— Je sais... soupira le faune.

À grand renfort d'insultes et de grognements, Phil se hissa sur l'une des montures. Une fois tout le monde en selle, Gregor attacha fermement les cordes autour des poignets de chacun.

— Vous pouvez faire de vrais nœuds, dit Thornan. Au besoin, je pourrai les faire disparaître en un instant.

— Il vous faudra jouer la comédie jusqu'au bout, dit le militaire en attachant les liens autour des poignets d'Eden. Aucun faux pas.

— Êtes-vous sûr qu'ils vont nous laisser entrer ? demanda Séra.

— Faites-moi confiance, dit Gregor. Si vous faites ce que je vous dis, tout ira bien.

Il était bien moins assuré qu'il ne voulait l'admettre, mais en bon capitaine, il n'en montra rien. Quelques heures plus tard, les murailles de la capitale apparurent enfin à l'horizon. Gregor, en tête, inspecta une dernière fois ses « prisonniers » avant d'avancer vers les imposantes portes de Dannamore. Il salua nonchalamment les gardes à l'entrée et continua son chemin.

Ils avancèrent à travers les rues animées de la ville. Les conversations bruyantes des marchands et le martèlement des marteaux des forgerons se mêlaient aux cris des enfants courant dans les ruelles. Gregor les observa un instant. Il aurait dû se sentir chez lui, revenir victorieux, recevoir les honneurs. Toutes ces choses avaient un sens autrefois, mais celui-ci avait disparu comme les souvenirs d'un rêve au petit matin.

— C'est plus grand que ce que j'avais imaginé, murmura la fée.

Leur trajet les mena à travers les quartiers plus nobles, où l'architecture changea progressivement. Les maisons devinrent plus imposantes, munies de larges fenêtres décorées de motifs complexes. Ici, les rues se révélaient plus calmes, les conversations se faisaient murmures et la présence des gardes plus fréquente.

Enfin, ils arrivèrent au pied de la citadelle dominant toute la ville d'un côté et surplombant l'océan de l'autre. Ils avaient réussi la première étape. Les bannières du Haut Conseil flottaient fièrement au sommet des murs, rappelant à tous qui contrôlait ces lieux. Gregor sentit une vague d'appréhension monter en lui, mais il la repoussa rapidement. C'était ici que tout se jouerait. Le plan devait fonctionner.

Deux gardes s'avancèrent à sa rencontre pendant qu'il attachait les chevaux.

— Je suis le capitaine Gregor, annonça-t-il d'un ton autoritaire. J'ai des prisonniers pour une audience urgente avec le Haut Conseil.

Les gardes échangèrent un regard rapide avant de s'incliner. Jusqu'ici, tout se passait comme prévu, mais il savait qu'il devait rester vigilant. Un soldat siffla et un messager accourut immédiatement.

— Le capitaine Gregor ici présent doit s'entretenir avec le Haut Conseil de toute urgence, dit-il.

Le messager fit un bref salut avant de grimper les marches de la citadelle. Gregor le regarda partir. Ils ne pouvaient plus reculer.

— Vous êtes seul avec ces quatre-là ? s'enquit l'un des soldats en dévisageant les prisonniers. Je peux détacher quelques hommes pour vous accompagner, si besoin.

Gregor secoua la tête.

— Ça ira. Je les ai gérés jusque-là, et ils iront bientôt croupir dans les cachots de la citadelle.

Pour appuyer ses propos, il tira brutalement sur la corde, manquant de faire tomber Eden. Le jeune homme pesta en cherchant à retrouver son équilibre. Il attendit le retour du messager pendant ce qui lui parut une éternité. Et si le Haut Conseil refusait de le recevoir ? Et s'il était déjà au courant de sa trahison ? Plus le temps passait, plus le doute l'envahissait. Il leva les yeux vers les longues bannières écarlates qui pendaient lourdement sur les murs de l'enceinte. Elles arboraient la rosace à huit branches traversée d'un sceptre, symbole de la souveraineté du Haut Conseil. Symbole qu'il avait juré de défendre de sa vie. Incapable de l'observer plus longtemps, il baissa les yeux. Le messager revint enfin.

— Capitaine, le Haut Conseil va vous recevoir.

Gregor se retint de montrer son soulagement et se contenta d'un hochement de tête. Précédés d'un soldat, ils franchirent la première porte de la citadelle. Des cours intérieures labyrinthiques s'étendaient devant eux, reliées par de longs couloirs et des passages gardés. Il connaissait ces lieux par cœur, mais pas sous cet angle. Il était devenu un intrus, et l'idée de retourner les armes contre ceux qu'il avait autrefois servis ne le quittait pas.

Les murs du couloir qu'ils traversaient étaient ornés de lourdes tentures représentant l'histoire d'Itarah, ou en tout cas celle écrite par le Haut Conseil. Gregor ne pouvait s'empêcher de jeter des coups d'œil à ces scènes tissées. Des victoires qu'il avait autrefois vénérées.

Naïvement, même si son poste de haut gradé lui avait permis de connaître beaucoup des mensonges du Haut Conseil, il ne s'était jamais demandé s'il y en avait d'autres. Maintenant, plus rien ne lui semblait vrai. Il avait toujours cru se battre pour une juste cause, il avait cru que la fin justifiait les moyens. Des boniments qu'il s'était racontés à lui-même.

CHAPITRE 46

La porte massive de la salle du Haut Conseil s'ouvrit. La tête baissée, Eden suivit Gregor dans la vaste pièce. Autour de la table ronde, les membres du Conseil les regardaient entrer avec curiosité. Même s'il ne les avait jamais rencontrés, il avait l'impression de tous les connaître. Le vieux n'était jamais avare en paroles lorsqu'il s'agissait de parler du Haut Conseil et de toute l'admiration qu'il portait à ses membres.

— Capitaine Gregor, dit Cadel d'une voix tranchante qui résonna dans toute la salle. Expliquez-vous. Qu'en est-il de votre mission au fort d'Éther ? Et qui sont ces prisonniers ?

— Le portail a été définitivement refermé, déclara Gregor, et je suis ici pour mettre un terme à cette folie qui a empoisonné notre royaume. Le Haut Conseil a perdu son chemin.

Un murmure traversa la salle et Cadel frappa violemment la table de son poing.

— Comment osez-vous ? cracha-t-il en se redressant sur son siège. Donnez-moi une seule bonne raison de ne pas vous faire exécuter sur-le-champ !

C'est ainsi qu'ils allaient tous finir. Exécutés. Son plan n'était pas aussi bon qu'il l'avait cru. C'était du suicide. Et il y avait entraîné tous ses amis. Comment avait-il pu croire qu'ils auraient la moindre chance ? Les autres conseillers murmuraient entre eux, échangeant des regards méfiants et outrés. Atosh, le sorcier, observait la scène d'un air attentif, il avait presque l'air amusé.

Gregor tira sur la corde. C'était le signal. Les nœuds autour des poignets d'Eden se desserrèrent d'un coup et d'un seul geste, tous relevèrent leur capuche. Le silence tomba sur la salle. Au moins, l'effet de surprise était réussi. Mais loin d'être apeurés ou furieux, la plupart des conseillers paraissaient se divertir. Cela n'annonçait rien de bon.

— Thornan, siffla Malgu d'un ton coupant. Un sorcier déchu, sans pouvoirs… qu'espérez-vous accomplir ici ?

Son rire résonna dans la salle, suivi de celui de Brakgrerlug qui se moqua ouvertement.

— Vous êtes un reliquat du passé, Thornan. Vous n'avez pas votre place ici.

Les moqueries fusèrent autour de la table. Cadel, cependant, semblait moins enclin à rire. D'un geste, il intima le silence et les conseillers retrouvèrent leur calme habituel.

— Et qui est ce garçon ? demanda-t-il en posant les yeux sur Eden. Serait-ce… le jeune Greenhaven ?

Un sourire narquois étira ses lèvres.

— L'héritier rebelle, celui qui a jeté la honte sur son nom et sa famille. Capitaine Gregor, je ne sais pas ce que vous manigancez, mais vous êtes très mal entouré.

Eden sentit la colère monter en lui. Ces gens avaient dans leur regard la même folie qu'il avait vue dans les yeux de son grand-père. Il avait bien réfléchi en venant ici, et il en était sûr à présent, les battre par les armes ne suffirait pas. Le Haut Conseil était une maladie, intangible et contagieuse, on ne pouvait pas la combattre à coups d'épée. Ils n'étaient pas venus lutter contre des personnes, mais contre leurs idéaux.

Il plongea sa main dans sa poche, tourna la sphère en métal jusqu'à sentir le petit mécanisme, et l'activa. Il s'avança d'un pas, le dos droit, fit signe aux autres de le laisser faire, puis il leva les mains en signe de capitulation.

— Le Haut Conseil a fait ce qu'il fallait pour protéger le royaume. Vous avez toujours été les gardiens de la paix, dit-il d'une voix teintée d'ironie. Alors, pourquoi cacher tant de choses au peuple ? Pourquoi ne pas lui avoir expliqué pourquoi vous n'avez jamais refermé définitivement le portail, par exemple ? Ou bien les vraies raisons derrière l'interdiction de la magie ?

Un murmure parcourut l'assistance. Il avait réussi à capter l'attention.

— Le peuple n'a jamais eu besoin de connaître tous les détails, dit Eajelle. Nous avons fait ce qu'il fallait.

— Ah oui ? Et en quoi ? En quoi cela était-il nécessaire de laisser planer une telle menace sur le royaume ? En quoi était-il nécessaire de mutiler votre propre peuple pendant des générations ?

— Le portail était un mal nécessaire pour maintenir la paix ! intervint le nain. La magie est trop dangereuse pour être laissée à la portée de tous !

— Quand vous dites « paix », vous voulez dire « pouvoir », n'est-ce pas ? La magie n'a jamais été une menace risquant de rouvrir le portail, elle était une menace pour vous !

— Quelle différence ? intervint Thalassor. La peur est un outil efficace. Et sans elle, des gens comme Thornan auraient détruit ce royaume il y a bien longtemps.

Cadel resta silencieux pendant un moment, les bras croisés. Il laissa les autres parler avant de prendre la parole. Sa voix était glaciale lorsqu'il s'adressa à Eden.

— Le peuple n'a jamais été capable de comprendre la complexité des enjeux. Nous sommes parfois obligés de mentir, pour le bien commun. Ta famille l'a toujours compris. Le portail a été notre arme la plus précieuse. La peur a maintenu l'ordre.

— Nous avons sauvé des vies, intervint Eajelle, même si cela a nécessité des sacrifices.

— Vous et les autres rebelles ne comprenez pas la réalité, ajouta Aszora. Sans nous, le royaume serait tombé dans le chaos.

Eden resta calme, laissant les conseillers s'enfoncer dans leurs mensonges.

— Et quand la peur a commencé à disparaître, continua-t-il, vous avez décidé de rouvrir le portail.

C'était là que tout se jouait.

— Nous n'avions pas d'autre choix ! hurla Cadel, le visage déformé par la colère.

— Vous alliez sacrifier des milliers de vies pour justifier vos lois contre la magie ! dit Eden. Tout cela pour conserver le pouvoir.

— Le pouvoir ne se conserve pas sans sacrifices, Greenhaven. Si c'est le prix à payer pour la paix, alors oui, nous avons fait ce qu'il fallait. Nous avons perdu assez de temps avec vous. Vous ne pouvez rien contre nous et votre petit jeu s'arrête ici.

D'un geste brusque, il tira sur la cordelette qui pendait à côté de lui, arrachant presque le mécanisme, et le tintement cristallin de la cloche résonna dans la pièce.

— Gardes ! appela-t-il avec impatience.

Eden et les autres restèrent immobiles, le visage impassible, alors que Cadel les regardait avec une satisfaction cruelle. Les autres conseillers murmuraient entre eux, partagés entre indignation et impatience.

Quelques secondes s'écoulèrent, puis les grandes portes s'ouvrirent. Cadel se tourna vers l'entrée avec un sourire triomphant.

— Enfin ! dit-il. Emmenez-les !

Mais au lieu d'un détachement de gardes, c'est un messager essoufflé qui s'avança rapidement dans la salle. Son visage était blême et ses yeux remplis de panique. Cadel fronça les sourcils, méfiant.

— Qu'est-ce que vous faites là ? s'enquit-il. Où sont les gardes ?

— Conseiller suprême, il y a… il y a une révolte, dehors !

Cadel pâlit et ses traits se tordirent dans une expression de rage pure. Les autres conseillers échangèrent des regards alarmés.

— Une révolte ? siffla Eajelle.

— Ils… Ils ont entendu, monsieur ! Tout ce que vous avez dit… ça se répand dans toute la ville !

Les conseillers étaient partagés entre la panique et l'incrédulité. Malgu frappa violemment la table de son poing.

— Comment ? rugit-elle en se tournant vers Eden, le visage

crispé de fureur. Qu'avez-vous fait ?

Eden esquissa un léger sourire.

— Je ne sais pas si c'était de la folie ou du génie… lui murmura Thornan.

Cadel, fou de rage, se leva en repoussant brusquement son siège.

— Vous n'avez aucune idée de ce que vous venez de déclencher ! hurla-t-il.

CHAPITRE 47

Cadel plongea la main dans sa cape et en ressortit une baguette. Il la pointa directement vers Eden et ses compagnons, prêt à lancer une attaque destructrice. Mais avant qu'il ne puisse achever son geste, un éclair de lumière fendit l'air, frappant sa baguette avec force et la projetant à l'autre bout de la pièce. Cadel tituba sous le choc, les yeux écarquillés de surprise.

Thornan se tenait là, la main tendue. Un souffle de puissance crépitait autour de lui. La stupeur s'empara du Conseil.

— Impossible ! murmura Eajelle.

— Vos jours de domination sont terminés, Cadel, déclara Thornan.

Le choc passa rapidement, et les autres conseillers se levèrent d'un bond. Brakgrerlug empoigna un marteau qui pendait à sa ceinture. Malgu retira le bandeau qui couvrait le haut de son visage et laissa se déchaîner la colère sortant de ses yeux de serpent. Tous se rangèrent derrière le Conseiller suprême, et le combat éclata, dans un tourbillon de magie et d'acier. Thornan lança des vagues de pouvoir pour bloquer les attaques de Cadel, qui avait récupéré sa baguette et ripostait avec des éclairs sombres.

Gregor se jeta dans la mêlée avec une férocité sans égale, bloquant les coups de Brakgrerlug avec son épée. Mais le nain était un combattant redoutable, chaque coup de marteau frappait avec la force d'un roc en furie.

Eden, les yeux rivés sur Cadel, tenta de se frayer un chemin, mais il fut bloqué par Eajelle, qui déploya ses ailes brillantes en une explosion de lumière aveuglante. Elle entonna des mots anciens, tandis que des filaments se tissaient autour de lui, cherchant à l'emprisonner. Séra se précipita à ses côtés et trancha les fils avec sa dague.

Au centre du chaos, Thornan affrontait toujours Cadel. Leurs magies se percutaient dans des explosions de lumière et d'éclairs. Chaque sort lancé par Thornan était plus puissant que le précédent, mais Cadel ne reculait pas. Ils ne seraient pas trop de deux pour l'affronter, Eden devait à tout prix rejoindre le sorcier.

Le bruit des sorts et des armes heurtant le métal envahissait les sens du jeune magicien. Il esquiva de justesse une lame lumineuse arrivant sur sa droite, sans qu'il sache qui l'avait lancée. Le souffle du sort lui érafla la joue. Ses muscles brûlaient, mais il savait qu'il n'avait pas le droit de faiblir. Il lança une boule de feu sur Eajelle, qui l'esquiva.

— Espèce d'insolent ! enragea la fée.

Le regard plein de haine, elle battait des ailes si fortement que des bourrasques s'élevaient autour d'elle.

Eden plongea en avant, esquivant une nouvelle rafale d'énergie qui explosa derrière lui en réduisant en cendres une partie des tentures. Malgu, sortie de nulle part, se jeta sur lui. Ses griffes effleurèrent sa gorge. Le choc de l'attaque le renversa en arrière et la gorgone plongea son regard de braise dans le sien. Une douleur indicible envahit tout son corps. Ses muscles se déformèrent et se contractèrent presque jusqu'au point de rupture. Il essaya de crier, mais aucun son ne sortit de sa gorge qui se resserrait. Incapable de respirer ou de bouger, il allait perdre connaissance quand tout s'arrêta d'un coup. Tranchée net, la tête de Malgu roula sur le sol.

— J'ai toujours rêvé de faire ça, dit Atosh en essuyant son épée. N'allez pas croire que je suis de votre côté : cette femme m'insupportait depuis des décennies, mon aide s'arrête là.

Il rangea son arme dans son fourreau et traversa le chaos jusqu'à la sortie, sans que personne ne lui prête attention. Encore sous le choc, Eden essayait de reprendre son souffle, mais il n'avait pas le temps de se reposer. Déjà, Eajelle revenait à la charge avec ses fils magiques qu'elle envoyait vers lui comme des toiles d'araignée.

Les muscles encore endoloris par l'attaque de la gorgone, il repoussa le corps sans tête et se releva péniblement. Déterminé à se débarrasser de la fée une bonne fois pour toutes, il projeta une gerbe de flammes qui embrasa ses fils, remonta jusqu'à elle et lui explosa au visage. Un hurlement perça l'air, et Eajelle, les ailes brisées et le corps secoué de spasmes, s'effondra au sol dans un éclatant geyser de lumière. Deux de moins.

Au fond de la salle, Phil et Séra se battaient sauvagement contre Aszora. Bien qu'ils soient moins entraînés qu'elle dans l'art du combat, leur détermination farouche et leur alliance compensaient leur manque d'expérience, chaque attaque venant soutenir l'autre dans un ballet de lames mortelles. Soudain, Aszora désarma Phil et plaqua sa lame contre sa gorge. Une lumière scintillante jaillit aussitôt de son collier et Jade apparut brusquement, son corps translucide se solidifiant en une fraction de seconde. Aszora eut un mouvement de recul.

— Non ! C'est trop dangereux ! s'écria Phil.

Mais Jade n'accorda aucune attention à son avertissement. Ses yeux brillaient d'une rage intense et animale. Sans un mot, elle se précipita sur Aszora. Dans un mouvement fluide, son bras droit se transforma en une masse d'eau ondoyante. Avant qu'Aszora ne puisse réagir, Jade plongea son bras aqueux vers son visage.

Un gargouillement terrifié s'échappa de la femme, tandis que l'eau s'infiltrait dans ses narines et dans sa bouche. Ses yeux s'écarquillèrent, emplis de panique. Elle lâcha son arme pour porter les mains à sa gorge. Son souffle se mua en spasmes désespérés, mais aucun air ne parvenait à ses poumons. Ses doigts griffaient son cou dans une tentative vaine de dégager le flux impitoyable.

Ses genoux cédèrent, et elle s'écroula lourdement au sol. L'eau continuait de la priver d'oxygène, implacable, jusqu'à ce que finalement, ses convulsions cessent. Elle resta étendue, immobile, un filet d'eau coulant de ses lèvres.

Jade se redressa, observa un instant son œuvre avec une satisfaction glaciale. Elle lança un dernier regard à Phil, puis, toujours sans parler, se liquéfia à nouveau et se replia dans le collier comme si rien ne s'était passé. Malgré son apparente naïveté, Jade venait de prouver encore une fois qu'elle était un atout de taille, se dit Eden.

À l'écart, Thalassor, incapable de se battre hors de l'eau, s'agitait frénétiquement dans sa baignoire d'or. Le colosse marin tentait follement de la faire rouler loin du centre du combat, mais le poids de l'énorme bassin et l'absurdité de la scène rendaient ses efforts ridicules. Il grognait et sifflait en jetant des regards furieux autour de lui. Lemony vint à son secours et l'aida à repousser la pesante bassine à l'autre bout de la salle. Ce n'était visiblement pas la peine de se préoccuper de ces deux-là, ils avaient déjà bien à faire avec ceux désireux de se battre.

Toujours en duel contre Gregor, Brakgrerlug faisait tourner son marteau autour de lui, empêchant le capitaine de tenter la moindre attaque. Eden s'approcha de la fée qui essayait de se relever, malgré ses blessures. Il pointa sa baguette vers elle, visualisa son cœur et le fit s'arrêter. Eajelle ouvrit des yeux ronds, eut un dernier soubresaut, et retomba.

Maintenant, Cadel, se dit le jeune magicien en contournant le corps sans vie de la fée. Le Conseiller suprême lançait des éclairs d'une intensité terrifiante. Au moindre contact, ils explosaient en détruisant tout autour d'eux. Thornan ripostait férocement, la salle était devenue un champ de bataille incandescent. Eden se fraya un chemin entre les débris. Ses muscles hurlaient de douleur et ses bottes glissaient sur les dalles ensanglantées.

Il s'efforçait de rejoindre Thornan quand un hurlement retentit. *Gregor.* Eden se retourna juste à temps pour voir le capitaine s'écrouler sur le sol. Brakgrerlug se tenait au-dessus de lui, son arme encore levée, prêt à donner le dernier coup. Le marteau s'abattit avec un craquement sourd. Eden ne put que crier de rage, sa voix se perdit dans le fracas du combat. Le monde s'effondra autour de lui. Chaque fibre de son être brûlait de colère et de désespoir. Mais son corps réagit avant même qu'il ne puisse réfléchir. Une vague incontrôlable de magie déferla en lui. Il lança son bras en avant, et un sort d'une puissance dévastatrice frappa Brakgrerlug de plein fouet. Le nain n'eut pas le temps de comprendre ce qui arrivait : son corps fut projeté en arrière, percutant un mur avec une violence terrible. Le marteau retomba massivement à ses pieds. Brakgrerlug se désintégra et seuls quelques morceaux d'armure retombèrent sur le sol.

Eden regarda sa baguette, interdit : comment avait-il pu lancer un sort d'une telle puissance ? Peu importe, cela ne lui avait apporté aucune satisfaction. Seul Cadel l'intéressait. C'était lui qui avait ordonné l'ouverture du portail, lui qui avait entraîné son grand-père dans cette folie. Lui qui avait poursuivi et propagé les mensonges de ses prédécesseurs. Il devait l'arrêter.

C'était un magicien d'une force redoutable et Thornan, malgré toute sa puissance, peinait à contrer les attaques. Eden esquiva de justesse un rayon de lumière qui vint frapper le sol juste à ses pieds, envoyant des éclats de pierre voler dans les airs. Il devait agir, il devait frapper avant que Cadel ne prenne l'avantage définitif.

Le regard de Thornan croisa le sien. Il leur fallait combiner leurs forces. Eden leva sa baguette et sentit la chaleur de la magie pulser dans ses veines. Il la laissa s'écouler, expression pure de sa volonté, de sa hargne, de son désir de mettre fin à tout ça.

Avec un cri de rage, Eden lança une puissante onde d'énergie vers Cadel, juste au moment où Thornan, de son côté, faisait jaillir un tourbillon de feu. Les deux attaques se heurtèrent à la défense de Cadel, qui tentait désespérément de maintenir en place son bouclier. Mais la puissance de l'attaque d'Eden combinée à celle du sorcier était trop forte pour lui. Son bouclier magique se brisa dans un fracas assourdissant. Déstabilisé par l'impact, le Conseiller suprême tituba en arrière.

Eden fit signe à Thornan et ils lancèrent ensemble une nouvelle salve. Cadel, encore chancelant, leva une main pour se défendre.

Trop tard. Une vague destructrice de magie le frappa durement. Le Conseiller suprême hurla de rage. Son corps s'écrasa sur le sol et se désintégra. Quand la magie se dissipa, il ne restait plus de lui qu'une trace fumante sur la pierre, et sa baguette, brisée en deux.

Le silence retomba d'un coup dans la salle du Haut Conseil. Les crépitements des sorts mourants s'estompaient, et l'air portait encore la chaleur du combat acharné qui s'achevait. Paralysé par ce qu'il venait de faire, Eden gardait sa baguette levée, les doigts crispés sur la tige. Autour de lui, la pièce était en ruine. Des colonnes fracassées, des éclats de pierre jonchaient le sol, et les tentures majestueuses aux armoiries du Haut Conseil avaient été réduites en cendres.

Incapable de baisser sa garde, il attendait le prochain coup, quelqu'un allait forcément se relever, une attaque surgirait d'un des recoins sombres de la pièce. Mais rien ne se passa.

— C'est fini, gamin, dit Thornan en posant sa main sur son épaule.

Eden relâcha peu à peu la pression et laissa retomber son bras. À travers le chaos, les deux seuls survivants du Conseil, Lemony et Thalassor, tous deux recroquevillés dans un angle, les regardaient avec stupeur.

— On a réussi… dit Phil en s'approchant, accompagné de Séra.

— Oui, répondit Thornan avec un sourire fatigué, aussi fou que cela puisse paraître, on a réussi.

— Qu'est-ce qui nous attend, dehors ? demanda Eden.

— Je crois que nous allons vite le découvrir, dit le sorcier en indiquant la porte d'un signe de tête.

Dans l'entrée, des soldats jetaient des regards curieux à travers l'embrasure.

— Approchez, dit Thornan, c'est terminé. Aucun mal ne vous sera fait.

Les hommes échangèrent des œillades incertaines tout en parlant à voix basse. Après un moment d'hésitation, l'un d'eux s'avança prudemment. Il marcha jusqu'à Thornan avant de tomber à genoux, la tête baissée en signe de soumission. Le sorcier tendit une main pour l'arrêter, mais déjà, les autres soldats s'approchaient et s'agenouillaient à leur tour en inclinant respectueusement la tête.

— Nous sommes à vos ordres, monseigneur Calrend, dit le premier soldat d'une voix hésitante.

— Relevez-vous, tous, ordonna-t-il avec fermeté. Je ne suis plus votre seigneur depuis bien longtemps.

Les soldats s'exécutèrent, visiblement désorientés par cette réponse. Thornan pointa du doigt les deux conseillers restants. Leur arrogance évaporée, ils attendaient leur sort en se faisant le plus discrets possible.

— Emmenez-les et enfermez-les, dit-il.

Les soldats se regardèrent de nouveau, hésitants, mais l'autorité de Thornan ne laissait pas place à la discussion.

— À vos ordres, mons… monsieur, répondit maladroitement le premier soldat.

Deux hommes attrapèrent Lemony pendant que quatre autres poussaient la lourde baignoire du roi des sirènes. Les conseillers se mirent à menacer et à supplier les gardes, mais une seule injonction de Thornan suffit à les réduire au silence, et les soldats purent les escorter hors de la salle dans le calme.

Eden se détourna et s'approcha du corps sans vie de Gregor. Il s'agenouilla doucement et, en un dernier geste d'honneur, ajusta l'épée de l'homme avec soin.

— Nous devons partir, dit Thornan, ce n'est pas encore terminé.

Était-ce le début d'une nouvelle ère ? Ou bien Cadel et ses comparses seraient-ils simplement remplacés par d'autres ? Tant qu'ils ne franchissaient pas ces portes, ils ne sauraient pas s'ils avaient vraiment gagné ou s'ils avaient fait tout ce parcours en vain. La boule au ventre, il poussa le lourd battant.

Chapitre 48

En traversant les couloirs de la citadelle, ils croisèrent plusieurs gardes désemparés. La chute de leurs dirigeants avait brutalement mis fin à leurs fonctions et ils avaient l'air perdus. Ils ne firent aucun geste pour arrêter le groupe. Le regard vide, certains laissèrent même tomber leurs armes au sol.

À l'extérieur, Eden emplit ses poumons d'air frais. Le vent marin était plus que bienvenu après la chaleur étouffante du combat. Ils s'arrêtèrent en haut des grandes marches qui surplombaient la ville. Devant eux, la cité de Dannamore s'étendait à perte de vue, baignée dans la lueur déclinante du jour. La ville était en pleine ébullition. Des colonnes de fumée s'élevaient de plusieurs quartiers et des cris résonnaient entre les bâtiments, mêlés aux tintements métalliques de l'acier.

Deux camps s'étaient apparemment formés, chacun composé d'un mélange chaotique de soldats et de civils. L'allégeance semblait floue, des soldats en uniforme luttaient parfois les uns contre les autres, tandis que des civils, armés de tout ce qu'ils pouvaient trouver, bâtons, pierres ou armes dérobées, se joignaient au combat. Il était impossible de distinguer qui luttait pour quoi.

Jamais Eden n'avait voulu provoquer une guerre. Avait-il été naïf de croire que tout s'arrêterait là ?

— C'est un véritable massacre, murmura Phil à côté de lui.

Eden sortit l'orbe de résonance de sa poche et la tendit à Thornan qui observait la scène le visage fermé.

— Tu devrais leur parler, dit-il, tu as combattu pour ce royaume, tu l'as autrefois dirigé. Le peuple t'écoutera.

Thornan secoua la tête, un sourire triste aux lèvres.

— Ce temps est révolu pour moi, gamin, je ne suis plus le Grand Sorcier. Ce rôle, je l'ai perdu il y a bien longtemps. Je ne peux pas reprendre cette place.

— Ils sont en train de s'entre-tuer, insista Eden, quelqu'un doit y mettre fin.

Thornan posa une main sur son épaule.

— Fais-le. Tu as mené ce combat, tu as révélé la vérité. C'est toi qui dois leur parler.

— Moi ? s'étonna Eden.

Il se pencha vers la ville en contrebas, et se sentit soudainement petit, minuscule face à l'ampleur de la situation. Pourquoi lui ? Les souvenirs de ses échecs et de ses doutes l'envahirent. Il n'était ni un orateur ni un leader légitime. Sa voix avait été celle de la lutte discrète, des actions menées dans l'ombre avec ses compagnons. Et maintenant, on lui demandait de prendre la parole, de s'adresser à une foule en pleine révolte. Et s'il disait quelque chose de travers ? Et si on ne l'écoutait pas ?

Il tourna la tête vers Thornan, en espérant trouver sur son visage un soutien, une réponse. Le sorcier l'encouragea d'un signe de tête. Il lui faisait confiance. Mais comment être à la hauteur d'une telle tâche ?

— Vas-y, Eden, dit Phil, tu as su tous nous convaincre de te suivre, ils le feront aussi.

Séra lui prit la main et lui sourit. Il y puisa le courage dont il avait besoin. Il prit une grande inspiration : ce ne devait pas être si compliqué. Il devait simplement dire la vérité. Appeler à la fin de la violence. Il n'avait pas à se montrer parfait ni à être celui que l'Histoire retiendrait. Il avait seulement à rester sincère.

Il déglutit et se tourna vers la foule. Les affrontements faisaient rage. Si personne ne les arrêtait, les rues de Dannamore seraient bientôt inondées de sang. Il activa l'orbe.

— Peuple d'Itarah ! commença-t-il. Le Haut Conseil n'est plus !

Portée par les pouvoirs de l'orbe, sa voix se propagea dans toute la ville. Les cris s'atténuèrent et les yeux se tournèrent vers lui. Les regarder lui donnait le vertige. Il repéra un point au loin, l'enseigne d'une boulangerie sur laquelle était peinte une grosse miche de pain. Très bien, il ferait son discours pour elle.

— Vous avez été trompés ! reprit-il. Manipulés par ceux qui prétendaient vous protéger, mais qui, en réalité, ne cherchaient qu'à maintenir leur pouvoir à tout prix. Aujourd'hui, cette tyrannie a pris fin.

Il laissa le poids de ses mots pénétrer les esprits. Il sentit la tension se dissiper progressivement, les regards perplexes des soldats et des rebelles fixés sur lui. Ils l'écoutaient.

— Une armée ne devrait jamais se retourner contre son propre peuple, continua-t-il. Soldats, rebelles, civils, il est temps de déposer les armes. Ce royaume est le vôtre, et vous seuls pouvez le reconstruire. Plus d'interdictions, plus de mutilations. Chacun sera libre de pratiquer la magie, de profiter de son héritage et de ses dons.

Les soldats échangèrent des regards indécis. Mais peu à peu, le message d'Eden fit son chemin. Un premier soldat lâcha son arme, qui tomba lourdement au sol avec un bruit sourd. Puis un autre, et encore un autre. Bientôt, ce fut une vague d'armes abandonnées qui se répandit à travers la place. Des cris de victoire éclatèrent dans la foule. Le peuple avait retrouvé sa voix, sa liberté.

— Bien dit, gamin, approuva Thornan, bien dit.

Jouant des coudes à travers la population, un petit groupe se mit à gravir les marches. Eden porta instinctivement la main à sa baguette, mais se ravisa, surpris. Une femme d'une cinquantaine d'années avançait en tête, elle avait de longs cheveux roux qui tombaient en vagues épaisses autour de son visage marqué par le temps. Dans son dos, deux grandes ailes dorées se mouvaient au rythme de ses pas. Elle était suivie par un nain et deux soldats qu'Eden reconnut immédiatement. Les hommes du capitaine Gregor… Son cœur se serra en les voyant.

Arrivant enfin à leur hauteur, la femme s'arrêta et inclina légèrement la tête en signe de respect.

— Je suis Lynaris, dit-elle, cheffe des rebelles d'Itarah. Ces hommes m'ont raconté ce qui s'est passé au fort d'Éther, et nous avons pris la route pour rejoindre la capitale au plus vite.

Elle regarda Eden avec une admiration sincère.

— Ce que vous avez accompli est extraordinaire. Le peuple vous doit une éternelle reconnaissance.

Avant qu'Eden ne puisse répondre, l'un des soldats fit un pas en avant.

— Où est le capitaine Gregor ? demanda-t-il d'une voix hésitante.

Eden sentit un poids alourdir sa poitrine. Il secoua la tête, incapable de prononcer un mot. Mais il n'en avait pas besoin. Le soldat hocha tristement la tête et se retira. Un bruyant raclement de gorge rompit le silence qui s'était installé. Eden baissa les yeux vers le nain qui attendait impatiemment. Il portait une armure usée par les années et ses yeux pétillants témoignaient d'une vive intelligence. Lynaris eut un sourire contrit.

— Toutes mes excuses, voici Dildurkan, mon bras droit.

Le nain mit sa main à sa hache et inclina la tête en signe de respect.

— Nous avons des choses à nous dire, ajouta la fée.

Alors qu'ils avançaient, la foule s'écarta sur leur passage, non sans l'aide de Lynaris et de ses hommes. Une vague d'acclamations et de reconnaissance montait à leur intention, Eden sentait le poids de chaque regard posé sur eux. Certains villageois venaient à leur rencontre, cherchant à leur serrer la main ou simplement à les toucher. D'autres, emportés par la joie, osaient même s'approcher pour les étreindre en leur murmurant des remerciements et des bénédictions.

— Vous êtes des héros, chuchota une femme en prenant la main d'Eden, les yeux remplis de larmes.

Il ne savait quoi répondre. Cette étiquette de héros lui paraissait étrange. Il n'avait jamais voulu cela. Mais ce n'était pas à lui de décider ce qu'il représentait aux yeux de ces gens. L'ancien Grand Sorcier avançait légèrement en retrait. Eden n'aurait su dire ce qu'il pouvait ressentir. Il avait longtemps été vu comme l'ennemi du royaume, le sorcier qui avait presque conduit le pays à sa ruine, responsable de milliers de morts. C'était contre lui que le Haut Conseil s'était dressé, et c'était pourtant lui, aujourd'hui, qui les avait aidés à détruire ce même Conseil. Comment le peuple réagirait-il en le voyant ?

Un murmure parcourut la foule lorsqu'elle le reconnut. Certains chuchotaient son nom, d'autres échangeaient des regards hésitants, oscillant entre la crainte et la gratitude. La douleur de la destruction qu'il avait provoquée un siècle auparavant était encore bien vivante, mais aujourd'hui, il avait joué un rôle déterminant dans leur libération. Une femme s'avança et déposa ses mains dans celles de Thornan, baissant la tête en signe de respect. Le Grand Sorcier la regarda, l'air surpris, mais la laissa faire. Le murmure au sein de la foule s'intensifia, et bientôt, d'autres s'approchèrent de lui pour montrer leur reconnaissance.

Ses actes ne lui seraient pas pardonnés aussi facilement et Thornan le savait sans doute aussi. Mais en cet instant, le peuple avait choisi. Qu'importe le passé, aujourd'hui était une victoire.

Alors qu'ils tentaient de traverser la place, un capitaine de la garde se fraya un chemin au milieu de la foule. Il se planta devant eux, l'air solennel, attendant visiblement des instructions. Eden ressentit un bref moment de panique en voyant l'homme se tourner instinctivement vers lui.

Le capitaine patientait. Eden jeta un œil inquiet vers Thornan, mais le sorcier n'avait toujours pas l'intention d'intervenir.

— Il faut… il faut que l'armée aide à réparer les dégâts, dit-il enfin d'une voix plus assurée que ce qu'il ressentait. Secourez les blessés. Aidez là où vous le pouvez.

Il marqua une pause et ajouta :

— Et envoyez des délégations dans chaque ville et village du royaume. Tout le monde doit savoir ce qui s'est produit.

Le capitaine hocha respectueusement la tête, comme s'il espérait exactement ce genre de directive. Il s'éloigna aussitôt en donnant des ordres clairs aux hommes autour de lui.

— Si tu ne veux pas reprendre ta place, il va falloir trouver quelqu'un pour le faire, dit-il en se tournant vers Thornan, je ne ferai pas ça tous les jours !

Phil tapota doucement son épaule.

— Ça va aller, dit le faune en souriant.

Tout autour d'eux, les acclamations continuaient et Eden se sentait dépassé. Partout où il posait les yeux, des gens venaient vers eux, les sollicitaient, leur posaient des questions sur ce qui allait se passer ensuite. Il ne savait plus où donner de la tête.

Une femme d'un certain âge s'approcha d'eux. Elle portait un tablier couvert de farine et ses cheveux grisonnants étaient relevés en un chignon hâtif.

— Venez, dit-elle en désignant une petite auberge. Vous devez être épuisés. J'ai de quoi vous offrir un peu de calme, de repos, et quelque chose de chaud à manger.

Eden consulta les autres du regard, tous semblaient reconnaissants pour cette invitation. Même Thornan acquiesça.

— C'est une excellente idée, dit Séra.

— Vous avez bien mérité un peu de repos, dit Lynaris, nous allons vous accompagner et monter la garde.

Eden accepta et ils suivirent la vieille femme à travers la foule. Ils se frayèrent un chemin jusqu'à l'auberge où la femme les conduisit à l'étage, tandis que Lynaris et ses compagnons restaient près de l'entrée.

— Prenez tout le temps qu'il vous faudra, dit la fée.

À l'étage, l'aubergiste leur désigna plusieurs petites chambres.

— Je pense que vous avez tous besoin d'une bonne toilette, lança-t-elle, je vais aller faire chauffer de l'eau et vous trouver des vêtements propres.

Pour la première fois depuis qu'ils avaient quitté la citadelle, ils se retrouvaient enfin seuls et surtout, au calme. Eden observa ses compagnons comme s'il les voyait pour la première fois. Tous étaient couverts de sang, leurs vêtements partiellement brûlés ou déchirés. Phil et Séra avaient dans les yeux une gravité qu'il ne leur avait jamais vue. Il fut pris d'une envie irrésistible de serrer la jeune fille dans ses bras. Il croisa son regard, esquissa un mouvement. L'aubergiste revint. Trop tard, le moment était passé.

La femme déposa de l'eau chaude et un nécessaire de toilette dans chaque chambre avec une efficacité bien rodée. Eden se glissa dans la pièce qui lui avait été attribuée et referma doucement la porte derrière lui.

Chapitre 49

Son reflet dans le miroir était méconnaissable. Il prit une éponge et entreprit de débarrasser son visage du sang séché et de la poussière. Sa chemise, poisseuse de sang et de sueur, lui collait tellement à la peau qu'il eut du mal à l'enlever. Il secoua la tête pour effacer de son esprit l'image du corps décapité de la gorgone.

Ils avaient gagné, il aurait dû se réjouir, mais il avait envie de pleurer. Il fit couler l'eau chaude sur son corps avec un soupir de soulagement. Ses muscles tendus par la bataille se détendaient enfin. Il resta ainsi un moment, les yeux fermés, son esprit divaguant entre les souvenirs du combat et la perspective incertaine de l'avenir.

Ses pensées furent interrompues par de petits coups contre sa porte. Il enroula une serviette autour de sa taille et alla ouvrir. Séra se tenait là, éclairée par la lumière vacillante des bougies du couloir. Elle portait une tunique propre et ses cheveux encore humides retombaient en mèches désordonnées sur ses épaules. Ses joues étaient légèrement rosées, probablement à cause de la chaleur du bain.

— Ça va ? demanda-t-elle.

Il hocha la tête, incapable de trouver les mots. Elle resta là un instant, puis leva les yeux vers lui.

— Je voulais juste m'assurer que tu allais bien, finit-elle par dire. Tout ça… tout ce qu'on a traversé…

Elle fit mine de s'éloigner, mais Eden l'attrapa par le bras et l'attira vers lui. Sans réfléchir, il se pencha vers elle et posa ses lèvres sur les siennes. Elle lui rendit son baiser. Le temps s'arrêta. Une vague plus puissante que n'importe quelle magie déferla dans sa poitrine. Il la serra contre lui et enfouit son visage dans ses cheveux.

— J'aurais pu te perdre, aujourd'hui… dit-il. Rien que d'y penser…

Il la serra encore plus fort.

— Tu m'étouffes ! se plaignit-elle en riant.

À contrecœur, il relâcha son étreinte.

— Je te laisse finir de te laver, tu as encore plein de crasse partout, dit-elle en passant sa main sur son visage.

Eden la regarda s'éloigner à pas légers. Ce baiser valait tous les combats du monde. Il attendit qu'elle disparaisse au bout du couloir et retourna se préparer, le cœur plus léger.

Une fois propre et habillé, il descendit au salon où tous étaient déjà attablés. Il croisa le regard de Séra qui lui sourit, il sentit le rouge lui monter aux joues et détourna les yeux. L'aubergiste leur servit un repas chaud. Rien de luxueux, mais les plats simples qu'elle avait préparés avaient un goût de réconfort qu'aucun festin n'aurait pu surpasser.

— On m'a coupé les miennes il y a des décennies, dit la femme en pointant les ailes de Lynaris du doigt. Je me demande à quoi elles auraient ressemblé si on les avait laissées pousser… Je n'ai rien dit à l'époque, au contraire, j'étais pressée qu'on me les enlève. Ma mère disait que c'était une malédiction. Mais toute ma vie, il m'a manqué quelque chose…

Plongée dans ses souvenirs, elle marqua une pause avant de reprendre :

— J'ai un petit-fils et grâce à vous, il n'aura pas à subir ça. Merci, du fond du cœur.

— Cela fait plusieurs années que nous tentons en vain d'approcher le Haut Conseil, dit Lynaris, chacune de nos tentatives s'est systématiquement soldée par un échec et de lourdes pertes. Nous en étions venus à penser qu'un sort inconnu et puissant nous empêchait d'agir. Je n'en reviens toujours pas que vous ayez réussi !

— Vous êtes nombreux à avoir conservé vos pouvoirs ? demanda Séra.

— Beaucoup moins que nous le voudrions. Les Veilleurs rendent la tâche difficile et ceux qui parviennent à passer entre les mailles du filet préfèrent fuir Itarah plutôt que de risquer leur vie. Tout va changer désormais.

Eden baissa les yeux, pensif. Il n'avait pas réalisé l'ampleur de ce qu'ils avaient accompli, une portée qui dépassait leurs propres vies. Il sentit son estomac gronder et ramena son attention au repas devant lui. Il reprit un morceau de pain qu'il trempa dans son bol de soupe. Il allait le porter à sa bouche quand des cris retentirent.

Craignant que les combats aient repris, il se leva d'un bond et tous le suivirent. Il s'arrêta sur le pas de la porte, surpris par la scène qui se déroulait sous ses yeux. Il n'y avait là aucune violence. Les cris étaient des rires, des acclamations joyeuses. La place où la foule se battait quelques heures plus tôt s'était transformée en un véritable lieu de célébration. Des feux de joie illuminaient les visages des habitants, des danses improvisées se formaient autour des flammes, tandis que la musique s'élevait au-dessus des toits. Des musiciens jouaient des mélodies entraînantes avec des flûtes, des tambours et des violons.

— J'adore les fêtes ! dit Phil en souriant.

— Vous avez fait quelque chose de grand aujourd'hui, dit Jade.

— *Nous* avons fait, corrigea Phil en la serrant contre lui. M'accorderiez-vous cette danse ? ajouta-t-il en improvisant une révérence maladroite.

Jade accepta sa main tendue et le suivit en riant. Eden ne put s'empêcher de sourire en les voyant si heureux. Thornan restait un peu en retrait, l'air toujours aussi sombre.

— Tu as fait tellement pour nous tous, lui dit le jeune magicien. Pour eux.

— Ce n'était pas moi, mais toi. Sans tes idées folles et ton insupportable détermination, rien de tout cela ne serait arrivé.

Ils restèrent un instant à observer la foule qui s'élargissait à mesure que les gens affluaient des quartiers voisins. Des enfants couraient autour des feux en riant.

— Tu viens danser ? dit Séra en l'attrapant par la main.

Eden rit nerveusement.

— Je crois que je préfère encore me battre !

Elle ne lui laissa pas le choix et l'entraîna au milieu des danseurs. Ses bottes glissèrent maladroitement sur les pavés, tandis qu'il essayait de suivre les pas rapides. Mais Séra, avec un sourire éclatant, le guidait fermement. Il ne l'avait jamais vue aussi heureuse. Une vague de chaleur traversa son cœur, mais il sentait encore peser sur lui les responsabilités de la victoire. Pourquoi était-ce si difficile de se laisser aller ?

Séra se tourna vers lui, si proche qu'il pouvait sentir son souffle. Ses yeux brillaient d'une joie pure. Ils lui disaient tout ce qu'il avait du mal à entendre.

— Tu réfléchis trop, lui chuchota-t-elle à l'oreille.

Il voulut répondre, mais aucun mot ne vint. Peut-être avait-elle raison. Il ferma les yeux, laissa les sons et les odeurs de la fête l'envelopper : la musique vive des violons, le crépitement des feux, l'air marin qui portait les rires et les chants. Une chaleur douce l'envahit, et il se surprit à sourire. Séra, ravie, l'attira encore plus près d'elle, et ils continuèrent de danser, emportés par la musique. C'était donc ça, la victoire ?

La nuit avançait, mais la fête ne faiblissait pas. Des chants s'élevaient maintenant, racontant déjà les récits de la journée et transformant cette victoire en légende.

Eden ressentit un frisson étrange, une onde glaciale qui n'avait rien à voir avec la fraîcheur nocturne. Il regarda autour de lui, cherchant une origine à cette sensation. Les visages joyeux, les feux de joie, les chansons et les clameurs… Tout semblait normal, pourtant, un malaise grandissait en lui.

— Quelque chose ne va pas, je me sens… observé, dit-il.

— Bien sûr que tu te sens observé, dit Séra, tout le monde te regarde, Eden ! Nous regarde. On est des héros, maintenant.

Elle lui caressa la joue.

— Profite un peu.

Mais il avait beau essayer de s'en convaincre, cette sensation l'envahissait de plus en plus.

— Non, ce n'est pas ça, dit-il, il y a quelque chose d'autre.

— Que veux-tu dire ? demanda-t-elle, soudain inquiète elle aussi.

Il s'en voulut aussitôt d'avoir terni sa joie. Il balaya la place du regard, scrutant les ombres entre les feux, cherchant quelque chose, sans savoir exactement quoi. La sensation devenait de plus en plus oppressante. Il sentait des yeux invisibles scrutant chacun de ses mouvements.

— Je… j'ai besoin d'un peu d'air, dit-il.

Sans attendre de réponse, il se détacha doucement d'elle et s'éloigna. Séra le regarda partir sans insister. Il déambula entre les ruelles, loin des rires et des feux de joie. Ses pas l'entraînèrent vers une partie plus calme de la ville, mais l'étrange sensation persistait. Au détour d'une rue, il s'arrêta net. Là, devant lui, se dressait une tente qu'il reconnut immédiatement. *La voyante.* Que pouvait-elle bien faire ici ? Son instinct lui criait de s'éloigner, mais sa curiosité le poussa à avancer et, après une dernière hésitation, il écarta les lourds rideaux et entra.

À l'intérieur, la vieille femme l'attendait à sa table. Identique en tout point à leur dernière rencontre.

— Qu'est-ce que vous faites là ? interrogea-t-il.

La voyante ne répondit pas, se contentant de le regarder, paraissant attendre quelque chose. Mais surtout, elle avait l'air inquiète, ce qui était terrifiant. Qu'est-ce qui pouvait bien inquiéter une femme comme elle ?

— Vous courez un grave danger, déclara-t-elle.

Eden ouvrit la bouche pour répondre, mais avant qu'il ne puisse formuler une question, un bruit derrière lui le fit sursauter. Séra entra précipitamment dans la tente, suivie de près par Phil, Jade, et enfin Thornan.

— Ah, ça y est, vous êtes tous là, dit la voyante comme si elle savait qu'ils viendraient ensemble.

— Que faites-vous tous ici ? s'étonna Eden.

— Tu avais l'air si soucieux tout à l'heure, dit Séra, je… j'ai prévenu les autres et on t'a suivi. Qui est cette femme ?

— C'est une voyante, répondit Thornan à sa place.

Ce mot dans sa bouche sonnait comme une insulte.

— Que nous voulez-vous ? demanda-t-il.

La voyante ignora Thornan et se tourna de nouveau vers Eden.

— Tu te souviens, mon garçon ? La dernière fois que nous nous sommes vus, je t'ai dit que tu n'étais pas là où tu devais être.

Les paroles de la voyante réveillèrent un souvenir désagréable dans l'esprit du jeune homme. Il se rappelait très bien cette première rencontre. À l'époque, il avait rejeté ses mots comme des divagations.

— Oui, je m'en souviens, répondit-il prudemment. Mais je ne comprends toujours pas.

— Le destin s'est réécrit, poursuivit-elle. Tu es maintenant de retour sur la bonne route, ou plutôt, une nouvelle route qui s'est tracée sous tes pas… et sous les pas de tous ceux que tu as influencés depuis que tu as quitté ton chemin. Mais ça veut dire que maintenant… *il* peut te voir.

— Qui peut me voir ? s'enquit Eden.

Pourquoi cette femme ne s'exprimait-elle jamais clairement ?

— Ton destin était insignifiant. Vous tous ! Toi, dit-elle en se tournant vers Phil, tu aurais dû mourir il y a trois jours, tabassé derrière une grange et à moitié saoul. Et toi ! poursuivit-elle en pointant Thornan du doigt. Tu devais passer le reste de ton existence à te morfondre dans ta tour. Aucun d'entre vous n'est un héros du royaume, les héros ont tous péri avant d'accomplir leur destinée. Mais rien de tout cela n'est lié au hasard.

Elle désigna le groupe d'un geste ample.

— Vous n'étiez rien ! Mais quelque chose a changé. Vous avez dévié de votre trajectoire. Et ce faisant… vous avez attiré *son* attention.

— De qui parles-tu ? lança Thornan.

Les yeux de la vieille femme, braqués sur Eden, brillaient d'une intensité qui le mettait mal à l'aise.

— L'Architecte.

Le silence s'abattit dans la tente. Eden sentit un frisson glacial descendre le long de sa colonne vertébrale. Le nom ne lui disait rien, mais quelque chose dans la façon dont elle l'avait prononcé le terrifiait.

— L'Architecte… Qui est-ce ? demanda-t-il.

— Il n'y a pas d'Architecte ! dit Thornan en balayant cette idée d'un geste de la main. Ce ne sont que des légendes !

— Et pourtant, il y en a bien un, répondit une voix dans l'ombre.

Une tenture se souleva et une silhouette drapée de noir entra dans la lumière des bougies. D'un geste fluide, elle retira sa capuche, révélant une peau diaphane marquée de fines écailles nacrées. Ses yeux dorés, fendus comme ceux d'un serpent, se posèrent sur Eden qui détourna aussitôt le regard.

Il n'avait jamais vu de créature comme elle. Les gorgones étaient habituellement bien différentes : leur peau, entièrement recouverte d'écailles rugueuses, leur donnait davantage l'aspect d'un reptile que d'un humain. Mais celle-ci… Ses écailles, fines et argentées, délicates et harmonieuses, parsemaient sa peau comme des éclats de lumière. Et ses traits, bien que marqués d'une certaine étrangeté, avaient quelque chose de trop humain pour appartenir complètement à une gorgone. L'étrange femme s'avança vers lui.

— Tu dois être Eden, dit-elle en souriant.

— C'est impossible… murmura Thornan, comme s'il voyait un fantôme. Zulya ?

— Je suis heureuse de te voir, Thornan.

— Vous vous connaissez ? intervint Eden, cherchant à comprendre ce qu'il se passait.

— Une vieille amie, répondit-elle sans quitter Eden des yeux.

— Ma belle-sœur, corrigea Thornan d'un ton sec et froid. Et elle n'est pas censée être ici.

— Tu as raison, intervint la voyante. Normalement, à cette heure-ci, elle devrait se trouver dans une auberge près du port…

J'ai donné un petit coup de pouce. Le destin ne m'en voudra pas pour quelques centaines de mètres.

Elle balaya l'excuse d'un geste de la main, l'air amusé.

— C'est quoi, cette histoire d'Architecte ? demanda Séra.

— Vous avez modifié ses plans, reprit la voyante, et maintenant, il vous voit. Il sait que vous existez. Et il est très en colère.

Eden porta sa main à sa gorge et la vieille femme lui sourit en voyant qu'il avait compris. *L'homme en rouge…*

Remerciements

Il y a beaucoup de personnes sans lesquelles ce livre n'aurait jamais vu le jour. Il est le fruit de tant d'expériences de vie qu'il me faudrait toute une autobiographie pour que chaque détail prenne sens.

Je me dois tout de même de remercier particulièrement quelqu'un sans qui ce livre n'aurait pas existé ailleurs que dans ma tête, ou au mieux au fond d'un tiroir, comme tant d'autres avant lui.

MERCI à Julian Dropsit, mon époux, d'avoir supporté (et de supporter encore) les nombreuses nuits blanches que m'a values l'écriture de ce livre. Merci à lui pour son soutien indéfectible et merci à lui de croire en moi, bien plus que je n'y crois moi-même.

Merci à mes enfants de m'apporter la joie et l'envie de poursuivre mes rêves, et de les y emmener avec moi.

Merci à ma mère, ma toute première lectrice. Son avis, même s'il manque cruellement d'objectivité, me fait toujours chaud au cœur.

Merci à Damian Modena pour sa patience, son enthousiasme et son talent qui ont donné vie à l'univers du livre sur mon site internet et mes réseaux sociaux. Si vous n'avez pas vu ses œuvres, je vous invite à y jeter un œil !

Et enfin, merci à vous, lecteurs, lectrices, sans qui ce livre ne serait que des mots sur du papier.

À très bientôt pour de nouvelles aventures.

MERCI POUR VOTRE LECTURE !

Vous avez aimé voyager dans l'univers d'Itarah ?

Retrouvez la carte du royaume, mais aussi des informations sur le livre, des nouvelles exclusives et les annonces des prochaines sorties sur le site internet de l'auteure en tapant www.audreydropsit.com ou en scannant le QR code ci-dessous :

À PROPOS DE L'AUTEURE

Audrey Dropsit est née en 1989 en région parisienne. Passionnée d'écriture depuis son plus jeune âge, elle aime partager des récits qui font rêver et voyager ceux qui les lisent.

En 2023, elle quitte la France avec sa famille pour explorer le monde, à la recherche d'inspirations et de nouvelles aventures à raconter.

www.ingramcontent.com/pod-product-compliance
Ingram Content Group UK Ltd.
Pitfield, Milton Keynes, MK11 3LW, UK
UKHW041632190726
13854UKWH00006B/2446

9 789948 710196